문학박사학위기 받는 모습

손녀 유진, 손자 성목, 셋째 딸 진화로부터 꽃다발 받음

문학박사학위기 받은 후 기념사진(가족과 친지)

방송통신대학 졸업기념 사진

석사졸업기념

문학박사학위기

석사학위 졸업 후기념 촬영

녹조근정훈장

통영항구 변천 모습

공중에서 바라본 통영시 사량면

1872년, 사량진 모습 (위 : 사량진 칠현봉, 아래 : 사량진 관아)

1988년, 가을 차영한 첫시집 출판기념회 때 참석하여 주신 어머니 소개

통영개다리상

아버지와 어머니 혼인 60주년 회혼식을 베풀어드리고

나주 임씨 성례 羅州 林氏 聖禮
어머니가 눈물 흘리시며 베짜던 북

문학박사 차영한 시인의 생가터

왼쪽부터 어머니, 이모, 외숙모

왼쪽으로부터 외숙모, 막내 이모, 어머니

양지초등학교 저학년,
가장 오래된 사진,
아랫줄 왼쪽에서 두번째
책들고 있는 저자인 차영한

함께 살지만 그때를 모르나니

서울나들이

2007년, 희순기념 일본여행 모습

어느 가을날 한때 우산 밑에서

함께 산책하는 부부의 어느 겨울날

남해대교 개통 2일전 아내와 함께

전남 진도 바다가 갈라지는 날

강원도 원주 치악산 밑에서 셋째 딸, 다섯째 딸과 함께

학병풍 6폭에 담긴 사연.
청초 선생님께서 붓글씨 쓰시고, 월천 이강백 화백이 그림 그리시고, 시인 차영한이 시를 짓다.

동아대학교 이윤제(본명 이규옥) 회화과 교수,
통영중학교 때 서양사 가르치던 조상범 교사, 청초 이석우 선생님, 월천 이강백 화가, 차영한 시인.

왼쪽부터 조운복 화가, 청초 이석우 화가, 이윤제 화가, 월천 이강백 화가 그리고 차영한 시인.

1976년, 호심다방에서 청초 이석우 선생님 초대전시회 개막 이후기념 촬영

1976년, 청초 선생님과 사모님 그리고

500권 한정 복간된 미당 서정주 시집 《화사집》 제242권에 미당 서정주 친필 사인을 받다

초정 김성옥 시조시인 출판기념회 방명록에 그린 이중섭 화백의 〈복숭아를 문 닭과 게〉

이중섭 화백의 〈푸른 언덕〉

1978년~1980년대 초, 통영시내에서 본 도남동 데메 모습

1992년 04월, 아폴로산 밑 발굴 현장 답사지에서

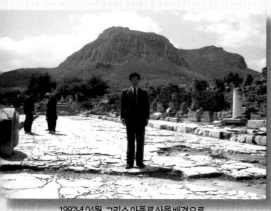

1992년 04월, 아폴로산 밑에서 문덕수 국제펜 한국본부 회장과 함

1992년 04월, 그리스 아폴로산을 배경으로

1992년 04월, 그리스 파르테논신전 앞에서

1992년 04월, 사하라사막 흰낙타를 타고

1992년 04월, 스핑크스와 뒤에 피라미드가 있는 이집트 현지에서

1994년 10월, 영국 런던의 템즈강 부근에서

1992년 04월, 그리스 이오니아 바닷가 베드로 교회안에서

1994년 11월, 이스라엘 에루살렘 성전의언덕 솔로몬의 황금 돔이 보이는 곳에서

1994년 10월, 영국 런던의 템즈강변에서

1992년 04월, 스페인 바르셀로나 가우디 창작실 앞에서

1994년 11월, 스위스의 필라투스산 휴게실에서

1994년 11월, 동독의 자유의벽 앞에서

1995년 08월, 맨해튼 뉴욕의 한인거리에서

1995년 08월, 미국 나이아가라 폭포 앞에서

1995년 08월, 백악관이 보이는 곳에서 기념사진

한빛문학관

경상남도 통영시 봉수1길 9(봉평동)
☎ • 055) 649-6799
e-mail • solme6799@hanmail.net

(문학관 등록 : 제 경남6-사립1-2021-01호)

2015년 4월 11일 한빛 문학관 개관 오픈 테이프 절단식 광경

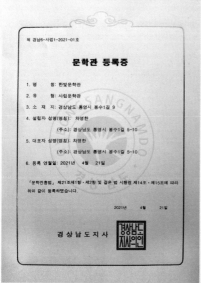

문학관 등록증

안에서 바깥을 향한 한빛문학관 입구 전경

1층 사무실 서가

2020년 09월 한빛문학관 주최. 청마 고향시가 갖는 의미. 초청연사 2명. 조성래 변호사.
세계적인 조형미술가 심문섭, 전 통영시장 진의장, 서형일 화가(왼쪽부터)

2002년 06월 청마문학연구 세미나 참여

2층 전시실 모습

한빛문학관 2층 문화및집회시설(교육)

한국예총공로상 수상 후 배우 신영균 회장과 함께

2014년 제15회 청마문학상 본상 수상

제24회 시문학상 본상 수상

2001년 제13회 경남문학상 수상 후 기념사진

차영한 수상록隨想錄

생명의 선율 그 그리운 날들

차영한 수상록

생명의 선율 그 그리운 날들

인쇄 2021년 9월 27일
발행 2021년 9월 30일

지은이 차영한
발행인 이노나
펴낸곳 인문엠앤비
주소 서울특별시 종로구 북촌로 135
전화 010-8208-6513
이메일 inmoonmnb@hanmail.net
출판등록 제2020-000076호

ISBN 979-11-91478-04-4 03810

값 25,000원

차영한 수상록隨想錄

생명의 선율 그 그리운 날들

인문MnB

나의 산문정신은

생명의 선율 그 그리운 날들로 하여

시큰거리는 코를 만지기도 하지만

나를 흔들어 깨우는 어떤 질문

지금도 사람이 사람을 부르는

여기로 걸어온 이 길을 눈 닦고 본다.

햇빛과 달빛에서 이는 물바람소리

신의 숨소리가 예 그대로는 부족하지만

낮과 밤의 황홀함이 너무 강렬함을 느낀다.

그냥 녹아내리는 것을 감당하지 못해

버거운 말들이 찢어지면서 범람할까 아직도

이런 때는 반드시 먼저 두려운 나를

"바로 잡아야[必先正리] 정성을 세운다[修辭立誠]"는 겸허함을

겨우 붙들어 맨다. 불안한 저녁이 붉은 언덕을

되오르는 그러한 암울한 에너지의 은유들이

나서서 익스텔리젠스extelligence하려 한다.

그러나 나를 이용하는 소시오 패스
내 혓바닥을 자극하는 달콤한 어떤 연민들
그 무서운 접근을 늘 경계하는, 그 중에서도
섬뜩한 유諛와 첨諂을 보고 아니, 저 미열媚悅들
너무 가스라이팅하고 짜잖다. 메타는 없다!
범박한 놈들아! shit head…!
죄다 다 닳고 눈코만 입만 살아 꾸물거리는,
그건 모르면서 아는 체하는 것이 탈이다.
알량한 허세만 부린 자네 때문일 수 있네.
그러나 백색소음이 들려 어렵사리 군말 남겨두네.

통영시 봉수1길 9에 위치한 '한빛문학관'을
양력으로 2014년 4월 11 중순에 기공하여
2014년 10월 중순에 준공하고
2015년 4월 11일 개관한 한빛문학관 집필실에서

2021년(辛丑年—흰 소의 해) 09월
무인생(戊寅生, 1938년생) 송안松岸

제2부

제3부

제4부

제5부

부록

1부

가까이에서 본 글쓴이 섬(소매물도)

쉼표가 있는 통영바다

신화적 이미지가 창출하는 음향 중에서도 자동적인 충동으로 제멋대로 줄이 울어대는 이올리아 하프Aeolian Harp도 있지만, 우리의 시각과 지각이 내포된 심리적 테마도 있는 통영바다. 끊임없이 역동적인 응시들이 의미를 스스로 부여하는 등 변증법적인 생성을 통해 부활하는 영감, 즉 생명력을 갖고 비상을 꿈꾸고 있다. 의도된 패턴 없이 우주와 대칭적으로 만나, 헤르메스 트리스메기스투스Hermes Trismegistus가 말한 "빛의 목소리 같은 외침"이 있다. 항상 주기적 회귀가 우리를 감싸면서 상징적 의미를 모호성으로 유혹하기도 한다. 터질 듯 관능의 도발성에서 빛나는 욕망덩어리들이 때론 꿈틀거리기도 한다. 항상 이국 정취가 물씬한 남태평양의 타이티가 고갱의 이름에서 빛나듯이, 안살을 드러내려다 숨기는 유들유들한 통영 섬들의 빛깔은 우리들의 영원한 쉼표다.

거기에는 누구나 자신을 찾고 싶어 하는 거울이 있다. 날씨 따라 쪽빛, 청옥빛, 군청색을 띠는 거울 속에 잃어버린 우리의 피와 살이 원시성의 빛으로 움직이고 있다. 마르셀 프루스트Marcel Proust는 그의 소설 《잃어버린 시간을 찾아서La Recbercbe du Temps Perdu》에서 떠오르는 기억이 마치 "차[茶]에 적신 마들렌 과자를 한입 베어 문 것"과 같다고 표현한 것처럼 통영바다는 혀끝에 영원히 잊히지 않는, 돌연하고 강렬한 먼 파도소리가 공감각共感覺으로 휘 몰아오는 카타르시스가 있다. 마치 이올리아 하프의 내면 깊이로 흐르는 가운데 천상의 바이올린이 겹쳐 진다. 어떤 감칠맛으로 끌어안는 해 조음과 저녁 냄새를 융합시키는 음 표도 있다. 일찍이 칸딘스키는 "파

1970년대 돛단배

란색은 첼로, 쪽빛은 플룻, 검은 색은 베이스 (…) 색채에도 소리와 느 낌이 있다"라고 말한 것처럼 통영바다는 인간을 닮은 거대한 첼로를 켜고 있는가 하면 플루트도 덩달아 협주한다. 밤이 내리면 베이스로 우리를 감싸주기도 한다.

환희, 몽환, 때로는 돌고래 떼로 하여금 생명의 춤을 추게 하는 짜릿 한 대담성과 경이로움은 나를 열정적인 존재로 확인시켜준다. 선線 안 의 점, 점 안의 선들이 면面에서 숨겨져 교차 중첩해도 헝클어지지 않 는 칸딘스키의 영원한 수수께끼의 색상들을 풀어내고 있다.

필자는 제57차 스페인 바르셀로나 국제펜회의에 참석한 후, 일행들 과 함께 스페인, 스위스, 이집트, 터키를 둘러볼 수 있었다. 그리스의 에게해, 이오니아해의 작은 섬들, 키프로스, 크레타, 미코노스, 산토리 니 섬은 우리들의 눈을 코발트로 유혹하는 아름다운 여신들의 엉덩이 같았을 뿐 어딘지 잃어버린 부분이 있는 것 같았다.

물맛은 어떤지 이오니아 바닷가에서 손으로 바닷물을 떠 마셨을 때 짠맛은 똑 같았다. 그러나 통영바다 속의 많은 여礖와 유무인도의 안살

통영시 사량면 양지리 앞바다에 있는 학섬

들이 드러내는 절묘
한 맛은 지우려고 해
도 잘 지워지지 않는
다. 그것은 나를 먼
저 밝혀 세상을 밝히는 연꽃바다를 보여주기 때문인지도 모른다. 마치
연꽃 이파리 같은 섬들이 쉼표로 유혹하고 있다. 그 쉼표들을 징검다
리처럼 밟고 건널 때마다 은 나비 떼를 날리며 당신을 부르는 손짓에서
눈부시게 반짝이는 꽃반지가 유혹하기 때문일지도 모른다.

이처럼 통영바다는 신이 빚어 놓은 그대로의 원시성이 출렁거리는
인과율을 갖고 있다. 만물의 시초를 갖고 있는 코라(kora, 無. 空)와 회귀
본능을 함축하고 있다.

삶의 충동(에로스)과 죽음충동(타나토스)이 합일하는 신神의 자웅동체雌
雄同體이기도 하다. 어머니의 양수羊水 같은 이마고와 아우라가 공존하
고 있는 수평선은 우리의 탯줄이요 오장육부를 창조하는 생명의 고향
임을 알 수 있다. 이와 같이 항상 수평을 유지하려는 물을 머금고 있는
통영 땅은 곧 세계적인 중심이 될 수 있다. 그것은 바로 글로벌 시대의
쉼표들이 통영바다에 있기 때문이다.

여기에 나의 경우는 2009년 '경남의 노래' 응모에 당선된 본인의 작
시 〈쉼표가 있는 통영바다〉를 우리 통영 출신 작곡가 진규영 선생이
작곡하여 더욱더 내 고향 통영바다는 그리워하는 쉼표가 되었다.

통영바다 이야기

통영사람들의 가슴에는 뜨는 달이 있네. 보름달 뜨면 설레는 걸음이 있네. 푸르다 못해 반짝여오는 별들의 고향을 보여주네. 사랑하는 사람에게 끼워주고 싶은 영원한 꽃반지가 있네.

광주리에 잘 익은 능금을 담아 이고 오듯 아침 해가 새빨간 사과들을 띄우는 바다가 있네. 한낮 되면 욕지섬, 납섬 밀감처럼 잘 익을 밀감들이 바다 위에 떠다니고 있네. 어찌 보면 바람에 나부끼는 유채밭이네, 유채밭 위로 은 나비 떼가 날고 있네. 물새들은 강강술래하면서 은 나비 떼를 덮치고 있네.

누군가가 쪽빛 보석을 흩뿌리고 있네. 너울거리는 파초 잎을 헤치고 오는 청둥오리 떼 마냥 배들은 오가고 있네.

수많은 백조 떼가 포근히 감싸주듯 술래 하는 새카만 눈빛들이 손잡아주네. 크고 작은 섬들이 나서다가 숨고 들키면 수줍어하듯 내 연인처럼 까만 눈동자를 굴리기도 하네.

멀리서 보면 연잎처럼 떠 있네. 각박한 세상에 우리들의 쉼표처럼 떠 있네.

그러나, 그러나 한 바다에 나서면 관능을 후려치듯 밧줄에 튀는 물비늘 보네. 센 물발에 좌사리섬 국섬을 걸어 굴비섬을 보면 몰려오는 돌고래 떼를 보네.

통영바다

환히 보이는 저승의 무덤들을 보네. 눈앞이 캄캄하도록 안개를 내뿜는 바다를 보네. 식인 상어 떼처럼 적막을 갈라놓네. 참으로 처절한 들먹거림 앞에 저승의 북소리는 하늘과 바다를 찢어 날리네. 그래도 통영사람들은 간이 커서 웃어대네. 궂니 일어날수록 농어 떼 삼치 떼 만나는 재미로 사네. 끌리고 당기는 투지를 자랑하네.

제 몸 휘감아 맞물리는 욕망을 치켜올려 보여주네. 배신을 후려치며 허무는 잘라 버리네. 한숨이 굵혔으면 굵혔지 덧나는 세월은 없네.

눈물쯤이야 갯 결에 날리면 그만이지만 몸살은 없네. 파도 한 자락 꺾어 뚝배기 사발에 부어 한 잔 마시면 바다가 웃네. 되려 기가 차서 빈 소주잔 들고 껄껄 웃어대네.

날씨가 궂은 날에는 오기의 밧줄에 칭칭 감아대네. 맨살쯤은 너털웃음으로 나서야하네. 가난도 덩달아 웃어대며 따라나서네. 참으로 고생은 쓰리고 아파도 근심은 없네.

낯바닥소금이야 손으로 훔치면 아무 탈이 없네. 그래서 감은 눈에도 뜨는 해와 달이 둥그네. 능욕의 물밭에도 한주먹 식은 밥 삼키면 물자

배기는 물질하는 시간을 알려주네. 강거미는 또한 후련한 투망시간을 재촉하네.

통영강구에 들어서면 바닷소리가 새터 어시장에 먼저 헤엄쳐 와서 퍼덕퍼덕 뛰고 솟네. 그날들의 못살던 배고픔 시대에도 우리를 따뜻하게 뎁혀 주었네. 전어 대구 많이 잡히면 이야기는 통제영 깃발처럼 펄럭이었네. 집집마다 매달린 통대구들 중에도 그 약대구들. 단지마다 대구알젓, 대구 장자젓갈 그뿐인가! 대구탕에 포식하던 포구마다 새빨갛게 동백꽃은 어찌 그렇게도 우리 아이들처럼 새빨갛기만 했던가! 안 먹어도 배가 불렀네.

누구나 좋아하던 돌홍합, 삶아낸 물을 푹 달인 합자국 한 숟가락에 밥 한 그릇 거뜬히 해치웠네. 정이월 쯤 털게 알찬 고것들 껍질 벗겨 간장 부어 밥 비비면 누가 하나 죽어도 모르네. 도미찜, 광어찜, 아쉬운 대로 도다리찜, 감성어찜 아! 모두 통영 안살 맛 아니더냐. 오븐에 구울 필요 없이 고소한 통영살맛 벅굴처럼 알짜배기 아니던가!

그것이 통영사람들 웃음이네. 통영멸치 자랑 나오면 입맛이 혀끝 파도 일으키네. 마른 멸치는 지금도 산대미에 까칠까칠 말려서 고추장에 콕콕 찍어 먹으면 더 큰 입이 벌어지네. 식은 밥숟가락에 턱 걸치면 침이 먼저 꿀꺽하네. 멸치젓갈 잘 담아 끄집어내어 보면 눈알이 새파랗게 살아있네. 금방 퍼덕퍼덕 뛰다 입안에서 춤추네. 그래도 입에 넣으면 잘 익어서인지 첫눈 내리듯이 사르르 녹아 버리네. 그러기에 예부터 통영젓갈이 유명하네.

통영젓갈 담을 때 외제피 이파리나 산초 이파리를 넣으면 톡 쏘는 방

향 냄새가 맛을 더하네. 비린내는 물론 없네. 젓갈에 산초 이파리 냄새
나면 통영젓갈이네.

또 구수하고 푸짐한 통영바다 이야기가 더 있네. 오늘따라 유명한 통
영비빔밥 생각이 나네.

전주비빔밥, 진주비빔밥해도 통영비빔밥 한 번 먹어 본 이들은 침부
터 꼴깍 넘어가네. 전주, 진주비빔밥에 들어가는 참기름을 비롯한 모
든 재료 외에 해산물이 들어가야 통영비빔밥이네. 미역, 톳, 김, 파래
가 약간 들어가고, 마른멸치 개불, 전복, 홍합, 소라 등과 다시마 넣어
다시국물이 들어가네.

그러나 요사이는 급해서 낙지나 오징어 삶은 물과 사뿐 곁들이지만
그건 안 되네. 반드시 문어가 부우하도록 삶은 물이 들어가야 통영비
빔밥이네. 여기에 돔찜, 광어찜, 가자미찜, 서대찜 등 여러 물고기 찜
이 곁들이면 끝내주네. 그 감칠맛은 바로 통영비빔밥 진짜 맛이네.

별나게 이 고장에는 복국이 예부터 유명하네. 아귀찜도 별미지만, 별
쭉스럽게 통영 볼락구이에 막걸리 마셔 보면 이빨 빠져 버려도 모르
네. 함께 고슬고슬한 밥 한상 차리면 제일 먼저 노릿 노릿하게 잘 익은
볼락구이를 집네. 양념 넣어 쪄도 맛이 있고 지지고 볶고 구이해도 맛
은 별나네.

그것뿐인 줄 아나? 통영 상차리기도 통영바다 덕분이네. 통영 상차
리기 때문에 기둥뿌리가 뽑혔다는 이야기가 예부터 내려오네. 어떻게
구해서도 상차리기는 옛통제사 상차리기만 해야 직성이 풀리네. 상에
쌓이는 높이가 앞사람 눈을 가렸으니 가히 짐작하고 남음이 있네. 예

부터 장가는 통영 땅으로 서로 갈려고 했다네.

아무튼 통제영 설치 후 300여 년간 군림한 통제영 아래 살던 백성들의 손재주는 별났다 하네. 특히 큰 문어를 껍질 벗겨 잘 말린 것이 백문어인데, 칼로 오려 꽃처럼 만들어 그것이 몇 마리가 다양하게 바다 속의 산호꽃모양 올라야 축하상이네. 통영사람들 멋과 맛은 통영 상을 봐야 뻥뻥한 것을 알 수 있네.

언제나 통영바다는 우리와 함께 살아와서 지금도 우리들 생명력이네. 바닷물고기 잡을 때 부르는 구성진 어요魚謠들이 많네. 그 중에서도 추임새가 있는 〈살치기 노래〉가 유명하네. 추석날 보름달 뜨면 강강술래는 동네 여인들의 몫이네. 연유는 사내들이 저녁시간에는 바깥 출입을 억제하였다네.

항구도시는 물론 갯마을 섬들이라 해도 이 고장의 사람들은 비린내를 싫어하네. 유별나게 갖가지 음식 맛을 보면 맛깔도 좋지만 깨끔하네. 매무새며 솜씨 마음씨 모두가 깔끔하네. 옷 입고 나서면 앞뒤거래 보면 옷매무새는 더 기차네.

여름에는 모시옷을 즐겨 입네. 풍성하게 살다 보니 모시옷감이 이곳까지 흘러들어 와서 여인들의 모시옷은 우아하네. 금방 백학이 되어나네. 이러한 비싼 옷을 즐겨 입는 것도 풍성한 통영바다 덕분이네. 통영바다는 언제나 덕성스런 큰며느리처럼 우리들의 입맛 살피네. 밀물 썰물이 진수성찬 챙겨 올려주네.

글쓴이 섬에서

멀리 떠나서 고향을 생각하면 아름다워진다. 항상 마음의 자리에서 어쩌면 사파이어 보석처럼 반짝여오는 글쓴이 섬은 신비를 마그마처럼 내뿜고 있다. 자주 나서는 배나들이에서 보면 볼수록 새로운 느낌과 활력소를 얻어낸다. 때로는 괴로워하고 넘치는 희열에 사로잡힌다.

성성하게 뛰고 있는 시편들이 바닷새로 날고 있다. 가까이 다가서면 삭발한 바위들의 울음소리끼리 뒤섞는 날씨는 용의 비늘을 일으켜 세운다. 검붉게 탄 늠름한 모습을 드러내면서 야성의 바다를 끌어안고 있다. 가파른 세월을 깎아 세운 감탄사들을 낭만으로 불태우고 있다.

끝없는 고독을 빈 술잔에 담아 얼큰하게 취한 듯 껄껄대고 있다.

비 온 뒤의 죽순처럼 거세고 쭉쭉 뻗어 있는 기개와 자존심의 중첩은 장중하다. 힘찬 골격에 대담한 기개가 넘치는 장부를 보고 요염한 여인은 푸른 요람에서 꿈틀댄다. 욕정으로 유혹하고 있다. 압도되는 힘에 여인의 탄성은 하얗게 부서지고 있다.

서릿발 토해내며 미쳐 날뛰는 여인의 몸부림은 악몽을 달래 듯 푸른 치맛자락 한쪽을 들어올려 입술에 닿듯 옥피리를 불고 있다. 하얀 허벅지를 은장도로 찔러 아픈 구구절절한 날들을 사정없이 도려내고 있다.

사방에서 쿵쿵 울리는 저승의 북소리가 들려온다. 타오르는 바다 안개를 휘감으며 서늘한 돌문을 열고 있다. 발등을 물어뜯다 질질 침 흘

리는 여인의 이빨을 뽑아대는 극락웃음을 본다. 경악하는 새들이 곤두
박질한다. 눈감았다가 다시 뜨면 누군가 묵직한 붓으로 아름다운 정사
情死를 그리고 있다.

여기서 미움과 용서를 함께 머리 풀리고 한 배에 승선시킨 인지상정
을 돌이켜 보도록 한다. 오성悟性의 돌부처로 몇 천 년 남아서 울더라도
짭짤한 적막을 핥고 있다. 탐욕과 허망의 탈을 벗기고 있다. 간교와 사
악의 독소를 뽑아내고 있다.

비겁하게 일생을 훔쳐서 사는 사바세계에 인간의 추잡한 모습을 절
절 끓이고 있다. 바닷물에 집어넣었다가 건져 올리는 것 같다. 조금만
참고 견디며 지나고 나면 아무것도 아닌 오늘의 허무를 적나라하게 파
헤친다.

위선하는 무리들을 끌고 와서 바다의 까마귀밥이 되는 것을 보여준
다. 행복해지는 푸른 창을 열어놓고 끈끈한 인간의 지문指紋으로 허세부
리는 교만을 호되게 윽박지른다. 이 와중에도 빈곤에 절망하지 않는다.

관용의 봉우리마다 서식하는 고고한 솔과 풍란을 보여준다. 의미는
무엇일까 여유를 다스리는 모습들로 하여금 선비정신을 가다듬게 한
다. 해정海亭 하나 지어놓고 이글거리는 아침 해와 저녁노을에 연꽃처
럼 피는 등여, 삼여, 가릿여, 굴비섬을 본다. 나의 소주잔을 빼앗아 자
주 기울인다.

맑은 세월의 아름다움을 낚아채고 싶은 곳이 바로 내가 찾던 이곳이
아니었던가!

괴변이 일어나면 촛불이 켜진다는 촛대바위를 볼 때 지난밤이 궁금

하다. 중국 진시황의 불로초를 캐러 여기까지 왔던 서씨가 '서씨과차전 적徐氏過此篆跡'이라 써놓은 글쓴이 동굴 천정을 볼 때 누가 썼든지 촛불들고 전각소리가 들려온다. 세세히 보고 싶어 물새들도 번갈아 드나들고 있다. 한참 보는 동안 친숙해져서 이제 헤어지면 살 수 없는 나의 심상心象이 되었다. 비바람이 모질게 휘몰아쳐도 글쓴이 섬을 앞세우면 인내심은 수월하게 극복된다. 멀어질수록 반짝여오는, 언제나 영혼의 천둥소리를 들을 수 있어 대장부의 기개를 다듬는다.

지금도 힘찬 필력으로 하늘에다 글 쓰고 있는 글쓴이 섬은 나의 지조와 절개를 다스리고 있다. 퍼붓는 파도 소나기가 뱃전을 둘러 씌워도 뜨거운 김이 온몸에서 터진다. 습기 찬 땅에 사는 나를 항상 유약해지지 않도록 간절히 불러내고 있다.

어떤 분노로도 다스릴 수 없는 격렬한 호소문을 내게 쓰는 것은 무엇 때문일까?

멀리서 보는 글쓴이 섬(소매물도)

미륵산에서 만나는 바다 안개

자주 이른 아침에 미륵산을 오르내린다. 벌써 50년이 넘었다. 정상에서 한려해상국립공원을 조망한다는 행복감은 언제나 뿌듯하다. 날마다 보는 산과 섬들이지만 볼 때마다 감회가 다르다. 한산만에서 시작되는 한려수도, 여수 앞바다까지의 빼어난 경관이이야말로 천하일품이다. 그중에서도 미륵산의 주변을 감싸고 있는 150개 이상의 유인도와 무인도를 바라볼 때 백미 중의 백미다.

호수 같은 물줄기가 한산 앞바다에서 착량(鑿梁, 판데목 : 통영운하가 뚫린 어름의 수로) 쪽으로 쏟아지듯이 흘러오다가 충무교를 만나면서 새로 건축된 통영대교를 지나 사량도 쪽으로 흐른다.

햇빛이, 달빛이 쏟아지는 곳을 보면 유채 밭이다. 가을날 은행잎을 흩뿌려 놓은 것 같다.

통영 시내를 조망하면 마치 백조가 호숫가에 물을 향해 목을 뽑고 뛰는 생선을 찾고 있는 듯하다.

하얀 건물이 유난히 많아 정말 잘 어울린다. 거기에다 지붕에 오렌지 색깔이 채색되어 역시 단학이 노니는 것 같다. 오후 산을 올라 땅거미 내릴 때 등불이 켜지는 통영 시내를 보면 마치 석류꽃이 피는 듯 그 어울림은 탄성을 지를 수밖에! 어찌 보면 눈부신 다이아를 휘뿌려 놓은 것 같다.

그러나 봄과 이른 가을을 만나 오르는 어떤 날에는 거대한 안개의 움직임을 보게 된다. 황홀하고 신비스러운 변화야말로 감탄을 금할 수 없다. 마치 바다 안개는 청솔가지가 타며 일어나는 연기다. 시퍼런 바다가 순식간에 지옥탕처럼 끓기 시작한다. 하얀 소복차림의 무당들이 혼백을 건지는 '오귀새남굿'을 한다. 욕지도와 국도에서, 매물도와 사량도 쪽에서 변화무쌍한 용트림으로 하여 넋을 잃고 만다.

그 위용에 압도되는 순간 이미 많은 섬과 섬은 구름 위에 떠서 둥실둥실 흘러가고 있다. 동력선의 오가는 소리만 들리고 뭉글뭉글 감기는 안개는 마치 목화 솜 타는 공장을 방불케 한다. 거제도의 계룡산, 한산도의 망산, 노자산이 잠기고 거제대교 너머 가좌섬의 봉우리만 남는다.

벽방산(일명 벽발산)의 허리에 감기는 안개는 마치 가섭존자가 미륵불을 맞이하기 위해 벽발하는 것과 같다. 청옥이 움직이고 모든 것이 살아서 일제히 일어나는 것 같다. 신천지가 열리고 일체는 바뀌고 있다. 하얀 적막은 벌써 내 발목을 잡고 끌어내리는 듯하다. 이승의 끄나풀이 타오르는 시커먼 굴뚝의 불길을 만난 듯이 성큼성큼 치솟는 산들과 섬을 볼 때 경악하지 않을 수 없다. 순간순간이 이어지고 끊어지는 이 묘한 감정은 너무 정적靜的하기에 무시무시하다.

내가 나를 볼 수 없는 천계天界를 오르는 듯 초조함은 파삭파삭 부서지는 소리가 들리는 듯하다. 누군가 나를 노려보고 있는 것을 느낀다. 팽팽한 긴장감에 다리가 후들 후들거린다. 불쑥 나타나 멱살을 잡고 윽박지를 것 같다. 짓누르는 침묵만이 더 버틸 수 없게 한다. 얼떨떨한 공포감으로 바위에 앉아서 눈을 감았다. 조금 후에 눈을 떠봐도 긴 날에는 1시간 내지 2시간 정도로 안개에 휩싸이게 된다. 휘감는 안개가 마치 거미줄이 감아오듯 끈적끈적하다. 식은땀처럼 낮에는 물기가 흐른다. 소름이 끼쳐 닦는 얼굴에 지네가 섬섬 기어 다니는 듯하다. 이러한 자연의 위대함 앞에 무릎을 꿇고 더 겸허해지는 뜻을 얻는다. 무력한 인간의 방만성을 꾸짖는 바다 안개는 나의 정체성을 확실히 확인한다. 절박하고 섭섭한 나의 통증은 쉽사리 진정되지 않는다. 분함과 같은 패배감에 내가 새까맣게 타 버리는 것 같다.

망각의 바다에서 나는 누구인가? 숨찬 신음 같은 나의 허망이 순식간에 무너지고 쓸데없는 꿈들이 안개와 함께 날아가고 있다.

코끝을 만지는 습관의 도리道理를 붙잡는다. 일그러진 나의 얼굴은 거울이 없어도 볼 수 있다. 정수리에서 친숙해진 떡갈나무가 잎을 보내온다. 쓸데없는 이파리임을 자각한다. 떨어지면 이 대자연에 섞어 버림을 뻔히 알면서 채워온 욕망의 고집을 배낭에서 꺼내어 던져 버렸다. 아직도 적막을 떨치지 못한 손짓이 있는가를 나무라는 살기 찬 안개 발, 마치 유리창을 열면서 뭣 하느냐고 소리치는 무서운 얼굴이 자꾸 엄습해온다.

나는 현재까지 아무 것도 가진 것이 없다. 다른 사람과 다를 바 없는 속죄를 지고 다닌다. 안개는 더 버리도록 나를 이끌고 내려선다.

순간 바다 속으로 떨어뜨린다. 깊은 바다의 물길을 따라 죽어서 떠내려가는 듯하다. 백여우가 뛰어 넘고 사방에 울음소리가 들린다.

막막함 앞에서 나는 절망한다. 잘못 살아온 것이 있다면 내 모든 것을 불태워 갚으리라. 신이여! 나는 나부터 염려하여온 비겁함을 누구보다도 잘 알고 있다. 누구를 탓할 수 없는 더러운 삶을 살아온 회한에 젖어 본다.

바다 안개여! 나의 한마디 드리고 싶다면 여태껏 살아온 나는 가난했지만 신갈나무처럼 빳빳하고 정직하고 성실했음은 사실이다. 부끄럽지만 남을 위한 연민의 그림자는 조금이나마 남아 있는 것 같다.

갑자기 허리끈이 풀리듯 뒤척이는 긴장과 피곤이 도망친다. 한자락의 바다가 와르르 물줄기를 쏟아 붓는다. 파란 연기가 오르고 가까운 산기슭을 기어오르는 안개가 쓰러진다. 숲 사이로 자맥질하는 먼 산과 섬들이 손뼉을 친다. 후유! 하는 청량한 목소리가 들려온다.

서로 부르는 소리가 들린다. 서로 끌어안고 감격하는 몸부림을 본다. 파란 물의 나라가 펼쳐진다. 고갱의 그림처럼 원색의 도시는 빛나기 시작한다. 강구 안에 깃을 치며 백조 떼가 내려앉는다. 원근의 생기가 치솟고 태양은 더 아름답게 빛난다.

이 변덕스러움을 직접 만끽(?)하고 나면 허탈에 빠져 버린다. 재채기가 나오면서 고개를 흔들어 본다. 이미 옷을 갈아입은 산은 바다로 가고 있다. 저승의 연화문蓮花門을 가듯 안개는 섬들을 짚어 꼬리마저 감춘다.

징검다리를 건너온 나의 한숨소리는 야릇해진다. 하산하는 다리는 허우적거린다. 내려가기가 싫다. 정수리에 그냥 살 수만 있다면, 아름다운 풍광만 마시고 살 수만 있다면 이 감동을 안고 영원히 살리라.

소금기에 절인 절경과 낭만을 버무리는 나의 어머니의 바다. 밖에서 부르는 아버지의 바다에서 내 다시 태어나도 더 껴안고 싶다.

몸부림치며 뒹굴고 싶은 나의 요람 통영은 내가 나를 새롭게 보는 곳이 아닌가. 더군다나 1592년 임진년 7월 8일 왜구를 물리친 한산도대첩과 당포승첩 바다에서 다시 나를 찾아 호통을 치며 마음을 거듭 가다듬게 함을 죽어도 어찌 잊겠는가.

이 고장의 마륵산을 유심히 보아라. 세계적으로 거대한 와불이 있고 그 머리맡에 연꽃봉오리인 미륵산이 있다. 시작과 끝을 다시 이어가며 생멸을 털어내는 계시를 우리는 알고 있다.

이제 바다 안개를 만나면 썩어빠진 나의 자존심을 씻고 씻어 내리라. 이 필설로 다할 수 없는 황홀하고 신비스러운 자연의 조화 앞에 고개 숙여 나보다 먼저 미륵산을 사랑하고 싶다.

생동감 넘치는 물의 나라[水國], 환상의 지느러미로 헤엄쳐오는 나의 영원한 고향, 통영바다를 바라보면서 더 아름답게 살고 싶다.

담안골 가는 길

나는 산책을 좋아한다. 특히 토요일 산책을 더욱 좋아한다.

오염된 생활 공해를 잠시나마 치료할 수 있는 산책도 중요하지만 꿈과 낭만이 넘치는 산과 바다의 무한한 신비 때문이다.

나는 담안골 가는 길을 산책한다. 봄·여름·가을·겨울편지를 넘쳐오는 물소리로 읽을 수 있는 곳이기 때문이다.

수륙 터에서 능선을 끼고 새로운 길 접어들면 울창한 해송들이 솔바람내고 솔가지 사이로 눈부시게 찬란한 바다 물결이 유난히 반짝이고 있다. 또한 억새풀과 칡넝쿨이 무성하여 코를 찌른다.

나는 마치 푸른 섬 둘레를 돌아가는 하얀 돛배가 되는 것일까. 한 굽이 돌아가면 탁 트인 동남쪽에 유명한 한산대첩의 전장戰場이었던 한산만[頭乙浦]이 눈 안에 들어온다.

북동쪽 멀리 보이는 견내량 위에는 거제와 충무시를 잇는 거제대교를 한눈에 볼 수 있다. 여기에서 한 번 더 수향水鄕에 살고 있는 행복감에 도취되는 것이다.

바다를 끼고 걷고 있다. 유랑하는 고뇌를 푸른 바다에 던져 버리면 물굽이가 되어 하얗게 부셔지는 파도가 된다. 푸른 바다 한가운데를 날고 있는 한 마리 새가 된다. 쉼 없는 내 피곤을 씻어주는 물소리를 들으며 고갯길에 어느덧 서면 미륵산 봉우리가 가까이 마중하고 담안골

이 시원하게 열린다. 돌아서면 푸른 한산만을, 또 돌아서면 담안골 푸른 계곡을 만끽할 수 있는 장관이 펼쳐진다.

서서히 담안을 내려가는 걸음을 멈추고 바라보면 담안들의 다랑이논들은 조개껍질 무늬처럼 보이고 사방 능선으로 뻗어 내린 산들이 마치 학의 날개로 알을 품고 있는 듯 초가 몇 채를 품고 있다.

산 중 산이 솟아 장군암정將軍巖頂에 기이한 묘가 있고 세월이 갈수록 노송은 키가 작아진다는 전설을 안고 있는 이 바위는 수석분재를 할 수 있다면 훌륭한 예술품이 아닐 수 없다.

이곳에 들어서면 차마 버리지 못하는 욕심도 버리고 싶은 곳이다. 계곡을 흐르는 맑고 푸른 물소리 바람소리는 천년 속으로 흘러가고 산비둘기가 깨알을 쏟아 놓고 나는 듯 담안의 운치가 선경仙境이라 해도 손색이 없다.

산 중 산에 사는 김상조 노인 이야기가 생각난다. 바다를 아들에게 맡긴 후 함지밭골에서 아내와 함께 산도라지나 캐며 산다는 것이다. 산딸기로 술을 빚어 놓고 석양 길에 무수한 학들이 날아가면 산그늘이 내려 호젓한 마음의 잔에 아내가 따르는 술에 취한다는 것이다.

미래사 종소리에 깨어서 띠밭 등을 넘어 새벽길에 서면 산노루와 함께 놀라 뛰는 굿산이 웃어대고, 여우산, 호랑이 턱걸이 바위에서 불씬 당산의 능선을 따라 계곡에서 약초를 캔다는 것이다.

신선바위에 앉아 물때를 보면 바다에 간 아들의 만선을 점쳐지는 날은 생각과 맞아 떨어진다는 밀물 이야기를 한다. 나그네의 발길은 산그늘에 밀리며 웃고 있다.

젊은 시절에 사용하던 바다 그물 조각에 아내가 감자 씨를 싸서 두는데 밤이면 호롱불에 비쳐 갓 잡아온 덕게(바위 틈새에 사는 게)처럼 기어 나오는 착각을 일으킨다는 것이다. 잠이 들면 옛날에 타던 돛단배가 한없이 떠나가고 아내는 물새가 되어 날아와 침대 위에서 울고 있다는 것이다. 등잔불 밝혀 보면 아내의 눈에는 눈물이 고여 코를 훌쩍거릴 때 썰물 시간이라는 것이다. 아직도 바다를 잊지 못해 투망 서두르는 세월 이야기의 뒷면은 살아온 체험들이 너울소리 같다.

바다보다도 강순強順한 자만이 바다를 사랑할 줄 알고 바람의 고향을 알 수 있다는 것이다. 용해되어 있는 소금으로 애증을 다독여 거울 앞에 서면 두 얼굴이 겹쳐지는 슬픔을 술잔에 따른다는 것이다.

자유와 평화의 경작자들은 충동과 유혹의 바다로 헤엄쳐 가보아야 생명의 태동을 안다는 것이다. 삶의 현장에서 생동감을 투망할 수 있다고 힘주어 말한다. 생사의 경계는 없어진다는 이야기는 흥분되어 턱을 떨어댄다.

그때 식민지의 설움과 저항의식의 격정에 복받치는 것은 취한 술에서는 볼 수 있다. 선상船上에서 자기보다 시국을 생각했다는 김 노인의 밀물 썰물 이야기가 지금에 와서는 세상물정을 호박잎에 싸서 삼킨다는 것이다. 산새처럼 산그늘 알아채면 세월은 떠나지 않고 계곡의 물 바람소리되어 세상 귀를 씻어준다는 것이다.

인생을 나그네라 했다. 마치 나를 향해 나그네라 일러주는 것 같았다. 출래, 출래 내려오다 다시 논둑길로 돌아 빠져 나오니 종소리가 난다는 종현산 기암절벽이 나선다. 해변 따라 하늘 치솟으며 묵시록을 읽는 소리가 들려온다. 누가 푸른 강 물빛호수 같은 긴 해안 가운데 배를 띄워 놓고 멀리 강촌마을을 당기며 그물을 치고 있다. 오늘 따라 어찌 강심江心 같은 바다를 향해 묻고 싶지 않으랴! 눈을 찌르듯 아픈 세상눈을 씻어 보고 싶고 거듭날 수만 있다면 나를 바다에 던져 보고 싶다. 두고 온 발자국에 주소 없는 사랑 편지를 읽어가면서 고독의 그림자를 찾는 겨울나그네새가 되어 해안가의 시 조각들을 주워 보고 싶다.

들 거머리 비석고개를 지나면 한산대첩과 당포해전에 사용했던 불씬 당산이 버티어 서 있고, 말을 사용했던 마방 터와 그리고 화약을 적재해 두었다는 화약 터가 있다.

그날 전승지의 흔적들이 지금 어느 농가 새배미[新畓]나 채소밭으로 되어 버렸다. 중요한 사료들이 파묻혀 부르고 있는 듯하다. 조선시대 광해군 때 지금의 삼천포에서 삼천진이 옮겨진 이곳, 선창에서 선유船遊로 바꿔 노를 저어본다.

돛단여에서 닻을 내려놓고 해룡과 술잔을 기울면 복바위[筆岩]와 구멍바위의 섹스 일화는 사랑의 구름다리를 건너가는 듯하다.

다시 노를 저어 섬 둘레 굽이굽이 돌아보면 섬들은 바다 위에 피는 연꽃들이다. 연꽃 이파리 사이로 미끄러지듯 노를 저으면 맑은 물방울들이 구르는 것 같다. 특히 모랑개 솔밭 등에 오르면 저만치 섬들은 바다 위에 피는 연꽃임을 더욱 실감나게 한다.

또한 멀리 바다 건너편 논 아래갯마을의 아늑함과 뒷산 부엉바위가 푸른 강물 빛에 사무친다. 봉전峰田마을에서 꿩이 울고 날아 신봉新峰에 걸린 흰 구름 속으로 사라진다. 오히려 붓을 잡은 자의 어리석음을 비웃는 것을 어쩌랴!

아우라의 고향에서

갓 삶아 내어놓는 꽃게 같은 불빛이 뒤섞이는 한여름 초저녁을 밟는다. 미륵산 기슭 무시(무)밭골에서 운하교 일대를 향해 거닐고 있다.

저녁바다와 접점 되는 해안선에서 날고 있는 환상의 날갯짓을 본다. 오늘은 흰 새 두 마리가 통영강구 안으로 날아간다. 어느 날 저녁 걸음을 멈추게 한 흰 새를 다시 볼 때 갑자기 이마고Imago 현상이 야릇하도록 뭉클해온다.

감회가 분명히 새의 날개에서 나비 떼의 비늘 같은 현란한 빛들로 쏟아지고 있다. 발기發氣되고 있는 황홀한 날갯짓이다. 살아서 날고 있는 빛에서 강렬한 삶의 충동을 느낀다.

내 생명의 우울한 눈빛을 이끌고 있다. 주위를 미묘한 분위기로 휘감고 발산하는 대자연의 기운들은 나를 압도하고 있다. 가까이 있으면서 멀리 떨어져 있는 것처럼 보이는 독특한 현상을 수년간 운하교 일대에서 만나고 있는 것이다.

시간과 공간이 짜내는 그물에 걸려 파닥이는 빛살무늬들 그 친숙한 것들이 억압되어오다가 낯선 것들로 방출되고 있는 등 언캐니The Uncanny한 것들에게 사로잡히는 때가 많다.

잃어버린 은모래 해변이 나타나고, 사람들은 꽃게처럼 손잡고 하얀들 찔레꽃 피는 덤불 사이로 오가고 있다.

아직도 내 고향 통영은 밀물과 썰물 따라 뒤바뀌는 하늘과 쪽빛바다는 자랑스럽다. "마침표 없는 바다 위에 떠 있는 섬 섬들 우리들의 쉼표"가 연꽃 이파리 되어 지금도 그대로 너울 너울거리며 징검다리처럼 떠 있다. 끝없는 해안선의 톱질과 대패질에 의한 대패 밥 하얀 물보라가 농악놀이를 한다. 고깔을 쓰고 억새 꽃피는 눈부신 빛살들 사이로 강강술래 하는 새떼를 날리고 있다. 섬과 섬을 꿰어 백팔 염주를 굴리는 원초적이고 신비스러움은 영원한 통영의 미소다.

거대한 첼로가 있는 내 고향 통영바다는 언제 보고 들어도 환상의 지느러미로 헤엄쳐오고 있다.

나는 통영바다의 이 모두를 벌써 노래했다(시 〈한려수도〉 외). 지금도 통영을 형상화하고 있다. 보편성에 자리한 이 시들은 객관적 우연에서의 과거와 미래, 기억과 예감에서 오는 반복과 기대감을 건져 올리고 있다. 상실감까지 떠다니는 트라우마의 시체들까지 놓치지 않고 있다. 벤야민이 말한 "잊어버린 인간적 요소"를 다시 알아내는 자연의 오브제에 아우라Aura가 손짓하는 응시까지 살려놓아 보았다. 낯설기로 처리하고 있다.

예를 들면 거기에는 살고 싶은 생명의 숨소리까지 불어넣는, 손마디마다 피리 구멍을 내어 터지는 우리들의 한숨소리와 흐느낌마저 껴안아 보았다. 긴 여운도 여운이지만 내 생명을 인도하고 있는 환상의 지느러미에서 에테르를 얻고 있다.

가까이 다가가면 멀어지고 멀어지면서 가까이 오고 있는 내 고향 아우라는 항상 검푸른 태고의 눈동자와도 같다.

너울거리는 숲 속에서 치솟는 동방결절 같기도 하다. 나의 제2시집 연작시 〈섬〉에서 이미 언급된 고향에 살면 살수록 더 고향을 사랑하고 싶다는 나의 글이 발표된 이후, 류시화 시인의 시처럼 "옆에 있어도 당신이 그립다" 시구와 크게 다를 바 없다. 아무래도 내 고향 통영은 환유적인 사랑과 신비의 덩어리들로 뒤덮여 있기 때문이다.

2005년 9월 13일에 미 항공우주국NASA에서 공개한 일곱 빛깔 '부메랑 성운'보다 신이 빚는 내 고향의 아우라는 더욱 더 아름답다. 내가 이집트를 경유, 사하라 사막에서 낙타를 직접 탔을 때 순간 황홀한 신기루가 스쳐 가는 것도 순간이었으며, 그리스의 이타카섬이 보이는 이오니아 바닷가에서 지중해 물빛을 만져보고 경탄했지만 오히려 객수客愁만 허전하게 밀려왔었다.

그뿐인가. 터키의 이스탄불의 바다, 스페인 몬쥬익 언덕에서 내려다보는 지중해의 단조로움이나 맨해튼의 뉴욕바다 그리고 나이아가라폭포의 웅장한 울림과 무지개 빛깔도 순간적으로 나를 압도했지만 동일시 현상에서 오는 것인지 미지근한 권태로움은 지금도 남아 있다.

미시시피 강변에서 갑자기 내리는 소나기에 젖으며 거대한 레인보브리지를 거닐어도 환상의 구름다리가 있는 관능적이고 원색적인 내 고향만큼이나 뭉클하지는 않았다.

이와 같이 아름다운 내 고향을 귀걸이, 코걸이, 쌍꺼풀을 한다는 등 더 이상 인공적인 아우라 설치는 오히려 불안함을 느낀다. 다시 말해서 발작적인 충동을 초래할 수 있다는 무서움이 도사리고 있다.

벤야민이 말한 아우라 개념과 프로이드가 말한 불안[anxiety]의 개념이 일치되는데 이런 경우, 히스테리나 간질병까지 위험해질 수 없다고 단언하지는 못할 것이다. 아우라는 사라지고 아름다운 시체가 발산하는 광기[mania]적인 요동만 우리를 허탈하게 할 것이다. 즉 야만적인 유혹의 검은 빛에 의해 오히려 죽음충동만 자주 느껴지지 않을까? 증오와 잔인성은 결코 문명이 될 수 없는, 오히려 반목과 질시의 흉내 내기를 더 극성스럽게 할 수 있다. 우리를 더욱 실망시키고 말 것이다.

눈먼 시선으로 불안한 문명을 더듬는 소망은 병원 문 앞에 줄 세워놓고 절규하게 할 것이다. 왜냐하면 다른 지역의 대상과 동일시 할 때는 반드시 거부반응이 일어나기 때문이다. 거부반응이 일어나면 속도감 속에 사는 현대인들은 눈을 감고 그냥 지나쳐 버리는, 무서운 인간의 속성을 무시할 수 없다. 그렇게 되면 자연적으로 버려진 땅이 된다.

텃새들은 속절없이 떠나고 날아오던 철새들마저 다른 곳으로 이동하게 된다. 그러므로 내 고향은 우아한 시체들만 떠다니는 도시의 모멸감에서 탈출하여야 한다.

내 고향 통영은 있는 그대로의 물씬한 원시림을 잘 빗질하여야 한다. 보살핌과 조심스럽게 제자리 찾기에 최선을 다하면 잃어버린 이미지들과 정지된 생명을 붙잡을수 있다.

상호 응시하는 영적 교류가 이루어져야 한다. 근본적 거리감을 두고 회귀하는 아름다움은 펄펄 날아오르는 생기로 빛나야 한다. 인간의 결핍은 삶의 본질이므로 그곳에서 영원한 모성母性의 손짓 즉, 이마고가 살아있는 한, 아우라가 있는 내 고향 통영은 우리의 건강한 시간을 싱싱하게 마련해 줄 것은 틀림없다. 근육질이 있는 삶을 연장시켜 주는 바다밧줄들이 하나로 이어지는 것이다.

빛의 산조散調

　간밤의 봄비소리가 새벽에야 그치면서 창을 연다. 새벽 빛살에 먼 산들은 뚜렷하고 가까운 산 쪽에서 산비둘기 떼가 힘차게 새벽하늘을 맴돌며 비상하고 있다. 날개와 날개 사이에는 빛과 빛이 되살아나고 있다. 봄을 맞이하는 힘찬 박수소리를 들으며 새벽 산책을 나선다.

　비 온 뒤 빗물이 고이지 않는 산책로 따라 새벽의 빛을 맞이한다. 동문東門을 향해 혼자 뛰어 보는 경쾌함은 나를 혼자 걷게 하고 나를 찾아나서는 길이다. 세상 냄새가 없는 산정에 올라 날마다 새로워지는 빛 속으로 반짝이는 나의 굴절을 보고 싶었기 때문이다.

　빛의 질문에 나를 생각으로 일으키고 생각은 '파불'의 사상을 풀어준다. 빛은 생명의 날개를 달아준다. 영혼을 깨우치는 사랑과 종소리로 남게 되는 피가 되기 때문일까. 바람과 물소리 되어 우리의 존재를 영원한 날갯짓을 하게 한다. 침몰하는 뒤에 서성이는 기억의 뿌리로 내리며 교차로에서 재회한다. 탓과 고집 속에 골똘한 그림자 되어 우리들의 문이 되어 열리고 닫힌다.

　나팔꽃을 위해 어떤 신앙의 순교가 마지막 기도를 하고 있다. 여름날의 엿장수는 가위질을 멈추고 기도를 위해 스스로 거룩해지는 것처럼 보인다. 후일의 아량을 간직하는 자처럼 오늘의 모순을 엿 구멍에 숨기고 가까이 다가서는 웃음을 엿가락에 흘리는 것 같다. 팔려가는 노우老牛의 죽음을 부러워하는 불면의 한을 짓밟는 것 같다. 믿는 자의 믿음이 꿇어앉아 어떤 대상을 향한다. 연대年代를 줄줄 읽어 내려오는 필연적인 주장을 하고 나선다. 웃음과 눈물은 강을 건너오며 연꽃으로 응답하고 희망과 좌절을 함께 이야기한다.

새로운 동반자의 열망은 자정을 넘어오는 피로를 나누고 있다. 캄캄한 뿌리들이 공중空中에서 감격하고 고독은 유성流星처럼 떨어지고 있다.

대좌對坐 속에 쌓이는 체념은 내일의 풍선이 되어 방향을 잃고 있다. 바다는 코끝으로 시간을 쪼개고 있다. 성별性別의 침실을 파고들며 순결한 폭풍우를 도와서 존엄과 이성의 풍토에 질서의 꽃씨를 맺고 있다.

이런 때일수록 나는 차라투스트라에 나오는 위버멘쉬(새사람)처럼 산을 오르고 있다. 발작하는 외로움을 밀고 높새바람의 응어리진 허리도 가오리연을 띄우면서 오르고 있다.

피리소리가 나는 사랑의 늪을 건너 간다. 시절 따라 넝쿨 지는 산기슭 너설에서 낭인의 돌팔매질에도 떨어지지 않는 열매가 된다. 천상天上의 호령에도 최초의 눈물은 매끄럽고, 모음母音으로 환생되고 있다. 홀수로 날다가 상한 날개 되어 사육제의 상床 위에 떨어진다. 때론 짜릿한 몽봉夢峯을 넘어 얼지 않는 부리로 억겁을 쪼아낸다. 꽃 살로 흙의 아픔을 일으킨다.

어깨 걸리는 늑골의 안개를 벗겨낸다. 신열의 현기증은 입맞춤으로 눕힌다. 격렬한 흥분과 관용을 밀착하는 둥근 지혜로움을 둥근 빵으로 만들어낸다.

초월하는 쾌감은 진리의 순례자를 위해 조화와 리듬의 낚싯대 끝에 매단다. 순수한 노동의 아픔 끝에 모이는 교만과 방종은 살풀이로 비열해진다. 남아서 자라는 유혹과 탐욕은 칼날에 끊어지며 장작불에 던져진다. 그래서 나는 빛을 향해 소리로 움직인다. 하늘의 뜻을 손으로 받아서 세상의 뜻을 다시 본다. 출발을 철저히 서둘며 어둠을 뚫고 삶을 관조해 본다.

눈빛의 완성을 위해 그 여자의 더러운 눈짓을 짓밟으며 나목들의 가지를 찾아 나선다. 겨울 걱정의 능선을 넘어 풀잎들의 고향 빛깔을 찾는다. 영원한 아침을 위해 마련하는 비둘기 떼의 날갯소리를 항상 든는다. 빛새가 되어 새벽하늘 높이 날고 있다.

우전차

한스러움의 소맷자락을 붙잡고 끌어 당겨 본들 그 청초함 앞에 어찌 속기로 감히 만난다 하겠소. 둔탁하고 아둔한 지혜만 갖고 코를 벌름거린다 한들 특유한 향기와 빛깔 앞에 과연 가까이 할 수 있단 말이오.

넘침이 오히려 부족해 보이고 비워낼수록 차오름과 넉넉함이 나를 청량함으로 다스려주니 천리 길에서 해후하는 연인과의 설렘보다 더하지 않을 수 없지 않소. 바로 산울림이 머무는 자리를 밟고 오는 세월의 긴 여운이 찻잔에 와 닿는 우전차[雨前茶] 생각을 말하고자 함이오.

한결 즐겨 마시는 우전차를 만나기 위해서는 아침에 미륵 산정에 올라 한참 내려서는 후끈한 피가 만나는 시간이 좋소.

일부러 가파른 산을 올라 내려서야 하는 연유가 바로 땀 흘린 후의 경쾌함에서 더욱 애착이 끌리기 때문이오.

그 자리는 미래사가 멀지 않는 솔숲으로 짙어 계곡의 기운을 내뿜고 있소. 운행을 짚으면 나를 감싸고 있소. 음력으로 곡우절 전에 내가 차밭에서 분주한 참새들의 지저귐을 들을 수 있기 때문이오.

흡족함에서 여유가 어떤 것인지를 느끼는 것에서 집중력을 갖는 시간이기 때문이오.

차밭에 서면 뭉클한 감회는 산안개를 끌며, 산꿩 소리를 앞세우고 있소. 상정의 따스함은 깃을 치는 청학 떼로 날아오르고 있소.

누가 함부로 귀중한 것을 버리면서 임자가 있다 말하겠소. 스스로 손 모아 받들고 있는 저 찰나의 진솔함을 다 형용하지 못하고 있소. 참으로 작설雀舌까지 표현한 우리네 옛 어르신들의 지혜야말로 새삼 지금에 사는 나에게는 심금을 울리고 있소. 이거야말로 법정法頂이 아니고 무엇이겠소.

새순을 따내기 시작해 보오. 찾는 것을 찾아 거둬 들이는 보람의 손놀림에 신선한 충동은 가슴 한복판에 있는 불을 끌어당기고 있소.

여기에 무슨 까닭이 있고 부끄러움이 고개를 들 수 있겠소. 사람으로 태어난 어리석음으로 하여 도대체 내가 누군지를 되묻고 싶을 뿐이오.

늦은 달빛을 받아 우전차를 손수 만들고 있소. 차를 만드는 과정에 있어도 방법으로 시시비비할 필요가 없이 누구든지 할 수 있소.

나의 경우는 먼저 살짝 쪄서 바로 덖으면 향을 많이 소실하지 않을 수 있소. 찐 것을 그늘에 말림으로 까칠까칠해지면 향기와 빛깔을 다치지 않게 잘 비벼서 자주 손질하면서 덖어야 하오.

천성이 원래 게으르면 쉬운 것도 해내지 못함은 두말할 필요가 없소. 이러한 체험의 과정을 겪은 차인[茶人]이 있다면 자기가 쏟은 정성덩어리를 마시게 되오. 그야말로 도道를 마심이요 자기를 마시는 격이 아니겠소.

차를 마시는 차도[茶道]에만 생각을 줄 것이 아니라 스스로 차를 만드는 법을 터득함과 함께 그 절미를 탐할 풍류를 가져야 비로소 차인이라 할 만하오. 더군다나 우전차를 분간하여 차도를 안다면 무엇이 부럽고 후회가 따르겠소.

뇌원차나 유차, 향차, 대차, 자순차, 노아차, 죽로차, 작설차, 천지차, 보림차, 만덕차, 지금의 설록차 등 각종의 차의 종류도 우전차 안에 속하니 딴 이야기의 채움은 오히려 속된 소리일까 두렵소. 차도란 사람이 만든 법이고 보면 많은 변화를 가져오고 윤색된 것을 굳이 흉내 내는 짓은 어리석은 일이오.

차를 마실 때는 무엇보다도 편안한 자세로 하되 오른손으로 찻잔을 잡을 때 왼손으로 찻잔을 받치듯 하며 겸허한 정좌正坐를 한다면 번거 로움에서 구속되지 않고 나의 여유를 갖게 될 수 있소.

나는 때론 찻잔을 들고 절후를 음미하는 때가 있소. 늦가을의 창가에 서 수없이 낙하하는 은행잎을 바라보며 우전차를 마시기도 하고 모처 럼 첫눈 내리는 날에도 창가에 앉아 차를 마실 때의 허무는 더 맑을 뿐 이겠소. 적요에다 시간을 얹어도 소리가 없으니 신통함을 더욱 느끼고 있소. 생각나는 세상일에도 순리의 진실을 찾을 수가 있어 좋소.

찻물을 끓일 때마다 푸른 계곡의 산안개가 차밭을 일으키고 있소.

아침 햇살은 간밤 이슬을 굴리는 듯하오. 지그시 눈감고 있으면 우주 의 신비한 소리가 나를 꾸짖고 있소. 생기가 치솟으니 보이지 않는 내 가 확실히 보이고 있소. 차향이 가득 차오를수록 찻잔 안에서는 백로 떼가 날아오르고 있소. 잃고 얻음이 없고 세월은 나를 재촉하다가 마 주하며 담소하고 있소. 너그러움 앞에 용서와 원망이 어디에 있으며 낮춤으로 오는 겸양에 덕을 기대니 가히 우전차의 묘미를 새삼 진하게 느끼지 않을 수 없소. 하여 해마다 오는 곡우절을 다시 손꼽아 기다리 기로 했소.

법정을 두고 너무 사는 것에 급급하지 않아도 되겠소. 든든함에 어찌 가슴만 뿌듯하겠소. 기다림은 더 기다려도 설렘은 해오라기 떼처럼 날 아오르는 장관을 누가 감히 말하겠소.

고향 사투리

고향 사투리를 만나면 숭늉처럼 때로는 누룽지처럼 구수하다.

햇쑥국처럼 향긋하고 시원해서 좋다. 아늑한 고향의 향기와 빛깔이 살아 숨 쉬고 있다. 잃은 고향 사람끼리 만나보면 출출한 저녁의 술잔 끝에 정감어린 고향의 불빛들이 얼른거린다.

그리운 부모 형제는 물론 유년시절의 정답던 친구들과 둥물 치며 물장구치던 소리가 들려온다. 달이 뜨는 고향 길에 어진 사람들이 나누는 목소리가 들려온다.

남새밭 머리에서 갓 따온 앵두 맛처럼 새큼한 맛이 난다. 산기슭을 날아오르는 까투리 소리가 들려온다.

소탈해서 끈끈하고 담백해서 그대로의 물씬한 체취에 웃음이 절로 나온다. 마치 절절 끓는 된장국 뚝배기 냄새가 나는 해장국 집에 들어서는 것 같다.

보리밥에 열무김치를 턱 걸치듯 감치는 맛이 풍겨 온다. 중국의 장자 莊子가 지은 《소요유逍遙遊》를 읽듯 신선한 미지의 세계에 젖는 것 같다. 그야말로 걸걸한 익살과 해학이 넘친다.

외국을 가도 지방의 사투리를 만나게 된다. 지난 1992년도 4월 제57차 스페인의 바르셀로나 국제펜대회에 참석한 후 남은 일정으로 유럽 4개국 중 이집트의 피라미드와 카이로 시내에 있는 '이집트 박물관'은 물론 남쪽에서 북쪽으로 흐르는 나일강 따라 거대한 '룩소르'에 위치한 신전, 왕들의 계곡 등을 돌아볼 수 있었다. 그들의 특유한 토속적 언어와 문화는 관광 매력을 창출하고 있었다. 다소 질박하고 당황케 하였으나 진한 감동을 주어 인상적이었다.

고풍에 넘치는 언어의 역사는 살아 숨 쉬고 있었다. 우리나라도 지방마다 아직도 생활의 내면을 풍기는 정취는 멋이 있다. 우리 민족의 본래적 사용 언어가 그곳에서 숨 쉬고 있다.

특히 전라도나 경상도 등의 사투리는 걸쭉해서 되씹어도 좋다.

결코 부끄러워하거나 열등감을 가질 필요가 없다. 사투리란 말은 그 지방의 언어(方言)로써 언어에 묻어 있는 역사를 읽을 수 있기에 값진 보배다. 다만 서울 지방 사투리를 우리의 표준말로 정하고 있을 뿐이다.

바꿔 말하면 서울도 하나의 지방에 불과하다. 긴 여운을 남기는 사투리의 텁텁한 맛은 언제 어디서 들어도 공연히 신바람이 난다.

순수함을 만날 때 마치 톡 쏘는 고추장처럼 고된 생활을 추슬러서 좋다.

이제 사라지는 공동체의식과 민족의 혼을 되살리는 소중한 작업이 절실하다. 언어의 역사를 되찾아 고향의 냄새를 일구어야 한다.

후덕한 얼과 숨결을 찾아서 잃어버린 이 시대의 정서를 넘치게 해야 한다.

한 줄금 소나기가

무더움과 갈증 속에 갑자기 떨어지는 한줄기 소낙비를 만났다. 소낙비를 맞을수록 맨발로 인생을 다시 뛰고 싶다. 오랜 기다림이 끝과 끝을 잇고 하나로 흔들려서 아낌없이 고백하고 싶다. 고운 빛깔을 주워담는 손길이 이마를 맞대며 가슴을 파고든다. 어디를 가도 하늘을 향해 입 벌린 생명들이 마른 땅 위에서 너울너울 춤만 추겠는가. 모든 것이 다시 시작되고 출발 속에 완성 없는 눈물의 유산遺産을 본다. 강심江心에 드리운 고독을 쓰다듬으며 포옹하는 우리의 약속을 다시 확인한다.

가난할수록 속눈썹처럼 깜박이는 미루나무 잎들이 서로 부비며 속탈하는 정한을 두고 누가 삿대질하겠는가. 창이 닫혀도 인생은 열리고 나의 불모不毛는 되살아난다. 축축이 젖어오는 내가 살 땅 위에 내일의 초원을 위해 풀씨를 휘휘 흩뿌린다. 모든 것은 바쁘지만 그냥 그대로 젖기를 흐뭇하게 한다. 피안의 응혈이 내장 속에서 걸러내는 것 같고 뜻밖의 황홀함과 놀라움이 죽순처럼 솟구친다. 병든 자들의 문이 열리고 오랜 침묵이 열린다. 부름과 부름은 의심하는 세상 귀를 음침한 탑塔 속으로 몰아붙인다. 벽에 기댄 자들의 허물을 벗기며 눈먼 자들의 발밑을 달래는 은방울소리가 들려온다.

몸과 마음이, 이승과 저승이 하나로 보이며 사생관의 종지부가 없어진다. 신비에 쌓인 채 꿈의 희열과 도취로 한바탕 지나가는 길목의 이웃 웃음은 물소리가 되어 비로소 들려온다. 넘치는 웃음소리가 들판으로 나선다. 파초 잎에 숨어 있던 병아리들이 날개를 펴고 엉덩이 흔들며 어미 따라 날아간다. 한 마리 새도 무지개 서는 쪽으로 날아간다.

청개구리도 푸른 잎에서 자리바꿈을 하고 빗물에 젖은 개도 빗물을 털어대며 자기의 몸을 핥는다. 청산이 가까이 다가서고 목마른 나무들은 사색에 잠긴다. 쾌적한 한줄기 바람이 나의 얼굴을 스치며 강안에 내린다. 전원의 소녀인 양 푸른 잎마다 맺힌 물방울을 따내고 있는 시간도 머리를 빗는다. 모든 것은 만면하여 환호하고 있다.

거듭나는 자의 가장 깊은 곳에서는 인仁과 덕이 관류하고 있다. 인과 덕은 넘쳐야 흐른다. 인은 스스로 넘쳐서 고집하지 아니하고 낮은 곳으로 흘러간다. 고이지 않고 겸손하게 가슴 깊이 청정수로 흐른다.

사랑의 그릇에 항상 넘쳐서 뜨거워진다. 소리 나지 않는 무욕無慾 속에서도 항상 새로워진다.

덕은 경건한 삼매경에 인仁을 바탕으로 의연毅然해진다. 성실을 서둘며 유유자적하고 웅지雄志로 쉬지 않는 자애의 근원이 된다. 우리는 귀중한 자연의 은혜를 잊어버리고 아는 사람도 모르는 체한다.

목말라도 목마름이 보이지 않는다. 어디를 가도 빈틈없이 닿는 살과 살은 비릿하게 밀린다. 지독한 냄새와 요란한 빛깔이 어지럽게 한다. 고향 부모 형제들은 물론, 고향 사람들마저 잊어버리고 산다.

이웃과 이웃의 담장은 높아만 가고 사나운 집짐승 소리만 앙칼스럽게 짖어댄다. 시간을 외도外道하는 다실에서 만나는 우리들의 거짓과 진실은 엇갈린다. 지금이야말로 한 줄금 소낙비가 자주 내려서 먼지 묻은 창들을, 우리들의 마음을 씻어주면 시원하겠다. 아무데나 가래침 뱉은 곳을, 코를 찌르는 하수구 냄새를, 우리들의 혈관을 말끔히 씻어주면 깨끔하겠다. 질시와 허망한 꿈과 같은 갈등을, 탐욕과 애욕을 훑어내야 하겠다. 우리의 안개와 백안白眼을, 게으름을 벗겨내야 한다.

우리들의 습기와 권태를 소낙비로 자주 씻어야 하겠다. 우리는 인간의 소낙비를 애타게 기다리고 있는지 몰라.

오늘따라 갑자기 한 줄금 소낙비가 쏟아진다. 우리들의 불신과 반목을, 허망한 열병을 시원하게 식혀주고 씻어주기에 나의 졸시拙詩를 통해 다시 음미해 본다.

벌건 대낮에 갑자기 컴컴해지더니
눈코 뜰 새 없이 쏟아 붓는 물동이 비
솥뚜껑 덜컹덜컹 소리 들끓도록
지피는 벌건 부석 안은 눈웃음이 불붙어서
그럴까 실룩거리는 콧구멍에 소나기
들칠수록 화끈거리는 볼, 볼그족족한
연꽃봉오리 흔들리고 있어
콧잔등 빗방울이 타면서

촛농방울로 떨어지고 있어 흠뻑 젖을수록
다들 드러나는 젖가슴 움츠리고 있어
혀가 마르는 만큼이나 입술이 더 잘
타는 것도 생장작불에 한 줄금 소나기

삼 삼는 광주리 들썩대도록 굽이치는 냄새
그럴까! 마당에도 한가득 오줌 살
거품들이 연방 둥둥 뜨고 있어

어거정어거정 걷는 소나들 이야기 묻은
두레 삼 가닥 이빨에 꽉 문 채 쭉쭉
훑어대고 있어 소나냄새 허벅지에 얹어놓고
비벼말면서 자지러지는 웃음 봐
오히려 배꼽 째고 있어

퍼붓다 지나가는 한 줄금 소나기발
시원해서 서로 삼 뭉치 끌어당길 쯤은
소나 기氣 묻은 뜨뜻한 새참 고매에
갓 저린 총각김치가 웃으며 들어오고 있어
코웃음 치는 방둥이들 돌리도록 슬쩍 밀며―
　　　　　－〈한 여름 한 줄금 소나기 냄새〉 전재

푸른 물방울의 일기

이른 봄 햇살 따라 해변의 마을에서 몇 뼘 안 되는 청포도 넝쿨 마디를 꺾어와서 삽목을 했었다. 뜰에 심은 지 벌써 8년째나 되었던가.

숙성한 청포도는 벽오동 가지를 휘어잡고 기어올라 길손들에게 손짓도 하고 공중에서 곡예도 한다. 더러는 내려서며 뜰을 거닐기도 한다. 푸른 물방울로 일기를 쓴다.

좁쌀만 한 열매를 알알이 맺고 있더니 벌써 청옥 빛 눈망울을 굴리고 있다. 마치 동네 아이들이 굴렁쇠로 햇빛을, 달빛을 굴리는 듯하다.

잎새를 건너뛰며 숨바꼭질하고 있다. 잎에서는 푸른 바다가 밀물소리를 내고 있다. 그런가 하면 벽오동에 내려앉는 세월을 닦아내며 도란거리다가 간드러지게 웃어댄다.

오랜 기다림이 문과 문을 열고 들어선다. 생글거리는 나들이 준비를 하고 있다. 아침 출근길에 따라나서는 목소리가 반짝이며 구슬처럼 굴러온다. 다칠세라 마음도 멀어지면 멀어질수록 다정한 은방울소리가 들려온다.

나는 아무래도 미물에 불과한 것 같다. 돌아누워 눈감아도 버리지 못하는 꿈틀거림 속에 세상 이치를 터득치 못하고 있는 것 같다.

뭉클거리는 욕망이 주렁주렁 매달려서 번뇌하고 있다. 날렵하고 교만한 사람을 만나면 더욱 괴로워하고 있다.

내생來生에 불행해질까 혼자를 다스리고 있다. 내 어리석음이 열리지 않도록 청포도로 하여금 소망한다. 지새우던 밤 이야기가 순수한 꿈 알로 맺어주도록 애태운다. 슬픔도 닦고 보면 웃음이 빛나듯 여유를 만난다. 어둡던 구석구석들이 밝아온다.

갇힌 새들을 날려서 자벌레의 생각마저 쪼아 먹게 한다.

마침내 깨어나서 다시 청 하늘을 쳐다볼 수 있다. 내가 나를 찾는 순간 가난해도 맑게 사는 법을 함께 얻어낸다. 눈물을 부둥켜안고 기쁨을 부비고 싶다. 염주를 목에 건 세월이 타 버린 자리, 사리들이 환생하고 있다.

겹겹 두른 옷 벗고 굵은 빗방울에 흠뻑 젖은 고백은 일어선다. 바람 따라 떠다니던 그날들이 돌아와서 활짝 웃는다.

내가 자란 마을이 보인다. 내 유년의 옹달샘에 초롱초롱한 눈동자들이 비쳐온다. 담 하나를 둔 뒷집 장독 옆 포도 넝쿨이 너울너울 댄다. 따 먹고 싶었던 청포도에 뒤꿈치를 세워도 목만 길어진 사슴마냥 안타까움이 흔들리고 있다.

잃어버린 외신 짝을 찾아낸 듯 금세 뚝! 따낸 포도 알 하나 이거다 하고 꿀꺽 삼키고 싶은 큰골아이, 그날의 청보리 눈물이 핑 돈다.

목에는 뻐꾹 뻐꾸기 소리가 난다. 참다못해 어머님 젖꼭지에서 울던 울음이 도져온다.

이제 청포도는 내 뜰로 돌아왔다. 달팽이가 포도 넝쿨에서 춤추듯 딸꾹질하던 유년은 기뻐서 손뼉을 치고 있다.

한 조각 흰 구름이 웃으며 지나간다. 음력 8월 초순이 성큼 다가온다. 따내지 못하고 식은 땀방울만 입안을 짭짤하게 한다.

유년의 걸음으로 오는 듯 청포도가 첫해에는 50여 송이나 매달려 탐스럽다. 날마다 따 먹고 싶다는 아이들을 저만치 기다리게 한다.

나는 가위를 들고 포도 넝쿨을 헤치며 가까이 다가갔다. 아이 같다고 히죽이는 아내의 까치 소리가 야단이다. 하지만 내친김에 내 유년의 꿈 알을 따내고 있다. 따내어 내 아이들에게 다시 심어주고 싶다. 그들의 아름다운 유년을 키우기 위해서 포도송이를 함북 안겨주고 싶다. 가슴이 뛴다. 조심, 조심 받쳐 들고 내 유년을 하나하나 따내고 있다. 내 유년은 아이들의 새카만 눈에서 반짝이고 있다.

나의 유년을 따 먹고 있는 아이들은 기뻐서 어쩔 줄을 모른다. 어디를 가도 흙이 있는 뜰에서 그들의 청포도 유년을 아름답게 가꾸어주고 싶다.

고향이, 자라던 집이 그리울 때 꿈 알 하나하나를 헤이면 부모 생각이 간절하다. 형제들을 서로 가까이하며 만나고 싶다. 마침 고추잠자리 한 마리가 가을바람을 흔들며 내 이마에 앉을 듯 날고 있다. 빠른 세월도 잠간 머무니 쉬엄쉬엄 여유를 가지고 산다는 것도 보람된 일이 아니겠는가.

글 읽는 아이들의 투명한 목소리가 들려온다. 기쁘면 모든 것을 이룰 수 있을까! 그들의 꿈나무를 앞에 두고 자라는 청순한 모습들 쓰다듬어 주고 싶다. 청포도 알처럼 자라도록 당부하는 나의 마음이 아이들은 간직했을까. 떨어질듯 약하게 보여도 몸매는 반듯해야 하고 지혜는 겸손과 항상 둥글넓적하게 갖추어야 한다는 이 이야기도 오늘따라 잘 받아들여졌을까.

　달콤한 사랑을 당기며 나눌 줄 아는 사람들은 정직한 자연을 통해서만 체득함을 일러준다. 아무튼 푸른 물방울이 익어오는 뜻을 새겨 지닐 줄 아는 그들의 꿈을 내가 키워야 한다. 거센 비바람이 불어와도 다져진 땅 위에 어머니의 간장 맛이 우리를 키우듯이 내가 사는 고장, 한마당의 꿈을 하늘빛처럼 가꾸며 밝고 맑게 살고 싶다. 푸른 물방울이 쓴 일기처럼 더욱 아름답게 반짝이게 해야겠다.

한 그루 벽오동을 옮겨 심어 놓고

천년의 시골햇살을 다시 만나기 위하여 돌아온 뜰의 남은 터에 한 그루 벽오동을 심었다. 햇빛과 바람과 빗소리가 어울리게 심었다. 비파나무와 백목련과 마주하여 달뜨는 밤에는 거문고 소리를 들을 수 있도록 심었다.

뜨거운 사랑으로 하여금 눈물의 완성을 위해 빈자리의 여유를 가늠하는 손질을 했다. 춥고 긴 겨울을 생각하며 봄, 여름, 가을의 빛깔을 보기 위해 기다림으로 다지고 다졌다. 좀 더 가까운 정분을 붓 끝에 굴리고 싶었다. 내가 서성거리는 곳에 오욕五慾을 뽑아내고 순수한 세월을 뿌리 내리게 손질하였다.

문을 열면 청유淸遊하는 고뇌의 깨달음이 시詩로 생동한다. 실천과 참된 영혼의 손짓을 볼 수 있다. 수행하는 육근六根과 육경六境과 육식六識의 일탈을 가라앉히기 위해 공空에 연유하는 뜻을 품는 성숙미를 본다.

이제 우주의 순환을 한 그루에서 느끼며 내 실체를 훌훌 벗어던진다. 깊은 바다 속에 한없이 내깔리게 하여 그곳의 깊은 산과 골짜기 따라 새로운 고행苦行을 시작하기도 한다. 삼독三毒을 씻으며 사문沙門에 도달하기 위해 새로운 기쁨을 찾기도 한다. 보아하니 흰 구름 한 점이 머물더니 소나기 되어 내 빈곤을 붓질한다. 날렵하고 잔꾀 많아 해죽거리는 뽐냄을 씻어 내린다. 말 많고 인색해하는 착각의 사유思惟를 계戒가 다스린다.

저어 너울거리는 넓적넓적한 잎으로 하여 가사袈裟를 가을빛으로 바래낸다. 몸에 걸친다면 그 안에 삼의三衣가 있지 않는가. 그러나 늘씬늘씬 자라는 벽오동 앞에 한정된 몸 머리가 이제 발끝을 불허한다. 나의 갈등과 당황은 불로 변하자 오히려 고락이 분노한다.

업보란 반드시 나에게도 있겠다. 오온五蘊과 문답하여 당당한 나의 내부를 씻어 위선을 훑어낸다. 진짜 어리석음을 위해 인과율을 멀리한다면 과연 성불하는 가능성의 기대감은 있을까.

또 하나의 슬픔으로 하여금 벽오동의 가지를 빌려 거꾸로 짚지 않아도 될 것인가.

내생來生을 위해 사는 나무의 중도中道는 이미 적정寂靜과 증지證智와 등각等覺과 열반에서 관용慣用하였는지 흔들림에 순경順境하고 있다.

합장하는 모습에 어찌 내가 나를 의심해서야 되겠는가. 바람으로 하여금 그만큼의 식별을 이야기로 주고받겠는가. 햇살 쪽에 선 자유의 선택에 누가 불만하리오.

정작 꽃나무에서 번뇌함을 벽오동으로 하여금 깨달았으면 미로迷路의 이기심을 버리는 것이 순리 아닌가. 피안에 서게 되었을 것을…. 무엇보다도 나를 가까이 세우기 위하여서는 무의미를 제어制御하는 이파리로 하여금 나를 쓰다듬어 본다.

윤회의 연기緣起에 무명無明의 소립자素粒子들이 무상無常의 법칙 밑에서는 반야般若로 게으름을 닦아 본다. 의혹을 초멸剿滅하여 땅에서 하늘을 보는 순결을 위해 합장하고 있다. 허덕이지 않고 웃음 위에 기쁨을 얹어 나를 쳐다본다. 긴 밤의 어둠 앞에서도 고개 숙였지만 괴로워하지는 않고 있다. 상한 병고에서 잃어버린 뼈를 다시 찾아내어 실상實相의 애착을 끊는다.

부정관不淨觀으로 행함을 얻고 있다. 미래를 약속받아 팔정도八正道의 고백을 위해 수문守門을 부수고 헐고 있다. 내 사랑을 위해 밤의 삼분지 일을 흔들어 깨어 있게 한다. 소유하기 이전의 생사를 보報로 하여금 선善을 행한다.

소중한 보시布施를 벽오동 씨로 하여금 쏟아주니 흡족함도 모자랄 뿐이다. 뜨거운 뿌리로 하여금 안수고인安受苦忍한다. 내원해인耐怨害忍으로 붙잡고 있다.

이제 벽오동을 심은 지 햇수를 헤는 마음으로 부득불 삼보三寶에 귀의歸依하고자 한다. 그 청담한 자태에 날마다 마주서 대화한다.

십악十惡을 문제 삼을 것이 없고 보면 마치 거문고 소리가 답한다.

깨닫는 세월 앞에 누가 함부로 오계십선五戒十善 중의 하나를 어긴다고 하겠는가! 열반이란 딴 곳에만 있는 것이 아닐진대.

백로가 찾는 둥지

결별의 아픈 끝자락을 가리켜 주는 계절의 순리에 따라 은백색의 나래 짓을 본다.

갈대숲 머리를 짚듯이 어느 날의 물안개처럼 느긋한 눈가림을 피해 날아오는 백로 떼를 맞이한다. 백로가 찾는 고향은 그 약속의 땅을 향해 날고 있는 장관을 보는 순간 교차되는 안쓰러움은 무엇 때문일까?

시작과 끝의 긴 나래 짓에서 오는 허전함이 아니라 갈림길에서 쉬어 갈 자리는 다시 비상할 수 있는 곳인지 더욱 불길한 예감에서 더욱더 괴로워하는 것이다.

저 결백하고 고고한 성정에서 오는 그들의 한결같은 정직성과 믿음을 볼 때 안타깝다. 오히려 내가 안달이 나서 거기는 죽음의 늪이라고 가로 막아 일러주고 싶을 뿐이다. 그러나 그들의 직성은 풀리지 않은 채 어김없이 고향을 향해 보금자리를 찾아온다.

저것 봐. 한 해의 충동질로 날아오고 있는 몸짓들 보이는가! 둥지를 틀고 탄생을 위해 이 땅에 살고 싶어 하는 애착을 본다. 그럼에도 우리는 관심에서도 멀어진 여기에서 앉을 자리마저 오염시키고, 헐어 버리고 있지 않은가!

그래도 그들의 민감성은 옛 보금자리를 버린다. 새로운 곳을 찾는 영리함에 안도의 한숨은 쉴 수 있다. 그러나 농약 때문에 갑자기 백로 떼의 죽음 소식은 계속 보도되었다. 나의 생존마저 불안하여 실의와 좌절에 빠진다. 경악하며 커다란 충격은 나도 살고 싶지 않은 자폐증 환자가 되는 것 같다.

이 땅은 순백색의 날갯짓과 아침저녁으로 흘러넘치는 새소리의 아름다움이 있지 않는가! 위기에 처한 아픔만 갖고 있으면 안 된다.

자연보호를 위해 우리 모두 나서야 한다. 참으로 무모하고 미련한 우리의 딱한 입장만 서로 떠넘기는 참담함을 그냥 목도할 수 없다.

곧 우리를 우리가 죽음으로 절망시키고 있다. 정말 아름다운 이 땅을 살릴 수 없을까? 나는 어느 것이 중요한 것인지를 묻고 싶지는 않다.

그러나 자연 그대로를 가꾸는 우리 모두의 함성에만 그쳐서는 안 된다. 우렁찬 함성이 하나가 될 때 우리는 희열이 솟구치기만 하겠는가. 오로지 자연보호 실천만이 우리의 희망과 꿈이 패기에서 손잡고 사는 보람을 확 펼칠 수 있다.

백로와 함께 살아온 우리의 민족성을 다 말하지 않아도 알고 있다. 흰옷을 사랑한 이야기는 지금도 면면하다.

여기에서도 우리의 슬기가 온 누리를 누비는 한 갈래의 맥락을 찾을 수 있다. 농경시대의 흙에서 살아도 하얀 새 옷 갈아입고 나서는 불문율이 전통이 되어온 것은 사실이다.

고된 삶으로 구겨진 우리의 생활을 흰빛으로 일어설 수 있게 한 힘은 흰빛을 사랑하는 민족성에서 왔을 것이다.

순결과 결백에서 지조 높은 인내심과 투지력의 끈기, 그뿐인가. 이미 흰색은 무한한 가능성이 회자되고 있다.

혹자는 단순하고 못 배운 지식으로 물색 옷을 짜는 지혜가 없어서 고생한 민족이라 하지만 그것은 편견에 불과하다.

최초의 빛은 흰색에서 출발함이요, 최후의 빛도 흰색으로 남는다. 흰색의 뜻은 우리 민족의 영혼이다. 영혼의 빛은 흰색이다. 우리 민족은 이미 옛 무덤에서 찾은 날개가 백마를 타고 하늘을 날고 있다.

내가 직접 현지로 여행한 이집트의 '룩소르 신전'을 비롯하여 왕들의 무덤에서 그리스의 신화보다 앞선 새는 사람이었음을 발견했다.

그들의 새는 푸른빛을 띤 날개였지만 우리의 영혼은 흰 날개였다. 1992년 4월 어느 날 나일강변에서 본 밤하늘의 별은 찾기가 너무도 어려웠다. 그것을 보기 위해 찾는 별은 유난히도 푸른 별이었다. 별은 이집트인의 영혼이라는 것이다. 그 푸른 영혼은 별이 되기 위해 푸른 날개로 날아서 별이 되었다는 것이다.

그들의 영혼도 환생된다고 믿기 때문에 카이로 시내에 호화스러운 돔식 무덤이 건축물로 즐비하게 서 있다. 이승과 저승이 함께 공존하고 있다.

우리도 구비 전승에서 전래되는 것을 많이 볼 수 있다. 그 예로 연안 차문 강열공파 문중산인 '비학산(飛鶴山, 통영시 사량면 양지리 백학마을의 서쪽 위치)' 이름이 지금도 말하고 있다. 그 비학산 제일 위에 위치한 선대의 무덤에서 흰 백로가 날았다는 전설이 퍼져 있는 마을이 백학마을, 이름에서도 알 수 있다.

누구든 저승을 갈 때 수의를 입고 떠난다. 흰빛은 여백의 예술과 상통한다. 이 모두는 날개로 응축된 다시 만나는 환생에서 무한한 잠재력으로 승화시킨 것이다.

　마지막 떠남은 학춤으로 그 나래 짓에 묻어나는 우리의 바람을 보여준다. 기쁨을 내뿜는 죽음의 나부낌으로 우리에게 희망과 꿈을 안겨준다.

　우리 민족은 옛날부터 어려움 앞에서는 태극기의 물결이 되어 천지를 진동시켰다. 이 산하의 함성은 어느 곳이든지 배어 있어 간혹 두루미나 백로 떼의 이동을 보는 것 같다.

　우리가 살면서 반가운 사람을 만나면 손짓부터 먼저 하듯이 사실 사는 것도 하얀 손짓 아닌가. 백로의 노니는 넉넉함을 볼 때마다 여유와 지혜를 배웠고 까마귀와 구별시킨 충절의 노래, 심각한 배고픔에도 한 발을 치켜들며 아주 천천히 밖을 나서 살피는 자태는 지조 높은 우리 선조들의 정신이라 할 수 있다.

　가난해도 함께 사는 공동체의식의 발로에서 따뜻하게 살던 고향 사람들과 조금도 다름이 없지 않다.

　환한 웃음을 터트리는 백로들을 보았는가. 청대 밭이나 청솔 숲에서 가지를 휘어잡을 듯이 휘돌아 내려앉을 때의 장관은 물론, 앉은 채의 저녁때쯤에 환한 웃음을 터뜨리는 것은 마치 백목련화가 아닐 수 없다. 막걸리 잔술을 돌리듯 텁텁한 목소리에 이리 날고 저리 나는 그들의 소란스러운 잔치는 어찌 학 병풍을 치고만 누워 있겠는가.

　또한 간밤을 보낸 새벽 발걸음을 한참 멈추게 하는 정경은 때 아닌 함박눈이 솔밭에 내려 가지마다 하얀 눈 꽃송이를 보는 것 같다. 자세히 살피면 정화수를 떠 놓고 소복을 입은 어느 한 여인의 애절한 기도다.

　날개를 폈다가 오그리고 또 폈다가 오그리는 몸짓은 두 손으로 소원

함의 몸짓을 보여준다.

이런 가운데 문득 떠올리는 것은 고려청자기와 조선백자기다. 솔숲에서 비상하는 백로에서 본 청자기다. 클로즈업시킨 조선백자기에서 비상하는 그 자체가 백로다.

생동하는 백자 술병을 잡고 청자 그릇에 빚은 청주淸酒를 마시는 것 같다. 바로 백로가 자연을 끌어안고 있는 지고지순至高至純이 아닐까. 어떻게 보면 우리 민족의 정통성 의미를 창조 승화시킨 것이다.

옛 선조들은 비가 오고 궂은날에는 깔끔한 흰옷을 입고 나들이를 한다. 생전의 아버지도 여름에 비만 내리면 흰 모시옷을 입고 동네 어른들을 찾는다.

때로는 물꼬 괭이를 메고 논으로 간다. 직접 박토를 일군 은개골 논을 잊지 못하여 그곳으로 가서 자주 물꼬를 돌보며 손질한다. 먼발치에서 바라보면 청승 백로의 몸짓이다.

논고둥 줍는 백로처럼 논 가운데에서 벼를 손질하시고, 논둑을 타고 천천히 걷는 모습은 백로 자태와 다름이 없다. 어느 때는 논둑길이 좁아 걸음을 잘못했을 경우 학의 날개를 펴듯 팔을 들고 몸을 가누는 모습을 볼 때, 아무래도 아버지는 백로처럼 살고 계실지 모른다.

나에게 물려준 그 논은 항상 아버지 제삿날에는 아버지 모습이 떠오른다. 더군다나 그 논을 팔아 버린 나는 아버지 영전에 엎드렸을 때 눈물이 맺히곤 한다. 내 늑골까지 쩡쩡 울려오는 아버지의 호통 치는 소리가 지금도 나를 후회하게 한다.

그곳은 백로의 서식처다. 물이 조그마한 늪을 이루고 있는 다랑이 논이다. 물고랑에서 끊임없는 물줄기가 솟고, 논고둥이 많았다. 진흙땅과 고이는 그곳에서 백로와 함께 자란 아이는 백로의 친구였다.

강둑을 따라 굴렁쇠를 굴리다 백로 떼의 비상을 본 순간 강물에 함께 굴러 떨어진 내 유년의 텃밭이었다. 두 마리의 백로를 잊을 수 없다. 그러나 한 마리가 날아올 때는 왜 혼자인지 걱정에 깨어나도 그 한 마리가 지금도 궁금하다.

그래서 소 풀 먹이러 아침 일찍 소고삐 잡으면 횅하니 은개골 논으로 갔다. 논고둥을 많이 잡아 백로가 앉는 자리에 갖다 놓았다. 처음에는 겁이 나서 날아갔지만 반복된 정성에 백로가 날아와서 먹어 치운다. 신기해서 논고둥을 잡다가 보면 어스름 저녁이 된다.

다시 논둑 옆에 논고둥을 모아 놓고 기다리면 이미 논 뒤 솔숲에 백로 떼는 목련꽃으로 벙그고 있었다.

아침 일찍이 소를 몰고 가면 함박눈이 소복이 쌓여 있다. 떠올리면 내 유년의 하얀 날개가 그곳에 푸드득거리고 있다.

지금도 그 치렁치렁한 솔숲에 내 자유의 날개는 비상하고 있을까.

1990년대 2차선 도로가 난 후 다랑이 논은 그 형상을 찾을 수 없다. 어디든 백로의 죽음에 대한 소식뿐 우리와 함께 사는 자연의 모습은 날로 훼손되고 있다.

이 땅을 찾는 우리의 마음에 절절한 호소문과 같은 백로 떼의 *끄악~끄악* 울음소리가 결별의 끝자락을 찢는다. 내 유년의 굴렁쇠 위에서 비참하게 추락하고 있다.

맑은 물바람소리 따라

　사람마다 개인의 성격에서 오는 탓이겠지만 해마다 여름이 오면 나는 바닷가보다 푸른 계곡을 낀 등산을 더 좋아한다. 맑은 물소리 바람소리는 어느 곳에서나 들을 수 있지만 심산유곡을 건널 때 흘러넘치는 청량감에 더욱 애착을 느끼지 않을 수 없다.

　아름다운 산과 강가에서 푸른 숲을 키우며 살아오는 저 맑은 물바람소리가 풀벌레소리에 끊어졌다가 이어질 때 가슴이 서늘하다. 생존의 고달픔과 오늘의 공해公害에 사는 나에게는 영원한 사랑의 동행자가 아닐 수 없다.

　정지하지 않고 무한한 흐름 속에 공유하며 생성하는 자타自他를 본다. 의연한 미학을 설파하고 있는 누군가가 나를 이끌고 있다. 번거롭게 등산복을 입는다든가 떠들썩하게 어떤 군중 심리로 향하지 않는다. 조용하고 즐거운 마음으로 지팡이 하나 벗하면 족하다.

　이승에서 아프고 쓰린 눈높이와 눈 아래에서 그 무엇을 잃어가는 내 모습을 되찾을 수 있는 자신감으로 출발한다. 자연의 신비와 조화 속에서 나를 흔들어 깨우치는 무성한 울림이 쟁쟁하다.

　산 그림자처럼 살아가는 내 생명의 찌꺼기를 씻어내야 한다고 호통치는 메아리가 살아있다.

　천고유무千古有無의 산실을 들어서는 듯하다. 레몬 껍질과 더덕 껍질을 벗기는 냄새가 싱그럽게 코를 찔러온다. 푸른 잎을 따 먹고 있던 한 마리 노루가 산자락을 가로질러 뛰기 시작한다. 푸른 나무 잎에서 졸고 있던 여름 햇살들이 찬란히 부서진다. 푸른 파도가 일렁이고 있다. 햇살들이 물무늬를 밟다 겹쳐진다. 연꽃들이 피어오르고 있다. 연꽃 속에서 익어터지는 눈물이 차오른다.

홍건한 눈물을 밟고 오는 또 하나의 보랏빛 그림자가 가시밭길에서 맨발로 온다. 떡갈나무 잎을 뿌리며 미움과 사랑의 사이 길로 빠져 나간다. 어디서 집적거리는 소리에 해일이 일어나듯 하얀 학들이 비상하고 있다. 없는 것도 봄부터 눈짓으로 반짝여서 심지 끝에 인연을 불붙이고 있다. 여유와 관대함을 구름 위에 얹어 놓는다. 무상無常도 산사에 돌아앉는 세월을 물끄러미 쳐다본다.

떠나지 못하여 지란지교의 그림자를 반석에 붙들어 앉히고 설레는 우리들의 각별함은 어떤 색깔로 남아 있을까. 누군가 마중하는 초록빛 가지에 피곤하고 무겁기만 한 목숨의 덧옷을 걸어놓고 앉아 논다.

풀피리 구멍을 다듬으며 달무리 지는 하늘아래 떠나온 삼십대 말년 고개의 허물을 쳐다보고 있다. 가난은 더욱 맑아만 온다. 소나기 지나간 산 빛에 결코 걸러내지 못한 회오들을 씻는 소리가 들린다. 짚어 보아도 남김 없는 알몸으로 익는 산열매는 무슨 기억으로 나를 집적거릴 것인가!

산허리를 감고 오는 안개처럼 부끄러움이 회한을 날린다. 손톱 밑에 아리는 가시마저 뽑히는 것 같다. 믿는 것만 남아야 하는 투명한 순수 안에 생사의 무시무종을 만난다. 일찍이 복락을 버린 고다마 싯달다

태자의 출가도 사고四苦의 해탈을 위해 아프고 쓰린 발 뿌리를 흐르는 물속에 담그지 않았던가. 몇 번이나 씻어 냈을까! 실로 선禪의 본원은 시공을 초월한 것이라면 실상實相의 발상지는 물바람소리에 연유하지 않았을까? 진공眞空의 백팔번뇌를 씻어온 것일 수도 있다.

일찍이 통영의 미래사가 초옥일 때 그곳에 우거하시던 구산九山스님의 글월이 생각난다. 즉 사유의 일경一頃에 탐미하여 인연을 정靜에 두고 뜻은 각覺에 두어 가다듬어야 일초의 욕망을 멀리하고 세계가 부처의 본심으로 되어야 한다는 것이다. 바로 삶의 구도가 아닌가?

처음은 무심히 지나쳐도 그 목소리는 지금도 지워지지 않는다. 진하고 진하게만 애착하는 뜰에서 의미의 결이 고운 무늬는 더욱더 리얼하다.

그렇다면 시인, 묵객, 철인들을 탄생시키는 자는 과연 누구일까? 영겁으로 흔들리며 예나 지금이나 아픔을 나눌 줄 아는 청아한 공간미에의 윤회는 해와 달을 향해 묻는다면 해답은 물바람소리에 있을 것이다.

여기로부터 거듭나서 새로운 성불의 업력業力을 불멸로 다스리는 화두다.

그렇다면 물바람소리는 응어리지고 착잡한 오늘을 살아야 하는 나의 아픔을 나눌 줄 아는 반려자다. 그래서 올 여름에도 푸른 계곡을 향한다. 나를 다스리기 위해서다.

그러므로 이 땅에 살고 있는 품삯이랑 때론 산석山石에 눌러 두고 걷는다. 볼품없는 내 빈 몸을 이끌며 초록빛에 흔들려도 물바람소리를 만나면 경쾌하다.

오묘한 떡갈나무 숲이 내뿜는 물바람소리는 더욱더 좋다. 주소만 가지고 살 수 없어 누군가를 그 동굴로 이끄는 차라투스트라를 찾아 산을 오르내린다.

가을비가 오니

올해의 가을도 우리들의 빈손과 눈빛을 읽으며 저만치 익어오고 있다. 다시 만날 껍질 속의 방황을 더듬으며 구성지게 우는 귀뚜리와 함께 내깔리는 청승을 바람은 버리고 있다.

내 아픈 상념들을 쓸며 만나보고 싶은 그리운 이들을 자꾸만 멀어지게 한다. 불면의 밤을 창밖에서 누가 담고 있다. 손잡아주고 싶은 옛정을 쓰다듬으며 가만 가만히 오는 고독한 빗방울은 나를 떠밀며 섬을 만들고 있다.

정이란 마음속에서도 살지만 오늘따라 눈 끝에서도, 손끝에서도 뜨겁게 사는 것을 더욱 느껴지게 한다. 끝없이 남는 소리로 나를 적시고 있다.

유혹의 촉감이 나를 껴안는다. 성숙한 그들을 아픔으로 벗기며 뜨거운 눈물을 세상에 내려오게 하고 있다. 고개 숙인 진실을 위하여 입술을 열게 한다. 안개의 긴 강둑이 보이기 시작한다.

주저앉아 울던 아픔의 저편에는 무너지는 춤꽃이 너울거린다. 쌓이는 실명들이, 들뜬 비정이 문드러진다. 때진 겉살웃음이 히죽거리고 있다. 기름기에 살찐 두꺼비도 취기의 눈빛으로 망명길에서 허덕이고 있다. 습기 많은 오뉴월이 배신자들의 헛기침소리를 멈추게 한다.

통기타소리는 그믐밖에 만나는 약속들 마냥 옆 눈으로 비스듬히 기

울어지고 있다.

초록빛 둘레를 돌던 여름새들이 초저녁 불빛에도 날지 못하고 있다. 각설이의 노래에 떨어지는 은행잎 마냥 순결의 뼈들만 맞춰 놓고 꿈을 바래고 있다. 책갈피가 된 색감들이 기약 속에 번뇌를 삭히기 시작한다.

허세에 살던 봉우리들이 가발을 벗어던지고 귀의하고 있다. 불속에서 잃은, 물속에서 건져 올린 자색 빛깔들이 골짜기를 메우고 있다.

파시波市를 버린 얼굴들은 노을 밭 능금 빛이 된다. 사람 뒤에 오는 영혼끼리 고향 이야기를 한다. 떨어지는 홍시감은 어머니의 장독대에서 우리들을 기다리고 있다.

자꾸만 쓸어다 버리는 파도빛깔의 사연 속에서 금붕어 꼬리들만 보인다. 이 가는 욕망들이 본능을 톱질하고 있다. 숲을 버리고 청빈해지고 싶은 제목들로 푸른 대밭에 서서 댓잎으로 피리를 분다.

칼춤을 추던 무당들은 화려한 옷들을 불속에 벗어던진다. 불탄 자리에서 버리는 자와 줍는 자의 준엄한 피로들만 엉키고 있다. 눈물에 한 사내의 옷마저 벗겨지고 있다. 공사장에 있는 돌들의 웃음거리가 젖고 있다.

울안의 한숨처럼 들리지 않는 울음이 전선을 타고 흐르고 있다.

적막한 감각의 아득한 곳에 홰치는 수탉의 살풀이 소리가 들린다. 타고난 천성天性은 닭 눈으로 번득거리며 추운 어깨를 하고 있다.

젖은 자만 젖을 줄 아는 외로운 노동의 뼈와 살은 분명해진다. 사랑의 이름들을 서로 부르며 꽃배를 타고 있다. 손을 흔들며 마지막 나룻배는 떠나고 있다. 병든 자들은 등불 옆에서 나비의 독백을 하며 황홀한 주검을 물끄러미 쳐다보고 있다.

모든 것이 끝나는 자리에 겨두는 자의 예비한 심지는 타고 있다. 긴 그림자들은 나무로 흔들리고 있다. 가을을 향해 떨어지는 것은 끝남이 아니다. 시작하는 꿈의 빛깔로 빛나고 있다.

마음 하나 익어 오는 빛 속에 앉아 열매로 돌아오는 투명한 소리들을 골라내고 있다.

짧은 가을비는 낙엽마다 봄을 재촉하는 편지를 쓰고 있다. 아내는 편지를 읽으며 흰 쟁반에다 비에 젖은 능금을 받쳐 들고 들어선다. 능금 하나에도 인색해서 용서 받지 못한 채 다시 이승에 태어나면 뭣해?

나의 부끄러움을 끄집어내는 아내는 불빛으로 나를 헹구어내는 눈빛은 싱그럽다. 갓 담아낸 사과 빛깔처럼 약간 상기된 얼굴로 말없이 웃음만 머금는 표정에서 긴 겨울을 걱정한다.

조금 허전한 나의 마음은 사과 빛깔에 부딪친다. 깊은 골짜기로 떨어지고 있다. 안개 속을 헛디딘 멀미의 무게들과 함께 포물선을 긋는다.

엉성히 만나던 지난날들이 떠나는 길은 텅 비어 있다. 가만 가만히 따뜻하게 손잡아주고 싶은 진실만이 아내의 눈빛에서 반짝이고 있다.

다시 축복받은 땅을 밟으며

지금 은행잎이 떨어진다. 우수수 발등에 떨어지는 20세기의 마지막 잎을 주워 본다. 다가오는 세월의 행간에서 기다리는 21세기의 시작임을 느낄 수 있다.

나는 어디까지 왔는가. 오랜 기다림으로 만나는 이 땅, 미래가 약속된 땅에서 오늘은 유별스럽게 가까운 마을과 마을이 마주하여 닭 우는 소리가 들린다.

감미로운 과일 나무들의 가지에 닿는 빛살은 현란하고 겨울 채비를 서두르는 나무와 풀들의 향기가 특유하다.

기후는 온화하고 화창하며 탐욕과 성냄, 어리석음도 마음속에만 있을 뿐 눈에 띄게 드러나지 않고 사람들의 마음도 유순하여 평화롭다. 만나면 즐거워하고, 착하고 고운 말에 정이 넘치니 어디론가 모이는 원을 그리고 있다.

언제나 겸허한 마음에서 먼저 맞이한다. 미리 마음을 열어두고 사는 이 땅, 목소리는 더욱 차이가 없이 한 목소리에서 바다에 닿는다. 거두는 손에는 열매가 껍질 없으니 눈부심은 기쁨으로 충만해진다.

어디 그것뿐이랴. 길가에 버려진 금은보화라도 주워 숨기지 않고 그것도 찾아서 되돌려준 미덕의 고향에 사는 것은 내가 바라던 행복감이다. 생각을 할 때도 바다처럼 깊게 한다.

나설 때에도 산처럼 아주 여유로워 감사하는 걸음걸이가 어긋나지 않는다. 둘보다 하나에 진실의 보탬을 드리고 싶다.

땀을 흘리는 산과 들에서 우리의 참모습을 찾아 나서는 날들이 반복되어 왔다. 사랑하고 순박하게 살기를 원하는 땅을 실컷 밟아 본다.

천대받거나 소외된 사람들 편에는 손과 손을 잡아주고 앞장서고 싶다. 미풍이 닿는 곳, 용화수龍華樹 밑에서 마음을 비우는 옷깃을 바로 하며 도솔천의 물바람소리를 가다듬는 날들이 몇 해이든가.

구름을 짚고 오르면 바다 위에 산과 섬이 있다. 산 위에 바다가 흔들리는 매력창출의 조화가 세계 어느 곳에서도 볼 수 없는 절경이 펼쳐진다.

있음에도 더 있게 하여 감싸주는 아름다움을 쏟아내는 땅. 아늑한 내 고향 어디 용화세계가 따로 있는가.

없는 것이 있는 것이네. 아! 벌써 가을 발자국소리의 마지막 색깔 은행잎에서 기다림의 시작을 다시 읽고 있다.

산울림

나를 찾아 나선 산중에서 나를 불러 본다. 내가 어디에 있는지 부끄럽도록 불러 본다.

가난해지더라도 더욱 더 많이 생각하며 이슬처럼 맑아지는 순리가 어디에 있는지 불러 본다. 그러나 아직도 응감하지 않는 미륵산은 나를 비웃으며 다만 혼자 서 있게 한다. 또 하나의 나를 보내주지 않은 채 아프지 않은 고독을 가까이하도록 한다.

스스로 고백하게 하고 길이 없어도 길을 찾게 하며 방황하도록 한다. 찢어져 남루한 옷에 살점마저 가시에 찔리게 하고 할퀸 채로 걷게 한다. 참으로 끝나지 않는 방황, 깊은 산중으로 끌고 간다.

번개와 천둥소리에 비바람의 몸부림으로 열두 번의 허물을 벗기고 있다. 사모의 정에 인연이 다하여도 내가 나를 만남이라는 것 외는 이제 더 바랄 것은 없다.

그러나 내 목소리는 나의 귀에 닿지 않는다. 투명한 산열매를 따먹으며 절실한 물음을 던져 본다.

아직 나는 나를 찾지 못하고 있다. 무성의 소리마저 듣지 못한 채 아픔은 저 숲 바람에 흔들리고 있을 뿐이다.

거슬릴수록 사방에 산 무너지는 소리에 짐승들의 울음소리만 들려온다. 사는 뜻은 갈수록 돌아올 뿐 답답하고 허탈감으로 숨이 차다.

혼돈의 유희 속에서 나의 무모는 나의 고독을 엄습해온다. 오만의 불씨는 입술을 새카맣게 타게 한다. 단절된 언어의 충동질은 헛웃음 치도록 한다. 그러나 허망의 껍질을 벗기기 위해 어리석음은 오늘도 나를 불러 본다. 훌훌히 나의 실체를 벗어던지도록 한다.

그러나 망각의 먼발치를 질러서 수미산 골짜기까지 가더라도 나를 찾고 싶어 나를 불러 본다. 부르다가 지친 고개 숙임 위에 내리는 눈비를 붙잡고 하늘을 향해 입 벌린 채 처절한 호소를 한다.

미끄러지고 엎어져도 뉘우침 없이 손바닥만 털털 터는 오만의 가시를 뽑을 수 있는 새로운 용기로 나를 불태우고 있다.

살아갈수록 때지고 끈끈한 목숨을 씻어 나의 가운데를 보살피는 양심을 들여다본다. 짓눌림 없이 산수유처럼 향기와 빛깔을 만나는 영혼을 찾고 있다.

참솔 밭에서 솔잎으로 바람소리를 거듭 걸러내는 세월을 잊어서라도 남는 것은 남게 하고 버릴 것은 버리기로 결행한다.

내가 어디쯤 있는지 만나 봐야 한다. 해와 달을 삭혀온 물소리로 하여 안개를 걷어내고 있다. 눈을 감아도 보이는 영혼이 사랑과 자유의 깃털로 날고 있다. 그날까지 나의 확신을 질문하고 있다.

감격하는 눈물이 산빛으로 웃을 때까지 산삼을 캐는 심마니가 되듯 말이다.

잃어버린 나를 붙잡고 떳떳이 하늘을 보고 설 자리에 설 수 있는 신념을 받아내기 위해서다. 순수한 진실 앞에 기다림은 바위가 되어도 좋다.

아름다운 약속을 찾아 산 중 산에서 지칠 줄 모르는 고뇌를 누가 미워하겠는가! 수년간 세월의 걸림돌에 좌절은 멍들어도 나를 찾고야 말겠다는 일깨움은 바로 산울림이 있기에 바로 거기서 체험을 얻어내고 있다. 4계절을 걸친 남루한 그대로 당신의 뜨거운 목소리 한마디라도 듣고 싶어 헤매고 있다.

걸음 멈추는 여기 간절한 발원의 응답은 어디쯤서 오고 있는가.

한 마리 학은 산기슭으로 날갯짓하며 날아가지만 산다는 것 앞에서는 용서를 빌고 싶다.

그러나 아프지 않는 고독이 재가루가 되더라도 내 모든 것을 바치고 싶다.

마음 비운 이대로 산울림 되어 사랑하는 또 하나의 나를 만나고 싶다. 그러나 오늘도 미륵산은 너털웃음으로 초라한 내 모습을 보고 껄껄 웃어댄다.

2 부

혼자서 바닷가를 거닐던 젊은 날

생명의 선율 그 그리운 날들

스스로 베푸는 어떤 관용의 소외됨을 쓰다듬어 볼 때마다 자존심의 상처는 아직도 쓰리다. 언어의 유희에서 오는 피곤은 온 살갗을 지네 발처럼 섬섬 기어 다니고 있다.

빈 잔에 고이는 또 하나의 괴로움이 온몸의 두드러기처럼 도져온다. 마치 진흙탕에서 기어 나오는 두꺼비처럼 껌벅거리는 환시 같은 것이 허물을 벗지 못한 채 그대로 멈추고 있다.

어디로 가고 싶다. 그토록 억울함을 길들이지 못한 세상의 손바닥을 다시 엎어 네발로 땅을 친다. 온몸 저리도록 이끌고 끝없이 방황하고 싶다.

스스로 채워주지 못한 자애로움의 긴 시간을 모자이크만 한다고 될 일이 아닌 그곳으로 훌훌히 떠나고 싶다. 스스로 인고하는 땅에 내 정갈한 땀방울의 순리를 심으며 빛살을 가려서 푸른 창을 내고 싶다. 원색의 지성인들과 소통하고 싶다.

비뚤어진 세상을 제발 벗어 버리고 정직과 양심이 진실로 만나는 의자를 마련하는 곳에 나를 쉬게 하고 싶다. 이목구비를 감싸는 푸른 바람이 사는 곳에 따뜻한 시작을 나누고 싶다.

거짓에 고뇌하는 벽을 무너뜨리며, 환청에 열린 수많은 귀를 차단시키고 가슴을 먼저 열어 보려 한다.

그래서 수년 전부터 침묵을 벽돌처럼 한 장 한 장 쌓아 올리고 있다. 내 양심을 이슬에서 잠 깨워 물어보고 싶은 게 있다. 열기를 잠재우는 푸른 호숫가에 가난한 일상의 그림자를 띄우면서 화평한 아침 비둘기 떼가 날고 있는 연유를 묻고 있다. 항상 따뜻한 손길은 팔 벌림 앞에서 맞이하여 거듭 태어나는 생명의 선율 그 그리운 날과 함께 교직交織하고 싶기 때문이다. 그동안 나를 얼마나 잃었는가.

무엇 때문에 허비한 세월을 그대로 연줄처럼 줄만 풀어주었는가. 나를 돌아볼 수 있는 존엄한 충동질과 혼돈하던 그날들이 몸서리치는 때가 신선한 충격을 받지 않았기 때문일까?

더 크게 넓게 생각하는 순수한 일상들을 아껴보기로 했다. 신념은 뿌리처럼 깊이 내리고 의지의 마디마디를 분명히 하여 청대처럼 살기로 했다. 욕됨의 언덕을 내려서서 다시 아버지의 강을 건너서 용서와 용서가 만나는 푸른 들판을 만나야겠다.

내가 보이는 땅에서 푸른 하늘을 쳐다보면 겸허해지는 바로 거기에서 잃어버린 내 모습과 음성을 찾고 있다. 눈부신 약속이 속삭여주는 신비스러운 나의 촛불이 바람 앞에서도 꺼지지 않는 미지의 땅 그곳에 안착하고 싶다.

상실보다 미래를 열기 위해서이다. 정지된 시간보다 새로운 출발을 인도하는 태양이 빛나는 그러한 곳에 슬픔과 아픔을 횃불로 불태우며, 끈질긴 투지력을 키우기로 다짐하고 있다.

오한과 오욕을 물소리에 철철 헹구어 본다. 곤경과 원한을 거름으로 하여 탄식 없이 축복을 받게 하는 땅을 깊이 된 갈이하고 있다. 착하고 정직하게 열리는 탐스러운 내 영혼의 열매를 붙들고 뜨거운 감사와 기도를 드리고 있다.

날마다 성찰을 통해 새로운 힘을 얻고 있다. 위선자들을 불러서 나와 함께 휴식하게 하고 스스로 깨닫게 하는 진실을 말하고 있다. 찌든 가슴으로 가꾼 옥수수를 스스로 벗겨 알맹이 속의 가난한 눈물이 울던 날들을 잊지 않으려고 마주본다.

때론 내 정중한 의식의 새를 날려 매몰찬 허욕을 멀리 버리기도 한다. 한 여름의 갈증을 한줄기 소낙비가 되어 내 머리를 적셔줄 때 그대로의 나를 볼 수 있어 행복하다.

내가 얼마나 소중하며 어떻게 살아야 하는지 나의 부활을 위해 스스로 치유할 수 있는 능력을 갖는다. 혼탁한 이 시대의 나를 찾는 뼈저린 작업으로 더 강인해야 절실한 삶이 필요해서이다. 맑은 가난에 다소곳함을 얹어서 내가 바라는 본향을 다시 가꾸고 있다.

결론보다 끝없는 탐구와 집념의 기둥을 세우기 위해 땀과 피를 깎으며 불의와 편견은 톱날로 끊어내고 있다. 또 깨우치고 거듭 깨우쳐서 역경을 딛고 일어서는 현란한 아침을 항상 맞는 나의 열성은 아침 햇살처럼 실천하고 있다.

열정을 참 가치에 소금과 빛으로 절이고 울분이 있다면 빗물로 씻어낸다는 것은 내 가치를 보기 때문이다. 한 올의 목숨 앞에 괴로움은 말하지 않으려 한다. 긍휼해도 넘보지 않는 어떤 아량의 뜨거운 눈물이 오늘따라 더더욱 그리워진다.

그러나 아직도 깊은 동면의 가장자리는 착잡하고 시리다. 멀고도 먼

험난한 나의 길은 안개 길에 있다. 깊음을 모르는 늪지대는 나의 자존심을 끌어내리는 때가 더러 있다.

얼어 터진 손등과 아물지 않는 상처투성이가 황야의 모래바람 앞에 서면 따갑기만 하다. 처절한 공허들은 격한 불길 속에 휩싸이기도 한다. 인식하는 체념 속에 근심하는 두꺼비 한 마리가 어떤 갈림길로 하여 머뭇거리고 있다. 피곤과 안식의 사이에서 맴돌고 있다. 불신과 증오심에 오히려 분노하며 전율하고 있다. 이율배반의 끄나풀에 되감기고 있다.

그러나 극복하리라. 어떤 절규 다음에 오는 예지의 통나무배로 도전해 보리라. 터덜터덜 이끼 낀 돌 머리를 깨고 내 혼신을 불태우며 잘리는 꼬리쯤은 도마뱀처럼 스스로 끊어 버리리라. 나를 위해 살던 그리운 새 한 마리 만나기 위해 사는 목숨 다하고 싶다.

창백한 긴 고독의 그림자가 비명해도 추상같이 다스리며 환생하는 땅으로 내 천성을 찾아 고통하리라.

참된 땀방울의 빈 잔에 내 마지막 자성의 뜨거운 눈물 고이게 하리라. 은혜로움과 스스로 입맞춤 하는 땅, 청초한 내 미소를 꽃피우게 하리라. 생명의 선율 그 그리운 날들을―

퉁소를 붑니다

원래 천성이 그래서인지 아득한 일들이 쌓이면 구름을 빗금 넣으며 바람도 함께 잠재우는 퉁소를 붑니다. 목숨 둘레를 돌며 속삭이는 뜨거운 약속을 심어가면 아버지께서 가꾸던 청대 밭이 보입니다.

감, 배, 석류, 동백, 비파, 자목련, 백목련나무들이 나섭니다. 또한 걸음을 뒤로하여 돌아 거닐면 도라지와 더덕 냄새가 물씬 풍겨옵니다. 뽕나무에 열린 오디가 저의 입술을 물들입니다.

일천 평가량의 자갈땅을 개간하여 전답을 만들며 일백사십 평 정도는 집터로 만드셔서 여유와 멋을 사방에 심어 놓고 세상을 탓하고 싶으면 퉁소로 달랬으니 초야에 묻혀 살아온 팔십 평생, 우리 집안은 가난했지만 조선의 마지막 선비였음을 이제야 깨닫고 있습니다.

특히 깊은 한학漢學은 물론 주역周易까지 통독하셨고, 그 속에 신비를 뽑아내어 요귀들까지 물러갈 수 있는 피리소리를 다듬어 내셨다니 지금도 짐작할 뿐 주역의 오묘한 뜻을 알 길이 없습니다.

칠현봉七絃峯 줄기에서 큰골이 있고 병풍처럼 둘러 뻗은 산 밑에서 앞산 뒷산을 불러놓고 이슬 받아 국화주를 드셨다니 지금도 머리 조아릴 뿐입니다. 그런가 하면 "대[竹]를 심어야 해, 대를 심으면 세상을 바로 보는 눈이 있다"며 된바람 부는 쪽에다가 육십 년 전에 심은 대밭의 의미를 가르쳐주시기도 하셨습니다. 사라져 가는 대를 심도록 권장하여 차라리 꺾이면 꺾이지 굽어져 살아서는 안 된다는 이치를 일러주셨습니다.

예! 답한 어린 것이 이제 이 나이에도 세월을 아주 당당하게 밟고 떳떳이 푸른 핏줄의 힘을 모아 아버지의 불꽃처럼 타고 있습니다. 나를 지켜주는 청대 밭으로 하여금 이웃과 함께 따뜻하게 사는 법을 나누도록 하겠습니다.

비록 욕심 없는 아버지를 닮아 가진 것 나눠준 당신의 퉁소를 만들고 있습니다. 잘생긴 청대를 골라내어 피리 구멍을 다듬고 있습니다.

구멍마다 이승의 관용을 뽑아낸 불씨타래의 오관五官을 손질합니다. 사루고 깎아낸 시름의 상처가 아직도 젊어서 불타는 불을 끌어당기는 연연은 뜨겁습니다.

퉁소소리가 들려옵니다. 가락 속으로 파고드는 당신의 뜨거운 사랑이 이 밤의 고요를 흔들어 깨웁니다. 올 것이 오고야 마는 진실이 끊어질듯 이어지며 거듭 묻고 있습니다.

아픔과 상처를 부비면 물살같이 밀리기도 합니다. 속 깊은 어머니의 웃음 따라 걸어 나오면서 뜰을 내비쳐주는 당신의 한이 머뭇거립니다.

은은한 연모戀慕의 신을 벗어 들고 징검다리를 건너오듯 물소리 위에 단풍잎을 띄웁니다. 달그림자 앞세워 걸음하시는 당신의 젊은 날이 보입니다. 비록 무너진 옛 언덕에 쭉쭉 곧게 뻗는 청대를 심고, 흩어진 돌들의 적막을 깨우는 우리의 열망을 불매질 하고 있습니다.

이 땅을 지키는 창날을 다시 가려 뽑고 있습니다. 모두 눈뜨게, 귀 밝게 가슴들을 활짝 펴도록 하신 말씀 뼈 속 깊이 다시 새깁니다.

열두 마당의 한평생이 한숨으로 치켜든 흥건한 학춤처럼 사무치던 당신의 검푸르게 탄 눈물이 보입니다. 그러나 저가 태어난 대지 일백 사십 평 남짓한 옛집이 헐어지고 텃밭이 되었을 뿐만 아니라, 당신이 손수 심어 가꾸던 유실수들을 누가 베어 버렸습니다.

오직 감나무만 남아 까치가 울고 있는 모습을 보니 어찌 퉁소마저 오열하지 않겠습니까! 후일 감나무 선 흔적마저 지워 버려 무성한 잡풀들이 바람에 쓸려 있습니다. 청대 밭도 둘러보면 누가 거의 다 베어가 버리고 뿌리만 겨우 살아있습니다.

모두가 탐욕이 저지른 세상이 이처럼 무상할 뿐입니다. 언젠가 당신이 골개길 먼 당 왼편에 정자丁座로 묻히고 싶다는 산록山麓에 진달래꽃을 꺾어 손에 잡히다 말고 앉아 인자한 모습으로 퉁소 부는 법을 가르쳐주신 모습 환합니다.

당신의 퉁소를 잡고 불면 당신의 맑은 눈물과 부딪칩니다. 홀연, 산비둘기의 날개로 눈물을 훔쳐 주지만 산에서 내려오면 물소리 곁에 등짐 받쳐 놓고 또 퉁소를 붑니다. 어린 날들을 키워주신 눈부신 아픔의 가난한 뒤안길이 나섭니다.

피리소리 앞세워 돌팔매 하여 본들 가늠할 수 없습니다. 담담하면서도 출렁이며, 소중히 다스리며 구김살 없는 채찍같이 뭉클뭉클 선잠 깨워 지난날의 꿈 기둥 옆에 연등蓮燈 밝히듯 번져옵니다. 맨살 맨 바람에 기약을 걸고 찬 빗속으로 달려오는 유년이 보입니다.

누군가가 말하여 줄듯이 그렇게 아껴온 설렘으로 어쩔 수가 없는 사랑이 부활하고 있습니다.

비록 서툴고 뜸직뜸직하지만 더운 피로 바람을 받쳐 들면 더더욱 떨리는 두 손 모아 빗방울이라도 받듯 기쁨의 줄기가 하늘에서 내려옵니다.

퉁소를 붑니다. 지는 달을 가로 막아서서 어둠 저쪽을 향한 퉁소를 붑니다. 목이 긴 새들이 오밤중을 날아오르며 우는 듯 퉁소를 붑니다. 그러나 벌써 새벽닭이 또 웁니다.

청대 밭에서 푸드덕 비둘기 세 마리가 날라 갑니다. 당신의 퉁소소리를 듣고 자란 아들은 당신이 즐겨 가꾸던 유실수와 벽오동을 쉼터에 심어 놓고 당신을 만나고 싶어 기다림으로 퉁소를 붑니다.

보고 싶은 아버지

마을로 내려서는 산그늘 막아서서 부리는 등짐 소리에 땅 꺼지는 한숨 소리가 아직도 귀에 쟁쟁합니다. 자식 앞에는 깊은 골짜기를 숨겨서 청산이 되신 아버지! 당신의 아이는 큰골산을 향해 "아부지, 아부지야!"라고 지금도 부르고 있습니다. 벌써 큰골재에 정좌丁坐로 43년이나 계시는 당신이 보고파서 눈물 흘리며 또 부르고 있습니다.

자갈논밭을 갈아 눕힌 세월마저 씻던 도랑물소리 사이 풀섶에서 반딧불 잡아 호박꽃잎에 넣어 앞세운 우리 아버지 보고 싶습니다. 어쩌면 내 목소리가 메아리 될 때마다 아버지 목소리 들려옵니다.

코 흘리는 막내둥이 손을 꽉 쥐어주던 손마디마다 터진 핏방울도 말라 검게 맺힌 세월 훤합니다. 해진 등바대 사이 멍든 어깨 그대로 살아도 땟거리가 없어 저녁은 저절로 고개 숙인 묵념으로 채웠던 날들 기억합니다. 그래도 캐온 칡뿌리 꺼내 먹자던 아버지와 어머니의 고마운 마음씨 어찌 잊을 수 있겠습니까!

지금도 흙냄새 그대로 소 마구에 소가 울면 되러 걱정하여 소여물 먹이면서 배고픔의 허리띠 조이는 몸짓 이제야 알았습니다. 요새는 눈에 삼삼거릴 때마다 걷잡을 수 없는 눈물이 줄줄 타 내립니다. 내 자식들 보면 사는 것이 그리 넉넉지 못해 내 서러움에 복받쳐 아버지 생각으로 웁니다. 당신이 그렇게 밟던 논두렁 세월 못 잊어 앞질러 사는 걸음 스스로 재촉하던 숨 가쁜 소리 들려옵니다. 새벽같이 일어나 속울음 건너뛰던 당신의 신 신는 소리 들립니다.

방아 이파리나 댑싸리로 훑어내시는 어머니 웃음 손잡아주면서 지금도 긴 사리 밭 참가죽나무 그늘에 남루로 꼿꼿이 앉아 푸른 대밭을 가리키는 당신을 봅니다. 그리운 만큼 긴 담뱃대를 허리춤에 찔러 놓고 아이들 다칠세라 꼬챙이와 가시들 치우시며 허리 굽혔다 펴는 당신의 뒷모습도 보입니다. 세월 문턱에 태산 꽃으로 훤히 피고 있습니다.

꽃은 다시 돌아오는데 사람은 가면 영원히 만날 수 없습니다. 그래도 기다림은 우리를 기다리게 하는 아름다움이 있어 더 절절합니다.

아이 하나 맨발이 좋아 울며 당신을 따르는 걸 모르시는지요? "아버지! 아버지" 부르는 당신의 막내둥이 여든세 해의 굽어진 눈물이 높은 큰골개재를 오르는 것을 알고 기다리시는지요? 당도해보니 세상에, 세상에…! 멧돼지가 당신의 허리쯤까지 파헤쳐서 아파하는 아버지 가슴을 껴안고 웁니다.

"섬에는 멧돼지 무조건 잡도록 해야 밭이라도 해먹을 수 있는데…." 애달파서도 통곡합니다. 2020년 그러니까 경자년庚子年, 윤사월 열여섯 날에 봉분을 종전대로 하여 드리고 돌아서도 눈물은 통곡합니다. 산굽이 돌아 내려오면서도 자연연령이 여든 해 넘은 기력으로 마지막 뵈옵는 길이라고 생각하니 걷잡을 수 없는 울음소리에 산도 따라서 엉엉 웁니다. 아버지, 아버지야! 라고 소리 높여 불러보는 아이는 퍼질러 앉아 흐느낍니다. 이제 친형제들은 모두 돌아가고 홀로 남은 몸으로 울면서 '나루칸 페리'호에 몸을 실어도 바다가 먼저 섬 기슭을 잡고 손뼉 터지도록 추스르며 웁니다.

백목련 꽃피는 모습

　추운 날에도 조용한 큰골 냇물에 목욕하시고 자정子正의 정화수를 떠와 마당에서 북두칠성을 향해 빌고 빌던 어머니의 백일기도 봅니다. 마음에 마음을 얹어 놓고 소복 차림으로 꿇어앉았다가 서서 손 비비며 눈물 흘리시던 어머님, 당신은 꽃으로 피고 있는 백목련 모습입니다.

　두 살 어린 아들 잃은 서러운 맘으로 밤마다 울며 아들 하나 낳게 해 달라고 밤하늘 향해 소리 없이 울부짖던 열원, 그때만 해도 당신은 갓 사십의 젊은 나이였다고 하지 않았습니까!

　정화수에서 얻어 낸 아들, 그 정화수에 별과 달그림자는 몇 번 떠서 지던 눈물이 있었습니까! 박꽃을 보는 순간 또는 백자기를 볼 때마다 당신 모습을 떠올리기도 합니다.

　그러나 당신의 아들은 지금 시정市井에서 아무 곳이나 쏘대며 철벅이고 있습니다. 천대꾸러기가 되어 살고 있습니다. 철없는 자식 때문에 늙으신 어머니의 음성이 들리는 듯 오늘따라 유난히 큰골 물소리가 귀에 사무칩니다.

　언제나 당신의 며느리에게 들려주시며 내 앞에서는 꽃이라고 말씀하신다니 때로는 당신의 며느리가 저를 보고 빈정거리기도 합니다.

　그러나 이 세상 어머니들은 자식 사랑이 제일 큰 사랑이라는 말 흔히들 말합니다. 자식 사랑 소리 들을 때마다 어쩐지 보듬고 얼러주는 어머니 무릎이 그리워집니다.

막내둥이 이야기 도중에 눈물이 고이는 모습이 다가올 때 저는 항상 고개를 숙입니다. 백일기도가 끝나던 날 밤 잠깐 꿈을 꾸었을 때 새파란 우물을 보셨다며 물 좀 떠 달라는 아이에게 박 바가지로 떠서 주니 꿀꺽 꿀꺽 잘 마시더라는 말씀 여러번 들었습니다. 뿐만 아니라 우리 집으로 가자고 하니 앞서서 가면서 친구 하나 어디 갔느냐고 물어볼 때, 대답이 대청마루에서 큰 불덩이 하나가 사립 밖을 굴러가던 방향을 가리켜서 깨었다는 이야기 여러 번 들었습니다.

무정한 꿈이라던 당신! 당신의 서운한 마음을 어찌 문득문득 떠오른다고만 하겠습니까!

그 아들 때문에 저를 낳으신 당신의 마음을 위로할 길이 없습니다.

무척이나 그 슬픔의 무게마저 안고 삽니다. 부끄럽습니다만 당신께서 계실 때 음성을 함께 녹음하여 놓았습니다. 어머니 당신이 보고 싶을 때 다시 듣곤 합니다.

지금도 공 줄을 놓으면 안 된다고 구십팔 세의 몸을 며느리에게 의지하며 절을 찾아 공 드리고 계시는 당신, 아무리 만류해도 마치 깊은 샘물이 치솟듯 변함없음을 볼 때 불효자의 가슴은 오히려 미어지기기만 합니다.

어쩌다가 당신을 쳐다볼 때는 정화수에 빛나던 별빛처럼 저를 향한 눈빛은 잊을 수 없습니다. 늘 신비스런 당신의 모습에 어리광 좀 해 볼까 싶어도 멋없이 커버린 무뚝뚝한 아들은 어찌해야 좋을지 모릅니다.

저의 용기와 슬기를 날마다 일깨워주시는 당신의 지극한 마음은 하늘은 알고 있을 겁니다. 항상 흰 한복을 즐겨 입으시기를 좋아하시는 어머니는 지금 학으로 살고 계신 듯합니다.

당신의 믿음은 새로운 길을 걷고 있는 것 같습니다. 탐욕과 부정한 마음을 갖지 말도록 당부하는 당신의 말씀은 영원한 저의 촛불로 타고 있습니다. 사랑을 많이 받을수록 자식들은 훌륭하게 된다는 말씀 깨닫고 있습니다. 사랑을 통해서 모든 것을 이룰 수 있다고 확신을 얻었습니다.

올해도 백목련화가 핍니다. 흰머리에 흰옷을 입고 뜰을 거니시는 모습은 볼수록 정녕 백목련화입니다. 간간이 저녁에도 나서시며 북두칠성을 향해 두 손 모아 빌고 있는 북향화北向花입니다.

정갈한 당신의 영혼이 너무도 담백한 모습으로 다가옵니다. 북두칠성을 향해 두 손 모을 때 저도 기꺼이 두 손 모아 당신의 명복을 빕니다.

당신의 눈물이 저의 혈관을 타고 부르는 소리 들립니다. 벌떡 일어나 거닐면 오늘 따라 유난히 밝은 달이 어머니와 함께 거니는 것을 봅니다. 이런 밤일수록 어머님 생각이 더욱 간절합니다.

경남 고성군 상리면 자은리 산85에 모신 어머니 묘지

막내둥이도 여든 해의 중반에 들어서니 걷잡을 수 없는 눈물이 더욱더 많아졌습니다. 혼자서 어머니를 떠올리면 온통 노트북에도 눈물이 백목련 꽃잎처럼 떨어집니다.

무화과나무를 바라보며

　그리운 누님! 우리 집 무화과나무에서 한 마리 까치가 꼬리를 치켜들며 우짖고 있습니다. 우짖을 때마다 기쁜 소식이나 올까 하는 마음이 설레고 있습니다. 헤어져 사는 형제 일가친척의 얼굴들이 주마등처럼 스칩니다.

　오늘따라 일손을 멈추고 안산을 바라보는 누님의 긴 한숨이 치맛자락에서 끌리는 것이 보입니다. 박복을 탓하지 않고 사는 대로 사는 순리를 지켜온 당신의 길이 보입니다.

　서두름 없이 세월보다 언제나 한 걸음 앞서서 손질해온 기쁨과 슬픔이 보입니다.

　나라 잃은 백성들의 어둡고 어려운 시대. 가난하게 자라도 애쓰시는 부모님 곁에 있으면 따스하던 땅, 한 숟가락에도 배부르던 행복한 우리의 푸른 보금자리가 불현듯 그리워집니다.

　쭉정이 다시 날려 씨 고르며 더 늘리려는 한 끼 두고 흙에서 뒹굴며 함께 도우려던 어린 땀방울을 닦아주던 어머니를 새카만 눈으로 쳐다보던 우리 누님 모습 선연합니다.

　어머니로부터 부지런하고 뜨거운 정을 주는 사랑밖에 배운 것이 없다는 우리 누님 지금도 젊은 모습 그대로 보입니다. 시집가서 시부모와 시형제들 모시고 자식 낳아 기르며 정직한 땅이나 파고 가꾸고 나비며 애 터지게 살아온 죄밖에 없다는 눈물이 보입니다. 오늘따라 어린 시절 저의 굴렁쇠에 휘감기며 크게 보입니다. 배고플 때마다 강둑 따라 굴리던 눈물의 굴렁쇠가 바닷가에서 조개 줍던 누님의 통치마에 걸려서 넘어질 때 누님 웃음으로 일으켜주신 고마움 압니다. 어린양 하고 싶어 일부러 짜증내면 조개 고둥 삶아서 주겠다던 누님의 눈물을 함께 부둥켜안고 울던 날들이 굴렁쇠처럼 굴러오고 있습니다.

그리운 누님! 가난할수록 더욱더 오순도순 살려던 우리 집안 그때의 뜨거운 정, 세월이 갈수록 그리워지는 까닭은 지금도 우리가 가난하게 살고 있기 때문인지도 모릅니다. 이 세상에 행복은 어디에 있는지 몰라도 그것 때문에 괴롭고 답답한 세월을 움켜잡고 살려는 무모함에서 이웃들마저 멀어집니다. 나를 스스로 잃어버리고 아등바등대다 보니 그 곱던 누님 머리카락 자주 쓸어 올리는 안쓰러운 맘을 어찌 모르겠습니까.

이 시대의 우리는 어떻게 보면 불행하기도 합니다만 항상 웃으며 세상을 마주하는 누님은 어머니를 닮았습니다. 각박한 세상에 살면서 자신을 돌아보듯 누님의 눈물은 웃고 있었습니다. 있어서 걱정하는 것보다 없어도 행복해지는 가난을 다스려온 참다운 가치를 터득한 것 같습니다. 원망보다 이해와 아픔을 다함께 나누는 아름다운 삶을 헤쳐 나가는 사람들의 모습이 그리워질 때 누님 얼굴이 떠오릅니다. 아무리 세상 따라 살아야지 하지만 줏대 없이 살면서 모함이나 허물 등 자신도 모르게 교만해지는 것이나 이간질에 익숙해질 수 있다는 누님의 경고하는 말씀은 대쪽 같은 아버지를 닮기도 했습니다. 이 나라의 길목에 참된 사람들의 발자국소리가 들려와야 하는 마음을 믿고 사는 누님 보고 싶습니다. 참으로 뜨는 달로 하여 다스리는 병은 누님은 절대로 보이지 않고 끝까지 꿋꿋하게 살라하신 말씀 어머니보다 더 엄하셨습니다.

그리운 누님! 품안에 있을 때 자식이라는 말이 오늘따라 생각납니다. 다 큰 자식들은 절로 큰 줄 알고 파랑새처럼 어디론지 날아갔습니다. 날아간 자리 텅 빈 옛 둥지만 지키고 사는 부모들의 마음은 그래도 내 자식만은 믿으며 살고 있습니다. 달뜨면 문 열어 보고, 허전하는 날 전답에 별일 없으면서 여기저기 서 보시고 터벅터벅 힘없이 걷는 오늘의 이 나라 어버이들은 달맞이꽃이 되었습니다. 그러나 자식들은 안개꽃이 되어 떠도는 신세인가 고향을 그리워하지 않는 것 같습니다. 아마도 물망초가 되어 방황하고 있는 것 같습니다.

태어나면 태어난 땅에 사는 행복을 가꾸어야 함에도 떠나 살아야 사람의 구실을 하는 오늘에 사는 우리의 모순을 봅니다. 그것을 뼈저리게 느끼면서 아무런 처방 없으니 안타까움은 날로 더합니다.

부모 모시고 이웃한 형제 일가친척들을 돌보며 땀 흘리는 고향의 건강한 얼굴로 살아야 자식도리 아닙니까? 주렁주렁 매달리는 열매를 만지며 싱그러워야 해야 함에도 그 자리는 무성한 잡초에 풀벌레소리만 무성합니다. 누가 묵은 논과 밭을 다시 일구어야 할런지 현재도 시원한 해답이 없는 것 같습니다. 아파도 물 한 그릇 떠다 주는 이 없고, 일하다 다친 상처 혼자 싸매며 아파하는 고개 숙이는 고향은 너무도 안쓰러워집니다. 누군가가 위로하는 따스한 음성도 없으니 어디에 가서 아픔을 이야기해야 하는지 참으로 참담합니다.

그리운 누님! 작은 일에도 애정을 갖고 정성을 다 바치며 찬 것을 뜨뜻하게 덥히고 둘보다 하나를 위해 다스려온 혜안 너무도 그리워집니다. 사랑하던 남편마저 이 세상을 떠난 후 외롭게 혼자서 오늘도 문전 옥답에 무성한 방동상이, 아상가리 풀을 김매시며 땀 흘리고 사는 것을 떠올릴 때 가슴 아파서 눈물이 맺힙니다.

빈자리마다 머드레콩을 심어 놓고 옛 둥지로 다시 날아 올 파랑새를 기다려도 파랑새들은 이제 날아오지 않는다는 말씀에 어떻게 이해해야 할지 답답한 세상이 되고 말았습니다. 어찌 업보라고 체념하고 살아야 하는지요! 그 전만 해도 둥지를 찾아 와서 살붙임 하면 묶음, 묶음을 해서 두었던 것을 끼워주면 마음 비시시 풀려오겠다는 말만 남기고 간 내 자식들, 지금은 살기가 바빠서 오지 않는다니 참으로 심각한 문제가 아닐 수 없습니다.

고향을 떠나 아무리 잘 살아도 그것은 행복해질 수 없습니다. 우리의 처지를 갈라놓은 이 시대의 또 하나의 아픔 앞에 나의 굴렁쇠는 지금도 누님 앞에서도 구르고 있지만 한갓 회억이 되고 말았습니다. 자식이 있어도 형제들과 일가친척들이 있어도 없는 오늘의 불행 앞에 어떤 무의미는 마치 씨 없는 무화과나무 열매에 불과합니다.

다섯 가지 불효자[不孝子五] 중의 하나를 들춰 보면 '재물을 즐기고 처자만을 아껴 부모 봉양을 하지 않는 자'라는 맹자孟子의 가르침이 나옵니다. 비견해 보면 현세가 청승 닮았습니다. 반드시 노부모를 내 몸 같이 섬기기를 마땅히 실천해야 함에도 자식들은 부모 섬기기를 거역한다면 그 또한 자업자득이 아닙니까? 그래도 속는다 하고 또 기다려 봅시다. 웬일인지 오늘은 한 마리 까치가 무화과나무에서 나를 향해 꼬리를 치켜들며 한 가닥 기쁜 소식이나 전할 듯 우짖고 있습니다.

눈물도 고비가 있어

며느리 아가 내 좀 보자 너희들은 뼈가 있는 몇 마디가 듣기 싫으면 잔소리라 하겠다. 그러나 들어 봐라. 들을 때 뼈아픈 소리 명념하면 양념이 되는 기라. 가슴을 치는 몇 마디에 눈물도 고비가 있느니라.

다람쥐처럼 무엇이든지 있을 때 있게 해야 한다. 옛날에는 곡식을 퍼내기도 하며, 하고 싶은 것 다하면 때 거리가 걱정이 되더라.

두근거리는 마음 때문에 일이 손에 잡히지 않는 내 이야기가 깊은 상처로 남아 있네라. 빼돌려도 내나 그거 어디 가겠느냐.

자식들이 코 흘리며 울다 땅바닥에 엎어져 잠을 자고, 배가 고파서 징징 짤 때 군것질이라도 시켜야 하는 마음에서 그랬더니 푹푹 곡식이 줄었단다. 채독을 자주 볼수록 줄어든 낱알들끼리 다글, 다글 소리 낼 때는 차마 어디에다 이야기하랴.

일부러 짜디짜고 맵게 푸성귀 반찬을 많이 올리고 잡곡을 섞어 보았지만 며칠 가지 않았단다. 산에 가서 도토리, 굴밤을 줍고 칡뿌리를 파서 자식들이라도 살릴 기라고 고생문만 더 훤하게 보였단다.

그것뿐이겠나. 바닷가에 가서 그것도 사람손이 닿지 않는 물벼랑 끝에 톳이랑 지충 심지어 까막바리까지 뜯어 와서 그것을 푹 삶아 쌀 구경 못하는 그때 쌀도 '안남미'라는 쌀이었다. 곤당 내나는 한 숟가락 쌀을 섞어 밥을 지을 때 어른 밥에는 그 한 숟가락을 올렸다. 열 식구에 어른들부터 상을 올리고 부엌에서 그냥 퍼질러 앉아 있으면 내한테는 시아버지이요 너희들한테는 할아버지가 헛기침하면서 상을 내밀 때는 눈물이 핑 돌았네라. 항상 몇 숟가락 남겨둔 그것이 내 밥이었네라. 내 새끼들 밥 굶을라 하면서 헛기침 세 번 하면서 사립문을 열고 나가시는 모습 어찌 잊을 수 있겠느냐.

온 권속들이 부석부석 얼굴이 부어 서로 쳐다보지 않으려고 고개를 돌렸네라. 나는 그때마다 마당 옆 오래된 감나무만 바라보면서 치마끈을 더 졸라매었단다.

그래도 그 당시는 바다에 가면 해산물이 풍성하여 손뼉을 쳤네라. 갯것을 많이 먹으면 얼굴이 붓는다 하여 죄 없는 소와 돼지가 많이 죽어나갔네라. 그때마다 동네잔치가 벌어졌단다.

일본 앞잡이 구장 집 서늘한 뒤 안 칸에는 기름덩이가 줄줄이 달려 있어도 있는 사람들끼리 나누어 먹는 거 보았네라. 추운 사람들은 항상 추운기라.

침만 삼키고 눈물이 밥이 된 그날들 생각하면 눈 떠 있어도 내모르게 눈물이 지금도 고여 있지 않느냐.

그날들만 생각하면 부들부들 떨려와서 눈을 감고 걷는 때가 한 두 번이겠느냐. 자식농사 그 일념으로 오늘 어미가 며느리 너를 볼 때마다 붙잡고 엉엉 울고 싶은 때가 많았네라.

삼대에 걸쳐 부자가 없고, 삼대 거지가 없듯이 무엇이든지 건더기만 조금 있을 때 저축할 때 그때가 살아남을 수 있는 기회가 아닌가. 당시만 해도 한 숟가락씩 절미에 적신 눈물의 씁쓸이가 지금까지 살아남은 연유이니라.

　요새 아이들은 말하기를 그때는 그때고 지금은 없어도 겉으로 잘 사는 체해야 대접을 받는다고 한다. 하지만 대접이고 접시고 그것이 무슨 소용이 있느냐. 쓰는 만큼 버는 것도 있지만 아낄 때는 아껴야 한단다. 어디를 가든지 다만 동네 인심은 잃어서는 안 되느니라.

　없게 살아도 나누어 먹고 싶은 때는 함께 눈물을 흘리면서 나누어 먹어야 한다. 제사 밥도 봄날에 회치하듯이 동네 집집마다 잿밥 돌렸네라. 서로 그렇게 두레삼 삼듯이 나눠 먹으니 영양 보충이 되어 서로 만나면 정이 들어 형제간처럼 살았느라. 그때는 농사가 주업이니까 품앗이 없으면 살 수가 없었단다.

　요새는 옆에서 굶어 죽어도 누가 눈 하나 깜빡이나 하느냐. 알아도 다 모르는 체하는 것 볼 때 무섭기만 한단다. 헛소린가 잔소린가 모르지만 얼마든지 더 사용할 만한 가구도 유행이니 자존심이 상한다며 정이든 가구를 버리지 않는가.

　그때 우리는 물바가지를 비롯하여 가구들을 깁고 꿰메고 심지어는 옹기그릇이 깨어져도 테를 매어 사용했단다. 그때만 해도 아끼는 것이 미덕이라 새것을 들이는 날에는 남들이 먼저 빈정거렸더란다.

　지금 백 살이 넘는 내가 이 말을 하는 것이 내 밥 줄어들까 걱정이 되어서 하는 소리가 아니다. 사는 것은 복이 있어야 잘 산다고 하지만 복이 없어도 개미처럼 정직하고 부지런하면 잘 살 수 있다는 말 잔소리가 아니다.

　타고날 때부터 복은 무슨 복이냐 물론 부자 집에 태어나면 사는 것이

당분간은 풀리지만 그것도 얼마 못 가더라. 못된 짓이나 하고 부모나 살림을 믿고 자란 사람들 보아라. 어디 잘사는 사람 있더냐.

간혹 그런 사람들은 있어도 삼대까지 내리 살림 지키는 것 못 봤단다. 음지가 양지되고 양지가 음지 되더라. 이만하면 너희들은 잘살 줄 아느냐.

누가 요새처럼 죽는다고 법석을 떠는데 내가 몇 세상을 살고 있는 증인이 아니냐. 있을 때 아끼고 정신 차려야 한단다.

또 내 이야기 하나 하여 볼까

옛날 툭발이 영감이 살았지. 있으면 있는 대로 표가 난 사람이지. 건들건들 놀아도 말 잘하고 말을 통해 사는 사람이었지. 아들 자랑에 마누라 자랑 집안 자랑을 통해 돈은 항상 굴려드는 것처럼 속여서 남들이 먹지 못하는 음식을 벌려 놓고 먹었지.

그러면서 남에게 빌려먹는 것은 귀신이지. 아들이 오늘 오후에 돈을 갖고 온다고 하면서 목이 커서 쌀 몇 말씩뿐이겠나.

때로는 몇 가마니를 자기 집에 빌려서 갖다놓고 남 앞에서는 시시하게 먹지 않고 진수성찬으로 먹더란다. 거기에다 옷은 멋지게 입고 다니면서 남의 집 밥숟가락 잡기는 그저 그만이더란다.

그러다가 결국 죽었는데 누가 하나 시신을 치우는 사람이 없었으니 그것도 동네 수치가 아니더냐.

그러니 사람 사는 것이 잠깐이네라. 살수록 정직하고 콧등에 땀이 맺히도록 부지런하게 살아야 한다. 너희들이 못 살면 자식 때는 잘사는 순리가 틀림없이 오는 것이라고 되씹는 소리가 잔소리라 하지만 내 말이 맞다! 맞다.

사람마다 한두 번은 죽을 고비가 온단다. 끌 밭에 끌 강냉이 심어 먹더라고 딴생각 말고 복대로 살면 조상이 돌봐준다. 숨구멍이 트이는 날 오는 것은 틀림없다. 내 말을 믿으면 잘 사는 날 반드시 온다.

요새 손자 놈들이 보이지 않으니 노비가 떨어졌는가. 너무 자식 걱정하지 않아도 그 애들은 이런 고비를 넘길 줄도 알고 있을 거다. 애벌이하여 야물게 잘 살려는 자식들이 부모 닮아서 정직할거다. 부모는 자수성가하는 자식이 있을 때 자식농사를 잘 지은 것 아니겠느냐.

너희들은 짝 맞춘 도리깨질이나 하며, 가아家兒들 마음만은 믿어주어야 눈물고비가 거뜬히 넘어 가느니라.

제발 혀 차는 소리 길들라. 혀 찬다고 되는 것 어디 있더냐. 날짐승들 사는 거 봐라 다 질서가 정연하지 않느냐.

가슴에 사는 새

누군가 고향은 멀리서 바라본다 하였다. 태어난 곳에 살면서 뛰놀던 언덕과 유년의 텃밭이 있으면 자꾸 그곳으로 마음이 간다.

조금 떨어져 살면서 다녀올 수 있는 거리인 안태본 가는 길은 이리도 멀까.

고향은 어릴 때의 친구가 있을 때 더 아름답다. 여름밤에 밀 방석 펴고 별 헤던 추억과 달뜨면 어깨동무하며 밤을 지새우면서 개똥벌레 잡아 호박꽃에 가득 채운 호롱불 들고 맨발로 뛰던 유년의 밤이 더 그리워진다.

달과 별이 유난히 밝은 날에는 그리운 친구들의 모습이 떠오르기만 하겠는가. 명절이 다가오면 부모형제, 일가친척의 사는 모습이 눈에 훤하여 한참 깊은 회억이 맴돈다.

고향은 미워도 고향이다. 떠난 고향에 가지 못하는 분단의 아픔이 있어도 고향은 아름다워진다. 가고 싶은 곳은 모두의 고향이 아니던가. 고향에 사는 사람은 행복하다. 때 묻을수록 고향의 맛은 들쩍지근하다. 더 우려낼수록 냉이 냄새 같거나 무시래기 말리는 냄새가 물씬하다. 지금의 고향은 내 유년의 고향이 아니라도 고향은 고향이 아니던가. 낯설어 허전하고 타향이라고 하지만 고향은 영원한 고향이다.

버린다고 고향을 버릴 수 있던가. 안태본은 자기의 진짜 고향 아니던

가. 아버지의 고향도 고향이지만 나의 고향은 아버지와 다를 수도 있다. 바로 태어나서 친구와 함께 놀던 땅이 고향 아니던가.

내가 태어난 곳은 사량면 아랫섬[下島] 양지리良池里 능양能良마을의 위뜸이다. 큰골에서 태어나서 큰골아이라고 불리어졌다. 자식이 번성치 않아 어릴 때는 별명이 차돌이었다. 어머니의 나이 마흔한 살 때 막내로 태어나서 끝 나이가 같다. 위로는 형님 두 분이 모두 돌아가셨고, 네 분의 누님마저 다른 세상으로 가셨다. 어쩌다 막내가 부모님을 돌봐야 하는 불행한 처지가 되어 살고 있다.

태어났을 때 형님이 계셨기 때문에 나는 통영 시내 OO동 친삼촌 집 양자로 들어갔다. 그러나 어릴 때의 눈물은 아무도 모른다. 6·25 전쟁이 일어나 내가 태어난 고향으로 다시 갈 수 있었다. 이름만 양자지만 부모님 곁에 살 수 있었다. 그러나 나는 다시 끌려가다시피 삼촌 집에 가서 통영중학교를 몇 개월 다녔다. 숙모님으로부터 내 몸을 깨끗이 하지 않는다고 손찌검은 물론 모욕적인 꾸지람 속의 구박은 너무도 서러웠다.

결국 수개월 만에 그 집을 뛰쳐나왔다. 그때부터 고생과 서러운 학창시절은 시작되었다. 1950년 6·25 전쟁 중이어서 그런지 50년대의 가난은 몹시도 찌들고 배고픔은 연속이었다. 점심시간에는 통영중학교 옆 오뉴월 긴 보리밭골 사이에 숨어 누워서 울었다. 배고픔을 이겨내기 위해 눈 감으면 오만 생각이 떠올랐다. 그럴수록 고향은 몹시도 그리워졌다. 학업을 중단하고 몇 발 안 되는 고향에 가면 배부르게 살 수 있을 거라는 생각뿐이었다.

그러나 공부를 열심히 하기로 결심했다. 눈물은 성장할수록 말라 버렸다. 모질게 살아야 하는 일념으로 당시 어려운 가정교사를 하면서 고등학교까지 마쳤다. 선생이라도 하여 아름다운 고향을 꼭 한 번 가는 날을 손꼽았다. 그러나 1959년도 추석날의 '사라호' 태풍은 나를 휩쓸어 갔다. 찢어지는 가슴으로 부산사범대학 미술과를 포기했다.

부모 형제 그 어느 누구도 도와주지 않았다. 나의 진로를 막았다. 고향은 싫어졌다. 다시는 고향에 가지 않기로 결심했다.

그러나 고향은 나를 불렀다. 비인가 된 야간 중학교를 내 손으로 일궈냈다. 진학치 못한 후배들을 무료로 가르쳤다. 그들은 현재 모두 정직하고 남의 모범이 되어 착실하게 잘 살고 있다. 심훈의 《상록수》를 읽고 헌신한 그 짧은 추억이지만 잊을 수 없는 고향이다. 양지초등학교를 이용한 교실에서 간혹 지금도 아이를 가르치는 꿈을 꾼다. 한편 아버지께서 돌아가셨을 때 온 동네 사람들이 도와주셔서 부조금 전액을 동네에 즉시 전달하여 효자 효부상을 제정하기도 했다. 고향에는 아버지와 증조부 이상 선영들이 지금도 선산에서 후손들을 지켜보고 계신다. 위로부터 나는 현재까지 13세손이 된다.

그러나 친 조부모님의 묘는 욕지면 동항리 서짓골 김응대 씨의 뒷산에 계시지만, 나의 고향은 섬에서 섬으로 묶어 할아버지의 고향까지 보아도 모두 아름답다. 배를 타고 고향을 간다는 것은 설렘 위에 더 설렌다. 섬 아이의 독특한 냄새는 없지만 나의 성장은 가난한 자 편에 서서 자랐다. 어렵고 불쌍한 사람들을 볼 때마다 내일처럼 돌봐온 것은 적지만 뿌듯했다. 고향이 있는 사람은 더 좋은 일을 많이 하고 싶다.

더 정직하게 살다보면 고향 사람들을 만나도 떳떳하다.

그러나 돌감나무가 있던 고향집은 밭으로 변해 버렸고, 뛰놀던 고향 길도 변했다. 바닷가의 부드러운 모래밭이 없어진 고향에 모처럼 가 봐도 나그네가 되었다. 낯설고 적적하고 어두운 분위기도 느껴진다. 옛 죽마고우는 찾을 길 없다. 놓일 자리에 놓이지 않은 갑갑한 배경, 바다는 나의 유년을 앗아가 버렸다. 방파제에 밀려 시퍼렇게 울고 있다. 그러나 해변길이 신설되었고 포장되어 옛날의 낭만을 재현해주는 것 같지만 너무도 쓸쓸하다. 한국전력의 전기가 해저케이블을 통해 들어왔어도 동네는 밝지 않았다. 진주 남강 물줄기가 해저를 통해 들어온 이후부터 인심은 더욱 흉흉해졌다. 개인주의로 공동체는 무너졌다. 교회가 들어서면서 끼리끼리의 행동으로 물씬한 정은 사라졌다. 더욱 개인주의는 합리주의에 빠져들어 갔다. 제사 지내던 집들은 조상을 버리고 사는 집들이 늘어나고 있다.

특히 공동체의식이 무너지면서 젊은이들도 밖으로 뛰쳐나갔다. 고향 마을은 텅 비어지고 늙어가고 있다. 분수에 맞지 않은 큰 사업으로 버거운 물 벌이가 욕심에 찌들고 있다. 아는 체하는 늙은이들은 어깨에도 힘이 빠져 있고, 바람 맞은 친구는 저 세상으로 떠나는 등 아는 분들은 보이지 않는다. 너무도 비참한 풍정을 보고 슬피 우는 새 한 마리를 보았다. 고향이 타향이 되어 버렸다. 둘러봐도 산은 옛 그대로지만 한쪽으로 비켜서 있는 듯이 외로워하고 있다.

수숫대와 강냉이 대에 흔들리는 만월이 걸리고, 메뚜기와 사마귀, 여치, 베짱이, 귀뚜라미들과 함께 뛰놀던 유년은 가늠이 되지 않는다.

독한 농약으로 죽었거나 쫓겨 간 아름다운 곤충들은 어디쯤에 간신히 숨어서 살고 있을까. 그리고 어디로 떠났는지 옛날의 단학, 백로, 황새들도 보이지 않는다. 그 많던 논고둥을 비롯해서 참게, 맹물장어, 미꾸라지도 없어졌다. 내 고향 중뜸의 동네 숲 중에도 검포구나무도 귀신이 들었다고 베어지고 없어졌다. 그 검포구나무 밑에 바둑 장기 두던 그늘도, 찬새미 물줄기도 말라 버렸다. 막걸리 도가집도 없어지고 낯선 사람들이 많이 전입되어 살고 있는 동네이지만 빈집이 많다.

동네에서도 집성촌 이루고 살던 일가들은 두어 집 정도로 살고 어디로 떠났는지 소식만 궁금하다. 그 많은 선영의 제사는 누가 모실 것인가. 고향은 생각할수록 눈물에 젖는다. 가슴에 사는 새만 고향으로 날며 그리워 운다. 수돗물 소리가 콸콸 흘러내려도 큰골 물소리처럼 들리고 요사이는 자주 고향을 만나는 꿈을 꾸고 있다. 이 젊은 나이에도 고향을 자주 밟고 싶지만, 불과 몇 발 안 되는 곳을 가지 못하고 있다. 올해로 일백두 살 드는 어머니를 이곳 무밭 골(또는 봉숫골)에서 이 불효자가 모시는 몸이 되어서인지 끄나풀은 그곳으로 이어지지 않는다.

준비가 없고 텃밭 다듬기가 몇 년은 잡아야 한다. 사실은 어릴 때부터 통영 시내에서 자랐기에 가슴에 사는 새만 안태본으로 날고 있다.

그러나 내 육체는 이곳에 있어도 유년의 영혼만은 그곳에 살고 있다. 그리운 능양마을 앞바다의 해조음은 나와 함께 바닷가를 거닐고 있다.

큰골 물소리에 소금쟁이와 함께 등물치고 친구와 함께 가재 잡고 물장구도 치고 있다. 시퍼런 바다를 보는 것도 아름답지만 큰골 물소리를 듣고 자란 큰골아이는 그곳 산 메아리 되어 살고 있다.

동백꽃을 볼 때마다

청명한 날씨 덕택인지 모르지만 오늘 아침은 자운紫雲 빛 햇살이 쏟아진다. 꿩 날갯짓에 햇살이 미끄러지고 있다. 서로 부르는 소리에 충돌하는 빛살이 눈부시게 날아오른다.

남아 있는 내 젊은 피를 치솟게 한다. 걸음마다 익살이 내 이성의 발끝에서도 넘친다. 이 모두가 산책 여유에서 만나고 있는 기쁨 아닌가. 상쾌한 기분은 뻐근한 삶을 자주 걷게 한다. 간밤 내린 빗방울이 숲길을 유난히 반짝이면서 나의 산책을 더욱 매혹한다.

백로처럼 날개를 더 확 펼치고 더 목을 뽑아 본다.

싱그러운 산책 중에서도 발걸음이 망설이는 시간이 있다. 동백꽃빛 때문이다. 아침 햇살이 닿는 동백꽃을 보면 나도 모르게 내 입술에 생각이 머무는 버릇이 있다. 문득 젊은 날이 날갯짓한다.

삼천포 노산 언덕이 다가온다. 그 언덕에서도 바다가 펼쳐진다. 능선 끝자락에서 순엽順葉이는 일부러 아이를 업고 나타난다. 맨 처음 알게 되었을 때는 나와 네 살 차이인 열여덟 처녀였다.

고등학교 졸업 후에도 만날 수 있었다. 그러니까 내가 누님 집에 간다는 핑계로 간혹 만나게 되었다. 그런데 이상하게도 그곳 노송나무 그늘 밑에서 확 트인 수평선만 바라보면서 엉뚱한 이야기로 시간만 보내 버린 날들이 늘 아쉬워진다.

오전 열한 시가 오후 세 시로 넘어가기까지 바다만 보는 듯 서로 쳐다보면서 바다 이야기는 끝나지 않았다. 서로 발길 돌리면서 실제로는 꼭하고 싶은 알맹이는 빠져 있었다. 왜냐하면 마음 하나에 반해서도 책임질 어떤 자신감이 없었던 두근거림이었다. 그것은 나이도 어렸지만 직장을 갖지 못한, 어떤 환경으로부터 벗어날 수 없었기 때문이다.

그때만 해도 그 청년은 몸과 마음이 반듯했기에 그녀의 손 한 번 잡아 볼 수 있었는데도 말이다. 그러나 혼자 마음은 어떤 일이 있어도 성공해서 만나러 간다는 결심뿐이었다.

그러나 군대를 거쳐 사회에 내던지는 동안 트라우마로 몸부림치면서 그녀를 단념하기로 했다. 본능적인 이성이 작동해도 그녀를 사랑한다는 어떤 선을 절대로 넘어설 수 없었던 것은 참으로 다행이었다.

그때야 비로소 나는 내가 자존심이 그렇게 강한 줄을 처음 확인했다. 그녀가 혼자 있는 누님 집에까지 찾아와도 나는 엉뚱한 소설 이야기만 했으니까. 나를 내가 너무도 잘 알기 때문에 그때는 고개만 숙인 채 그녀의 이야기만 흥미롭게 들었다.

참으로 순진한 꿈 이야기뿐이었다. 그러나 내 가슴에 남아 있는 것은 그녀의 진홍빛 입술뿐이었다. 동백꽃봉오리에서 그녀의 입술을 발견했기 때문이었다.

어느 날 아침 산책길에서 떠오르는 유난히 붉은 태양을 보았다.

그때 그녀의 입술이 떠오르기 시작했다. 이후로는 잊지 않기 위해서 아침 해를 볼 때마다 속으로만 애태웠다. 싱그러운 젊은 날이 도망치듯 더 가까이 다가가던 몸부림을 잊을 수 없다.

이젠 나이 많이 들어서 잊을 때도 되었는데 문득 동백꽃을 보면 되살아오는 것은 짝사랑만은 늙지 않는 것 같다. 첫사랑도 아니면서 첫사랑 같은 허황한 아름다움 앞에 흔들린다. 재작년에 내가 건립한 서재 '한빛문학관' 옆 정원에다 디바 이미지 가수의 노래에 나오는 한 그루 동백꽃을 심었는데 그 나이가 몇십 년을 가늠해 주었다. 남쪽으로 트인 돌계단 왼쪽이다. 그날의 바위틈에다 올려놓고 보니 오히려 그녀의 입술에 마음이 닿는 듯 설렘은 더한다.

그러나 그리움 때문에 자주 잊어버리고 예사롭게 보인다. 든든해서일까! 지금도 서로 만나면 반가울 만큼 당당한 순수성을 나눌 수 있을까! 영원히 만날 수 없는 지구의 반대쪽인 브라질로 이민 간 그녀는 젊은 그대로 살고 있을까! 금번 올림픽을 개최한 리우데자네이루에서 산다는 소식을 접했을 때 뭉클해지는 마음은 동백나무를 바라볼 뿐이다.

처녀 때 그녀의 새빨간 입술은 동백꽃으로 피고 있다. 너무도 환시적인, 나를 쳐다보고 있는, 아! 쌍꺼풀에 눈매는 크며, 입술은 불타고 있다. 목소리 또한 다정다감하여 너무도 매혹적으로 다가오고 있다.

지금에 와서 떠올려 봐도 그때 아름다운 모습은 동백꽃이었다.

몇 년 전 어느 날 그곳 시인 최송량(지금은 故人) 님을 만나러 갔는데 오찬에 술을 마신 기분으로 함께 노산공원을 밟을 수 있었다. 그 자리에 가 보니 그 소나무는 없었다.

그러나 처음 만난 날로부터 60년이 지나가 버렸지만 우리의 만남은 그 쪽빛 바다의 눈빛에서 만났다.

노산의 앞바다는 낯빛마저 더 젊어 있었다. 검푸른 귀밑머리를 날리고 있지 않는가. 그 아래 바위 위에 뜻밖에 '삼천포 아가씨' 동상이 바다를 향해 앉아 있지 않는가. 가까이 가서 만져 보았다. 비록 그녀는 아니지만 그리움이 하얀 파도로 마구 달려온다. 아 그렇구나! 그녀가 이야기했다는 사연이 여기서 이뤄졌는지도 모른다.

그녀의 언니를 대방동에서 만났을 때 내가 아닌 그 남자가 나타나 낚아가 버린 안타까운 사연을 들어보면 나에 대한 이야기 같았다. 그 충격적인 오해를 들었을 때 혹시 나를 찔러보고 있었다. 그러나 나는 전혀 아니야, 아니야 중얼거렸다.

나 혼자만 짝사랑한 것일 뿐이다. 잊기 위해 그 사나이 따라 브라질로 갔지만 내 여기 왔는데도 몸부림치도록 그대로 앉아 기다리는 여인은 그 처녀가 아니기를 빌 뿐이다. 물론 소문은 젊은이들 가슴에 전설처럼 흘렀지만—.

그녀의 옛날 집은 대사립 문이었고 그 문 앞에 데려다주고 돌아섰을 때 보름달이 내려다보고 있어 놀라던 사연도 이제는 눈감으면서 잊는 체해야 하리.

하여 동백꽃을 볼 때마다 웃는 이유는 나의 제5시집《바람과 빛이 만나는 해변》에 나오는 페이지에 동백꽃잎을 끼워 두어서 다행이다.

아무런 구김살의 부담은 전혀 없기 때문에 그 시집에 시〈삼천포 팔포에 가면〉을 당당히 발표하면서 귀국하는 기회가 있으면 지금이라도 그때의 모습으로 만나보고 싶을 뿐이다.

그녀가 박재삼 시인의 막내 여동생이기도 하기 때문에 더욱 그렇다. 한 시대의 "울음이 타는 가을 강"둑을 "제삿날 불빛" 받아 걸으면서 못다 한 정담과 박재삼 시인의 삶을 더 묻고 싶어서라도 만나야 한다. 만나고 싶다.

세 그루 선비나무 심어 놓고

선비나무[學者樹]의 원래 이름은 회화나무 또는 홰나무[槐]라고 불리어 오고 있다. 그러면서 약나무보다 더 귀한 나무로 우리들의 생명수生命樹이기도 하다. 그보다 선비나무라는 데에서 유별나게 나의 관심을 집중시키고 있다.

내가 거처하는 집으로 들어서는 길목에 심은 청마의 해[甲午年]인 올해로 14년째나 되었다. 직접 씨받이 심어 아끼는 벽오동나무 옆에 한 그루 바로 건너편에 한 그루, 그리고 대문 가까이 한 그루를 심었다. 자랄수록 나의 관심은 초록 잎으로 반짝이고 있다.

인터넷으로 들어가서 함께 산책하기도 한다. 어떤 글에 회화나무 이름이 실리면 유심히 살펴보고 메모 또는 스크랩하기도 했다. 그중에서도 나에게는 선비나무라는 데에 나의 그림자를 드리우면서 머뭇거리며 한참 바라보기를 자주한다.

폭염 아래 흰 구름 부채질로 한들한들 웃고 있는 여유를 마주서서 껴안아 보기도 한다. 선입견에서 갖는 선비나무로 받아들이는 마음 자세에서 미묘함을 함께한다.

고려 중엽 때 이규보李奎報처럼 우표 없는 편지를 주고받는다. 벌써 내 나이 희수임에도 검은 머리카락을 눈썹에서 찾아내어 일러주는 아침저녁의 눈빛을 본다.

내 안경을 벗기더니 젊어지는 눈빛으로 내가 나에게 편지를 쓰도록 한다. 그렇다. 늦게 철들어도 내가 찾던 별 하나 저절로 반짝이기만 하지 않았던가! 생거짓말 잘 하는 그놈 나타날까 저어한다. 치를 떨던 1938년 일제 강점기에 태어난 답신을 읽을 수 있어 다행이다. 그래서 갑자기 삼백 년이나 넘은 해미읍성의 회화나무에 철사 줄로 머리채를 매달아 고문하던 천주교도들의 순교정신이 떠오르기도 한다. 가시나무새의 피울음이 들려오는 것 같다. 그 선비나무가 부둥켜안고 막아서지 못해 온몸 내어준 채 박해 당하던 가톨릭 교인들의 순교정신을 똑똑히 일러준 성스러운 나무를 껴안아 본다.

떠올려볼 때 선비정신보다 순교정신에서 생각해 보는 고난도가 있는 나무이기에 나는 더 가까이 마주한다.

그러나 회화나무는 누구든지 잘 알듯이 중국에서는 높은 자리를 상징한다. 중국에 있었던 주周나라 대궐에 심은 세 그루의 회화나무는 삼공三公을 의미했다. 송나라 때 왕우王祐 또한 마당에 회화나무를 심어 가꾸며 아들 벼슬을 위해 빌었더니 재상이 되었다는 전설의 나무이기도 하다.

우리나라에서도 널리 심어져 있는데, 경남의 함안을 비롯하여 심어진 분포도를 살펴보면 우연 일치인지는 몰라도 배출된 학자들이 많은 것은 우연 일치가 아니다.

통영에서는 충렬사를 비롯하여 세병관 등 관아에 심어져 있었으나 송두리째 없어진 것 같고, 내가 보기에는 충렬사에 한 그루 있는 것 같다. 수난사는 여러 가지겠으나, 주로 피부병에 좋다하여 남벌한 데서 그 원인을 찾을 수도 있는 것 같다.

지금도 늦지 않다. 학교마다 세 그루씩 심는 캠페인도 전개하여 봄도 뜻깊은 보람이 되지 않을까. 내가 권유하는 회화나무는 우리 동네에 학자 수가 많지 않기 때문에서이다.

그러나 지인으로부터 선물 받아 심은 세 그루 화화나무인들 주인을 잃고 나면 누가 일러 내 일기를 들추어 보기나 하겠는가. 흰 구름이 거미줄에 걸려 왕매미를 풀어주지 못한다면 믿는 데가 어디 있겠는가. 그렇다면 무상함은 매한가지 아닌가. 그래도 홰나무가 '홰홰…!' 웃지 않는 이상 '왜왜?' 묻지 않고 인품을 일관한다면 바로 선비나무 이름만은 고매하여 바뀔 수 없으리라. 사는 동안 무엇보다 내면에 심겨져 상징이 일러주는 기대감에서도 크다고 하겠다.

어떤 고난이 닥쳐도 선비나무와 정취로 대화한다면 구질구질한 세상을 잠시 벗어나는 어떤 성공담을 들을 수 있을 것 같다. 그러한 기대감으로 살고 있는 회화나무 세 그루가 우리 '한빛정원'에서 지금도 나를 마주하여 타이르고 있다.

지조 높은 자미수꽃 눈웃음을 껴안다

헉헉…! 긴 가뭄을 달구는 음력 유월 불볕더위에 죽선竹扇으로 여든 해의 문턱에 걸터앉아 부채질해 본다. 부채질 할수록 불가마 솥에 삶아대는 한낮 나선형 넝쿨의 힘에 맺힌 땀방울은 연신 목둘레를 줄줄 타내리고 있다.

물론 에어컨 바람도 보태 보지만 달력을 자주 보며 올해도 절후를 짚어볼 수밖에 없는 나의 피서법이 떠올랐다. 그것은 쏘무성이나 삼투성의 발걸음이 나에게 들켰기 때문이다. 동쪽 하늘을 짚고 떠오르는 새벽에 산책을 서두르다 보니 음력 6월 중순을 거뜬히 밟고 지나왔음을 알 수 있는 눈빛이다. 그러다가 눈짓하는 부끄러움을, 바로 올해도 피고 있는 자미수꽃을 만났다.

자꾸 그곳으로 가다 보니 오랜 가뭄과 불덩이가 부채 끝에서 찬 숨결 소리를 낸다. 등허리가 조금 거뜬해질 뿐이겠는가. 한숨도 돌릴 수 있으니 절기 앞에는 겸허해지는 것마저 다시 고쳐 앉게 한다.

날씨가 시루에 푹푹 쩌도 담 넘어오는 눈짓에 이끌리다 보니 그나마 한여름의 적은 피서법이라도 싱그럽다 뿐이겠는가.

중복中伏날이 겹쳐 계속되는 폭염 속에서도 혹시나 오는 꽃걸음소리 다칠까 봐 거기에 눈 닿으면 땀방울도 훔치면서 미소를 주고받는다. 그 꽃 웃음이 맨발로 달군 자갈밭을 밟고 와서 중앙시장 한복판에서 강냉이 튀기듯 팝콘웃음을 마구 터뜨리는 날부터 무겁던 온몸은 산뜻해진다.

하여 작년 자미수 꽃일기를 올해도 꺼내 읽는다. 설렘은 기다림에서 오는 것일까? 멀고 안타까움의 아득함 쪽에서 오는 희열은 오히려 이열치열 아닌가! 눈감고 작년에 만났던 음력 날짜를 손꼽으면 여섯 개의 훤한 꽃등을 올해도 깨끗이 닦아 한 묶음씩으로 내다 걸고 있지 않는가!

머금은 미소에 끌리면서 발뒤꿈치를 들고 내가 보려고 할 때 내면으로 들어서는 자미수꽃! 눈짓으로 꽃말을 다시 읽도록 한다. 선비정신의 청렴과 높은 지조가 무엇인지 되묻기 위해 나의 눈을 파고들며 눈웃음치고 있다.

여기까지 오기에 '꽃인들 흔들리지 않고 피는 꽃이 있으랴'하면서 요사이 안부는 어떤지 궁금해 한다. 나의 얼굴 색깔마저 살피기도 한다. 되러 미소로 나의 현주소를 묻는 것은 백날의 약속에서 나의 느슨함을 침묵으로 다스려 보고자 함일까?

야비함이나 굴욕적인 약점이 있는지? 개인의 영달이나 처자식 때문에 굽어진 신념이 있었는지 말을 건다. 내 얼굴을 자상히 들여다보는 눈매에 쳐다보지 않으려 하다 마주칠 때는 둘이서 맞잡고 그만 깔깔 웃어댄다.

한꺼번에 꽃등을 내다 걸지 않고 자주 손질하다 더딘 묶음 때문일까! 가지마다 매다는 시간은 유별나게 껍질을 벗지 못한 나의 구태의연함을 추달코자함은 틀림없다.

하나하나 매달면서 진분홍 진술서를 나로 하여금 죄다 받아내고자 함이겠지. 꽃등을 전부 내다 걸었을 때는 산 넘어 노을을 바라보는 먼 눈팔기를 두고 원숭이와 귀신을 불러내어 배롱배롱 한 잔치를 한바탕 베풀고자 하는 듯 너름새 넣는 꽃부채로 너울너울하다 근질근질하도록 춤을 추기도 한다. 이미 유혹에 들떠 당혹하지 않을 수 없는 날들의 일기는 자리 바꾸는 북두성마저 자미수의 꽃등에 홀려서 서늘함의 청대 자리를 펴고 앉는다. 벌써 엽월葉月임을 알리면서 그의 초요성招搖星 이야기를 꺼내기도 한다.

예부터 선비 집 뜰에는 향나무와 자미수와 회화나무[홰나무] 세 그루가 선비정신을 갖추고 있을 때 나그네도 다시 한 번 옳게 쳐다본다 했기에 그 명심에서 우리의 중심이 흔들리는 가치관에서 볼 때 한심할 만큼이나 안타깝다.

그것마저 케케묵은 군소리라 치부한다면 지금 사는 법도는 우주율宇宙律을 떠나 뭘 붙잡고 살란 말인가?

예부터 인간은 가치로 하여 짐승과의 차별성을 내세워 엄중히 길들인 영장동물이 아니던가! 빗나가면 어떠한 설교보다 한 그루 지조 높은 자미수나무라도 불러들여 스스로 다스려 볼 때 집집마다 희망적인 변화가 일어나지 않을까?

내가 맞이한 우리 집 자미수나무는 지금도 나의 거울이 되고 있다. 묵은 옷을 스스로 갈아입는 해탈에서부터 지조 높은 꽃말 이야기에 귀기울이는 분들이 더러 늘어나고 있다.

자미수꽃의 죽음도 아름답다. 지는 꽃도 시들지 않고 그대로 떨어지면서 깨끗한 죽음을 보여줄 때는 통째로 떨어지는 커다란 동백꽃보다 더 우아하고 깨끗하다.

죽음의 슬픔이 흔들리며 떨어질 때도 아픔의 소리마저도 기척하지 않으니 그 고고함에 탄복한다. 아쉬워서 그 다음 날 찾으면 어느 날 여인의 가슴팍에 꽂힌 아름다운 브로치 흔적마저 없어지지 않았는가? 잘못 봤을까?

혹시 그대 눈물이라도 남았는지 찾을 때는 그 자리에서 새 한 마리가 날아오르고 있었다. 그래서 나는 "꽃은 떨어지지 않아"라는 시가 갖는 우주순환을 믿고 있다.

이렇게 자미수꽃 일기를 읽다 보면 벌써 어정칠월에 동동팔월 하한下澣에도 변절 없이 꼿꼿한 절개와 청렴을 내세우는 자미수꽃 웃음은 일편단심이다.

청초한 네 눈웃음을 내년 여름까지 간절한 기다림으로 사무치라는 것은, 너무도 길고 먼 그리움이기에 어쩔거나! 지금 꽃등 심지를 번갈아가며 밝히는 등불을 끄는 날 앞당기기나 하듯 깊은 정분은 어디다 두고 갈려고 저리도 모두 내다 걸고 있는가?

향나무와 회화나무에게 나를 당부했겠지만 온몸으로 나서서 선비의 청렴과 절개를 잊지 말라고 부지런히 일기를 쓰는 눈웃음만 보아도 자미수꽃이여 당신을 어찌 잊겠는가!

후박나무

마음에 든다 든다는 말을 하면 날씨도 말끔해지네. 날씨 쪽에 바다 한 자락이 펼쳐지고 윈드서핑 하네. 욕망의 부채질이 눈부시네. 초원의 토끼들이 까불대네. 간밤에 내린 유인도와 무인도의 월인천강月印千江은 새 떼로 나네. 빛나는 태양 아래 해안선의 흰 구름들이 기댄 후박厚朴나무 숲 아래에서 누군가 바둑을 두네. 그곳을 거닐어보면 처음에는 풍금 소리가 나네. 다시 귀 기울이면 분명히 피아노 소리가 들리네. 겹쳐지는 파도에 뒤섞이는 바이올린 소리, 거기에다 첼로, 하프 소리까지 들리네. 후박나무 재질로 켠 그 통나무의 원형질이 바다네.

이런 날엔 섬 기슭을 벗개고 있어 보이네. 그것 중에도 내가 바라던 후박나무 물살들이 보이네. 튀어 올라 돋보기 안경알에 구르는 섬 하나 보이네. 잃어버린 흑진주 알로 빛나네. 시퍼렇게 타오르는 불길 끝 자락이 목말라 하네. 하얗게 부서지는 물보라들이 마구 달려오네. 나를 끌어안아 주네. 온통 격렬한 몸짓으로 달려오네. 세존도의 시푸른 파도는 내 머리채를 한바다로 끌고 가네. 돌아보니 어언 수십 년이나 된 물굽이 너머네.

내 키보다 훌쩍 자란 후박나무 씨가 생각나네. 되려 어색하게 나를 머뭇거리게 하네. 누가 시켜서 저지른 것도 아니네. 열정에 불타던 섬 하나가 너무도 후끈후끈하게 달구고 있어서네. 한바다 한 여름날의 불덩이들이 구르고 있네. 풀이섬, 쑥섬, 두미섬, 북구마을, 치리섬을 건너뛰고 있네. 직접 찾아낸 우람한 후박나무 가지들은 새빨갛다 못해 새카만 눈짓을 하네.

작렬하는 팔월 햇살에 새카맣게 익을 때 흑진주 목걸이는 출렁거려 와서 내 목에다 걸어주네. 나의 설원雪冤 내력을 결국 후박새 한 마리가 터트리고 마네.

축복 받은 이 사대부나무는 나에게 영감을 허락해 주었네. 부활하는 나의 생명력은 이 후박나무 씨로부터 다시 시작되었네.

너무 과욕으로 오해받아 일하던 다음 해였네. 백의종군한 이 후박나무 씨들이 나의 멜랑콜리 냉장고에 실험용으로 갇혀 나를 잊어버렸네.

허술한 내 집에 와서도 설움덩어리였네. 내 혈루血淚와 함께 심었던 절망으로 죽은 줄만 알았네.

그 섬에서 떠나던 사월의 설원雪冤을 묵살시키기 위해 사립 밖에 차마 내쫓지 못했을 만큼이나 또 내쫓긴 어느 봄날 낯선 땅에 심어졌네.

어언 3년만에도 나를 비웃듯이 모두들 힘차게 불끈불끈 치솟았네. 반신반의에 찬 시련과 종말의 꿈들은 불꽃같았네. 열렬한 사랑의 힘으로 나를 재회하려는 눈짓이네.

그간 세 번이나 나의 가슴으로 어린것들을 보듬고 나의 텃밭에다 이식移植 작업을 하였네.

벌써 십 년 생. 파토스로 키운 헌칠한 황금나무였네. 아! 이제 내가 살지 못하는 안태본 바닷가의 방풍림으로 보냈네.

지금도 안태본 능양 사람들은 자기들의 면사무소로부터 온 후박나무인 줄만 알겠네. 그때 사랑하는 면장 정광민 후배는 잘 알고 있네.

실무자 박차갑(광도면 덕포리 적덕마을 태생) 주사님도 잘 알고 있네. 그러나 그 후박나무는 다시 태어난 내 전신이기에 말하지 않네. 창을 열때 내 귀에는 일기를 써온 새소리가 들려오네. 정성을 다 바쳐 보내 놓고 그날 상처를 쓰다듬고 있네.

쓸 때마다 가슴이 설레기만 하네. 모티프의 배열 앞쪽에 항상 나서 있네.

그 섬의 후박나무 끝자락에 궂니 소리가 들려오네, 그토록 나의 상처를 입힌 멜빌의 흰 고래 '모비 딕' 숨소리가 들려오네(陰曆: 丙戌年 葉月 中澣 戊寅日 記).

감나무를 바라보며

가는 나그네가 짐 벗어 놓고 쉬는 그늘 중에 나를 보네. 오뉴월의 감꽃이 떨어지는 자리가 더 좋고 늦가을에는 허기든 요기 중에서도 홍시 紅柿 맛을 보네.

감쪽같이 삼키고 웃어 보네. 속과 겉 다르지 않아 붉은 마음은 일편 단심이네. 오로지 충忠이 있고, 물렁물렁하여 부담이 없네. 효孝가 있음은 예나 지금이나 다름이 없네.

어디 그뿐인가. 수백 년을 사니 수명장수하고 새가 잠깐 쉬지만 깃을 들이지 않네. 벌레가 침노치 않아 무충이네. 익어서 먹으면 들큼하여 열매 중에서도 더한 것이 없네.

또한 목질은 단단하여 역시 비길 나무가 없네. 바로 이 다섯 가지가 오절五節임을 온고지신 한다. 더군다나 망치를 비롯하여 골프채의 우드헤드로 사용하지 않는가.

하여 무모한 짓들의 자행은 너무 심하여 집집마다 베어진 예도 없지 않네. 모든 것을 다 바치고도 이제 외진 곳에 쫓겨났으니 감나무의 소중한 뜻도 사라지네.

다시 한 번 옛 성현들이 남긴 글을 신독愼獨하는 마음으로 되새겨 보네. 오절뿐만 아니라 오상五常을 간직하고 있지 않은가. 가을날 단풍든 큼직큼직한 잎을 주워 몇 자 적어 놓기도 하고 시를 짓는 새털구름을 보네. 그것이 시엽지詩葉紙요, 자연전自然箋이라 하지 않는가. 종이 대용으로 되어 문文이 있고, 나무가 단단하여 예부터 화살촉으로 쓰였으니 무武가 있지 않는가. 또한 잎은 떨어져도 열매는 서리를 이기네. 버티어 지조를 높이는 절개가 있네. 충효를 합하면 다섯 가지의 오상 아닌가.

자세히 살피면 신통스러운 것을 또 알 수 있네. 잎은 짙푸르고 몸매는 검은 빛이 흐르네. 감꽃은 노릿하고 열매는 진홍빛 아닌가. 더불어 곶감을 만들면 뽀얀 흰 가루가 나옴을 알 수 있는데 바로 시설枾雪이네. 그 시설을 먹어야 눈 오지 않는 남쪽 겨울을 거뜬히 보내는 연유네.

이를 오색, 오행, 오덕, 오방을 고루 간직한, 우러러 섬기고 싶은 신목神木이 아닐 수 없네. 하여 감나무를 주술적인 나무로 믿고 살아온 우리 민족은 5천 년을 잘 넘겨왔네.

감나무가 우연히 죽으면 집안이 망하네. 세상이 흉흉하면 감나무를 베어 보면 기이한 그림과 글자가 나타나서 점을 치기도 하였네. 무늬가 다양하여[木理], 떡 손 등 소중한 기구器具로 널리 활용되었지 않는가!

우리 통영 지방에서는 예부터 통영 개다리상이 유명했네. 개다리는 감나무를 사용하기도 하였네. 아울러 귀목나무, 팽나무와 함께 소목장에서 뺄 수 없는 재감으로 활용되어 왔네.

오뉴월에 감꽃이 떨어지면 처녀나 부녀자들은 물론 아이들이 주워와서 감꽃 목걸이 하네.

그건 아들 낳기를 비는 습속이 있었음이네. 물론 잔병 없이 건강하게 자란다는 뜻이 담겨 있어 감나무를 기자목祈子木이라고도 불리어 왔네.

백년 된 감나무는 일천 개의 감이 주렁주렁 열린다 하네. 호랑이도 감을 보면 겁을 먹고 도망친다는 전래동화의 해학은 우리의 혓바닥에 살고 있네.

해 걸러 여는 감나무를 섣달 그믐밤에 도끼를 들고 가서 찍는 시늉을 하며 야단을 치면 많은 열매를 맺네. 모진 고통 속에서도 살아온 우리네 선인들의 어진 마음 어찌 어리석다고만 하겠는가.

집을 지으면 감나무 설 자리부터 먼저 봐 두네. 많은 뜻 중에서도 중심을 잃지 않게 하였네.

내가 태어난 생가에도 돌감나무 하나가 나를 키웠네. 동네사람들은 큰골 감나무 집 아이라고 불렀네. 감나무만 보고 자란 아이는 어느 날의 마당에 감꽃이 함박눈처럼 내리던 날 기억나네.

그 자리에 팬티도 입지 않은 채 감꽃 줍기를 하면 "이놈아 그거 닳는다"고 할아버지의 웃음소리가 야단이네. 함께 하하 웃어대면 한 줄기 바람에 쓸리는 감꽃 향기가 한가득 넘쳐났네.

어찌 그것뿐이겠는가. 감나무 밑에 그늘을 받아 삼베 짜는 어머니의 젖꼭지가 보일 때는 감꽃을 빨던 아이는 자꾸 엄마 보고 웃었네. 그러면 엄마는 베틀에 올라와 젖을 먹을라 해도 감꽃만 빨았네. 엄마 젖 아껴야 한다면서 감꽃 위에 잠이 들었다 하네.

그리운 벗 때문에

　요새 벗은 너무 타산적이어서 우정에 대한 진실이 상실되어 가고 있다는 K 벗 이야기를 들었다. 그 이야기는 새삼스럽게 자신에 대한 관심으로 모아 보았다.

　그러나 나에게는 아직도 이렇다 할 자랑스러운 참다운 벗이 없다. 그러면서도 벗이 많은 것 같다. 학교 시절로부터 직장에 이르기까지 다양한 벗들이 실로 많다. 그러나 정말 그 벗이 나의 절실한 벗이기 때문에 고민하고 있는가? 우정을 위해 신의를 생명으로 여기고 나의 전부를 희생할 수 있었는가가 의심스럽다.

　예부터 벗 이야기가 많은 설화 속에서도 생생히 우리들의 가슴팍에 부딪친다. 간혹 친구 때문에 자기 목숨까지 버리는 숭고하고 눈물겹도록 뜨거운 감격의 사연들을 접하기 때문이다. 그러나 나의 착각인지 몰라도 붕우유신朋友有信의 도덕은 이미 값없는 낡은 골동품으로 추락되어 가고 있는 현상이다.

　안타까운 심정 속에 돌이켜 보는 자신의 끝없는 고민은 사실 나에게도 신뢰의 부족함이 없지 않다. 그것은 어떤 계획적인 모임 위주로 만날 뿐 벗과 충분한 시간을 갖지 못한 원인이 제일 문제이다. 절대 변명이 아닌 한마디로 직장에 쫓기다 보니 시간이 허락지 않았다.

　무변無邊한 바다의 밑바닥으로 침전되어 가고 있는 유명무실한 자신에 대한 허전함에서 친구를 만나면 미안할 뿐이다. 우정에 대한 가치관을 상실하고 스스로만 다스려온 나의 소중함 때문 우정은 불타 버린 항아리다.

닿을 길 없는 어떤 허공에서 시간 속을 횡단해 버렸던 것을 회오한다. 지금에 와서 친구가 그립다니 참으로 무정하고 애달픈 일이 아닌가. 등불을 켜두고 지새는 밤에 영원한 대화를 위해 마련되어야 하는 슬프도록 그 많은 눈물의 기쁨은 어디쯤에서 찾겠는가.

한평생 벗 없는 설움만큼 더 큰 것이 어디 있으며, 그 어둠 속을 향하여 붉게 타는 불씨의 외로움은 달랠 수 없는 후회 아닌가.

살아갈수록 벗이 그립고 진실한 벗을 얻고 싶은 충동은 나 혼자의 현실 앞에서만 절실함일까. 일찍이 철인哲人들은 말하기를 벗은 곧 애정이요, 애정은 진실을 낳고 진실은 신의를 키우며 신의는 뜨거운 사랑의 불씨라고 했다. 그러므로 벗은 나를 마주하여 개인과 사회를 형성하는가 하면 나아가서 인류의 공감 속에 활력소가 아니겠는가.

또한 이해와 존경은 물론 희생과 모든 능력 위에 가치를 찾아가는 끝없는 바람 속에 비로소 그 날개가 벗의 그림자라고 했고 엄숙한 생명의 교훈이라고 했다.

특히 지금 나와 세계 속에 벗이야 말로 피부와 언어와 국경을 넘어선 이데아다. 하나의 벗을 얻기 위해서는 무엇보다 고집과 독선, 교만과 허세, 불의와 폭력을 불태우고 나를 처방할 수 있는 슬기로움에 도전하고 싶다.

그리고 나와 너와의 긍정과 부정보다 존엄성에서, 이해로서 출발해야 존재할 수 있다는 것을 믿고 있다.

데카르트는 '나'의 존재에서 '너'는 나의 디딤돌이라 말했고, 프랑스의 실존주의 철학자 마르셀은 인간은 유일한 자기존재라고 믿어 인간 존엄성의 개념槪念이라고 설파했다.

이와 같이 그리운 벗의 존재는 나의 디딤돌인 만큼 여기에서 나에게는 충만한 사랑이 넘쳐 분수처럼 솟아오를 때 희열의 꽃은 아름답다 뿐이겠는가.

그리운 벗들이 보고 싶어진다. 아직도 늦지 않는 진실한 우정이 어디선가 기다리고 있다. 내가 정직하고 충실할 때 벗으로부터 전화가 온다는 것을 알고 있다.

국가와 사회에 기여가 떠오른다. 한 번 만나자고 할때 사는 맛 중에서도 꽃 피는 절정이다.

저기 애정의 꽃나무가 찬란한 햇빛을 마시며 우아하게 꽃을 피우는 것을 본다.

하나 된 기품氣稟을 보고

꼬리 치켜드는 들바람과 쑥 내미는 산바람의 만남을 봅니다. 설령 본능 질주가 아니라도 저돌적인 본성과 마주쳐 돌개바람을 맞이하는 참솔 숲을 봅니다.

마치 가창오리 떼의 군무를 보듯 어른어른거리는 거리는 아우라가 펄럭입니다. 실제로 후루룩 새 떼들이 솟아올라 날아가는 것을 봅니다.

한참 동안에도 남은 숲의 숨소리를 잠재우 듯 한 공간을 만납니다. 그동안 앞집 2층 집의 히스테리아적인 피아노 연주 소리가 긴장을 모아줍니다.

긴장도 장수 비결이니까 긍정적인 심리가 안정됩니다. 걸음을 바꿔보면 어리둥절할 만큼이나 물 잡은 논두렁 옆에 핀 부레옥잠화의 여린 꽃대에 앉아 울고 있는 개개비 새도 만납니다.

많은 생각을 생략해도 유혹의 계절 칠월 초순을 직감합니다. 문득 나도 자연의 일속이라고 다시 확인합니다.

이에 따라 우리 집 뒤 솔숲을 향해 걷고 있습니다. 누구보다도 짝사랑해온 쑥부쟁이 꽃을 밟지 않고 샛길로 더위잡아 솔숲에 들어서 봅니다.

새순으로 갈고 있는 곰솔 숲은 아까 본 참솔 숲과는 다르지만 장중하면서 검푸른 음영을 내뿜고 있습니다.

그러나 걸음 사이의 생각은 온유하여 솔숲 길을 줄곧 걷고 있습니다.

겉으로 드러나 보이는 형상, 즉 피상皮相에서 솔숲은 그 자체의 내재를 거부하는 것 같습니다. 하여 솔 송곳 한계는 하늘 향해 무모한 도전을 감행하고 있는 것 같습니다.

물론 어둠의 본능이 보이는 경계에서도 빛으로 솔 향기차를 만드는 것 같습니다. 일렁이는 솔숲이 스스로 내뿜는 에너지를 받아내고 있습니다.

송도松濤소리가 들립니다. 퉁소소리와 닮은 송뢰松籟가 마치 절간의 부연 끝 풍경소리와 어울리는 것 같습니다. 언젠가 떠날 체온을 짚어 보면서 스스로 푸른 눈썹을 쓰다듬고 있습니다.

나를 포옹하다 앉히며 지난날의 일기를 읽게 할 때 솔 씨로부터 환생하는 하나 된 기품이 지리산에 있는 천연 송을 떠올리게 합니다. 그러나 멧새 한 마리가 내 어깨에 앉다가 솔향기에 남은 날들을 일러줍니다.

뒤돌아보아도 나 혼자 뿐임을 재확인해 줍니다. 강물도 회향하고 있습니다.

물그림자들은 솔숲에 앉아 그 새 떼는 아니지만 단학들의 날갯짓을 하고 있습니다. 남은 여백에다 기다림으로 쓰고 있는 정동적情動的 우주 숨결소리가 들립니다.

알지 못하는 나를 비롯한 궁금한 아이러니들을 SNS가 아닌 칼리그래프로 질문하는 것 같습니다.

그 유머와 향유를 몰라 황당해 할 뿐입니다. 산유화가 웃음을 받아 피고 있습니다.

군밤장수가 안겨준 동화

하얀 눈이 내리는 어느 겨울밤이었다. 군밤 장수들만 길목마다 쪼그리고 앉아 겨울의 시를 읊고 있었다. 모두가 돌아가는 시간에 어떤 그리움을 안고 하얀 눈을 밟는 소리를 읊고 있었다.

군밤을 사들면 유년 시절의 모래성을 밟고 가는 듯 하얀 눈을 밟으며 대밭골 알밤들 떠올리게 한다. 안태본의 대밭골에는 아름드리 굵고 싱싱한 밤나무가 많았다.

짙은 갈색 빛깔로 진주알처럼 탐스러운 알밤들은 예쁘고 굵었다. 밤송이가 익어 터지는 그 시간부터 내 유년의 가을은 대밭골 밤나무 밑에서 서성거렸다.

다람쥐처럼 알밤을 줍는 순간의 기쁨은 지금도 한들한들 날고 있는 청설모가 아닌 귀여운 줄다람쥐였다. 줄다람쥐가 밤나무를 흔들어주지 않아도 알밤들이 툭 툭 떨어지는 그곳에는 개구쟁이 친구 두셋이 알밤 웃음을 줍고 있었다.

밤나무에 살금살금 올라가서 가지를 흔들어 버린다. 우박이 떨어지듯 밤송이와 알밤들이 후드득 떨어졌다. 머리와 볼기에 밤송이와 밤알이 떨어졌다. 엉엉 울기도 했다. "이놈들아 거기 있거라." 산울림으로 호통하던 대밭골 영감의 거동에 토끼처럼 놀라 이리 뛰고 저리 뛰고 나면 호주머니에 알밤은 몇 개뿐이었다.

그러나 대밭골 영감만 내려가면 다시 밤나무 밑으로 모여 들어서 머리를 맞대고 알밤을 줍다가 머리를 부딪치기도 했다.

알밤이 자주 떨어질 무렵 대밭골 영감은 우리의 꿈 알을 죄다 따 버린다. 그러나 그 큰 밤나무 제일 높은 가지 끝에 매달려 있는 밤송이 몇 개는 그냥 남겨둔다.

개구쟁이들은 그것을 쳐다보고 날마다 돌팔매질을 했다. 그럴 때마다 푸른 가을 하늘에 동그라미만 그려질 뿐 떨어지지 않았다. 매운 바람소리가 세차게 지나가면 비로소 그것마저 떨어지고 겨울은 깊어갔다.

그때에도 우리는 그 알밤을 찾느라고 지쳐 버린다. 누가 주워 갔는지 몰라도 끝내 그 꿈 알은 찾지 못했다. 그 가지에는 이름 모를 겨울 새소리가 가을을 암송하고 있었다.

밤나무는 예부터 전설의 고향에 피는 꽃나무다. 꽃나무에 탐스럽게 매달리는 열매는 겨울의 도시로 운반되어 온다. 겨울밤 길목에서 그리운 이들의 가슴에 뜨겁게 안겨준다.

아름다운 동화를 읽어주는 할아버지가 밤알을 굴린다. 또한 타부적인 나무로 인간의 영혼을 불어 넣어 우리 선인의 실체가 되어오고 있다. 부다[佛陀]에서도 말하는 귀의귀명歸依歸命이 들어 있는 나무이기도 하다.

찾을 수 없는 사람의 몸체를 사람 형상으로 깎아 곽에 넣고 슬프게 장사 치르는 미풍양속이 전래되어 오고 있다. 지금도 그 맥락은 이어졌으면 좋겠다.

그뿐만 아니라 알밤은 그 은은한 색상色相과 맛이야말로 독특하다. 밤꽃 필 무렵을 여인들은 그 묘한 냄새를 잘 알고 있다. 지금은 그 군밤을 만질수록 물씬 하는 밤꽃 냄새가 싫다고 말한 그 과수댁 얼굴이 떠오른다.

그 꽃이 지고 알밤으로 안길 때까지 가을은 더욱더 나를 기다리게 한다. 사연은 사랑과 보람찬 열매이기 때문이다. 알밤의 쓰임새도 관혼상제에 두루 쓰였다. 그중 혼사婚事 때에는 신랑에게 밤알을 먹이고 첫날밤에 신랑 옷 도포자락에서 한 움큼 밤을 꺼내어 신부와 함께 나누어먹는 미풍속이 있다. 알밤이 품귀 될 때는 인조 밤(고구마 따위를 알밤처럼 깎음)을 간혹 길흉사에 사용해 온 것 같다.

특히 밤은 옛날부터 삼정승 벼슬의 큰 뜻을 품고 있다. 그래서인지 수많은 열매 중에서도 밤알은 가시밭길을 걸어온다. 고슴도치처럼 표피를 두르고 그 안에 다갈색으로 치장하고 있다.

또 벗겨 보면 그 안에 엷을 갈색으로 수놓은 문채가 멋지다. 그것을 칼로 깎으면 우유 빛깔 같은 흰빛을 드러낸다. 열매 중에 열매로써 품격 있는 열매가 아닐 수 없다.

일찍이 우리 선조들은 푸른 가을 하늘 아래에서 밤나무를 사랑하는 슬기를 간직하고 있다. 한 송이의 밤송이처럼 생활을 단단히 하고 살아 왔음을 짐작할 수 있다.

이태리 국민들은 한 생명이 출생하면 이태리 포플러나무 한 그루를 심어준다고 한다. 떳떳한 국목國木이 없는 우리 한국의 광활한 산지山地에 밤나무를 국목으로 지정하여 우리 겨레가 탄생할 때마다 한 그루씩 심어주면 좋겠다.

그들이 성숙해서 사랑의 열매를 거둬들일 때마다 살고 싶어 하는 알찬 보람들을 읽고 싶다.

　나는 이미 탄생될 이런 생명들을 위해서 고향 산에다 밤나무 몇 그루를 심어두었다. 알찬 유년의 동화를 키우고 있다.

　모처럼 하얀 눈이 내리고 있다. 내 유년 시절의 동화책을 껴안고 가도록 군밤 장수가 신문지에 알밤을 싸서 안겨준다. 그대로 머리 숙인 채 대밭골 알밤을 생각한다.

　강나루 건너 수련등睡蓮燈을 향해 하얀 눈을 뜨겁게 밟고 간다. 나의 동시 〈군밤 웃음소리〉가 들린다.

　　　　겨울밤 속으로 구르는 밤 열두 개
　　　　연탄불 위에서 웃고 있어요.
　　　　누가 벌써 칼금 넣었는지 쩍쩍
　　　　벌어지고 있는 덧니 귀여워요.

　　　　노릿 노릿한 색신 절절 애타지 않도록
　　　　뒤집어주는 조바심마저 첫눈에도 설레요.
　　　　설렘도 뜨거워 호호 불어대는 입맞춤에
　　　　겨울나비들이 눈빛 속으로 날아들어요.

　　　　혓바닥에 구르는 세상 이야기마저 구수해요.
　　　　다정하게 나를 거문고에 올리네요.
　　　　열두 줄 거문고 뜯는 군밤 웃음소리 들려요.
　　　　　　　　　　　　　　　－〈군밤 웃음소리〉. 전재

만남을 위해 보내는 세월

간혹 저녁 술잔을 마주하면 술잔 안에서 만난 지난날들이 떠오릅니다. 달덩이 같은 도시의 주마등이 쓸쓸한 미소로 떠오릅니다. 사방 둘레를 감도는 무서리 같은 안개에 휩싸이면서 먼 파도소리 한 자락이 겹쳐지고 있습니다.

아무도 보지 못한 착잡한 웃음이 안으로 채우고 있습니다. 모래알을 씹듯 무딘 가슴에 한줄기의 유성流星마저 빗금을 하면 지난날들이 정박한 뱃머리가 다가옵니다.

그 수많은 사람들 틈에서 한 여인의 머뭇거림을 봅니다. 사무치는 그리움의 눈빛이 나를 어쩔 줄 모르게 합니다. 내가 본 강구 안 갈매기도 수척해 보입니다.

잊기 위해 앉아 본 목로술집의 미련은 무례한 짓인지 떠오르는 달에도 당신은 보이지 않습니다. 술로 삭힌들 문득문득 떠오르는 나비 나래짓 공간만 보입니다.

떫은 망개 이파리 같은 안주를 젓가락으로 뒤적거립니다. 터벅거리는 허망감만 가득합니다. 끝없는 벌판, 때로는 해변의 모래밭을 실신한 사람처럼 눈물이 풀리는 내력이 걷고 있습니다.

허무의 잔을 자꾸 기울여도 안개의 섬들은 누아르[프랑스어, noir]로 다가올 뿐입니다.

헛웃음은 냉가슴으로 치밉니다. 적적한 늪에 빠져들곤 합니다. 그러나 적막을 한참 불 지피다 보면 내가 당신을 만나고 있습니다. 또 무슨 일이 있느냐고 다그쳐 묻지만 내 진실은 오광대에 나오는 말뚝이춤처럼 춤추는 눈웃음입니다. 자주 잡는 빈 젓가락으로 세상을 휘저어 보지만 똥파리 몇 놈이 빈정댑니다.

갑자기 소나기가 쏟아집니다. 안 창문은 젖지 않지만 굵은 빗방울이 뚝뚝 떨어집니다. 내 얼굴을 본 주모의 눈빛에 저녁술은 깨꽃처럼 맑디맑습니다.

술로 불태우다 보면 시원해지는 나는 부산 부두에서 남망 산모롱이를 돌아오는 연락선입니다. 진로소주 몇 잔은 너울파도를 잠재웁니다.

결국 산다는 짓들은 선박들의 깃발 같습니다. 뭔가 그리움 같은 진실을 감추기 위해 기다림 같은 정으로 헤어집니다. 아무리 생각해도 혼자라는 그림자가 엄습할 때 왜 안간힘으로 미련스러운 것까지 쓸어안고 사는지 아직도 모릅니다.

그러나 이 나이에도 한참 모르는 세상을 무서움 없이 사는 이유는 있습니다. 당당하지 못하면서 박토의 햇살에 그늘진 내 비탈이 이슥해지는 것도 잘 압니다.

그렇게 세상은 굽어져 있기 때문만은 아니지만 자책한다고 될 일은 분명 아닙니다. 인연의 손과 손에 잡혀 지난날의 술잔을 드는 것도 잘못 살아온 죄라고 탓할 수는 없습니다.

구역질나는 일들을 씻기라도 하듯 퍼마신 재첩국 맛도 때론 너무 짭짤해서입니다.

그래도 저녁술은 아직도 나를 놓아주지 않습니다. 그러나 당신이 나의 옷자락을 사정없이 끌고 가는 날은 때론 기분이 좋습니다.

한잔 들이키면서 이것저것 중에서도 떠난 당신과 만나 생각을 나누는 시간은 아름답습니다. 얼큰하다 보면 다시 만나자고 당신의 이름 불러 보며 지새는 밤은 하현달이 있어서가 아닙니다.

그러나 귀밑머리 마주 푼 당신의 마음을 생각하는 시간은 장작불보다 더 오래 타고 있습니다. 외롭게 섬 사이를 나는 갈매기 한 마리의 비애를 보는 것 같습니다. 이 도시의 애절한 눈빛은 자꾸 어두워지는 것 같습니다.

내가 나를 찾는 촛불을 켜며, 빙판길에서 일으켜 세워주는 이는 아예 없었습니다. 어디로 가도 마주앉는 눈빛, 우리는 만나기 위해 서로 의지하던 셋방살이 가난의 저녁이 더 좋았습니다. 답답한 세월의 소나타가 되어 조금은 독백의 비늘을 털어도 안으로 떨어지던 때입니다. 그 사람은 망각의 술잔을 잡지만 또한 세상을 잊기 위해 마시지만, 나는 통영이라는 당신 이름으로 살기 때문에 조금만 마십니다. 저는 술을 마시지 않아도 원래 낯이 붉덕 합니다. 통영 술은 모두 마셨다고 헛소문이 확 퍼져 성안이 구시렁거리는 것은 그놈들입니다. 사실은 신명나게 어깨춤으로 마신 날뿐입니다. 마시면서 젓가락으로 '목포의 눈물' 위로 노 젓기도 했습니다. 미륵산, 여황산의 푸른 솔바람과 함께 나눈 통영이야기뿐이었습니다. 그때 그 사람들의 든든한 심성은 지금은 찾을 수 없어 더 안타깝습니다.

그 오솔길에 내가 가야 할 길도 돌아서서 걷고 있습니다. 걷다 보면 내일을 만날 수 있는 기다림은 늘 설렘이었습니다. 술잔의 의미를 되새김질하는 것은 내 갈증의 한구석을 채우기보다 당신 때문입니다. 내 처음 떠올린 자리에서 당신과 많은 상념들을 나누면서 당신과의 포근함을 이야기하고 싶어서입니다. 주법酒法은 몰라도 강구에다 마구 붓는 술잔은 들지 않았습니다.

내 영혼의 여울목에서 흐르는 통영 바로 당신을 보기 위해 저녁술집이 좋아서입니다. 싱싱한 해산물 안주를 만나면 소주가 들큼합니다. 이런 시간은 생솔가지도 잘 불붙습니다. 신갈나무처럼 생각하는 술잔을 조심스럽게 태워왔을 뿐입니다. 항상 죽음을 먼저 생각하며 사랑이 어떤 것인지를 반추하며 마십니다. 순리의 실타래를 풀며 풀꽃으로 웃기 위해 내 위선의 옷을 벗기도 합니다. 낭랑한 기분으로 향기를 맡으며 천천히 산굽이 한 허리를 휘파람으로 넘어가듯 마십니다. 그렇게 마주하는 저녁술은 소중한 당신의 요새 안부가 궁금해서입니다. 통한이 없는 사람이 어디 있으리오.

나는 한을 짚고 일어서는 연습을 날마다 합니다. 반복하지 않으면 패배감에 빠질 수 있어 조심조심 합니다. 그래서 그간을 담금질하면서 흘린 눈물들이 목로술집에 앉으면 웃습니다. 지금은 철이 조금 드는지 부지런하고 착실히 살고 있습니다. 여생에 후회한 모든 것들을 회복하고 있는 것 같습니다.

그중에서도 통영 당신이 그리워서 노래한 수백 편의 시를 당신에게 이미 열다섯 권을 바쳤습니다.

남은 날들이 허락한다면 당신의 신비를 찾아 마무리 짓는 데까지 최선을 다할 것입니다. 내 모든 정직과 성실의 샘을 퍼 올리며 만나고 싶은 섬들을 만나기 위해 서로 위로해드리고 싶습니다.

바깥에 내 진홍빛 등불을 내다 걸었습니다. 그 등불이 사재를 털어 열린 한빛문학관을 건립했습니다. 일곱 등을 내다 건 연유는 다른 상징도 있습니다만 내가 낳은 일곱 명의 열매들을 상징하기도 합니다.

벌써 문 닫을 시간에도 문은 열려 있습니다. 움직이는 문학 공간은 통영을 위해 열려 있습니다.

이제는 우수의 날개를 접었습니다. 그믐밤에도 떠오르는 둥근달을 향해 한 마리의 새가 내일을 만나기 위해 날아오르는 것을 보고 있습니다.

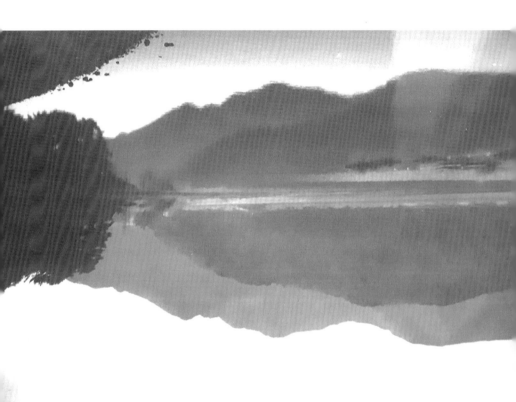

어느 날 호수에 내리는 산 그림자

3 부

산줄기처럼 강인했던 어느 날

걷기는 신이 내린 생명의 척도다

먼 산일수록 더 가까이 다가오는 그리운 산에는 길이 있다. 어딘가 존재하는 기氣살인 발바닥에 길이 나 있다. 오래된 미래의 기억을 찾기 위해서도 나보다 먼저 산을 사랑해야겠다. 저만치 산이 기다리고 있기 때문이다. 내가 거기서 기다리고 있기 때문이다. 그러기에 나의 척추를 짓누르고 오르듯이 가파르고 낯선 산길을 일부러 선택하여 걷는다. 오르는 산은 그 높이만큼 나를 찾도록 두근거리게 하고 반드시 후련한 하산下山이 있기에 주로 산길을 걷는다.

정상에 오르면 시원한 아름다움을 안고 먼 산들이 달려온다. 바로 내가 나를 만나는 땀방울들이 깔깔 웃어주기 때문이다. 나의 한계를 알고 챙기는 파랑새 눈짓들이 윙크한다. 환하게 웃는 편백나무 숲에 걸린 하얀 구름 한 조각이 거꾸로 서서 나의 젊음을 흔들어주기도 한다. 올곧게 사는 그 숲이 거대한 거울을 가지고 있는 한, 그 속을 걷는 나를 항상 새롭게 볼 수 있어 경쾌하다.

내가 보일 때까지 나를 읽고 있는 발걸음 소리가 나를 부른다. 간혹 집중력 가운데로 걷지 못한다는 까닭을 물을 때 경쾌해진다. 갑자기 나타나는 도깨비 집에 잠깐 머물던 허무한 집이라고 타이른다. 그 문을 박차고 유목민처럼 맨발로 걷도록 한다. 걸어 보면 짚이는 게 있다는 것은 뭣일까? 베트남의 틱 낫 스님처럼 "걷는 것이 깨닫는 것"이라면 걷는 고행을 누가 마다하겠는가.

걷다 보면 어색스러운 것이 정지된 시간과 공간이다. 일종의 칸막이 집처럼 숨 막힌다. 사실상 잠깐 머무는 움막에서 쉬고 나면 그만인데도 껍데기로 남는다.

집은 껍데기다. 실재계는 구멍이니까. 숭숭 뚫린 구멍들은 점점 커지며 사방 두려움과 무서움을 몰고 온다. 지나가는 그림자를 볼 수 있다. 맥베스(셰익스피어 작, 《맥베스》)도 "인생이란 그림자가 걷는 것이다"라고 말했다. 카이스트KAIST 김대식 교수(뇌 과학 전공)는 《브레인 스토리》에서 "우리의 삶과 행복 자체도 뇌의 착시현상"이라고 말했다.

그런데 머물수록 껍데기 안은 환상적이면서 더 아름답게 빛난다. 그 집에는 분명 도깨비들이 득실거리고 있는 걸까? 인색한 삶과 죽음들의 치열한 싸움소리 뿐이다. 싸울수록 모든 것이 차단된다. 박차고 나와야 썩어빠지는 내면이 잘 보인다. 허무가 보인다. 이 허무에서 탄생하는 경이로움을 만날 수 있다.

파란 하늘이 걸린 나무 이파리에서 내 눈빛을 발견할 수 있다. 현실과 환상의 이중적 구조를 갖는, 일탈한 다른 공간으로 볼 수 있다. 바로 헤테로토피아heterotopia적 허구가 불안한 나를 움직이게 한다. 그럴수록 나의 현실을 버티어온 동반자는 산이다.

그러나 산은 죽은 자들이 살고 있는 거대한 무덤일 때도 있다. 그 무덤 둘레에는 빽빽한 비목碑木들이 나와 상관없이 서로 맞물려 말할 때가 있다. 기이하고 모순된 그곳에서 나를 보기도 한다. 바로 나와 대칭되는 무의식이 이중성을 갖기 때문일까? 칠칠한 깃털로 뒤덮인 산길에

미세한 칠보치마 꽃마저 내 눈을 속이면서 보여 지는 것도 당연히 나를 추스르고 있지 않는가?

그러나 내가 긴장하여 중심을 잃지 않는 맑은 날에는 산의 미소도, 깔깔 대깔하는 바위들도, 그리고 기다리는 나를 더 아끼는 즐거움으로 구르는 도토리나무 열매들, 이 모두가 산이 내뿜는 기氣살 충동질 아닌가. 생명의지가 펄떡이는 우리 몸의 줄기세포와 같다. 기氣살 찾는 나는 3시간 이상 길 없는 숲속의 길을 걷는다. 육수가 흐르도록 헉헉거리는 내 들숨(영혼)을 담금질하는 매미 떼 소리에 펌프질 당하는 땀방울을 하얀 구름타월이 닦아준다.

피톤치드에 흠뻑 젖는 산림욕을 한다. 물바람소리 받아 겨드랑이를 치켜 올리며 씻어댄다. 이 모든 생명체의 엔도르핀Endorphin 몸짓 중에서도 나무 이파리들이 내미는 파란열쇠는 또 무엇인가?

화살나무 군락지를 지날 때 역동적인 몸짓에서 파란열쇠 구멍을 보았다. 그 과녁을 보고 화살을 날린다. 총길이 12만㎞의 내 혈관을 더 잘 항진하도록 한다. 순환하는 피의 속도는 치타가 뛰는 시속과 일치한다는, 바로 내 육체 안에서 심장 맥박이 8만6천4백 번이나 뛰도록 하고 있다. 그럴수록 나는 더 멀리 걷고 싶어진다.

금년 6월 6일자 스웨덴 연구팀이 국제학술지《셀Cell》에 발표한 논문에서 '어른이 돼서도 하루에 뇌신경세포가 7백 개씩 재생한다'는 것을 읽고 나는 더 부지런히 걷기로 했다. 새로운 뇌신경이 되살아난 것 같은 나의 경우 늘 궁금해오던 매듭점이 풀렸기 때문이다. 그것은 여태껏 꾸준히 걸었기 때문에 기억력이 재생한 것으로 보인다.

헐렁한 낫살층위[年齡層位]에 앉아 포기한 채 놀고, 뒷짐진 채 헛소리나 하면 결코 뇌신경세포 활성화는 기대하기 어려울 것 같다. 욕망덩어리들 내려놓고 지지知止할 때까지 걷는 길밖에 없다.

특히 1백40억 개의 뇌세포가 '정직하게 살아갈 때 제일 활성화 된다' 하니 역시 걸어야 활성화될 것이다. 좋은 일 하게 되면 기분이 통쾌해지던 경험들도 건강한 다리에서 오는 것이 아닐까? 인의仁義로 대화할 때 선들선들 시원시원한 자신감은 다리의 에너지가 충만하기 때문일 것이다.

온몸의 피가 뭉클할 때마다 '피는 꽃'이라고 늘 말해왔듯이 걸으면 상쾌한 꽃밭이 펼쳐진다. 몇 번이고 망설이다 도저히 참을 수 없어 해치獬豸로 버티고 마땅히 옳은 말을 할 때도 온몸의 피가 뜨뜻해지는 것은 건강한 다리 때문일 것이다. 다리가 후들거리면 안 되니까―

상촌象村 신흠(申欽, 1566~1628) 선생님의 글에 이런 글귀가 있다. "當語而嘿者非也, 當嘿而語者非也", 즉 마땅히 말해야 할 때 침묵하는 것은 잘못이다. 의당 침묵하여야 할 때 말하는 것도 잘못이다. 나는 걸으면서 이 글귀를 방음放音한다. 공석에서는 나의 좌우명이기도하다. 비록 "흙만두가 되어 버리더라도[竟作土饅頭─象村]" "가슴속 근심(불안)은 풀어내야[能澆心裏愁─象村]" 하니까. 그것도 누가 말하는 '욱'하는 성깔이가?

그러나 침묵도 분명히 말[言, 語]이라는 것을 믿을 때는 발바닥으로 혀를 누르며 걷고 있다. 모든 다스림을 위해 항상 나는 내 밖으로 빨리 걸어 나온다.

기다리는 산과 낯선 눈 맞춤을 한다. 올해(癸巳年, 2013)로 벌써 45년째 산을 오르내리는 나는 산달팽이다.

지금도 생명의 남은 몫을 위해 나의 배낭에는 항상 희열과 꿈이 가득하다. 나를 확 바꿔 버리기 위해 생각부터 반전시킨다. 남들이 걷지 않는 다른 길로 뿌득뿌득 가고 있다. 나를 생동감으로 이끄는 정령精靈들을 찾아 헤맨다. 소포클레스나, 빅토르 위고가 말한 "인생의 가장 아름다운 날들은 우리가 아직 살지 않은 날들이다"를 암송한다. '아직 살지 않은 날들'을 찾기 위해 걷고 있다.

그래서 걸으면 더 낮은 길도 보인다. 사람들을 만난다. 사람 사이에 길이 생긴다. 부지런히, 부지런히, 부지런[三勤]을 앞세우고 1초에 두 걸음은 나의 남은 길을 스스로 찾기 위해 앞선다.

애처롭도록 귀중한 내 두 발은 기다림 위해 태어난 것은 분명하다. 내가 걷던 날들을 그리워하는 만큼 기다림을 만나기 위해 전혀 다른 낯선 길을 선택하여 나를 찾고 있다.

기다려주지 않는 세월이라도 나에게는 남은 꿈이 있기 때문에 나무에 걸린 파란열쇠를 쥐고 원시적 걸음을 한다. 원시적인 걸음이란 원초적인 탄생은 그리움으로의 회귀를 상징하는 파란색 진행형이다. 오늘도 걸으면서 내가 최초로 말한 "걷기는 이미 신이 내린 생명의 척도"라는 에피그램은 불변이다. 확신할 때 길은 나를 앞세워 먼저 나선다.

걷다가 만나는 세계

—설악산 주전 골에서 흘림골 단풍물결에 휩쓸리다

그러니까 때는 양력으로 을유(乙酉, 2005)년 시월, 음력으로는 현월玄月의 상한上澣 계유일癸酉日이다. 설악산 줄기 인제군 진동리 어느 산장에서 작설차를 뜨끈하도록 끓이는지 새벽 가을 안개가 차바퀴에 휘감기다가 두 시 조금 넘으니 차의 향기만 남는다. 삼거리 하늘찻집 근처 산행 출발 지점에 안착하자마자 단목령을 경유 굽이굽이 해발 1,424m 점봉산을 오른다.

여섯시 삼십삼 분경 매혹적인 일출 광경이야말로 타나토스의 동굴에서 벗어나는 듯 온몸이 후끈하다. 찌꺼기가 불타 버리는 카타르시스가 아닐 수 없다. 베를렌이 말한 '바람구두를 신은 남자'가 된 시인 랭보는 아프리카 하라르에서 해안까지 이르는 험난한 길을 열다섯 번 이상이나 왕복했고, 그 긴 여정에서 절망적인 무릎 부상으로 결국 한쪽 다리를 잘라 버렸지만 "그래도 걷는다"는 유명한 그의 말은 등반하는 나의 종아리를 사정없이 내려친다.

서로의 걸음을 재촉하는 점봉산 정상에서 그간에 접었던 날개를 활짝 펴 본다. 굽이치는 한계령 · 십이폭포 산맥들이 돈오頓悟하고 열락[jouissance]하는 나를 부축한다. 좌절과 실패보다 더 무서운 것은 중도에서 포기하는 것이 아니던가. 인간이 포기한다는 것은 죽음을 전제로 하기 때문에 이 험난한 먼 길의 욕망을 거의 견딜 수 없는 수준의 흥분에 도달하게 하는 역설적인 쾌락, 바로 경이로움을 발산시키는 것이 아닐까! 아직 나의 에너지는 젊은 사람들의 걸음을 앞지르기도 한다.

아침밥은 사십 여명의 등반대원들이 망대임산을 지나 먹으니 오전 일곱 시가 조금 지나고 있다. 급강하하는 체감온도에 식은 주먹밥이고 보니 온몸이 더 떨린다. 그러나 십이담계곡 따라 십이폭포가 있는 골짜기로 내려설 때는 땀이 흐른다. 협소한 산길은 기氣가 사나워 매사에 덤비는 아이와 같아 소걸음을 걷지 않을 수 없다.

인내심이 부족하면 마음 위에 칼을 얹듯[心上置刀] 몇 아름씩이나 되는 주목들이 쓰러져 있는 나무 밑으로 빠져나오기도 한다. 찬바람에 쓸리는 산기슭 숲 사이 새빨간 단풍잎을 보고 연방 감탄할 때 물소리가 압도해온다. 숙성시킨 산머루 같은 미묘한 산 내음에 이끌리는지 몇 갈래 능선들이 발끝을 희롱하고 있다. 골짜기 아래에서 만나기로 했는지 합수合水하는 요란한 물소리가 단풍잎을 흔들며 쏘대오는 소리가 들린다.

청량하고 눈부신 역광 속의 풍광은 향을 빚듯이 담소潭沼를 걸러내니 어느 산객이면 철철 흘러넘치는 하얀 폭포수 같은 유창한 탄성을 마구 쏟아내지 않을 수 있으랴! 생기가 토해내는 웃음소리에서 컵 라면과 국수 같은 인간도, 스노브(snob, 속물근성)하게 보이지만 참나무처럼 펄펄 살아있는 나는 나를 만져 보며 혼자 웃어 본다.

"걷는다는 것은 잠시 동안 혹은 오랫동안 자신의 몸으로 사는 것이다"라고 말한 프랑스의 사회학과 교수인 다비드 르 브르통의 걷기 예찬 구절이 떠오른다. 걷게 되면 참되게 살고 싶은 새로운 세계가 열리기 때문이다. 모조품과 도구인간이 되어 아무 데나 나서며 끄덕거리다가 망가지는 슬픈 족속들, 여자 머리를 하고 질질 슬리퍼나 끌고 다니며 여자들의 내의나 브래지어를 훔쳐서 냄새나 맡는 성도착증상의 일종인 물품음란증 환자들, 여자 화장까지 흉내 내는 게이보이들 그리고 검은 담즙만 분비하는 히스테리 정신병자들이나 알콜중독자들도 나처럼 걸어 보면 좋겠다. 끝없이 걷는 건강한 땀방울을 자주 흘리고 흘려 보면 자신의 참모습을 되찾을 수 있지 않겠는가. 꼭 권할만한 묘약은 이미 알려진 조깅이나 먼 거리를 두고 아주 빨리 더 빨리 보행하는 것뿐이다.

라틴어로 신이 어디에나 존재한다는 유비쿼터스ubiquitous시대에 사이보그적으로 사는 것도 중요하지만 해삼처럼 퇴화되어서는 안 되는 원초적인 심상心象, 즉 집단무의식의 귀환을 통해 원죄적인 수수께끼를 풀며 응집력을 갖고 사는 것도 앞을 내다보는 건강 비결이 아닐 수 없다. 그러므로 현재 나의 경우는 세상과 떨어져도 근심이 없다[遁世無悶]. 지금 마하 10의 시대에 살아도 직관적인 끈기를 위해 산행할 때는 빨리 걷고 뛸 때는 천천히 뛴다.

바쁠수록 천천히 생각한다. 한 번 먼 산행을 하게 되면 현재에도 아홉 시간 정도의 등산이 안성맞춤이다. 그 중에서도 깊은 계곡으로 빠져들다가 정상을 다시 오르고 내리는 산행은 죽음충동을 연기해주는 가장 좋은 비법이다.

혈관에 흡수되는 산맥들의 물방울들이 이마에 빛나도록 해야 한다. 마음을 비워내는 마인드 테라피mind therapy에 의해 집중력과 자신감이 분출되기 때문이다. 통각統覺하려는 몸부림으로 자기의 겉껍질을 먼저 벗겨야 한다. 각고면려刻苦勉勵하지 않을 경우, 끼리 끼리를 찾고 음모하고 데마고기demagogy한다. 말을 삼가 하지 않고 함부로 말을 꾸미고 없는 사실을 있는 것처럼 모함한다. 잘못을 숨기고 아주 강하게 항의한다. 산에 와서도 용렬하여 독사가 될 수 있기 때문이다. 올곧은 사람은 못되더라도 어찌 사람이면 무고한 사람을 상하게 해서야 되겠는가. 아주 해괴하고 몹쓸 놈들은 어디를 가도 있지만…. 오늘따라 아홉 시간이나 소요될 거리를 두고 일행들과 함께 빨리 보행하면서 조심조심 했지만 그만 물소리를 덮어둔 낙엽을 잘못 밟아 나는 가벼운 엉덩방아를 찧기도 한다. 긴장을 추스르며 건너는 몇 번의 징검다리를 익살스럽게 넘긴다.

누군가 꽃단풍을 뚝뚝 따내는 주전골로 들어선다. 골짜기에서 만물상에 얽혀진 칠형제 봉을 업고 등선대를 오르기 시작한다. 웅장한 산봉우리를 마주보기 위해 자주 돌아서서 빈한한 나를 불러 본다.

붓을 함부로 휘두르지 않았는데도 신선들의 긴 수염처럼 신비스런 운무가 가파르고 외로운 이 산길의 단풍잎 사이에서 흩날리고 있다. 오색줄무늬 나비 떼의 분분하는 대이동을 본다. 천상에서 내려오다 천상으로 날아오르는 꽃나비 떼의 부딪침에서 터지는 구름꽃봉오리를 본다. 노래하고 춤추며 말하는 꽃단풍물결끼리 서로 휘감긴다. 이 산에 와서도 산 단풍보다 꽃 사람단풍을 보고 감격한다. 사람은 모여서 함께 살아야 사는 맛이 있음을 절실하게 느끼기도 했다.

구름을 밟고 등선대에 올라 땀을 닦으면서 흘림골 아래를 보았을 때 오르는 등산객들은 청승 통영바다 멍게 양식장에서 끌어올리는 진홍빛 멍게 줄 같다. 어느 날 밤에 새빨간 산호 밭을 무한히 헤엄치던 꿈속 같다. 이러한 꽃여울에 한참 떠밀려 내려온다. 내려오다가 왼쪽 지점에 웅성거리는 사람들이 와 아! 하고 있어 걸음 멈춰보니 활활 불타는 단풍불길을 또 본다. 서로의 목덜미를 끌어안고 열렬한 포옹과 키스를 마구 퍼붓고 있는 '여신폭포'를 본다. 사방에 무지개 빛깔 라벤더 향기를 휘휘 흩뿌리고 있다.

내가 찾던 진실은 찾아지는 것이 아니라 그냥 거기에서 생동하고 있음을 발견했다. 여기서 또 한 번 내가 나의 멱살을 잡고 여태껏 목조여 온 내 욕망에 남은 넥타이를 풀어 내동댕이쳐 본다. 푸드덕! 한 마리 송골매가 내 코끝을 치며 한계령 쪽으로 훨훨 날아간다.

그렇구나! 나는 지금까지 생의 절반 이상을 나의 뼈와 살보다 산을 먼저 사랑하여왔구나. 이날까지 죽음을 무릅쓰고 탈진과 발목 부상은 물론 오른쪽 다리 부상으로 목발을 짚고 통영시청을 출퇴근하던 날들이 싱긋 웃는다. 공휴일을 아름다운 산에 바쳐온 것에서 나를 더욱 강인해질 수 있게 담금질을 해온 것은 사실이다. 오로지 산처럼 움직여왔다.

빈손에 빈 걸음뿐이지만 얻은 것은 분명 내 자신이었다. 그것은 산을 오를 때 김 터지는 강렬한 생채生彩다. 너무도 산을 좋아한 나머지 죄를 묻는다면 시인 랭보의 별명 같이 '바람 구두 신은 남자'가 된 것뿐이다. 이미 잘 알고 있는 고대 그리스의 히포크라테스도 "걸어라. 그게 가장 좋은 건강법"이라고 말했지 않았는가! 아리스토텔레스는 걸으면서 강론했다는 것이다. 지금도 내가 사는 미륵산 기슭에서 나의 벗 내자와 함께 손잡고 훨훨 날아 본다. 설악산을 비롯하여 아름다운 산천을 짚어 보고 산다. 조그마한 두 마리 텃새로 날아 보는 재미도 죄가 될까?

그리운 동강 그리고 백운산아

1

20세기의 마지막 햇수인 기묘년己卯年 그러니까 1999년 03월 27일 토요일 오후 8시경에도 나는 건강하다. 강원도 백운산白雲山을 껴안고 흐르는 동강東江이 거대한 댐 공사로 수몰될 것이라는 소문에 나에게는 마지막이 되는 동강을 보고 싶어서 서두른 산행이다.

동강을 보면 내가 먼저 굽이치며 뒹굴고 싶은 충동은 어디서 올까? 그러한 용트림을 볼 수 있는 백운산(해발 882.5m)에 올라 아름다운 동강을 바라보려는 긴장과 열정이 뒤끓기 시작했다. 젊은 산악인들과 함께 탄 전세버스는 최남단의 통영 항구 삼성타운 근처에서 북쪽을 향해 달린다.

뱀처럼 굽이치는 동강을 거슬러 새벽 02시 '고성리버관광' 앞을 지난 버스는 '남은동마을' 부근에서 더 이상 나아가지 못하고 멈췄다. 문을 여니 영하의 찬 공기는 칼날처럼 사정없이 코를 찔렀다. 지는 달을 반쯤 삼키고 있는 백운산은 동강에 앞발을 걸치듯 시커먼 곰으로 뚜벅거리며 고기를 잡고 있는 듯 머리채가 움직이는 것 같다. 강가에는 살얼음들이 한발도 용납지 않으나 동강 물발은 나의 기상을 북돋아주고 있다.

마치 거대한 강을 건너는 누치 떼는 물론 꺽치 떼 꼬리치듯 거센 물소리는 나의 배낭을 생동감 넘치게 흔들어댄다. 그러한 자연 속에서

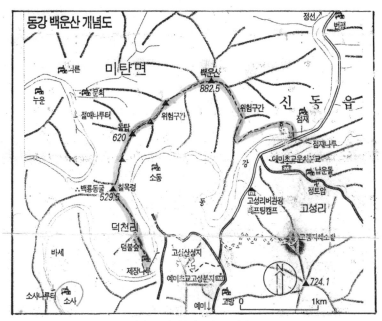

강원도 동강 백운산 등산코스개략도

각자 아침을 간단히 끝냈다. 이른 새벽 04시경 백운산을 향한 출발은 캄캄 어둠 속에서도 역동적이었다. 백운산을 오르기 위해서는 '잠재나루'까지 강변을 끼고 돌밭을 걸었다. 약 십 분 정도 걷다 보니 나루터에 한 척의 거룻배가 시커멓게 보였다. 모두 함께 입을 모아 사공을 불러야 사공이 오게 된다.

그러나 이 깊은 산중에 새벽닭 우는 소리만 답하고 물소리 끝자락에 적막이 흐르고 있다. 한 시간 넘게 기다린 후에 배를 몰고 오는 사공은 총각이었다. 잠을 설쳤는지 더벅머리 그대로가 동강에 질겅거리는 듯하다. 간단한 질문을 해도 사공은 말대꾸가 없다. 강을 건너갈 때에도 말을 건네도 묵묵부답이었기에 혹시 하는 궁금증에 내가 웃기는 농담

을 했더니 "험악하니 잘 다녀오세요"라고 하지 않는가. 그 목소리는 동
강 물소리였다.

몇 년 전에 백운산이 불타올랐다는 것에서인지 없는 길을 새로이 내
고 자연을 훼손하는 것을 못마땅해 하는 어두운 얼굴이 엿보인 것은 나
만의 착시인가. 두서너 채 흙벽 오두막 초가를 더위잡아 한 집 앞마당
을 지날 때 널브러져 있는 그물을 보았다. 그물도 지쳤는지 주인마저
잃은 지 오래된 것 같다. 벌써 동강을 끼니 잎 진 나무들끼리 서로 손잡
으려 하지만 비틀거리는 우리 일행 쪽으로 기우는 것 같다. 나무를 잡
아 보았더니 백운산의 불타던 아픔이 시커멓게 묻어났다.

오전 06시를 가리키는 냉기는 사정없이 살 속을 파고들었지만 움직
이는 우리들의 호기심 앞에는 물러서고 있다. 뜨는 아침 해는 보이지
않지만 햇발을 받았는지 장엄한 동강의 물안개가 피어오르고 있다. 천
년 묵은 이무기의 몸부림이다. 온 사방에 서기가 감돌며 날아오르듯
물줄기가 일어서고 있다. 아찔 하는 순간의 혼미와 탄성이 긴장감으로
팽팽히 맞선다.

급경사의 땀방울은 얼굴에서는 소나기다. 소나 놈의 기氣를 실감한
다. 가파른 길도 얼어붙어 나무를 잡아야 지탱할 수 있는 백운산의 옆
길은 6십도 경사 이상이다. 다시 7십도 급경사가 시작되는 8백8십 개
의 하늘계단을 밟고 오른다.

급경사를 발끝으로 찍어대며 헉헉거리며 오르고 있다. 미끄러지는
순간 풍덩 동강에 떨어질 것 같은 짜릿함은 긴장감을 더했다.

2

하늘에 맞닿아 머리를 짓누르는 나무와 바위틈을 비집고 오르는 시간은 몇 시간이나 흐른 것 같다. 처음에는 가벼웠던 배낭이 천근처럼 어깨를 짓누른다. 온몸이 젖은 줄은 몰라도 먼저 땀방울에 젖었는지 얼음덩어리가 된 배낭은 나를 뒤로 끌고 가는 듯하다. 등산모자 창끝으로 흘러내린 땀방울은 고드름 되어 새벽빛에 빛나고 있다.

그러나 백운산의 죽지능선의 바위틈에 이미 봄은 왔는지 할미꽃이 잎 없이 줄기만 내민 채로 꽃은 핏빛처럼 피고 있다. 볼수록 애처로워 장갑 낀 채로 쓰다듬으면서 추운 날의 임자 입술을 떠올렸다. "그냥 가지 말고 눈 속에서도 핀 할미꽃 보고 천천히 오르자"고 임자 보고 소리 쳤지만, "보면 눈물이 나니⋯." 조심해서 오르라면서 앞서고 있었다.

그러나 동강의 비경에 걸음은 늦어지는데, 낭떠러지 밑으로 몇 천 년의 원시적인 속살이 기막히게 흐르는 동강을 보고 굳어지면서 어찌 탄성뿐이겠는가. 아침 햇살을 받아 청승 청룡이 굽이치며 포효하는 승천을 본다. 강줄기를 휘감으며 일어나는 물안개에 태양도 잠시 얼굴을 가려서 지켜본다.

내가 걷는 백운산을 휘덮어온다. 두려움과 공포보다 경이로움에 사방 둘러보니 하얗다. 아 그래서 이 시점에 누가 소리쳐 불렀는지 백운산이라 일컬었구나! 아 그래서 백운산의 칼날 같은 줄기를 오를 때 뒤돌아보지 말라 했던가!

비경에 감격하기보다 원시적이고도 신비스러운 속살을 드러내는 백운산은 아침의 동강을 향해 장중한 서사시를 낭송하고 있다. 와중에 나는 아주 작은 달팽이처럼 백마 갈기를 붙잡고 부르르 떨기만 한다.

어쩌면 거대한 하프 위에서 파도타기 하는 것 같다. 떡갈나무, 소나무들이 움츠리다가 옆으로 뻗어 내리는 장관은 동강을 흉내 내는 것일까. 나의 발목을 징그럽게 감는지 현기증이 일어난다. 그렇게 보고 싶은 백운산이 나를 부른 이유를 이제야 조금 알겠다. 몸이 뿌듯할 때마다 언제나 남은 날들이 나의 생명력을 강인하게 불러 세워놓고 이제는 다시 못 오게 한다. 하산 할 때도 "나는 아무 것도 아니다"라고 반복하도록 다그친다.

갈기 산을 더위잡으니 정수리는 평평했다. 일행과 쉬면서 오이를 깎아 함께 나눴다. 통쾌감은 물론 성취감에서 서로들의 웃음은 만면했다. 누가 배낭의 무게를 가죽 뱃속에 넣으면 좋다는 시금털털한 유머는 긴장을 확 풀어주기도 한다.

3

내리막길이 시작됐지만 낭떠러지다. 능선 코스도 난코스에 멀기도 하다. 가장 힘든 코스에 일행 한 사람이 길이 없다고 소리친다. 모두 당황하여 머뭇거린다. 탐색 결과 가파른 경사 길을 낙엽이 길을 막아 버렸던 것이다.

나는 급경사의 낙엽에 미끄러져 죽는 줄 알았다. 벌써 30년 이상의 등산 체험도 무색했다. 제일 문제는 어디든 마비가 오면 큰일 나기에 온수를 마시는 비법으로 아주 천천히 기세를 다스렸다. 걸으면서 동강을 보았지만 동강과는 먼 백운산 등판을 걷고 있기에 동양화(한국화)를 감상하는 것 같다.

오다가 돌무덤 이야기가 먼저 나온다. 누가 심장이 마비되어 그 자리에 돌무덤이 생겼다는 섬뜩한 사연은 애절했다. 그녀의 이름이 있는데, 아까 내가 미끄러진 그곳과 멀지 않다.

차차로 에너지 덩어리가 떨어지는 느낌이 들었다. '철족령'을 가지 않고 계속 직진하여 덕천리 '제장마을'로 이어지니 동강은 벌써 당도하여 우리 앞에서 몽돌을 굴리며 스스로 제살을 깎고 있었다. 길가 집에서 물을 챙겨 마시고 '제장나루터'의 급류를 만났다.

사공은 고기 낚는 것보다 좋아서 연락작대기를 짚어 노 젓고 일부 뒤처진 일행들은 강가에서 물살과 함께 놀고 있다. 래프팅 하는 사람들은 '하방소' 쪽으로 휘돌아나가고 거룻배로 제장나루터를 건넌 나는 이른 오후 햇살을 밟고 선다.

자운 빛으로 물드는 백운산의 원근은 이른 아침에 만난 역동적인 산이 아니고 산수병풍을 둘러치면서 현혹하고 있다.

동강 위로 백조가 아닌 조그마한 흰 새 한 마리가 '소사나루터' 쪽으로 난다. 누가 '문하마을' 쪽으로 난다는 소리를 한다. 갑자기 어린 단종 애사가 떠오른다. 허전함은 아니지만 그리움 같은 것이 뭉클해진다.

4

세계여행을 다녀온 사람들은 느끼리라. 2백 리의 동강 물줄기는 세계의 어디에도 없는 것 같아 너무도 황홀하다. 축복받은 신의 땅이다. 이러한 내 나라 강토가 너무도 충격적인 것은 중층적인 신비들이 내뿜는 기상이다. '두룬 산방'에서 '황새여울'까지는 물론 사방이 장대무비하여 천만 번 거슬러 올라가도 후회가 어찌 발목만을 잡을 수 없다.

내 핏줄임을 껴안아주고 하늘 문을 항상 열고 기다리는 백운산과 동강은 우리에게 엉뚱한 생각을 하지 말도록 준열하게 타이르고 있다. 나는 우리 한 핏줄의 시작하는 곳임을 크게 외쳐 선언한다. 시작의 끝에서 다시 새롭게 시작하는 지점에서도 예부터 우리나라가 '동국東國'임을 백운산과 동강은 웅변하고 있지 않는가.

정선 아리랑처럼 천만년 소리가 면면히 흐르는 뜨거운 노래가 살고 있는 그리운 동강 물줄기 따라 우리가 탄 버스가 남쪽으로 달리고 있다. 벌써 창문을 노크하는 동강과 백운산이 보고 싶어진다.

아! 누가 동강과 백운산을 만나보지 않고 절묘하다 함을 아름다움으로 토해내겠는가. 그리운 동강아, 백운산이여!

내가 만난 비슬산

지도를 펼쳐 산줄기를 짚어 보면 소백산맥에서 내달린다. 내달리다가 덕유산과 지리산을 만난 한숨을 걸치다가 뿌리치고 남으로 달려오면 함안군의 여황산도 만난다. 밀치고 서남쪽 바닷가에 발을 담그고 사천과 삼천포를 포용하는 와룡산에서 잠깐 쉬다가 헤어지면서 낙남정맥落南正脈을 타고 동북쪽으로 휘돌아 평야를 쏘대다 우뚝 솟아 이름하여 비슬산, 지금은 연화산蓮華山이라고도 부르는데 조선조 인조 임금때의 학명대사學明大師가 비슬산을 고쳐 부르게 되었다고 전하나 오히려 비슬산 이름이 정겨웁고 제격이다. 비슬산(477m)은 고성固城 땅의 마암면을 비롯한 다섯 개의 면을 끼고 유명한 천년의 고찰 옥천사玉泉寺를 품고 있다.

몇십 년 만에 닥친 계유년癸酉年의 추운 여름날, 옛날 소가야의 한들을 굽이굽이 돌아 계곡을 들어선다. 기가 막히는 물소리가 가슴을 서늘하게 친다. 턱 버티고 선 비슬산의 응봉鷹峰은 가까이 볼수록 보이지 않는다. 훤칠한 키에 서글서글한 푸른 눈매처럼 압도해 오는 정기精氣, 우리 일행을 끌어안는 듯하다.

대낮인데도 갑자기 캄캄해온다. 유혹하는 산안개의 뒤트는 꼬리가 우리 일행의 목줄을 휘감는다. 마치 고뇌의 층계를 오르듯 가파른 산행의 머뭇거림은 일행의 눈짓에서 표출되지만 산울림을 날려 땀과 오기를 분출시켜 본다. 외침과 외침의 메아리를 받아 길은 열린다.

그러나 죽비로 어깨를 후려치듯 창대 같은 소낙비가 쏟아진다. 천둥과 번개가 동반하니 배낭과 손목시계를 풀고 주저앉아 그대로 바위가 된다. 번쩍번쩍 번개가 뼛속을 관통하고 천둥소리에 바위와 너덜겅이 무너지는 듯 천지개벽이 일어난다.

원망의 눈초리가 번개로 하여 나에게 쏠린다. 소름이 끼치고 공포와 무서움에 휩싸인다. 삼십 분이 지났을까 희끗희끗 웃는 안개도 찢어져 날아가고 골짜기 물소리가 가슴에 철철 넘치고 있다. 내려가고 싶은 주저와 당황에서 속박을 벗어나는 자유의 절규를 모두 힘차게 외쳐 본다. 진실의 몸짓처럼 온몸에서는 뜨거운 김이 무럭무럭 솟아난다. 마치 짐승처럼 온몸을 지지리 치듯 빗방울을 털어낸다.

한숨과 야릇한 느낌은 단단한 용기를 불러일으킨다. 참으로 짜릿한 산행의 테크닉을 새롭게 안겨준다. 끝없이 헤매다가 잃어버린 이데아를 찾아낸 듯 실종된 젊음의 응집력을 맛본다. 날아갈 것만 같은 후련한 몸에 따뜻한 일행의 눈웃음을 서로가 훔쳐본다.

그래도 오르자 소리친다. 이미 결행된 코스를 포기할 수 없는 일행은 한 사람도 투덜대지 않는다. 무기력을 일으켜 세우고 앞 일행의 엉덩이를 밀어준다. 물소리가 콸콸 날아오르는 듯하다. 발끝으로 찍어 오르는 험준한 비탈길도 단련된 평소의 기량으로 실수를 막아낸다. 드디어 만난다. 장관과 절경의 원근을, 신비와 환상의 조화를 바람이 짙푸른 숲속 파도로 일렁이게 한다. 물소리는 안개 속에서 더욱 카랑카랑하게 들려오고 골짜기마다 변화무쌍은 오직 대장부의 기개를 들먹거리나니 젊음의 생기生氣를 어찌 산에서 찾지 않으리까!

항상 콤콤한 소리로 날날거리며 허튼소리에 자잘한 소리까지, 앞뒤 맞지도 않는,

새 모떼기 날아가는, 턱도 아닌 소리나 하는 난센스와 유언비어로 흑색선전이나 하고 돌아다니는 무리 꾼들이 오늘따라 가소로워진다. 더군다나 여자 치마 밑 잡고 기어 다니는 소리, 달콤한 소리가 행동과 일치되지 않고 조작설이나 퍼뜨리는 좀생이들의 환심을 사는 몰골들 향해 누가 침을 뱉는 것 같다.

산을 오르면 얼마나 좋은가. 탁 트인 광활한 우주의 공간에서 경이로움을 체득하고 큼직큼직한 새로움을 얻어낸다. 먼저 나의 곧은 절개를 가다듬어 정직해지고 싶다. 남은 생애도 옳은 일에는 함께 나서고 겸허해지도록 신갈나무가 가로 막아선다. 항상 신선해지고 싶어 하는 나의 어깨를 집적거린다. 오히려 어떤 용서도 만남도 헤어짐도 여기 있나니 나의 순리를 찾고 나의 깨달음도 두말하면 숨 가쁜 일이 아닌가.

벌써 정수리에 올랐다. 아래로 내려다보니 글썽거리는 눈물이 보인다. 지고지순至高至純의 끝에서 오는 감동일까. 고생 끝에 매달리는 기쁨의 눈물인지 K 여사의 눈에도 눈물이 맺혀 있다. 눈물이 웃는 영롱한 만남을 처음 보았다. P 여사가 닦아 주며 부둥켜안는다.

오르던 길을 뒤돌아보았을 때 돌올突兀하고 쟁영崢嶸한 웅장미에 넋을 잃은 채 서로들 챙겨 본다. 다 함께 메아리를 날려 산울림에서 자기

목소리를 들어 본다. 흔쾌해서 싱그러워 오는 얼굴들. 희열의 팽팽함을 손잡아주고, 당겨 보기도 한다. 마치 바위마다 옥파玉波의 진원을 들을 수 있는 숨결에서 회오의 인연을 주고받는 듯하다. 죽어도 산에서 다시 만남을 누가 감히 꾸짖겠는가. 참으로 인간의 참모습과 법열을 비로소 볼 수 있으니 세상이 원망스러워질 뿐이다.

여기에도 한 시대의 격정激情을 담금질이나 하는 듯 어느 여인의 시퍼런 은장도의 깊은 한恨이 햇살을 받아 번쩍인다. 저기 골짜기의 안개가 끓어대고, 거문고와 가얏고의 소리가 뒤섞이고 있는 듯하다. 어디가 저승이고 이승인지 어리석음을 타일러 차라리 눈을 감고 들어 본다.

선유봉仙遊峰을 가까이하면 옥녀봉이 먼저 와서 앉고, 탄금봉彈琴峰을 향하면 연봉蓮峰이 부용을 꺾어 던지는 듯하다. 한눈에 팔경八景을 찾는다는 것은 역시 비웃음에 밀려날 수밖에. 그러나 운암낙하雲庵落霞는 오늘따라 그 절절함을 맛보았으니 통쾌하고 시원하다. 오르고 내림도 물소리가 받치니 세월도 주름잡고 깔깔 웃어댄다. 하산하면서 수등(水嶝: 물무덤재) 코스는 후일로 미루고 물소리 건너 옥천사 경내에 들어선다.

법당을 향해 합장하니 여기에도 팔만사천 번뇌가 있다. 옥구슬 구르듯 맑은 물로 씻어내어도 등 굽은 노승의 허리에 남은 인고는 안개처럼 따라다닌다. 약수터에 한 모금의 인연에 입맞춤 하니 물소리가 웃어댄다. 윤회輪廻의 빛과 그림자처럼 물그릇에 드리운 산자락이 목에 걸리는 듯하다.

경내를 나와 차를 탄다. 오만한 차는 나를 마구 흔들어 버린다. 아무

것도 아니구나. 무無와 공空이 되려 염불하나니 연분緣分 하나 비슬산으로 날아간들 어찌 잊지 않겠는가. 아쉬움도 기약도 헤어지면 다시 만나기가 어려우니 목쉰 사모思慕의 정만 붙잡고 또한 몸부림친들 무슨 소용이 있겠는가. 어떻게 사는 것이 사는 것인지 오열을 삼키는 헤아림 끝에 비슬산의 물소리를 떠 올린다고 해서 내 마음대로 다 못사는 세상에 얽매여 사는 수밖에…. 멀어지는 차를 세운다 해서 그리움을 과연 채울 수 있을까. 내가 만난 비슬산의 물소리로.

산중기山中記

가을이 깊어가는 어느 날 광도면 우동리 삼소장三笑庄을 바라보며 천개산(天開山, 옛 지명은 天峙山)을 오르게 되었다. 산길 접어드니 산국화가 활짝 피어 있다. 솔숲과 잣나무, 오리나무들이 내려다보며 팔을 벌린다. 팔을 뿌리치고 기암절벽을 바라보니 세월은 괴목怪木을 휘어잡고 수석분재를 만들고 있다.

눈빛을 파고드는 선경은 비유飛遊하기 시작하고 세상에서 함부로 웃던 케케한 웃음들은 맑은 산울림이 된다. 홍해벽파紅海碧波에 던져지는 감흥은 더욱 더 안빈해지며 용기는 세욕世慾을 압도한다. 막대기로 세상길을 다시 짚어 옛 중국의 장자莊子의 뜻을 풀어 본다.

풀벌레소리와 물소리가 들려온다. 뫼산이가 산 빛에 허물 벗고 하늘 오르며 옥피리를 그만 떨어뜨리는 소리 같다. 물소리가 옥피리를 건져 올리는지 누가 단풍잎을 따내는 소리가 바스락거린다. 불현듯 사는 뜻을 뒤돌아보며, 풀잎 끝에서 인과율을 절실히 더욱 느끼지 않을 수 없다. 물소리를 건너가도 뒤따라오는 물소리는 앞서 가고, 가을 햇살은 진실과 사랑을 영원의 숨결로 따갑게 덥혀내고 있다. 과연 나는 열매로 돌아오는 자연의 목소리 앞에 얼마나 깨달은 보람을 거둬왔던가!

잉수이[穎水]에서 귀를 씻었다는 중국의 옛 요堯나라 소부巢父, 허유許由 생각이 절로 난다. 삼천년을 거슬러 올라가면 그리스 호메로스의 서

사시敍事詩가 생각난다. 고산孤山 윤선도의 〈산중신곡山中新曲〉과 조지
훈趙芝薰 시인의 〈산중문답山中問答〉의 시가 생각난다.

수많은 시인 묵객들은 자연 속에서 위대한 신비의 창조를 하여왔고
결합된 뜨거운 음성을 만나 크게 깨달아서 이 세상에 남길 것만 남기고
자연으로 돌아가지 않았는가.

산우山友들이 등을 미니 산사山寺가 보이기 시작했다.

산사를 반쯤 가린 커다란 은행나무 잎이 노랗게 물들어 산중의 가을
을 더욱 더 돋보이게 한다. 나무들에 산 까치집이 보이고 몇 마리 산 까
치들은 꼬리를 치켜들며 울고 있다. 동승童僧이 담 밖을 내다보다 급히
사라지고 목탁소리는 크게 들려온다. 절 냄새가 갑자기 풍겨오며 크게
들려오던 목탁소리가 뚝 그친다. 문을 여는 소리가 들린다. 주지스님
은 나와는 평소 아는 터라 반갑게 맞아준다. 사방 산들은 학처럼 날고
날갯짓에 물소리가 난다. 풍광風光이 살고 있는 이곳에서도 어찌 한서
寒暑를 느끼리오! 더욱이 무념무상에 잠기는 천년千年의 바람은 번뇌를
한껏 씻어준다. 누가 피리를 부는지 소리마다 우수수 낙엽 지는 쓸쓸
함을 더하고 있다. 지금은 이런 일이 없지만 옛날에는 한여름 밤중에
산 뱀들이 산너더렁과 나무로 날아다니며 울 때는 갑자기 산비가 후두
둑 떨어지는가 하면 산 지네들마저 깔려 와서 산사의 종이 운다고 한
다. 며칠이고 향을 피우고 있으면 세상 쪽에서 눈물들이 올라오든지
나라 안팎이 어수선하여 진다고 한다.

또한 멋있는 이야기는 산주山酒 이야기다. 옛적, 그러니까 일제강점
시대로 거슬러 올라간다. 이 지역에 살던 세 분이 생존해 있을 때의 일

화이다. 이곳 천개산 계곡의 가을 따라 함께 와서 늦가을 서리가 내릴 무렵까지 산열매와 약초를 캐던 분들이라 한다. 그들은 초근목피와 열매를 맑은 물에 씻어내어 산그늘에다 말린 후에 질그릇 옹기에 술을 만들어 양지 바른 곳에 묻어 두면, 익는 술 냄새에 온 계곡이 취해는 날은 걸러 내어서 인생과 세월을 나누며 신선처럼 놀다가 모두 이승을 떠났다는 실화는 산인들이 바라는 미담이 아닐 수 없다. 그들은 삼소계三笑契를 만들어 일 년 몇 번씩 여유를 찾아 낭만과 꿈을 향유하였다는 것은 그들이 단순한 풍류가 아님을 알 수 있다. 그들의 행적行蹟을 물어보고 싶어도 산은 더욱 깊어지고 물바람소리 안에서 그들의 은은한 피리소리만 간간이 들리는 듯하다. 그들이 사랑하고 아끼던 산머루, 다래, 으름뿌리, 칡뿌리, 산도라지, 더덕, 하늘수박, 창출, 산마, 함박꽃, 인동초, 하수오 등등 온갖 약풀과 약나무들을 눈여겨보며, 글 쓰는 이의 발길은 감격하여 더딜 수밖에 없다. 오랜만에 눈시울이 뜨거워지면서 자연의 신비 속에 파묻히고 있었다.

얄팍한 잔꾀나 부리고 눈치를 슬슬 살피는 살쾡이처럼 물고 헐뜯는 세상을 잠깐 떠나, 내가 나를 찾아 부축하며 일으켜 세워 보고 싶은 곳에서 또 누가 나를 헐고 무너뜨리며 버림하겠는가. 지혜와 땀을 새롭게 하고 싶은 몸살을 오늘처럼 풀어 본 적이 없다.

산도라지 캐어오는 동승에게 노란 낙엽을 보이며 무엇이냐고 물으니 동승은 서슴치 않고 일월日月이라고 대답하여 우리 산우들을 깜짝 놀라게 한다. 술잔에 단풍잎을 띄우면서 속주俗酒지만 삼소노옹들을 생각하며 계곡에서 술을 따르니 물소리에 받쳐 더욱 맑게 들린다. 술잔에 산바람이 돌아앉으니 산우들의 환호성은 건배에 부딪친다. 술잔과 술잔이 바뀔 때마다 산새소리가 넘치고 선봉仙峯들은 기웃거리며 술잔 가까이 다가온다. 먼저 취하여 깔깔 웃어댄다. 뜬다. 달이 뜬다. 이태백李太白이 달이 뜬다. 중천에 오르는 달을 향해 술잔을 높이 들고 달에 취한다. 진晉나라 유백륜劉伯倫이는 〈주송酒頌〉을 읊고, 송나라 구양수歐陽脩는 〈취옹정기醉翁亭記〉를 읊는다. 가을 달은 헤어져야 하는 곳에 다시 우리를 하나로 껴안고 서 있게 한다. 영원한 것은 서서 기다리는 것일까? 삼소장三笑庄도 하나 되어 오늘도 서서 오히려 우리를 읽고 있으니 말이다.

시락도時落島는 달 뜨면 거대한 검은 입술

나는 산을 내려올 때도 고개 숙인다

산을 오를 때도 고개 숙여야 길이 보인다. 산길을 보고 걸으면 산의 숨소리와 우주의 소리를 들을 수 있다. 듣는다는 것은 생명이 있기 때문이다.

생명과 생명끼리 소통한다는 것은 지각에서 온다. 지각해야 소통하기 때문이다. 소통한다는 것은 안다는 것이 된다. 안다는 것은 보이기 때문이다. 보이는 내가 움직이기 때문이다. 그러므로 움직이는 생명은 지각을 통해 역동적일 수 있다. 역동적이어야만 꿈을 향해 뛸 수 있다. 꿈꾸는 자만이 생동할 수 있다. 그렇다면 나도 꿈이 있기 때문에 그냥 쉴 수는 없다.

내가 사는 땅에서 나의 모습을 밝게 본다는 것은 우리가 그토록 열망하던 꿈이 아닌가. 그래서 내가 나를 얼마나 열렬히 사랑했는지를 묻고 있는 곳에는 꿈이 있다. 꿈은 행복의 열매를 맺어준다. 꿈은 준엄한 현실의 벼랑에 흔들리는 나무처럼 유혹으로 다가온다. 첫 번째의 질문은 "그대는 순수한 꿈이 있느냐?"는 것이다. 가장 작은 꿈이라도 자기를 찾는 꿈을 갖는 것이기에 곧 정직한 행운이라 할 수 있다. 꿈이 있다면 잃어버린 내 기억을 소생시킨다. 꿈은 항상 낯선 길을 일러준다. 그러나 그 길은 삶과 죽음의 위험한 경계에 놓여 있을 수 있다. 그곳에 내가 엄존하고 있기 때문이다.

끝까지 찾는 꿈이 열정으로 불탈 때 다비식을 마치고 찾는 사리처럼 빛을 발현發顯한다. 살아있다는 나를 만나주는 것이다. 꿈은 곧 살아있는 내 실체이기 때문이다. 만약 아름다운 꿈을 이룩했다면 결코 꿈은 내 기억을 마비시키지 못한다. 주변을 압도하게 하면서 전염시키는 힘을 갖는다.

우리가 안드로메다은하를 발견했을 때처럼 더 젊음을 갈구하면서 거울을 보면 꿈이 설렌다. 그러나 또 하나의 다른 은하가 우주에 나타났듯이 나는 거대한 새로운 거울을 찾기 위해 오르고 싶은 산을 향해 걷는다. 산을 높이 올라갈수록 보고자 하는 꿈은 광활하게 펼쳐진다. 정상을 올랐을 때 그때의 통쾌함은 온몸이 짜릿해진다. 새롭게 태어남을 느낄 때 겉옷을 벗기 전에 속 허물이 벗겨진다. 그럴수록 산은 나를 바라보면서 나를 만져 보게 한다. 건강해야 꿈도 신갈나무처럼 싱그럽다면서 나뭇잎에 숨으며 웃는다.

높은 곳에서 내가 보인다는 것은 나의 실체를 반증하는 것 아닌가. 확고한 믿음이 성취욕을 불러일으킨다. 이러한 성취욕이 다른 욕망보다 산뜻하다. 더 향기롭고 참신한 맛이 난다. 이미 나는 한 낱의 씨앗을 맺기 위해 흔들림을 짚어 본다. 빛나는 그 씨앗을 날리고 굴리고 싶어진다. 자동적으로 어디든지 가고 싶어진다. 하고자 하는 의욕은 때론 주저하며 많은 생각을 한다. 그럴수록 한 발 더 내려서고 싶다. 오를 때보다 더 깊은 0과 1의 골짜기를 거쳐야 하기 때문이다. 그것은 기립해서 움직이는 씨앗이 날고 싶어 하기 때문이다. 시작보다 끝이 선연하게 보이기 때문에 한 발 한 발 내딛는 그곳은 낮아지기 때문이다.

찬바람을 피하고 따뜻한 곳은 좀 더 낮은 곳에 있기 때문이다. 반짝이는 햇살과 물소리를 만날 수 있기 때문이다. 내려올 때는 고개 숙여야 내가 걸어온 길이 확실히 보이기 때문이다. 내려오면서 고개 숙이면 오를 때의 고진감래도 보인다. 목적지는 요원하지만 기대감은 크다. 이러한 거리감의 취약성 때문에 항상 나는 유종의 미에 집중해 왔다. 남 보기에는 하찮은 존재로 손가락질 받는 모멸감을 느끼면서도 좌절하지 않는다. 끝까지 오르내리는 산에서 나를 용서해온 것을 잘 알기 때문이다. 나는 사계절에 순응하면서 꾸준히 아래로 걷고 싶다.

먼 집을 가기 위해서 하심下心하는 고개를 숙인다. 하심해 보니 자연적으로 유연해진다. 유연해진다는 것은 능동적인 자세로 걷게 되고 추구하려는 힘이 응집된다. 기백은 충일한다. 새로운 에너지는 나를 가동시킨다. 동시에 몸은 거뜬해져서 상상력의 날개를 쭉쭉 펼칠 수 있다. 바로 새로운 탄생은 날마다 시작된다. 꿈은 부풀고 내 삶은 활공한다. 옳고 그름은 판단력을 더욱더 밝은 쪽을 선택한다. 정직해지고 불의를 보면 못 참는 분노도 간혹 남다르게 들끓는다.

또한 아무리 험난한 삶의 한복판일지라도 극복정신으로 나아간다. 앞에서 말한 생동감이 성취욕을 충일시킨다. 문제는 성취욕에서 알찬 가치가 아름다운 무게로 돌아오기 때문이다. 그것은 얼마만큼 땀방울이 맺혔느냐가 문제일 게다. 고개 숙인만큼이나 땀방울이 열매로 맺힐 때, 그 열매는 더욱 더 둥글고 매혹적으로 빛나고 있다. 그것은 바로 값진 나의 땀방울이 현란하게 마각馬脚하면서 탐스럽게 보인다. 그 속에 나의 참모습이 뚜렷이 나를 응시하고 있다. 내가 나를 만날 때처럼 행복감을 느끼기 때문이다.

《매트릭스》를 보고 글을 쓴 윌리엄 어윈도 "악전고투를 통해 자기 인식을 얻는다. (…) 자기 인식은 일종의 열쇠다"라고 한 것처럼 그 열매들이 날아다니다 비참하게 곤두박질한 때가 너무 많았다. 그때마다 샤덴프로이데(Schaden freude: 남의 불행이 곧 나의 행복이라는 뜻) 현상을 확실히 보았다. 그러나 나는 죽어서야 다시 태어난다는 것을 알았다.

존재와 망각의 환승역에서 나를 기다리던 어머니를 어머니! 어머니 부르며 그곳으로 달려가듯 트레킹으로 눈물을 닦을 때도 혼자였다. 그래서인지 요사이도 갑자기 어머니 모습이 떠오르는 때가 많다. 내가 걷는 길에서 어머니의 주름살이 늘 앞서 움직이면서 나를 살펴주는 것 같다. 늦둥이 낳아 못 잊어 향년 일백세 살까지 사시다 나의 손을 꽉 잡고 저승에 가신 어머니 모습이 뚜렷이 떠오른다. 늦둥이 울음소리는 저승까지도 들린다는 말을 들었을 때 언제나 귓가에 사무친다. 나는 어머니의 기대에는 못 미치지만 후회 없이 열심히 살고 있다. 늦지만 내 이룬 작은 소망들의 쾌거가 있어 아직도 풋풋하다.

살수록 나를 낳아 이 땅에 살도록 한 어머니를 부르며 자랑하고 싶다. 낮은 곳에서 아직도 흙을 밟을 수 있어 아늑하다. 이 땅을 이제는 어머니처럼 사랑하고 싶어진다. 어쩐지 나이 들수록 조국의 모습이 어머니의 모습으로 떠오르고 있다. 과연 나 혼자 만일까? 트레킹을 몇십 년이나 한 경험자들에게 물어보면 답은 한 가지다. 나 같은 경우에는 산을 오르내릴수록 지축의 숨소리는 내 맥박이다. 숨소리가 뛸 때마다 어머니 목소리가 겹쳐지고 있다. 나는 바로 어머니의 몸을 갖고 살고 있기 때문이다.

그래서인지 어언 사십 년이 넘은 산들을 반복적으로 오르내릴수록 사랑하고 싶은 내 어머니의 어부바가 아니던가. 꿈은 나를 깊이 뿌리 내리게 한다. 어머니처럼 사랑하고 싶은 나의 땅 위로 당당히 걸어가는 힘은 절정에서 치솟는다. 해발 5천8백95미터나 되는 아프리카의 킬리만자로 산처럼 열정을 내뿜고 싶다. 어찌 보면 어릴 때 배운 내 나라와 민족을 사랑해야 한다는 스승의 가르침이 이제야 가슴을 치고 있다.

이처럼 산이 나를 끌어당기고 있는 것은 바로 이 땅을 사랑하지 않으면 못 살 것 같은 어떤 파라노이아 증상을 앓는 것 같다. 팝콘브레인(무감각한 뇌)들도 나처럼 트레킹하면 "꿈은 보인다"라고 말할 수 있을까?

일종의 병인지는 모르나, 선택적 지각이나 차별적 집중에서도 신은 존재한다는 것을 감지되는 때가 더러 있다. 그것은 대상이 사람을 끄는 힘이나 배척하는 힘을 말한 오브젝트 섹시스Object Cathexis에서 어느 날 우주의 목소리를 들어본 적이 있다. 어떤 악마가 아닌 신비스러운 영감 같은 것이 온몸을 오싹하도록 하면서 묘하게 느낀 것이 오래되었다. 쾌청한 날에도 날씨의 징조를 감지하기도 한다. 산이 울고 때로는 우중기雨中氣를 뿌리는 것을 느낄 수 있다. 어떤 곳에서는 산짐승이 움직이는 것을 알 수 있다. 때로는 새로운 생기를 열어주는 새로운 길을 걷는 듯 착시현상 같은 것이 찰나에 스치는 것 같았다. 그러나 그것은 분명히 환시나 환청은 아니었다.

나는 아직도 미련한 허풍쟁이처럼 터벅거리면서 그 높이에서 내려온다. 때론 미끄러지면서 엉덩방아를 찧는다. 그래도 정신과 몸가짐을 가다듬기 위해 내가 가장 우러러보는 미륵산 관음사를 들러서 미륵산을 오르내리는 때가 많다. 관음사에는 마음이 외관에 따르지 않고 본래 자리를 밝힌다는 뜻으로 쓴 '회광廻光' 현판 글씨가 이끄는 회광전廻光殿이 있다. 회광廻光을 새기며 산을 오르내릴 때는 반드시 고개를 숙이고 열정을 다스린다. 기민증 없이 새로운 길을 걸어가는 나를 볼 수 있다. 산이 산으로 걸을 때는 나는 보이지 않는다. 그래서 산을 내려올 때도 고개 숙여온 길은 회광에 닿아 있기 때문이다. 이쯤에서 살고 싶어 관음사 연못 한가운데 탑을 돌고 돈다. 내려서 오는 나를 보고 어머니가 관음사에서 기다리고 있다. 저만치서 메신저 뱅킹하라고 관음경 독송 소리가 고개 숙이게 하여 겸허함을 일러준다.

요새 나의 산책 코스는

2012년, 음력으로 짚으면 임진년壬辰年 올해는 3월에 윤달이 들어 햇살도 되밟는 절후라 없게 사는 사람일수록 괜찮다. 그러나 천천히 가는 절후라고 볼 수는 없으나 마음 자체는 여유가 있어 보여서 천천히 사는 것도 터득하는 좋은 해인 것 같다.

늙는 것도 천천히 늙겠지 하고 방구석에만 머무는 경우가 더러 있다. 그럴수록 나는 나를 일으켜 세워 나선다. 집에 앉아 있어도 쉬는 것은 아니지만 집에 있으면 자폐적일 수 있기 때문이다. 그래서 숲속의 산책길을 향하면 세상의 먼지는 자연적으로 털어져 버린다. 이러한 생활은 심신을 위한 자연치유 운동을 생활화하기 때문이다.

특히 트레킹하면 산보다 더 낮아질 수 있다는 것은 틀림없는 것 같다. 친구를 만나면 내가 낮아지는 아량을 보듬을 수 있다. 이 조그마한 만남은 우리 생활의 여유적 진보라고 할 만하다. 그것은 가을처럼 가장 낮은 곳에서 만나게 해줄 때는 더욱 상쾌하다.

따라서 나의 산책 코스는 미륵산 일대와 초저녁은 구름다리 중심으로 펼쳐진다. 해안선 풍경을 관망하면서 젊은 날의 생동감을 찾을 수 있다. 간혹 고장 난 벽시계는 아닐지라도 게을러서 마음만 먼저 보내 휘익 둘러오게 하는 게으름도 없지 않다. 그런 날엔 걸음걸이를 볼 수 있는 먼 풍경이지만 산책은 가벼워진다. 해안선을 따라 걷기보다 미륵산 정수리에서 해안선을 굽어볼 때 마구 줄넘기를 하듯 더욱더 신바람이 난다. 때론 미래사 부근 편백나무 숲에서 본 움직이는 빛을 만나기도 한다. 편백나무 사이마다 새벽빛이 날아다니는 것을 오래 보아왔다. 정령처럼 금방 나타났다가 사라지고 굴절하면서 산란하는 것은 아침 그 시간대에서 일어난다. 나의 경우만 아니라 산책자들은 신비스러움에 빠지며 감탄한다.

어느 날은 미륵산 정상으로 트레킹 한 후에 산양읍 쪽을 바라보는 미륵산 5부 능선쯤에 있는 석간수를 마신다. 여기 석간수는 3개월 정도 가뭄이 계속되더라도 마르지 않을 정도다. 큰비가 많이 내려도 바위틈에서 나오는 물의 양은 가뭄에 비해 조금 많을 뿐 크게 달라지는 것 없이 줄기차게 흐르고 있다. 여름에는 이빨이 시리고 겨울에는 뜨뜻하다.

이곳 한겨울은 갈바람이 닿는 곳이므로 궁리 끝에 우리 집 동백 씨를 키워온 30그루 정도를 주위에 심어 두었는데 2년째가 된다. 그러나 너무 어린 동백나무이기에 바라는 성장 속도는 기대에 미치지 못한다. 앞으로도 내 나이는 겨울바람막이 혜택을 받을 수 없을 것 같다. 그러나 먼 후일 물을 마시는 트레킹 하는 분들의 몫이 될 것을 기대하면 가슴 뿌듯하다.

석간수를 마신 후의 행보는 미래사 편백나무 숲을 향해 천천히 걸어가는 것이다. 물론 많은 생각을 자연의 소리에 접목시키면서 그 숲이 내뿜는 방향芳香을 서서히 마신다는 것을 인식할 때 산뜻해진다. 보통 삼십 분 내지 최대 네 시간 이상 머무는 간이휴식을 하면 더욱더 경쾌해진다.

이곳에는 통영시에서 몇 개의 휴게평상을 제공한 것으로 보이는데, 올 여름의 살인더위에는 많은 산책자들이 거뜬히 쉴 수 있어 만족하는 것 같다.

숲의 온도는 평균 27도 정도인 것으로 볼 때도 시원함은 말할 수 없는 표정들이다. 더군다나 편백나무 숲이 내뿜는 방향인지 몰라도 올해는 모기 해충도 거의 없는 것 같아 더욱 쾌적하다. 충분한 휴식에서 발걸음이 편백나무 숲길 따라 바다가 보이는 석불을 향하는 것은 누가 시키지 않아도 저절로 걸음한다.

앞글에서도 말했지만 이 편백나무 숲길을 걸으면 웃는 빛살이 정이 간다. 하늘을 찌를 듯 우람한 나무와 나무 사이로 쏟아지는 신의 눈빛처럼 경이롭기도 하다. 나만이 느낀 것이 아니라 이 길을 산책하는 자들이 실토하는 공통적인 황홀감이다. 거기서부터 띠밭 등을 걷는 동안 듬성듬성 심어진 편백나무 숲이 나선다. 그러니까 편백나무 숲 그늘을 계속 밟는 코스다. 간혹 몸이 피로하면 뭐라 표현할 수 없는 아주 좋은 냄새를 체험하게 된다. '피톤치드'라는 방향 때문으로 알고 있다.

어떤 날은 이른 아침 산책을 하면 저절로 콧노래가 나오고 지인들이 다정다감해 보인다. 그래서 나이 많은 분들이나 정신활동가들에게 이 코스는 권하고 싶다. 나이에 압도되는 열등감을 극복할 수 있다.

매일 서너 시간 땀 흘리면 심호흡은 물론 검버섯의 속도는 늦어질 것 같다. 피부가 굉장히 호전되는 것은 확실하다. 인지능력 저하가 더디어지는 것 같다. 고희에 여섯 살 더해지는 나의 체험에서도 뇌가 활성화되는 것 같다.

퇴계 이황 선생께서도 청량산 12봉을 얼마나 올랐을까? "산을 오르는 것은 글을 읽는 것과 같다"고 말씀하지 않았는가. 뿐만 아니라 내가 알기로는 소크라테스, 아리스토텔레스, 탈레스, 칸트, 니체 등 다수 철학자들을 비롯하여 괴테, 랭보, 모차르트 같은 시인들과 음악가들은 "발이 글을 썼다"는 등 각자의 금언을 남겼다.

현재 프랑스 스트라스부르 대학의 사회학과 교수로 재직 중인 다비드 드 브르통의《걷기예찬》에 나오는 글 중에 "걷다 보면 죽음, 향수, 슬픔과 그리 멀지 않다(…). 때로는 오솔길 모퉁이에서 마주친 어느 늙어 버린 얼굴로 말미암아 걸음은 잠들어 있던 시간을 깨워 일으킨다"는 글을 읽을 때 신선한 충격이 아닐 수 없다.

그냥 쉬면 늙는다. "나이 많으시면 쉬어야지 늘그막에 무엇 그러시냐고…" 인사하는 이들이 간혹 없지 않다. 그러한 인사치레는 노인들에게는 진심으로 받아들여지지 않는다. 이에 따라 늙은이들에게 설문하니 공통적인 불만을 토로한다.

노인일수록 뇌의 활동을 왕성하게 해야만 고통이 줄어질 수 있다는 것을 체험한 자들이기 때문이다. 노인들에게 인사는 가장 어렵기 때문에 "건강 어떠신지요?"라는 질문보다 긍정적이고 적절한 예우를 갖춰야 실례를 범하지 않을 것 같다. 어르신들은 먹는 나이에 대해 열등감과 강박관념에 무릎 꿇어서는 안 된다. 계속 걷기를 하면 자신감이 생긴다. 젊어질 수 있다는 확신을 갖고 꾸준히 운동해야 한다.

요사이 흔히들 말하는 나이는 숫자에 불과할 뿐이다. 젊게 보여야 어른 대접을 옳게 받을 수 있다. 오래 사는 것이 중요한 것이 아니라 하루

를 살아도 건강하게 살다 먼 곳에 갈 때는 뒤돌아보지 말고 아주 가볍
게 가면 얼마나 좋겠는가. 끝으로 나의 자작시를 미리 옮겨 둔다.

산다는 게
저물다 보면
내리는 비로
울음 닦는 나그네

자식들 눈물꺼정 받아
내 가슴을 다 적셔놓고
들키지 않는 그날로
내려서며 재촉하는 걸음

애태우던 세상아
부디 잘 있거라
—〈이승을 떠날 때〉 전재

아침 산에서

　몸이 무겁고 마음이 흔들리는 날에는 새벽빛 따라 미륵산을 오르내린다.

　무시밭골 아침 산사의 뜨락 이슬에서 아침 햇살을 보며 내 시의 제목 앞에 오는 자연의 목소리를 듣기 위해 출발한다. 밑바닥 먼지 묻어 사는 한숨을 뱉으며 잠깐 멈추면 내가 나의 이름을 다시 고쳐 부를 수 있다.

　내 혀를 꾸짖어 깨닫게 하는 고마움도 나에게는 너무나 소중하다. 또한 보기에는 아무렇게나 자기 마음대로 자라는 나무와 풀이지만 숲을 이루는 신선한 자유와 평화의 질서를 익힌다. 언제나 여유 만만함과 포용력으로 다가와서 영원과 동경을 약속하며 나를 가르쳐준다.

　안개 속에서 지글지글 끓고 있는 욕망의 허탈이 겸손해지는 걸음이 된다. 배덕背德의 현실이 산 이슬에 씻겨진다. 한 마리 새가 내 허물을 벗기며 날고 있다. 그런가 하면 여황산艅艎山의 그림자가 영주산映珠山을 껴안으며 웃고 있다. 선창골의 밤물소리가 공주 섬의 물베개를 고쳐주면서 뽀뽀하는 소리를 들려준다.

　또한 어머니의 들녘에서 서로 부르는 이웃들이 나서며 씨 뿌리는 소리도 들린다. 자주 아침 산을 오르내리면 자연이 나를 회복시켜주는 원동력임을 알 수 있다. 삶의 순리를 체득케 하여 숨겨온 내 부끄러움도 하늘을 볼 수 있게 하였다. 그래서인지 청빈한 축복을 받아 사랑의 조화를 발견할 수 있다. 목마른 눈물이 알몸에 젖어오는 우주의 순환을 망설임 없이 초연한 자태로 맞아들인다. 무분별한 감정에서 잔재주 부리며 오늘을 다스리는 내 비뚤어진 자화상의 아픈 상처가 반짝이는 잎에서 빛난다. 진실한 대화를 통해서 스스로 존재가치를 확인한다.

가나안 땅에 내리는 비가 마치 몸을 적시듯 이성과 신앙의 뜨거운 교감이 응감한다. 청포도 술이 익는 항구에 닿듯 여로의 행복을 위해 또 하나의 산창山窓이 열리고 있다.

거의 정수리를 오른다는 것을 알 때 내가 나를 묶었지만 부활을 서두른다. 공감대를 풀며 용서하는 산이 바위에 나를 눕힌다. 시간이 멈추며 구름이 멈추고 돌아오는 노래들마저 나의 속기俗氣를 뽑아낸다. 내 고뇌의 실종을 위해 흙과 바람의 음성은 본래 생명의 근본을 다시 묻는다. 이스라엘 골고다로 이끌듯 내 생애를 반복하여 묻고 있다.

고독의 최후에서 나의 죄는 과연 어떻게 처형될까. 한 눈 감고 한 눈 뜬 밤의 빛깔이 유예당하는 모습일까? 우정의 동반자가 미덕의 완성을 위해 나의 토양에서 땀을 요구한다. 눈부신 땀방울들의 최선을 체험한다. 진실로 아침 산에서 숙제가 풀리지 않으면 어디서 나를 진술할 것인가. 나의 우울은 쌀쌀한 채 연탄재 밑에서 쓰러지고 있다.

환몽으로 끝내줄 것처럼 산란하는 아침 빛살들이 아바타로 날고 있다. 보아라! 투명한 영혼이 실토하는 나의 메아리 끝에는 아침 새들도 높이 난다.

절박하고 빠르던 나의 걸음은 현주소를 잊은 채 모순의 편지를 쓰듯 의미 속에서 그 많은 아쉬운 상실을 찾아내고 있다. 질시자의, 모략중상자의, 항상 음모를 꿈꾸는 자의 충혈된 독소의 눈빛들이 속박에서 잃은 만큼이나 찾아낸다. 노동이 끝나는 저녁에 내리는 소나기가 되듯 면 파도소리를 잠재우며 늪을 다시 흐르게 길 트여준다.

서두름보다 아침 이슬에 흠뻑 젖게 하여 사는 뜻을 되돌려준다. 긴요할 때만 울릴 수 있는 종소리가 되어 내 허무의 옷자락을 붙잡아준다. 자연의 어느 부분에 닿도록 하여 불신과 갈등을 씻어준다.

죽음에는 유예선고가 없듯이 진시황의 무덤이 그랬고 다윗왕의 무덤도 잡초로서 덮였지 않았는가. 이 땅에서 나를 재확인하는 고민의 만남이 더욱 절실함으로 엄습해온다. 아무리 쩌렁쩌렁한 호통자도 자연의 위대함을 망각할 때는 비참한 유형流刑을 당할 것이다.

어느덧 아침산은 나를 세상으로 내려가게 하는 눈짓으로 그 많은 무언의 약속을 속삭여준다. 순간의 행복이 기쁨의 공감대에서 참 뜻을 날마다 고쳐주니 침묵의 색깔도 녹색이다.

망설이지 않는 통나무로 사랑의 길목에 서게 한다. 참으로 많은 약속을 속삭여서 시작과 끝의 매듭을 관용으로 다스려준다.

그래서 인연은 아침 산의 울림에서도 있다는 것에 동의한다. 메아리가 살아있는 한 나는 아침 산을 오를 때마다 나의 자작시를 읊기도 한다.

닿을수록 비켜서고/웃을수록/서로가 알면서 몰라라//

친할수록 멀어지는 부부여/생각할수록/떨어지지 않는 세상이여//

아득한 당신의 달무리 시간/나는 피리 불며/이 산과 저 강을 건너가마

－〈인연〉 전재

아침 산을 향하여

오늘도 일찍 일어나서 아침 산을 오르고 있습니다. 벌써 오르내린 지 십수 년이고 보면 이 짓도 병중에 병이 아닐 수 없습니다. 그러나 다스리는 병으로 하여 얻은 것이 있으니 부귀영화가 아니고 몸과 마음이 하나가 되는 건강을 얻은 것입니다. 건강을 얻고 보니 천하를 얻은 것과 다를 바 없습니다.

아침마다 도솔암자에서 흘러넘치는 생수를 한 바가지 떠서 꿀꺽꿀꺽 마시고 미륵산을 걸음하니 세월도 잠시나마 멈춰섭니다. 나를 보자마자 기가 차서 껄껄 웃고 있는 것 같습니다. 그뿐만이 아닙니다. 내가 산록을 가로질러 가볍게 뛰어오르면 사방에서 산새들이 박수를 치기 시작합니다. 벌써 땀방울이 온몸에서 줄줄 하니 여름과 겨울이 따로 없습니다. 비가 오는지 눈이 오는지를 알 수 없을 만큼 온몸은 항상 후끈후끈해서 유연해집니다.

처음에는 몸에 대한 애착으로 수년간 다녔지만 지금은 마음의 병을 다스리기 위해 다닙니다. 졸렬한 마음에서 참을 수 없는 것도 참을 수 있는 힘을 얻게 되었습니다. 좀 더 내 이웃을 이해하고 용서하며 베풀고 싶은 용기가 더욱 생깁니다.

나를 돌아볼 수 있는 시간을 많이 갖게 됨에 따라 가장 크고 밝은 것을 찾고 싶고, 참된 것을 나누고 싶습니다. 어떤 걸림돌 앞에 넘어져도 관용의 미소를 지닐 수 있어 더욱 좋습니다. 버릴 것은 버리고 남을 것만 남게 하는 나의 미륵산에서 더 이상 무엇을 갖고 싶은 것은 없습니다.

그러나 오늘을 사는 이 시대의 한복판에는 아름다운 씨를 뿌리는 자들이 많지 않고 거둬들이는 자가 더 많은 것 같습니다. 하나보다 둘을 중시하는 속기俗氣의 연유는 어디서 왔는지 궁금할 뿐입니다.

축복받은 생명들이 막연하게 부처님께 비는 속셈은 무엇인지 참으로 가소로울 뿐입니다. 우리가 우리의 소망을 부처님께 비는 것으로 알고 있지만 실은 부처님이 우리를 향해 빌고 있습니다. 설령 망념이 아닐지라도 우리는 무엇하고 있는가가 문제입니다. 나는 올바른 기개를 다스리기 위해서라도 아침 산을 향하여 오를 때는 나를 담금질합니다.

거듭나는 새로운 삶을 얻기 위해 차갑고 어두운 마음을 먼저 버립니다. 모든 마음의 아픔을 태우며 비워내려고 분투합니다. 내가 산에서 얻은 것이 있다면 아무것도 아닌 미물이라는 것을 알게 되었습니다.

마치 여름 산이 나로 하여금 너무도 많이 흘리게 한 땀방울을 통해 욕망의 찌꺼기가 쑥쑥 빠져나가는 것을 느낍니다. 거뜬하고 홀가분한 마음을 얻어냅니다.

이젠 누군가 나를 굽어지게 해도 굽어질 수 없고 꼿꼿해지는 것 같습니다. 끊고 맺는 분명한 굳은 의지가 출발하는 오른쪽 대숲에서 얻어내고 있습니다. 그러면서 겸허한 자세로 맡은 직분에 충실해지면서 날로 생동감이 넘칩니다.

오직 성불하는 즐거움이 있다면 어찌 자비 아니고는 말할 수 있겠습니까! 또한 아침 산에서도 가을을 따낼 수 있으니 삶에는 조금도 취할 것도 버릴 것도 없습니다.

언제나 어떤 일에도 나를 찾는 어려움을 참고 얼굴은 아침 햇살처럼 밝은 눈웃음칩니다. 이 나라의 아침 산 연봉에서 푸른 자유의 깃발이 늘 펄럭이는 것을 봅니다.

자신이 건강할 때 우리의 깊은 눈물은 무궁화 꽃으로 핍니다. 수십 년이나 아침 산을 오르내려도 산은 더욱 깊어지며 나를 타일러 조심스럽게 똑바로 걷게 합니다.

1994년 스위스 공원에서

나를 흔들어 깨우는 어떤 질문

경이로운 에너지 덩어리를 위해 어떤 질문들은 그 우연의 만남에서도 나를 감동시킨다. 질타로부터 시작되는 말을 스스로 꺼내 나를 반복하여 낮춰 보기를 한다.

그럴수록 자연의 모습으로 닮아가고 있는 것 같다. 자연이 나의 존재에 대한 생명을 호명하는 소리가 때론 들리기 때문이다. 마치 횃불 같은 불꽃들이 숲을 가로질러오면서 유혹하는 생체리듬을 체험하는 때가 더러 있다.

어떤 접점에서 만나는 경이로움에도 보이지 않는 실체의 숨소리가 생명의 통로를 가리켜주기도 한다. 바로 몰입할 때만 가능하다. 그러니까 40년 이상 트레킹 힐링에 따라다닌 나의 그림자들이 이제는 많아져 우우 몰려온다.

그러나 아직도 산안개를 동반하고 소낙비로 하여금 투정부리고 있다. 매혹적이면서 해괴하지만 냉소적 공포감에 사로잡히는 때도 더러 있다. 오랫동안 나무로 서 있지 않는 한, 저 혈관들의 외침이 들리는 가까운 장소를 찾고 싶다.

그러나 잠깐 발걸음을 멈추는 것은 나를 챙기기 위해서이다. 얼굴에 흐르는 빗방울과 땀방울들이 범벅되어도 닦아내면 짐작되는 저만치를 가늠할 수 있다. 땀방울이 웃어대고 헐렁해진 허리띠를 추스르던 곳에는 누군가 구시렁거리는 소리도 들린다.

그래서인지 끝없이 활달한 상상력이 나로 하여금 질문하기 시작한다. 나를 당당히 꾸짖는 소리를 갈구하는 그러한 곳이 나의 현주소이기도 하다.

그동안 잊어버린 상념들과 싸우던 대상들은 짐승들로 기척한다. 독수리, 부엉이, 초롱이, 산 꿩, 까마귀, 직박구리, 산비둘기, 때론 산돼지, 산양, 산고양이, 심지어 능구렁이 뱀, 독사, 지네, 도마뱀들의 눈빛들, 바로 후유증들의 파편들이 나를 부르며 달려온다. 그럴 때마다 그들과 팽팽한 대결 속에서도 풀냄새 나는 하나에서 출발하고 있다.

내 머리 위로 날며 기분 나쁘게 우는 까마귀 떼와 솔방울을 떨어뜨려 집적거려 보는 청설모, 나보다 먼저 놀라 후다닥 날아가는 산비둘기 떼, 산꿩들 그리고 눈 흘김과 콧물 흘리면서 거들떠보는 산돼지들 그리고 하필 발바닥에 밟히는 뱀과 지네들이 아직도 나를 괴롭힌다. 가장 친숙한 것들이 낯설게 하여 더욱 긴장해진다.

그래서 더 걷고 싶은 생각은 더욱 깊어지고 나를 추슬러 챙긴다. 이들은 내가 함부로 버린 만큼 가까이에 살고 있는 한, 언제라도 나를 공격할 수 있는 질서를 잘 안다. 어느 새 나도 모르게 나를 돌아보았을 때 그들의 긴장되는 깃털들이 내 몸에서도 야성적으로 돋아나 움츠릴 때 꼿꼿이 선다.

그러나 이미 그들은 나를 알고 있기에 스마트폰 열어 그들이 좋아하는 노래를 들려준다. 긍정하는 눈을 감고 감상하는 줄다람쥐, 놀라서 뛰다 멈추고 듣고 있는 고라니, 상당한 거리까지 따라오는 청설모들을 볼 때 어느새 나는 그들과 친구 되는 것을 느끼는 때가 많다. 그러나 마음 놓으면 언제든지 급습당할 수 있다.

그래서 항상 원초적 위기의식을 갖고 그들과 대화한다. 직관력을 통해 생동하는 생명력을 자연스럽게 받아들이는 날까지 그들과 친숙해지려고 고뇌한다.

거리감이 생긴 것은 내가 나를 스스로 격리시키고 있다는 맹점에서 연유함이다. 바로 그것은 내가 우주의 중심이라는 것을 스스로 깨닫지 못했기 때문이다.

이제 내가 자연의 한 존재인 이상, 내면 중심잡기[contemplation]를 서둘러야 하겠다. 소나무도 두꺼운 껍질을 벗어야 살듯이 나도 허물 벗고 싶어서 그들과 만난다.

프랑스 신학자 말브랑슈(1638. 8. 6~1715. 10. 13)에 따르면 "마음이 눈을 통해 밖으로 나와서 사물들 사이를 거닌다"는 날까지 나를 흔드는 어떠한 질문도 천천히 받아들이면서 살고 싶다.

끝물에 따는 희아리 고추 몇 개라도 흡족해하는 화두로 기움질 없이 남은 햇살 속의 생명들을 나누고 싶다. 보리저녁에도 된물 질문을 귀담아 듣고 언어 이전에서 고쳐 깨닫는 긴장을 다스리고 싶다.

스스로 나를 묶은 끄나풀 내가 풀고

삶의 끈은 없다. 그러나 내가 만든 끄나풀에 나를 묶어 남들이 풀어주기를 바라는 무리수의 덫을 놓고 있을 뿐이다.

사실상 나는 아무 것도 아닌 지층에서 굼틀거리는 미물 아닌가. 숨가쁜 허탈과 좌절감으로 나를 잃어버리고 살아온 걸음들을 뒤돌아본다. 아직도 한심한 자리에서 거들먹거리는가 하면 우쭐하고 까불거리기도 한다. 때로는 나의 불만까지 보태면 보는 이로 하여금 실망할 수도 있을 것이다.

참으로 보잘것없는 내가 사람을 만나면 위기감에서인지 나를 잃어버리는 면모를 내가 본다. 집적거리고 싶은 언어로도 설득할 수 없는 실추된 모습을 똑똑히 볼 수 있다. 자성할 줄 모르고 치닫는 아귀다툼에서 버티는 본능, 항상 후유증으로 고통하고 있는 것이다.

내가 얼마나 반듯하고 진실한가에 대한 고민의 시간은 짧다. 한적한 들길 구석에 핀 쑥부쟁이 꽃 웃음이 있어도 여치가 그렇게 와서 만나자고 불러대는 맑은 목청에도 아랑곳없는 나의 걸음은 어디쯤 왔을까?

모두 쓸모없이 사는 짓짓이 틀렸음을 알면서도 꾸역꾸역 그 길로 가고 있지 않는가. 밖을 쏘대다니며 빅쇼나 보면서 열을 풀고, 가진 것 없으면서 비굴해지기 싫어 내가 먼저 떠맡은 부담으로 후회하기도 한다.

친구끼리 보증을 서서는 안 되는데도 보증서서 거덜 나서 수렁에 빠진 일도 있다. 상대를 믿고 빌려준 돈 몽땅 받지 못한 채 한때 거지 신세가 된 것을 여태껏 말 못한 긴 한숨소리 넣고 다녔으니 얼마나 어리석은가.

화난다고 노래연습장으로 휑하니 가서 억지로 노래 불러 스트레스를 해소해 보았지만 속은 시원치도 않았다. 도대체 스트레스가 무엇인가. 요새도 스트레스만은 특별 세일 할 수 없을 꺼다. 이와 같이 내가 미쳐서 멍든 것에도 아직도 남 앞에서는 변명만 늘어놓는 지랄병은 어찌 할고! 잡다한 것을 버리지 못하고 어울리지 않으면 못살 줄 알고 낭비하여 한숨짓는 후회, 너무도 감상주의 시대에 나를 불태워왔다. 불탈 때는 시원하였지만 그 많은 눈물은 어디에 가서 갚을 것인지?

나는 찌꺼기를 남기고 남기는 어색한 반전과 반란의 헛손질만 하여 왔다. 정신없는 속성의 바람 속에서 울분을 움켜잡고 소리치기도 한다. 거칠어진 손을 만지며 요사이는 눈물이 많아진 이유를 스스로 물어도 때는 늦었다.

당장 지금부터라도 스스로 묶은 나를 풀어주어야 한다고 다짐하지만 오랜 시간이 걸려왔다. 의지가 약해서 앞선 걱정들이 나를 손가락질하면서 나의 고지식함에도 또 하나의 내가 너그럽게 웃어주려고 하지 않는가.

이제부터 귀한 나를 나의 썩어빠진 자존심으로 하여 함부로 생명을 버리거나 소중한 가족을 절대로 버려서는 안 된다는 것도 다짐해 본다. 필요와 불필요의 장애물부터 걷어내는 작업을 몇 년이나 걸려도 처치하여 시원스럽게 해결하는 힘을 단단히 붙잡아야 하겠다.

나를 위주로 하는 편향성을 지우개로 먼저 지우려고 애쓰고 있다. 옳은 것도 옳은지를 뒤돌아보고 그렇게 미운 놈도 다시 좋게 보려는 나에게 남아 있는 양심을 정면 배치시키고 있다. 세상도 나를 먼저 찾았을 때만이 나를 도와주는 손을 내밀어준다는 것을 알게 되었다.

이제 아주 사소한 것부터 먼저 손보기로 하였다. 내 마음의 집안 문단속에서 안쪽 유리 창문을 참종이 문으로 갈아붙여 보았다. 훈훈하고 아늑하게 마련해 보았다. 동시에 작대기로 돼지 콧구멍도, 쇠등도 긁어주며 닭들도 풀어주었다. 수탉이 지붕 위에 올라가서 홰를 칠 때 묶여 있는 우리 집 똥개가 지붕 위의 자유를 쳐다보며 짖어댄다.

지금 나는 나의 평화를 집짐승에서부터 발견하였다. 살아서 탄력 있게 움직이는 이러한 평화를 읽고 있는 시간은 얼마든지 내가 만들면 된다는 확신을 얻었다. 저 혼선 속을 질주하는 차들이 내뿜는 매연과 굉음의 다툼에 흔들리지 않는 나의 현주소를 재확인하기도 했다. 현실도 피가 아니라 쓸데없는 부담을 덜어내는 곳에 내가 나를 책임지는 빈자리를 가꾸는 지혜를 모아야 하기 때문이다. 나는 착각에 빠져 허우적거리고 엄벙하게 돌아다니고 있는지를 점검하고 고쳐나가려고 싸움질한다.

탓을 땜질하는 변명보다 울림 하는 우주의 소리에 순응하는, 지극한 정성으로 만사를 불러놓고 여유를 고쳐 맨다. 벽걸이 거울 앞에서 옷을 벗어도 부끄럽지 않은 환한 마음을 자주 챙기고 있다.

명쾌하고 긍정적인 하루를 아내의 따뜻한 얼굴에서 읽기도 한다. 아름다운 공감대를 찬장에 넣었다가 언제든지 꺼내 음미한다. 싱싱한 포도 알처럼 쏟아지는 애정을 밑반찬으로 마련하는 아내의 솜씨에 나는 속으로 무릎을 탁 치기도 한다. 결국 들켰지만 일상의 메뉴들이 톡톡 나를 튀게 할수록 아내에게 감사하는 마음으로 살고 있다. 그 동안 눈물겹도록 살아와서 원통하고 분한 것들이 있기에 곰삭게 하면서 조금 더 따뜻하게 살고 싶어 아내 앞에서 부지런을 떨기도 한다.

철새 떼가 날고 있는 사방을 쳐다보며 햇빛과 바람과 물소리가 어울리는 그런 시간을 밟고 있다. 뜻이 맞는 친구와 더불어 유익한 산책에서 나를 천천히 만나는 순리와 자율성을 다시 갖게 될 때 가슴이 후끈해진다. 거부해온 모든 것을 받아들이는 관대한 포용만이 다시 나를 볼 수 있다는 것을 알아냈다. 그동안 왜 머뭇거렸는지, 아직도 솔직하지 못했는지, 아직도 내가 허욕을 버리지 못하고 겉도는지를 지금 차분히 가는 길에서 성찰한다. 그럴 때마다 분명한 것들이 보인다. 꿋꿋하고 당당하게 걷는 내 모습을 보고 부러워하는 내 친구 얼굴이 떠오른다.

어려움 앞에서는 비굴하다가 갑자기 환경이 바꿔지면서 조금 여유가 있거나 권력의 단맛을 알게 되면 뻣뻣해지는 그런 사람들도 잘 보인다. 평소 잘 아는 분들도 모르는 체하며 지나치는 모습을 보고 아연실색한다. 어떤 의견마저 묵살하고 자기 위주로 똥고집을 내세우는가 하면 안하무인격으로 멸시하는 못난 인간들을 보고 웃는다.

무식한 놈일수록 조금 알게 되면 할깃 할깃하면서 쇠 눈깔 같은 옆눈으로 또는 실눈으로 아래위로 훑어보는 나쁜 놈들을 짚어 보고 웃어 본다. 권위적이고 거만한 짓마저 서슴지 않던 지난날들이 있었다면 내 마음속의 칼날로 사정없이 끊어 버릴 수 있을까? 사회가 혼란스러울수록 내가 나를 붙잡아야지 세상을 나무란다고 되던가. 지금도 나는 정의로움 앞에서는 나와의 싸움이 계속되고 있다. 감기약처럼 여유와 관조의 약방을 찾아가서 처방해온 탄약을 약단지에 넣어 아픔을 달여내고 있다.

고독함마저 맡기고 투병하고 있다. 나의 시작품 〈시골햇살〉에 나오는 약단지에 연꽃이슬을 받아 끓이는, 오랜만에 듣는 물소리와 매미소리들, 그 반복의 한 소리 한가운데에 나를 담금질한다. 비난의 소리가 내 핏줄을 말리듯 어리석은 빈자리로 입성시키려고 이끌고 간다. 제발 나를 놓아 풀어줄 수만 있다면 끝없이 아름다운 싸움은 죽을 때까지 계속될 것 같다. 그간의 고민을 눈물 나도록 쓰다듬어 온 것을 생각하면 올바른 길을 어떻게 포기할 수 있겠는가. 짓밟히고 짓이겨져도 다시 일어서는 질경이가 나를 일으켜 세워준다. 너무도 피곤하고 무미건조한 내가 눕지 않도록 산야를 자유롭게 걸어 다니는 반데룽크Wanderung를 싱그러운 아침이 나의 등을 밀어준다.

묶어 놓고 내가 버리는 배설로 키우는 똥개마저 잠시나마 풀어주면 그렇게 자유가 그리운 것인지를 꼬리로 말해주지 않는가. 아! 녹진해지네. 테세우스처럼 미궁으로부터 탈출한 나는 눈부신 햇살에 몸을 녹여 본다. 나를 묶은 바로 저 끄나풀이 탐욕이란 놈이지? 옳게 살아야 하는 욕심이 아닌 목숨을 앗아가는 아주 사납고 비계가 낀 허망한 네 놈이 나의 끈끈이였구나! 누군가 밖에서 부르는 소리가 난다. 지금 그 사람을 만나보고 싶다. 얼마나 내가 나의 속박에서 벗어나려고 기다렸던 긴 기다림의 소식인가.

혼자 있을 때

내가 혼자 있으면서 나를 포옹할 때처럼 행복한 시간은 없다. 밤이 깊은 항구의 대합실 빈 의자에 앉을 때는 마치 내가 탄생하는 것 같다. 과녁에 화살이 꽂힐 때 파르르 떨 듯 나를 추스른다. 발끝으로 땅을 파 보는 것도 고독을 만나는 것이 아니겠는가.

소금과 설탕이 깨끗한 물에 그대로 침전될 때 투명한 만남을 볼 수 있듯 숲으로 바람이 돌아올 때, 소낙비 소리를 들을 때의 한가지로 느끼는 것과 다름이 없다.

누가 내 얼굴에다 한 줌 모래를 뿌리고 달아나는 배신자의 뒷그림자를 본다. 절망이 쓰러지는 것과는 다를 수는 있지만 하나로 묶을 때 생각 끝은 연관성의 느낌을 지울 수 없다. 그러한 번민에서 나는 성숙한다. 착각과 관심의 차이에서 나를 기준 하는 경우들이 부메랑 되어 되돌아올 수 있어 더욱더 그렇다. 다시 말해서 나의 공간중심에서 판단 기준이 희석되지 않은 채 구분하는데 우유부단해지는 연유는 무엇일까. 도도한 불야성에도 같은 나래를 펴고 하나로 보여주기 때문인지 모른다. 간이역의 불빛에 두고 온 기억들이 액세서리처럼 비비꼬인다. 좌사리섬, 국섬의 미역밭에서 애매한 허무들이 음력으로 2월 영동 씨 때의 지문처럼 드러내기도 한다.

당연히 그대로를 믿는 의기소침 때문이 아닌가. 그러한 그림자들이 혼자 있을 때의 모순으로만 볼 수 없지 않는가.

이처럼 혼자 있을 때 나의 자괴감과 자학도 병행하여 어떤 교착에 빠져 허우적대는 일이 더러 있다. 매달리지도 않은 간판에다 페인트칠 당하는 부끄러움들이 번갈아 섞인다. 오래 남은 한숨의 벽에 찐득찐득한 가래들을 그의 얼굴에 내뱉는 무시에 경악한다.

아무리 육정肉情을 탐하는 자가 옷 벗겨질 수 없는 호소에도 나를 갈기갈기 찢은 놈이 있다. 그것은 내 순수의 시간들을 점령하려는 목적이 앞섰기 때문이다. 지금도 그 일을 어처구니없이 당했다는 원한은 사무치고 있다. 회오의 대명사들은 바람벽면서 찢어진 채 비참하게 펄럭이고 있다. 우울을 씻어대는 구정물 한 바가지를 내 면상에다 퍼붓던 그 놈을 떠올리면 혼자서 탈춤을 추고 있다.

물론 혼자 있을 때 질투로 엄습해오는 밀물과 썰물의 갈등의 파고는 더 높다. 저 비진도比珍島의 모래밭에 밀린 꽃게 한 마리가 팔을 높이 들어 만세를 부르고 있다. 하지만 아우성은 전혀 들리지 않아도 좋다. 그래서 너는 이율배반의 염세주의자처럼 보이기도 한다. 어쩌면 팬티의 고무줄이 터져 움켜잡은 것처럼 부지도不知島로 날고 있는 섬의 새다. 지친 목을 쭉 뽑아 보는 처연함 그대로다.

칼날로 그물코를 끊어내고 다시 기워 망각의 바다에 던져 본들 허무하다. 욕망의 뼈에 부딪치면 발작하는 자존심을 깎는 대패질을 하는 데도 아프지 않다.

빛과 그림자가 혼수상태에 빠지기도 한 때가 많았다. 그러나 나는 그 벼랑을 깎아 다시 세웠다. 요새 허우적대는 그놈을 보고 동정의 눈빛을 보낸다. 때론 순진한 첫사랑의 거리를 뛰어다니기도 한다. 광란하는 투기심과 우수의 절규들이 콧대에서 충돌하면 좌초하는 배 한 척을 띄운다.

방황하는 분통의 지푸라기를 잡기도 한다. 눈 가린 부도수표의 격정이 찢어지는 물벼랑 아래 그놈의 굴종을 꾸짖는다. 그러나 그것은 너의 욕구불만의 뒷모습이 뒤틀리는 것이 아닌가.

우유 한 잔의 속성에 그치는 것이 아니라 비눗방울이 된다는 생각 바깥이 있지 않는가. 위선의 바보가 숲속에서 한 여인의 술책에 넘어진 것과 어찌 다를 바가 있겠는가. 그러나 이제는 용서해야 한다. 모호한 이야기들이 나오는 용서들을 보고 박수치는 앉은뱅이 꽃이 되어도 좋다. 오늘에 사는 미완성을 위해 고향을 멀리 두고 생각나게 하는 돌탑을 쌓기도 한다. 내가 나를 던질 때 단절하는 파계승의 운명을 본다. 파도 끝자락에 알을 낳는 바닷새를 만난다.

오! 오랜만에 환상을 품고 있던 시의 마침표가 나를 새로운 여백에다 드로잉하고 있다. 마침표로 떠 있을수록 바닷새들의 웃음소리가 유연하게 유영하고 있다. 바로 이것이 과대망상증이 아니고 나의 상상력일 수 있다. 벗어날 수 없어 무서운 공포감에 휩싸이지만 나를 포용하는 행복감도 반비례하는 것을 보고 절감한다. 그러나 혼자 있을 때 미묘한 행복감은 무無와 공空의 존재에 불과하다.

살아있다는 숨결과 함께

오늘은 시네라리아가 내게로 다가오면서 웃었는데 벌써 쑥부쟁이 꽃이 고추잠자리를 잡으려고 웃고 있지 않는가.

바쁜 가운데에도 나를 찾아보는 여유를 따라 눈여겨보면 사는 것이 문득 떠오른다. 그중에서도 얼마나 가치 있고 진실하게 살았는지에 한참 머물다 보면 빈손만 서로 부비면서 쓴웃음과 마주친다. 그러나 시와 수필을 몇 편 쓴 것에 자꾸 마음이 가는 것은 무엇일까.

그 작품을 읽고 다시 퇴고할 때 그 보람이야말로 가슴 안으로 스며드는 재스민의 향기와 같다고나 할까? 진실과 진실의 발걸음소리도 들을 수 있어 혼자만이 가지는 벅찬 희열이 아닐 수 없다.

글을 쓰는 맛에 도취되면 순리도 노크하며 다가오고 모든 이치가 제자리에서 서로 손잡아주는 길이 열린다. 뜨거운 가슴으로 쓰는, 자기의 상상력에서 오는 황금의 깃털 같은 것이 기억을 쓰다듬어줄 때 순간에 만나는 만감의 교차는 뭐라 형용할 수 없지 않는가.

하여 좋은 시와 수필을 접할 때마다 가슴에 와 닿는 물결의 색깔은 나만이 알 수 있는 기쁨일까?

아무리 빈들과 겨울이 허전하여도 때로는 불꽃처럼 때로는 파도소리처럼 그리고 어질게 살아있다는 숨결이 함께 부딪칠 때 산다는 나의 행복은 참으로 아름다운 한 가운데를 산책하는 것과 같다.

우리 모두의 마음을 다시 읽을 수 있는 책 한 권은 어디쯤에서 기다리고 있을까.

먼집나무

　먼 집 나무를 보면 열반하는 격렬한 몸짓이야말로 온통 벌 떼 울음소리다. 겹쳐지는 통곡 속에 많이 흘린 나의 눈물을 누군가 훔쳐보면서 콧물을 닦고 있다. 불붙은 척추가 꿈틀거리는지 불꽃이 튄다. 감싸고 있던 울음들이 모두 엎드리며 다시 소리 높여 통곡한다. 장대 같은 소나기들이 산불처럼 불타는 소리다.

　거대한 소리가 넘어지는 소리에 참솔나무들도 저녁을 밟고 내려선다. 불꽃을 다독이며 함께 흐느낀다. 일손들은 바빠지고 서서히 타버린 울음소리들을 누가 긁어모으고 있다. 그 속에서 타지 않은 눈물방울을 본다. 오색찬란한 눈물방울에서 파랑새 같은 신비한 새들의 날갯짓이 그림자를 지운다.

　나의 눈물을 더 닦게 한다. 분명히 삶과 죽음을 볼 수 있게 한다. 삶의 충동과 죽음의 충동이 정지된 눈빛과 눈빛의 마주침을 감지한다. 이상야릇해질 만큼이나 멍해지는 전율을 느낀다. 시간들이 송두리 채 타버린 탓일까?

　두 개의 가면이 타버린 허전함일까? 욕망과 죽음이 타버린 이 순간만은 네루다의 시처럼 망각도 없는 것일까? 잠시 회색으로 남은 시간마저 참종이(한지)에 싸서 더 하얗게 탈 수 있도록 하는 것일까?

　따뜻함을 가슴마다 나누어 갖는 진실 앞에 내 모든 것을 내려놓는다.

허무에의 의지에 기대는, 바로 우리의 참모습에서 나를 다시 확인하게 하는 것일까? 메멘토 모리Memento Mori, 즉 죽음의 경고를 받는 것일까? 원래 속인俗人은 영리하여 좀처럼 볼 수 없는 본심들이지만 여기서는 순진함을 드러낸다. 서로 만나다는 것은 오로지 새로움을 통해 더 진솔해지는 가벼움을 깨닫게 한다. 깨닫지 못한 나는 그동안 어디에 있었던가? 당동벌이黨同伐異했던가? 타자의 죽음을 보고 함부로 내뱉은 증오의 리비도만 먹고 살았던가. 아니면 겉치레식으로 자신을 속여 왔을까? 욕망덩어리만 긁어먹고 살아온 것은 숨길 수 없는 것이 아니던가.

이제 무모한 짓거리들로 오만과 편견을 일삼던 사람들에게 나도 모르게 박수를 친 모멸감들만 나의 머리통을 친다. 바로 이것이 번뇌임을 절실하게 깨닫지 못하고 사는 경악함에 한술 더 뜨는 절망감을 숨기고 있다.

나는 여기서 나의 법신法身을 다시 한 번 똑똑히 응시한다. 죽음을 통해 나를 돌이켜보는 아름다움을 발견할 수 있을까? 슬픔이 아직도 반쯤 내민 혓바닥에 뻔뻔스럽게 웃음 굴리고 있을까?

니체가 말한 '신의 죽음'을 모독하는 것이 아니라 해독하는 것이다. 신은 죽은 자를 죽었다고 보지 않기 때문이다.

내가 아무리 욕망을 채워도 내가 결핍하는 이유, 그것은 얻고도 부족한 것 아닌가. 남모르게 저지른 범죄만 납과 수은처럼 온몸이 쇳덩이로 다시 녹는 것이 아닌가? 달아오른다는 사실 그것을 우리들은 숨기고 있지 않는가? 그러한 결말들은 누구든지 잠깐 가질 수 있으며 가중하면 결국 드러나고 웃음거리가 된다.

먼지를 털듯이 인간사 모두가 거짓으로 얼룩진 것을 태연하게 받아들이기 때문에 안타깝다. 상대자를 모반하고 제거하려는 금수와 같은 짓을 밥 먹듯이 자행해도 갈 곳은 단 한군데 아닌가. 옛날부터 자행해 온 참으로 한탕주의는 교묘하게 발달되어 죽음도 사냥하고 있는 것 같다. 더군다나 전혀 없는 생뚱한 말들을 꾸며 퍼뜨리며 죽이고 치명적인 상처를 입히는 네거티브야말로 이제 병마개도 없다.

누가 옳고 그른지 분간하기 어렵다. 정말 날이 갈수록 우리의 시대는 불안정하고 막막하다. 문제는 나라 다스리는 자들의 모럴해저드다. 항상 먼 집을 떠올리면 아무 것도 아닌데도 무모한 짓을 대담하게 저지른다.

그들은 죽지 않는다는 법도가 있나. 그러나 누구든지 어떤 참된 죽음 앞에서 깨달을 수 있다면 구제불능자라도 구원을 받을 수 있다.

왜냐하면 인간만이 새롭게 거듭 태어날 수 있는 용기와 의지를 갖고 있는 무서운 생명체이기 때문이다. 더군다나 눈물을 흘리면서 감정을 진실로 표현하는 생명체는 인간이 아닌가.

죽음 앞에 부활을 보고 아름다운 꽃이 될 수 있기 때문이다. 함께 죽음으로써 자신의 부활이기도 하다. 다시 말해서 반드시 죽음에서 탄생되는 새로운 생명임을 아직도 모른다면 무생물과 다를 바가 없을 것이다.

부활이란 예수가 십자가에 못 박혀 죽음으로써 내가 부활했음을 말하는 것으로 알고 있다. 그런데 부활을 모르고 그냥 교회에 나가서 찬

송가만 불러도 될 수야 있겠지만 기독교의 생명은 부활이고 사랑의 실천이기에 부활도 모임을 통해 이뤄져야 한다.

기독교가 존립하는 것도 예수님은 그가 스스로 사랑을 실천했기 때문이다. 예수님께서는 부활과 재림을 사랑이라는 채널을 통해 지금도 이 지구 위에서 확신을 말해주고 있는 것 같다. 불교에서도 자비와 성불이요 공空에서 출발하는, 즉 윤회사상을 확신하기 때문에 더욱 심오한 불교세계를 지탱하는 것 같다.

그렇다면 불교는 마음을 비우고 자비를 통해 성불을, 즉 부활과 재림을 하나로 보는 것과 같은 것이 아닐까? 말하자면 타나토스가 에로스를 낳는다는 것과 같은 것일까?

에로스와 타나토스의 합일만이, 즉 하나로의 형태를 가질 때 건전한 우리의 모습으로 본다면 사실 생사불이生死不二, 즉 죽음과 삶의 경계는 없다는 결론에 도달하게 되는 것이다. 그래서 올바르게 살려면 너무 당황할 필요는 없을 것 같다. 죽음과 삶은 하나이기에 너무 두려워해도 안 될 것이다.

왜 나는 늦게 철들고 있는지 삶과 죽음의 경계점에서 많은 깨달음에 빠져 버리고 있다. 마음을 비운다는 거짓말보다 겨우 무엇을 터득하려고 할 때 재촉당한다는 선배들의 말씀이 떠오르기 때문이다. 망자의 두리번거리는 그림자를 보는 것 같다. 여기까지 와서 집착하는 외로운 그림자의 모습은 비단 나만이 가지는 경이로움일까?

외로움에 목이 타지 않기 위해 스스로 위로하고 있다. 추억과 그리움의 가지를 일부러 많이 잘라 버린다. 햇볕을 더 많이 받는 소나무 둥치처럼 저 먼 개울물이 굽이도는 산기슭 같은데서 자주 옷 갈아입는 세월을 본다.

무밭골 내려다보는 미륵산이 굽어보는 산기슭에 기대도 참으로 빠른 시간 앞에 당황한다. 그러나 결코 나는 좌절하지 않는다. 열렬하게 움직인다. 명사들이 말하는 '빠르게 생각하고 천천히 사는 법'을 실천해 보려고 의욕에 찬 꿈을 향하여 미륵산을 자주 오른다.

내 나이에 다들 내려오지만 반대로 나는 오히려 오르고 있다. 항상 내가 써오는 수필에서 거듭 말하지만, 올바른 일과 순리만을 실천하며 바르게 살면 밝은 그런 날들이 틀림없이 올 것이다. 때로는 외롭지만 너무 세상과 타협하지 않고 현실을 직시하면서 개인적으로는 아주 화평해지기를 기도하는 정념正念은 참된 삶으로 본다. 그래서인지 나는 근래에 와서 하유下帷하면 환환鰥鰥하여 깊은 블랙홀을 보는 것 같다.

사는 짓을 죽음 앞에서 간혹 질문해 보는 것은 아름답다. 내가 사는 것을 뒤돌아볼 수 있기 때문이다. 그러므로 다시 태어나기 위해 필연적으로 깨닫는 죽음을 맞이해야 한다. 죽음을 두려워하지 않는다면 이름 모르는 먼 집 나무도 더딜 것이다. 비명적인 죽음이 아닐진대 나는 조용히 죽음과 친해지려고 웃어 보기도 한다. 꼭 남겨야 할 것은 작아지고 적은 것이라 할지라도 착한 일을 남겨 놓고 싶은 본성이 있다.

옳은 자는 배신하지 않는다[義不負心]는 만고의 진리를 가슴에 새기면서 충신은 효자 집안에서 나온다[忠臣出於孝子之門]는 글귀를 자식들에게 전하기도 한다. 이러한 삶을 위해 시종일관하려 한다. 참으로 자기 탓을 남에게 돌리지 않는 인간의 풍모는 정정당당하고 볼수록 우러러보인다.

그러나 현실의 한쪽은 그렇지 않다. 사이코의 첫 번째 증상은 거짓말쟁이기에, 그래도 장밋빛 거짓말로 둘러댄다. 천성이 그런지 새빨간 입안의 혀 놀림이 뱅뱅거리는 자들치고는 장수하는 집안을 여태껏 남아 있지 않다 할 것이다.

특히 심술이 나쁜 년놈들은 비명에 간 사람들이 많다. 뒷이야기는 들을 수 없는 끔찍하고 섬뜩하다. 한때 사망신고를 접수한 직장의 실무부서에 근무하면서 충격적인 과거의 죄를 들추는 자를 보았다. 호적부를 넘겨 보면 그 사람은 사망자로 붉은 줄이 그어져 있다. 죽은 자가 호주이기에 호주 상속자를 호명하면 "아 그 사람 심술궂은 도둑놈(…)"부터 이야기는 듣기가 민망하다.

그 집 자식들마저 비방한다. 그래서 비겁한 자의 거짓말이라도 죽음 앞에서는 절대로 피해가지 못한다는 것을 알았다.

특히 줏대 없는 자들은 더 그렇다. 간혹 죽는 자의 운명 직전에 혀가 길게 빠져 있더라는 것은 사망신고에는 없다. 그러나 오욕은 꼬리를 문다. 저승사자가 때리면 그렇다고 하는데…. 예순 나이가 되면 죽음을 준비해야 한다. 옛적에는 먼 집 나무도 베어다 잘 보관했다. 먼 집 나무를 깎을 때까지 비 맞지 않게 잘 보관하는데 최선을 다한다.

또한 밤나무에 대한 미풍양속 이야기가 있다. 바다에서 실종되었거나 전쟁에서 찾지 못하는 등 시체가 없을 때는 밤나무를 사람처럼 다듬는다. 그래서 밤나무는 예부터 사람나무로 불리어지는 생명의 나무다. 지성으로 다듬고 나면 살아있는 죽은 자의 성스러운 모습으로 태어난다. 초상 의식절차를 통해 영혼을 불어 넣은 후에 먼 집 나무에 입관한다. 또는 밤나무 곽槨 또는 관棺을 만들어 함께 삭도록 안치했다.

그러나 소나무 중에도 참솔(紅松 또는 조선솔)나무가 먼 집 나무로는 제격이다. 어르신들 말씀이 다 같은 곽槨이라도 참솔나무가 좋다고 할 때 더 애착이 간다. 구전에서 살피면 참솔나무를 그동안 아끼고 아껴왔지만 곰솔로 인해 참솔은 급격히 사라지고 있다.

곰솔은 일제강점기 때의 권장 나무로 우리나라 산도 식민지화 되어 지금도 산은 울고 있다. 특히 재선충과 잡나무들로 인해 침식당하고 있다. 너무도 안타까운 일이 벌어지고 있다.

어디서 운반되었든 먼 집 나무는 망자를 모시고 화장장에 도착하면 열반실로 들어간다. 여기서도 이규보李奎報의 글처럼 그칠 곳에 그치니 속이 밝아 허물이 없다[止于止, 內明無咎]. 눈물이 함께 타기 때문에 냄새가 없다면 없다.

우리의 눈물이 향불처럼 함께 타기 때문이다. 울음소리는 고인의 명복을 더욱 간절하게 애도하기 때문이다. 이때 우리는 더욱 경건해지는 결말 앞에서 성숙을 만나게 된다.

먼 집 나무가 남기는 오색찬란한 눈물방울의 결정체가 큰스님처럼 설령 사리로 보이지 않아도 우리는 우리가 남긴 한 줌의 흔적을 한지에 고이 싸고 접어서 다시 새로 날아가게 하려고 하기 때문일 것이다.

예부터 우리는 무덤으로 하여금 나를 환생시키는 엄숙한 상징을 존속시켜왔다. 대단한 유산이다. 번거롭고 고통스러워도 선영들을 적극적으로 돌보는 자는 반드시 영화를 얻었다는 사실도 더 입증되고 있다.

그러나 화장에 대한 의식절차는 오래 되었다. 지금은 세상 따라 화장을 이해할 수밖에 없어 절차는 간단하여 후손들에게 부담이 없다. 열반하는 영혼이 깨끗하게 날아다닐 수 있도록 한다는 설득은 현실성이 있다. 이런 현주소는 진행형이다. 이러한 가운데 트레킹하다 보면 우연히 귀한 참솔나무들을 만난다. 먼 집 나무로 다가온다.

열반하는 격렬한 울음소리가 들린다. 달구빗소리처럼 쏟아놓는다. 불꽃이 치솟고 천둥소리가 들려온다.

헌옷들이 타는 꽃불을 보고

이웃 얼마 떨어지지 않는 곳에 불빛 하나 눈물에 젖어서 흔들리고 있다. 불빛 둘레에 무거운 그림자들이 서성거리고 있다. 흰빛 머리가 된 노파 몇 분이 사립문을 나서며 옷소매 끝으로 눈물을 닦아내고 있다.

노인이 심었다는 감나무에서 감꽃이 불빛 속으로 떨어지고 있다. 외마디 여인의 곡성哭聲이 들려온다. 시집간 딸이 늦게 도착하여 사립문을 들어서면서 통곡하는 것이다. 아버지의 좌우명을 소리 높여 외치고 있다.

아버지는 맛이 있는 것이 있으면 숨겨 두었다가 우리를 키워 왔다는 것이다. 또한 일찍 일어나서 세수하고 공부 열심히 하면서 착하게 자라라고 하셨다는 것이다. 누구나 아버지라는 직업에서 생각하면 평소 실력으로 보인다. 그러나 자꾸만 곡성이 가슴을 파고들지 않는가.

혼자서 고개만 끄덕이고 있으니 우리 막내딸이 놀다가 돌아와 내 목을 껴안고 재롱을 피운다. 무엇을 흥정하고 있는지라 며칠 전에 사다 놓은 과자 상자를 농 위에서 꺼내어 담뿍 안겨 주었다. 간혹 있는 일이지만 뜻밖에 받는 케이크 상자를 보더니 입은 함박꽃이 되어 덩실덩실 춤추지 않는가.

딸들의 슬픈 호곡과 우리 집 막내딸의 웃음, 그리고 나의 침울한 웃음은 야릇하게 부딪치고 있다. 딸의 웃음은 울음처럼 보였다.

가난하게 살아오던 C노인은 나처럼 딸이 많고 식솔들이 많다. 그러나 당황하거나 가정을 궁상기로 이야기해 본 적이 없다고 한다. 그는 이웃을 너무도 사랑했다는 이야기다. 이웃을 사랑하는 동안 그가 길러 온 꽃나무들을 나누어 주는 것이 C노인의 가장 행복한 시간이었다고 한다.

흔히 우리가 말하듯이 빈손으로 가는 것을 두려워하지 않을 분이었다. 남을 헐뜯고 모함하지 않았다. 젊은이들을 만나면 두둔하고 허물을 가로 막아서 칭찬하던 분이다. C노인의 창가에 오줌을 갈겨도 웃기만 하고 잠을 잤다는 이야기가 입 바람으로 옮기고 있다.

욕심으로 잘살기 위해서 살았지만 욕심으로 끝나지 않고 어진 그대로의 고달픔으로 삶을 추스르며 부지런을 알뜰히 담아 보람 있는 삶이었다. 많지도 적지도 않게 조용히 사신 분이다.

한 번으로 끝나는 목숨 두고 끝맺음의 끄트머리를 잃지 않는다. 죽음에 허물이 없으니 짐승과 다름이 여기에서 또한 찾을 수 있겠는가.

흔히 요사이 죽음들은 죽은 뒤에도 칼끝보다 날카로운 허물을 한다. 참으로 끈이 중요한 것임을 새삼 느끼지 않을 수 없다.

모든 짐승들도 죽음 앞에서 보람을 인간에게 주는데 대부분의 사람은 그렇지 않다. 나는 사립 밖에다 꽃나무 몇 그루를 심었다. 물론 C노인한테서 얻어온 꽃나무도 한 그루 내다 심었다. 그러나 S노인은 아이들과 도둑놈들 때문에 두고 보라는 듯이 피식 웃고 반대해 왔다. 꽃나무를 심는 뜻은 빈터가 안타까워서도 있지만 아름다움을 밖에 심어 보자는 뜻이 담겨 있다. 그러나 S노인의 말씀처럼 간밤에 없어져 버리고 흔해 빠진 몇 그루만 외롭게 남아 있었다.

C노인 이야기가 생각난다. 꽃나무들을 위하는 자에게는 전부 뽑아서 주고 또 꽃나무를 구해다 심으면 된다는 평범한 철학을 나는 들었다. 비단 꽃나무뿐이겠는가. 그러나 죽음에도 뱀처럼 허물을 벗어 놓고 떠나는 자들이 얼마나 많은가.

상가의 불빛은 더욱 더 희미해지고 감꽃은 떨어지고 있다. 호곡하는 소리는 더욱 처절하기만 하다.

이웃 사람들도 울었다는 것을 뒤에 알았지만 그의 죽음에 대해서 아무도 헐뜯는 사람이 없었다. 가난해서 동정한 눈물이 아니라 실로 흠결 하나 없는 꽃 같은 죽음이었기 때문이다.

살아있는 동안 죽음을 두려워 할 것이 아니라 어떻게 죽어야 하는 진실을 보여준 분이다. 깨달음이 이제 나에게도 남아 밖에서 태우는 그의 헌옷들이 타는 꽃불을 보고 있다.

기다리는 새는 날아오지 않을까

여행 가방은 없지만 긴 여행하듯 피안의 저만치 나는 두루미 한 마리로 날고 있다.

해저터널이 위치한 판데목 바닷가에 산책하는 내 그림자를 보기 위해서다. 물살 튕길 때의 꽁지가 닿는지의 궁금증이 오래 기억하도록 움직이고 있다. 잊은 만큼이나 찾았을 때 반가움이 뭉클하여 벅차오르도록 한다. 한참 두리번거리는 것은 무명無明에서 오는 탓일까? 이 또한 기다림에서 공연한 자책과 후회가 갈등하면서 어둠을 반쯤 걸쳐온 긴 시간들이 건너뛰기 때문이다.

옛날에 있었던 미우지 갈대밭 구석에 밀린 채 물살마저도 꺼지지 않은 통구미 집어등처럼 희죽거리기도 한다. 내 여기에 서 있는 그림자를 비춰주고 있는 저 불빛은 또 무엇 때문일까? 여기를 향해 내 전생이 두루미로 날아와 자주 가늠하기 위한 자리인가? 불각시 그 새를 보고 싶어지는 연유를 이제야 알고 보니 오로지 반복되는 짧은 목숨과 내통하고 있는 것임을 알 수 있다.

어떤 그리움보다 허전해서가 아니라 피안彼岸으로 갈 수밖에 없는 내 귀소본능의 그림자가 현주소를 두고 착각하는지도 모른다. 분명히 어디로 가면서도 누가 손잡아주지 않는 간절한 것까지 길들이는 것일까. 집착하지 않고, 빈 몸마저 버리고 분별하는 날갯짓을 하는 것은 아직도 바다 안개가 뭉클대기 때문일까.

홀홀 털고 비상하는 그 자리 아! 내 전생의 바닷가는 너무도 아름답다. 계속 머물 수는 없는 곳이라서 잠시 쉬었다 가는 쉼터처럼 보인다.

내 하얀 머리카락 속의 스펙트럼을 산란시키는 파도가 그 자리쯤에 인연의 옷자락으로 펄럭이더라도 부족함마저 내려놓고 싶다. 되돌려 줄 것도 없지만 챙겨서 흔적마저 지우지 못한 말끔한 눈짓을 한다. 어떤 미련이 보이지 않아야 날갯짓이 가벼울 것이 아니겠는가.

설령 밤이 번갈아 눕히더라도 두루미가 되고 싶어 되날아온들 그 또한 나그네새가 아니더냐. 이 지구의 어디로 귀향되기보다 삶은 더 이상 죽음 앞에는 영(零, 0)으로 환원되기 때문에 어떤 일(1)에도 불과할 것은 없으리라. 어떤 일(1)은 일(1)이 아닌 새로운 대상일 수 있다. 생성적 에너지인 매트릭스로 남게 될 뿐이다.

마음이 번민하는 어느 날 우연히 고목 밑을 지나는 산책길에서 산비둘기의 죽음을 보았다. 그래서인지 확신의 오류에 너무 안달이 난 불신은 아니지만 그 또한 현세의 비참함이기에 나도 모르게 내 죽음을 보는 거 같았다. 울컥하는 눈물방울은 반사적으로 훔쳐 버렸지만 지금도 잔영이 안개비처럼 나를 감싸 갈비뼈를 조인다.

현재 이 세상에 모두 내어놓고 어떤 기다림뿐인데도 또 무엇을 숨기는 탐욕이 있는가. 그러나 인의仁義는 자신의 양심이기에 지금도 우러러보는 거울 아닌가.

내가 보는 거울 속의 순리가 한계점에 있을 때 날아오르는 두루미 한 마리는 어떤 모습일까. 떠남을 언제나 예감하는 것도 나를 다스리는 날갯짓도 아닐 것이다. 그러나 사는 것 중에서도 제일 섭섭한 것은 현 주소에 나의 새가 보이지 않는 날은 바닷가로 가서 찾아보는 때이다.

나만의 기다림은 아닐진대 그렇게 허망한 믿음 속에 살아온 나는 창 밖을 넘보기도 한다. 나의 경우가 자주 날갯짓하지만 그대로다. 아늑 한 곳을 원할수록 머뭇거림이 날갯짓 심정을 기다리기 때문일 것이다. 어쩌면 날아오르려다 다시 앉는 자리에 머무는 것은 어리석음을 깨닫 고 싶어서다. 어디로 날까 하는 방향보다 나의 허망을 되돌아보는 외 로운 날갯짓으로 기억을 조금씩 지우고 싶어서다.

나의 중심으로 나는 새가 능청스러운 웃음으로 탐욕을 버리는 공복 감을 갖으려고 애쓰기 때문일 것이다. 그런 때는 돌풍처럼 나를 감싸 며 멜랑콜리아가 엄습한다. 호숫가의 타율이 파문으로 밀려온다. 온전 한 그림자로 사라지는 아름다움만 추스르는 공허가 블랙홀이 된다.

예감은 아직도 나를 다른 방향으로 제시하고 있다. 나자빠져 놀며 빈 정거리는 네팔 나라 늙은 검독수리들이 진로를 훼방하더라도 기다림에 서 남은 빛을 잘 갈무리하고 날아가야 나의 활공의 에너지가 충분할 것 이다.

그래서 내가 이승에 사는 동안의 깃털이 오래되어 간혹 뽑아내고 있 다. 그러나 너무 서두는 그 새의 영특함은 나를 뒤처지게 한다. 자신마 저 모를 수 있는 우둔한 새인데도 모두를 버리는 본성은 내 생애에도 비상하고 싶어서일까.

빈자리를 넘보지 않고 그리움만 줍듯 하는 짓짓이 살피는 발걸음은 고고한 선비걸음 같다. 누군가에게 드릴 부지런한 천성은 오로지 따스한 햇볕이 받아주는 지평선에서 만나고 싶어서일까.

만약 영혼이 있다면 귀소본능의 피안으로 날아갈 길을 몰라도 떠도는 좀비그림자는 거부할 것이다. 그렇게 생각하면 못 잊어 기다리는 새는 언제 날아올까?

애태우는 기다림도 질문에 답하는 환생이라는 막연한 화두에 불과할지 두렵다.

4 부

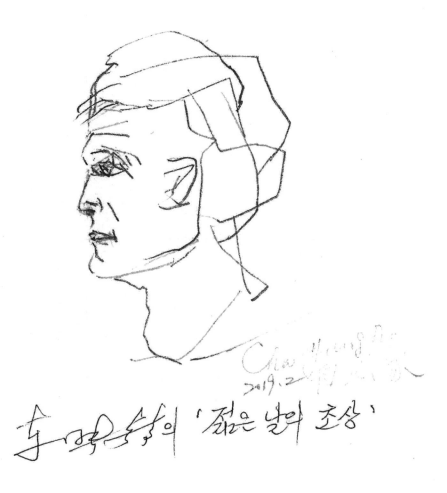

李 맥 金의 '젊은 날의 초상'

저자가 직접 그린 캐리커쳐

무의식 그림자

저 결백 증상으로 고통 하는 환자가 드리우는 울분의 그림자는 남의 눈에는 더 짙게 보이는 경우가 많다. 무의식의 병마개가 열린 채 말이다. 내 머리의 벽을 허물지 않고 슬픈 육체를 이끄는 절박감은 반사의 환자 회상을 되새김질하게 한다. 고통은 빈병처럼 뒹굴게 마련이다.

자기 판단과 독선에서 모든 것이 옳다고 보는 것이다. 억압된 자신과 동일시하는 것이다. 이미 자크 라캉이 지적했지만 보여짐을 모르고 바라봄만이 자기의 주체성을 내세운다. 다시 말해서 타자에 의해 보여짐을 모르는 객관화되기 전의 '나'에 해당되는 것이다.

신경증 환자는 모두 이 상상의 단계에 머물러 자아와 상황을 구별하지 못한다. 은근히 우쭐하는 고착성의 특성을 갖고 있다. 타자와 자신의 욕망을 구별치 못하고 오인에 빠져 있다. 환상에 빠져 타자의식이 전혀 없다.

여기에 세상을 귀먹게 하는 광기가 발동한다. 타자를 폄훼시키면서 자기 의견을 합리화시킨다. 착각하는 독선적인 정치가나 지성인들은 정신분석학 이론에서 볼 때 대부분 이 범주에 속한다. 즉 주체의 욕망을 불러일으키는 허구적 대상은 결핍으로 존재한다. 다시 말하면 다음 대상으로 자리를 바꾸는 것이다. 오만한 환자 상태인 것이다.

베르그송의 경우에도 의식은 자기중심적 주관성을 가지기 때문에 의식에 의해 포착된 관념들이 자기중심으로 만곡彎曲되어 있으므로 주관성은 이 관념들의 소실점에 투사된 초점이 된다. 무의식의 일종인 '이미지 기억'이라는 바다에 떠 있으면서 일엽편주와 같기도 한 주관성은 안하무인격으로 교활해지기 마련이다. 자기 앞가림만 하는 의식으로 제한되어 있다는 것이다.

또한 프로이드가 해석한 오이디푸스콤플렉스에서 아버지를 살해하여야 자신이 일어 설 수 있다는, 깊은 곳에 감춰져 있는 인간의 무의식에서도 이미 지적되어 있다. 이러한 무의식이 갖는 자아의 자율성만을 강조한 모던시대는 보수적인 엘리트주의로 치우친다는 것을 자크 라캉은 풀이했다. 당대의 실존적 자아와 현상학적 자아를 전복顚覆하기 위해 자아를 해체하고자 했다. 타자를 인정치 않고 독주할 경우, 히틀러처럼 역사를 광기로 몰아넣는다는 것이다. 따라서 타자의식을 먼저 갖게 하려는 미덕美德들이 확장되는 날 우리는 자기 위치를 정확히 확인할 수 있게 되지 않을까?

물론 쉬운 일은 아니지만 인간은 우주의 그림자로 사는 이상 자기 그림자는 벗어 버려야 할 것이다. 권위와 영광의 환상에 빠져 자기 위주로 머물러 있거나, 억눌림 없어도 열등감에서 대상을 이유 없이 죽이고 싶은 병적인 현상, 즉 자기 욕망의 결핍을 수혈 받기 위해 보복을 감행하는 등, 반복이 계속되는 이상 어느 개인뿐만 아니라 어느 국가와 민족이든 그들의 미래는 밝을 수가 없다.

우리는 어떤가? 수단과 방법을 동원한 욕망의 강박적인 이미지끼리 충돌하는 민감한 부분적 사안들에서 두 번, 세 번이나 죽이는 끔찍한 사례들이 자행되고 있다. 모임을 만들어 자기중심적 주관을 교묘히 악용하고 있다. 전율하는 결과는 있어도 앞으로 남는 것은 무엇일가? 있다면 후회와 참담한 그림자뿐일 게다. 나뒹굴던 악의 씨만 무수히 싹틀 것이다.

지금도 반복되고 계속되는 광기적 폭력은 서슴지 않고 마구 활용되는 듯하다. 무서운 괴질병은 사회를 병들게 하고 있다.

문제는 굴절된 무의식의 본능이 개인으로부터 집단화될 경우, 걷잡을 수 없는 불길에 휩싸이며 연쇄적으로 폭발하게 되는 것이다. 칼 융 C. G. Jung이 말한 의식과 무의식의 경계적 그림자의 역할에서 살펴보아도 알 수 있다. 여기서 말하는 그림자는 열등한 인격을 갖춘 자아의 어두운 부분이지만 무의식과 함께 침전되어 있다. 이것 역시 무의식의 내용이다. 이 무의식의 그림자가 다른 사람에게 투사될 때 자기가 가장 싫어하는 사람들을 보게 된다. 겉으로 반듯한 것처럼 행동하는 말과 글에서는 먼저 대상을 경멸하는 오만함이 짙게 깔린 채 출발한다.

그러나 아니마Anima 아니면 아니무스Animus인지 좀처럼 이중적인 그림자는 나타나지 않는다. 조악한 이분법 등의 갈등으로 포장되어 깊이 잠행하고 있기 때문이다. 대부분 과거로 회귀하는 우울증에 빠져 있기 때문이다.

크리스테바에 의하면 이들의 뇌리에는 우울증과 멜랑콜리라는 검은 태양이 떠오르고 있는 것이다. 우리가 속된 말에서 만나는 의뭉을 피우고 음흉한 짓이 나타날 수 있다. 결과가 표출되면 걷잡을 수 없이 대상을 철저하게 단절시키면서 잦은 판소리로 무자비하게 가해하기도 한다. 내용을 숨기고 변명하면서 떳떳한 체 다른 인격을 넘어다보거나 내려다보려고 한다. 이와 같이 몽환적인 그림자의 투사는 상호간의 불신과 반목, 증오와 갈등을 불러오고 만다. 미운 오리 새끼를 계속 낳고 말 것이다.

돌림병 같은 무의식의 우연한 결합에서 자기 실수를 옹호하는 극단적인 탐욕은 죽음을 불러서까지 충족시킨다. 트라우마의 무거운 우울증이라는 외투를 입은 채 편집광적인 광기들이 발작하는 이 시대에 우리가 혐오하고 경계하는 엘리트적 정신질병은 아무도 치유해주지 않는다. 정신병자를 보고 미쳤다 하면 오히려 면박 당하게 된다.

오로지 타자의식을 갖고 꾸준히 자기치료만이 우리가 사는 길이 열린다. 이를 위해서 세계적인 사회 지도자가 없는 삭막한 이 땅에 세계적인 위대한 철학자나 문호들의 그림자, 또는 위대한 지도자들의 훌륭한 그림자를 읽어서 자기의 무식한 그림자를 불태워야 한다.

스피노자가 말한 건강한 육체와 정신을 합일시키려는 힘 즉 코나투스가 절실하다. 이것은 인간의 본질이라는 건전한 욕망을 억눌러서는 안 되며, 전환해야 한다는 스피노자는 코나투스가 타자에 의존한다는 것이다. 코나투스는 학자들이 이미 지적하였듯이 일종의 생체무의식이라는 것이다. 활성적인 무의식이 증폭될 때 그림자도 창조성을 갖게 되는 것이다.

바흐찐이 말한 무의식과 끊임없이 투쟁하고 있는 의식의 습관성으로 하여 우리의 심리생활 전체와 의식 자체에 대한 것에서도 무의식과의 조화를 이루지 못한, 말하자면 갈등의 역학을 다스리지 못해 즉흥적이거나 흥분으로 엄청난 과오를 범하게 된다는 것도 알 수가 있다.

일종의 이물질 같은 무의식이 심리 속에 자생하고 있는 이상, 히스테리 증후군을 일으키는 무의식이 우리의 의식을 꿰뚫고 긴밀하게 연상 작용을 하는데 연상 작용에서 약간 벗어난 자유로운 존재, 이러한 것들은 농담이나 중얼거림에서 흔히 나타나며 심하면 백일몽을 앓게 된다는 것이다.

권력의 단맛을 맛보면 무식한 아집으로 끝까지 자기가 옳다고 주장하면서 공정성을 잃은 할거주의의 출몰은 우리를 불안하게 하고 극한 상황의 늪에서 서로 절망한다.

모든 대상은 눈에 보이지 않는 칼날에 끔찍하게 참수될 수 있을 것이다. 이러한 냉전의 세계적 구도에서도 하나같이 함께 나서서 두려움을 치유하고, 인간의 본질과 자유로운 근원적 주체성을 산출하자는 명제 앞에 모두 모이고 있다. 평화를 내걸고 인류의 담론을 끌어내고 있다. NT(나노기술)와 BT(생명공학기술)기술 경쟁시대가 본격화 되고 있다.

하지만 우리는 이상하게도 퇴행성관절염을 앓고 있는지 문 열고 나서는 사람들을 구경할 수가 없다. 우주시대가 본격화 되고 있지만 아픈 자들은 폭증하고 있다.

분명 우리는 어디로 회귀하고 있는 것 같다. 서로의 결박을 스스로 풀지 못하고 신경질적으로 감추거나 헐뜯기가 그 도를 넘치고 있다. 이 매서운 겨울에 죄 없는 생명들만 몹시 떨고 있다. 당장 가슴을 껴안아 줄 누군가의 따스한 그 입김을 사무치게 그리워하고 있는데 역기능 현상일까?

우울증

우울증은 병으로만 볼 수 없다. 사이코패스나 우울증은 치료할수록 회복되지 않는 경우가 많다는 것은 이미 정신의학계에서도 인식하고 있다. 그러나 자기 자신이 스스로 닥터가 되어 고독하게 치료하려는 결심만 있으면 회복 가능하다는 것도 먼저 염두에 두고 그 벽을 뚫어야 한다.

이러한 증상들은 증후군에 대한 조바심을 지나치게 염려하기 때문이다. 다시 말해서 스스로 자신을 옭아매기 때문에 발생할 수 있다는 발표가 틀린 말은 아니다. 또한 유전관계도 연구가 진행되고 그렇게 보려는 심리현상도 전혀 없지는 않다.

특히 바이러스 없는 전염병으로 오히려 걱정하고 있다. 일찍부터 서양에서는 블루blue 또는 블랙 독Black dog이라고도 한다. 그러나 주로 독일어로 신경질적인 불안을 뜻하는 히포콘데리Hypochondrie 또는 디프레이션depression으로도 부르고 있다. 제시된 이 모두의 글에 일부 동의하면서 본인이 주장하고 싶은 것은 우울증은 무엇보다도 극단적인 탐욕인 욕망의 덩어리라는 원인 때문으로 보인다.

정신분석학자들의 공통적인 지적에서 보면 우울증의 발생 요인은 대상과 자신을 동일시하기 때문에 일어난다는 것이다. 줄리아 크리스테바도 "아름다움은 바로 우울증으로부터 태어난다"고 주장한 것과 같이 아름답고 환상적인 대상으로 하여금 욕망덩어리는 세로토닌 같은 주이상스Jouissance로 꿈틀거리다가 죽음을 갑자기 대담하게 받아들이는 것으로 본다. 그렇다면 죽음은 욕망의 대상이다. 다시 말해서 프로이드의 《쾌락의 원칙》에서 말했듯이 쾌락 너머에는 죽음이라는 것과 일치한다. 환상의 내피를 벗겨 보면 해골이라는 것이다.

삶은 결코 죽음의 반대쪽에 있는 것이 아니라 탄생과 죽음은 하나로 존재한다고 볼 때, 우울증은 헐거워진 죽음의 경계점을 가고 있는 것이 아닌가. 문제는 이 우울증의 원인으로 보는 욕망덩어리를 자크 라캉에 의하면 주체가 갖는 결핍이라고 할 수 있다. 결핍은 꿈을 통하여 나비처럼 환상의 날갯짓을 하게 된다. 매혹의 실체인 양 야망에 불타는 것은 그만큼 죽음 충동이 크다는 것으로 보아질 때 오늘날 문제점으로 대두되고 있는 이 우울증은 마치 광우병처럼 우리를 위협하는 것이다.

우울증은 일찍부터 무서운 마음의 병으로 알고 있는 종교계의 관심은 물론 정신의학자들마저 이를 해결하기 위해 지금도 인간의 심성이 미쳐온 역사를 새로운 세계로 선도하고 있는 것은 틀림없다. 그래서 신의 존재는 더욱 확고하며 철학, 심리학, 정신분석학은 물론 과학마저 전 인류를 위해 공헌하고 중심 역할을 하고 있는 것이다. 이들의 궁극적인 목적은 귀중한 우리의 생명과 직결되는 것이다. 그래서 지구를 보존하고 인간의 신비한 꿈과 실재에 대한 물음은 진행형이며, 신의 목소리를 듣고자하는 것이다.

그러나 공기처럼 너무 방대하여 인간 상호간의 도움을 잠깐 망각했었거나 알지 못하고 개인 생활에만 급급하여 귀중한 목숨을 자기 것인양 함부로 해체하는 것으로 보인다. 이러한 현상은 너무 탐욕적이거나 자기중심적인 어떤 강한 목적의식이 저지르는 것이다. 도저히 이룰 수 없는 허망에 대한 집념과 위험한 이해관계가 계속 심각하여 죽음에게 질질 끌려가는 것이다. 이미 눈이 뒤집혀져 의식을 잃어가기 때문에 가족의 소중함은 물론 이웃의 고마움도 조용히 거절하고 죽음과 친숙해지면서 자기의 검은 담즙을 핥기 시작하는 것이다. 자기 가슴에서 검은 태양이 서서히 떠오르는 것인지도 모른다.

이러한 증증은 지독히도 자기 혼자만 생각하고 해석하여 죽으면 된다고 자꾸 굳히기 시작한다. 자크 라캉이 말한 자기가 곧 타자임을 모르기 때문이다. 내 생명이 곧 부모의 생명이요, 이웃의 생명이 아님을 적극적으로 부정하고 나선다. 내 생명은 나의 것임을 천명한다. 데카르트처럼 "나는 생각한다. 고로 존재한다[Cogito, Ergo Sum]"로 밖에 모르기 때문에 죽음도 사치스러운 만족처럼 보여주기 위해 갑자기 자기를 버리고 만다. 일부러 죽음 이후에도 우리의 기억에 각인시키고 싶은 자기의 환상을 표출시키려는 심리적 메커니즘이 크게 작용한다고 볼 수 있다.

우리는 사회의 소중한 생명윤리를 존중하고 있다. 그러하기 때문에 지금도 고통하며 모진 병마와 싸우는 어린 생명부터 노령 환자들까지 생명을 연장하고 싶을 뿐만 아니라 가족들과 이웃들은 환자들의 쾌유를 빌어주고 있는 아름다움 속에 살고 있다. 수많은 병원들이 이들을 위해 불철주야로 헌신하고 있다. 뜨거운 눈물로 구원의 손길을 뻗고 서로 돕고 고마움을 나타낸다.

우리는 유한적인 생명이지만 꿈이 있기 때문에 더 소중한 생명으로 국가는 이 생명체로 하여금 존재한다. 국가는 우리의 이름으로 국가의 중심을 분명히 하고 복지에 대한 책임을 진다. 구성원인 국민을 위해 국가 발전을 끊임없이 도모한다. 그렇다면 목숨이 개인적이기는 하지만 우울증으로 자살하는 행위는 우리 모두의 꿈을 짓밟는 비겁한 짓이다. 죽고도 좋은 소리 못 듣는다. 남은 가족들의 운명마저 어떻게 될 것인지를 알고도 자행하는 것은 우리도 함께 죽기를 원하는 것과 다름이 없기 때문에 패배감과 분노를 느낀다.

이 시점에서 볼 때 경제도 어렵고 살기가 어려운데 인기 있는 연예인의 죽음을 두고 매스 미디어들은 약속이나 한 것처럼 오히려 사회를 불안으로 몰아가는 것 같았고 혼란에 빠뜨리려는 것처럼 너무나 충격적으로 보도한 것으로 느껴진다. 온통 벌 떼처럼 윙윙거리는 뉴스 후진성은 되레 가벼운 우울증마저 도지도록 하는 것 같았다. 바로 이러한 연예인 스타 숭배와 가짜 사건의 범람 등에서 본 무리한 기대를 반영하고 편승하는 현상을 다니엘 부어스틴Daniel J. Boorstin은 이미지의 거울효과라고 하는 환상으로 보는 것이다. 이러한 환상은 사회문제를 심화시킬 수 있는 돌림병일 수도 있다.

우울증으로 죽어간 사람들은 그동안 비단 유명 연예인들뿐이겠는가! 이름 없이 죽어간 소중한 목숨들은 지금까지 별로 말이 없었고 또한 쉬쉬할 뿐만 아니라 아예 보도마저 거의 없었을 것 같다. 이러한 편견된 보도는 궁금증을 더하게 한다. 매스 미디어는 아직도 민중 앞에서는 그들만이 가진 특권인지도 모른다. 이런 작태를 국가가 통제 못하는 것도 매스 미디어는 잘 안다. 앞으로의 보도는 대중들의 정서를 어느 정도 감안해 볼 필요가 있다고 본다. 괴상한 우울증으로 인한 자살행위(?) 보도가 앞으로도 보도될 경우, 대부분의 사람들은 우울증에 빠져 비틀거릴 수밖에 없지 않을까? 신선하고 희망적인 보도 자료는 과연 없을까? 참으로 어처구니없는 짓거리들이다.

이처럼 심각한 사회적 우울증상을 우리들의 슬기로운 에너지로 극복하려면 국가적 정서도 필요하지만 무엇보다 개개인의 자기와의 싸움에서 어떻게 해서라도 이겨내야 한다. 분수에 맞는 자기 관리에 관심을 두면서 낙천적인 성격을 갖도록 노력해야한다. 대인과의 대화는 명랑하게 나눌 것이며 희망적이고 명쾌한 대화를 취미생활과 연계하면 증상은 현저히 감소된다. 다음은 모든 것을 버리는 비움 수행훈련도 병행해 보는 것이 좋겠다. 이를 위해 종교생활을 비롯한 기공법 등 다양한 구원 방법이 있다. 너무도 기복이 많고 자살을 시도하다 돌아선 나의 체험은 땀방울을 흘리는 조그마한 산을 오르내리는 트레킹이나 산과 들을 향해 유유자적하는 반데룽크wanderung를 끊임없이 실천해야 한다. 실천하면 육신의 건강보다 마음이 더 젊어진다. 모든 일에 자신감이 있고 에너지가 충일하여 자신의 나이는 숫자에 불과할 것이다. 운동 방법은 하루에 조금씩 분에 넘친다는 기분으로 땀방울을 흘려도 괜찮을 경우, 많이 흘릴수록 더욱 상쾌해진다. 운동을 하면서 음식은 육식보다 주로 채식 위주로 하되 신선한 생선 등 영양섭취에도 관심을 가지면 새로움을 발견하게 된다. 또한 목욕탕이나 찜질방에 가더라도 오래 있으면 역기능 현상이 일어나기 쉬운 만큼 간단한 샤워만 하고 나와야 한다. 수면은 꼭 필요한 만큼 차임벨을 머리 위에 두고 하루에 삼십 분 정도는 반드시 수면을 취할 필요가 있다. 이를 극복하기 위해서는 무엇보다 실천궁행이다. 날마다 자기 자신의 시커먼 욕망덩어리를 스스로 배설하고 정화시키는, 즉 카타르시스를 느끼지 않으면 효과가 없을 것이다.

사실상 우울증이라는 것은 정신분석학자 프로이드가 말한 '승화'로 보기 때문에 우울증을 승화시킬 경우, 바로 위대한 사람이 되는 첩경이다. 지금은 보편적인 인식이지만 예술이란 '자아이상[Ego—Ideal]을 창조하는 행위'로써 '승화'의 핵심은 우울증이기도하다. 위대한 사람들의 예를 들면 시인이며 탐정소설가인 미국의 애드가 앨런 포, 시인 샤를 보들레르, 화가 빈 세트 반 고흐, 심지어 윌리엄 셰익스피어, 레오날도 다빈치, 버지니아 울프 등을 비롯한 많은 예술가들은 물론 칸트, 니체를 비롯한 철학자들도 우울증에 걸렸는데, 상상력을 통해 불멸의 예술로 승화시켰던 것이다. 이 우울증은 무서운 조울증이 아닌 이상理想 창조의 패턴으로 보아야할 것이다.

기원전 4세기경에 마케도니아의 생물학자이며 플라톤의 제자인 아리스토텔레스는 이 우울증을 '멜랑콜리'라 하여 관심을 가진 최초의 학자이다. 그는 위대한 인물들이 공통적으로 검은 담즙을 활발하게 분비하고 있다고 지적했는데, 몸의 열에서 정액의 거품이 나온다고 보아 성적 욕구와 관계된다고 말했다. 그러나 동시대에 살던 히포크라테스는 체액으로 분류했다. 옛날 서양인들은 이 멜랑콜리가 토성과 관계된다고 두려워했는데, 후일 아리스토텔레스가 말한 검은 색소인 '멜라닌'

과 담즙인 '콜리'라는 것을 2세기쯤에 와서 그리스의 의학자 게 알린에 의해 재확인 되었던 것이다. 후일 줄리아 크리스테바는 정신분석학이론에서 우울증은 검은 태양이라고 했으며, 절망을 넘어 조화로움으로 가는 원천이라고 하는 등 모성적 접근을 주장했다. '검은 태양'이라 명명한 것은 시인 네르발의 유명한 시의 일부에서 발견하였다고 스스로 밝히고 있다.

필자도 일부 동의하면서 한마디로 요약하면 심리적 억압뿐만 아니라 심리적 불안에서 자아를 억제하지 못한, 다시 말하자면 삶의 충동과 죽음 충동이 하나로 합일되지 않은 욕망덩어리가 결국 죽음이 유혹하는 손짓에 넘어가기 때문으로 본다. 이런 경우에는 먼저 스트레스를 해소할 수 있는 신선한 환경 쪽으로 분위기를 확 바꿔야 할 것이다. 다른 질병이 없는 한, 금방 거짓말처럼 기분이 명쾌해질 것이다. 심각한 정신분열이 아닌 이상 우울증은 병이 아니다. 셸링(F. W. J. Shelling)이 주장한 것처럼 "인간 자유의 본질"이라 할 수 있기 때문에 일반병리학으로부터 분리해야 할 것 같다. 우울증이 중증일 경우, 세로토닌이라는 신경물질이 출몰하여 헛것이 보일 수 있다. 그러나 끝까지 자신과 싸워 이기기 위해서는 운동복을 입고 신선한 숲을 향해 뛰어야 한다. 땀방울을 구슬처럼 흘려야 살 수 있다. 땀 흘리는 운동을 생활화하면 살고 싶은 의욕이 펄펄해지고 사는 것이 멋보다 맛이 있다. 자신의 하는 짓짓이 아름답게 보이고 산다는 보람을 뿌듯하게 느낄 수 있다. 긍정적인 생각만이 소중한 생명을 죽음으로부터 연장시킬 수 있다.

망막 속에 살아서 떠도는 팡토마스

  카메라와 주검은 정지된 대상일 수 있으나 생명력을 갖는 인간의 망막은 정지된다고 볼 수 없을 것이다. 잠자는 동안에도 뇌는 작동하기 때문이다. 이처럼 끊임없이 역동하는 망막은 현재의 나를 창조해주기도 한다.

  순간적으로 스치는 대상이라도 포착되는 이미지들은 나의 움직이는 거울이다. 거울에서 새로운 나를 바라보는 것이다.

  이미 지적되고 있는 이미지란 죽음을 삶으로 전환하는 과정에서 생기는 환상이다. 따라서 걷잡을 수 없는 욕망에 사로잡히는 위험에 빠지기 쉽다. 나의 거울에서 나를 고쳐 볼 수 있는 타자가 보이지 않으면 고독해진다. 비통하게 죽음으로 돌아갈 수밖에 없는 것이다.

  그래서 본능적으로 거부하는 인간의 가치를 끌어들여야 사람으로 보일 것이다. 모든 바탕교육은 무의식에서 의식으로 행동할 수 있도록 우리를 수련하게 하고 있다 할 것이다. 그 사회의 모럴을 통해 몸의 움직임이 곧 올곧은 생각이 되어야 한다.

  그러나 그러한 훈련을 받은 사회지도자 자신도 어떤 욕망에서 비롯된 아집으로 천박하게 굽어지는 것을 볼 수 있다. 인면수심人面獸心적인 하등동물로 나락하고 만다. 나락한다는 것을 어느 정도 예측하면서 자기 양심을 속여 부정직한 것을 정당화하는 생물들로 나락하고 만다.

이러한 생물들은 어떤 모임에서도 뻔뻔스럽게 회유하고 기만하며 합리화하려고 한다. 반드시 어떤 목적을 갖고 행동한다. 야비한 수단과 방법을 가리지 않고 거침없이 자행하여 쟁취하려고 나선다.

지금은 자기애적으로 악용하는 것이 상식적인 방도인 줄 착각한다. 여기서 가장 문제되는 것은 주도자가 잘못인 줄 알면서 3자들이 그곳으로 치우치게 하는 현상을 주도한다. 말하자면 하면 안 되는 줄 알면서 억지로 하는 것을 '길티 플레저Guilty pleasure'라고 하는데, 이러한 병적인 증후군들이 작금 사회적으로 심각한 분절현상을 초래하고 있다.

거의 모든 생물들은 옳지 않을 경우, 생체의 과민반응(Anaphylaxis)이 일어나고 상대방에 대한 공격이나 탈주하는 본능이 작동하지만, 인간은 가장 비열한 침묵 속의 묵인으로 관망한다. 기회주의자적인 인기 영합에 몰입하여 자신을 옹호하는 이기주의에 빠지는 경우가 더 많다. 결과는 자기 자신이 가장 스스로 느껴 남모르는 고통을 비뚤어진 창자로부터 얼굴에 뚜렷이 나타나게 되는 것이다.

해부학자 실비아 벤슬리는 "얼굴 근육에 의해 우리의 감정이 나타나는데, 얼굴 근육은 장 근육이다(…)마음은 내장에 연결되고, 내장은 근육과 마음을 통하게 된다"는 것이다. 이처럼 우리 현대인들의 신경성 증후들이 날로 증폭되는 것은 창자에서 발생한다 할 것이다. 말하자면 양심을 속이면 창자는 꼬여지기 마련이다. 이 세상에 태어나서 왜 창자가 비틀어지게 살아가야 하는 이유는 심각하다.

자기가 저지른 일을 잘 알면서 변명은 자의 반에 타의 반이라고 자기 자신을 속이기도 한다. 그러나 삶은 자기의 몫이기에 바르게 살려고 실천하는 자만이 자기의 거울에서도 낯설지 않을 것이다. 어떤 모임이나 대인관계에서도 바르게 살려고 노력하는 자만이 건강할 수 있다. 불의를 눈감아주는 것이 아량이나 미덕이 될 수는 없다.

항상 반듯하게 살면 잠시 내게 피해가 올지는 몰라도 망막 속에서도 지울 수 없는 꽃으로 보일 수 있을 것이다. 얼굴이 꽃봉오리기 때문이다.

사실상 무의식은 안에 있는 것이 아니라 밖에 존재하여 의식을 계속 지배하는 것에서 온다. 그렇다면 신경학자 올리버 색스 박사에 따르면 "무의식적인 감각의 흐름이란 '제6감각' 또는 '비밀의 감각'이라고 하는데, 자동적이기 때문"에 종속되는 건강한 의식은 창조적인 상상의 세계를 펼칠 수도 있다.

어쨌든 음흉하고 심란한 마음의 소용돌이에서 탈출해야만 그 망막 속에서 참다운 내가 보이는 것이다. 어떤 절박감에서도 나는 나를 충전할 수 있는 에너지를 가질 수 있다고 본다. 그러나 매트릭스가 잘못된 자들은 리콜라우스에 따르면 "당신을 보는 것으로 하여 사랑하는 것"은 아닐 수 있다.

우리가 보는 창문은 안과 밖에서 볼 때마다 다를 수 있기 때문이다. 마치 카메라 옵스큐라가 작동한 반대쪽에 내가 존재한다는 것은 기시 현상으로 느낄 뿐 사실은 다른 것이다.

반전된 이미지에서 혼란스런 환상은 진짜 우리를 피곤하게 한다. 마치 올바르지 못한 사람이 남의 글 인용을 밝히지 않고 칼럼에서는 자기가 쓴 글처럼 버젓하게 사회를 비판할 경우, 타인의 웃음거리가 되는 등 바로 그러한 예라 할 수 있다. 그러므로 자유롭지 못한 인생은 수명에도 한계가 따를 수밖에 없다. 모든 글이나 칼럼도 창조성이 있어야 한다. 그러나 교묘히 남의 글을 짜깁기한다면 절필할 수 있는 용기도 있어야 할 것이다.

그렇지 않으면 망막에 살아서 떠돌고 있는 토막시체들(팡토마스)이 아노미현상을 관장할 것이다. 거짓말에도 그 농도를 넘어 타인을 기만하는 자라면 이미 그의 망막에는 스스로 자해한 칼금들이 흡혈귀로 나타난다. 공포의 밤을 불태울 수는 없을 것이다. 타나토스의 신이 더 가까이 와서 덮칠 수 있다. 눈을 감을 때 악몽들이 엄습한다면 이미 그는 백미러에도 나타나지 않는다. 귀신은 거울에는 없다.

인간은 결핍이 곧 삶이기 때문에 채우지 못한 욕망을 채우려고 해도 결핍은 남게 된다.

그러므로 공허함을 훔쳐서 정당화 할수록 망막은 헛것으로 득실거리는 것이다. 나의 망막은 타자의 거울이기 때문에 나는 거기에 피는 아름다운 꽃으로 보여 져야 한다. 바로 나 자신은 타자의 순수한 꽃으로 가꿔야 내가 산다.

어떤 화두풀이

　열정적인 에너지는 눈빛을 보면 펄펄 끓는 소리마저 불타오릅니다. 은빛 날개를 단 상상력이 날아옵니다. 타락하려는 마음은 바깥으로 화두를 던지지 않고 안으로 감추며 깊은 수렁에 빠집니다. 몸과 마음을 일치시키려는 불꽃으로 타오르게 합니다. 곡선과 대각선들을 바로잡으려는 중심을, 그 중심에 닿는 빛의 시선에는 산란해집니다. 상대성을 갖도록 합니다. 주변의 방관과 방종들이 착각하도록 황홀감의 독을 내뿜고 맙니다. 독침을 세워 방어토록 재빠르게 공격하려 합니다. 거기는 여기와 다른 황폐함의 공허가 있기 때문입니다.

　어디든 비애는 파멸을 앞세우고 포트 홀 같은 틈새를 노리기 때문에 그곳의 은유에서 탈주해야 합니다. 그곳을 벗어나면 허깨비들의 불만 불평들이 한숨짓는 갈등중에서도 뒤쳐진 거리로 밀려납니다.

　패배자의 몫은 없습니다. 남아 있다면 원망의 눈초리 끝에 슬픔의 이슬이 맺힙니다. 스스로 욕망에 빠져 저지른 모멸감을 공연히 저만치 있는 바윗돌에게 돌립니다.

　물론 고통과 회한의 아픔은 거절할 수 없는 곤경 속으로 떨어지는 순간의 방어입니다. 자주 눈감는 처절함으로 자신감을 잃고 혼자서 두려움에 떨게 됩니다. 초조감과 시간은 분노합니다. 고귀한 눈물은 무인도의 곰보바위를 붙잡고 외로워합니다. 자신을 보지 못하기에 자신이 포기한 만큼 포로가 된 채 파도 위에서 갈등합니다. 누가 추방시키는 위협 속에서 죽음을 만납니다. 죽음은 욕망의 본체이기에 험상궂기 짝이 없습니다.

자기를 보지 못하기에 착시현상보다 더닝 크루거 에펙Dunning Kruger effect 됩니다. 그래요. 인지편향의 모순에 자기가 놀라면서 웃음으로 페인트 드로잉 합니다. 찾는 자신은 거울에는 없고 그림자도 볼 수 없습니다. 그 정체성은 허수아비입니다. 그로 하여금 보이지 않는 상처마저 보상을 꾀합니다. 완강히 버틸수록 자기의 허점은 정당성을 인정받고 맙니다. 제기랄! 자기 집착이라도 타자에게로 환원하는 희망을 베풀 수밖에 없습니다. 나로부터 벗어나기 위해 자신을 죽이는 결과물이 됩니다. 추태필로醜態蹕路입니다.

제일 문제는 거짓말을 정당화 시키는 사람입니다. 사이코패스이거나 절도망각증[Kleptomnesia]을 심히 앓고 있음에도 정상인처럼 활보합니다. 이러한 착각과 착시들이 나를 용납할 수 없다는 것을 알면서 그 짓을 반복합니다. 이미 회자되고 있지만 무의식이 강렬하게 의식을 지배하기 때문입니다. 그러한 뻔뻔스러운 반복 작용이 부끄러움을 모르고 모략중상에 급급합니다. 항상 타자를 삐딱하게 봅니다. 그러한 유혹에 빠진 자의 눈은 이미 맹인처럼 빛을 잃은 지 오래입니다. 소인 잡배끼리 야합합니다. 소수의견의 캐스팅보트가 설령 아니라 해도 존재성에 만족하는 자는 포스트 바이러스를 돌림병처럼 퍼지게 하여 어떤 선량한 집단을 상하게 합니다.

이에 대한 효과 없는 백신처럼 동의하면서 불신합니다. 연탄가스 냄새에도 아랑곳하지 않습니다. 선과 악의 대결에서 악의 편에 서기를 좋아합니다. 운력으로 윽박지르는 심리전을 감행합니다. 오랜 다툼에서도 성찰을 용납하지 않습니다. 빈 잔처럼 목마름 같은 물을 마셔도 속은 새까맣게 타버립니다.

산다는 가치를 잃은 채 최선을 내세워 정의롭게 위장하는 꾀꾼입니다. 그러나 그런 족속들은 이미 타자들의 뉴런 미러Neuron Mirror이 인식하고 있기 때문에 한 발 늦습니다.

자기존재를 현실이라는 거울 앞에서 모습을 볼 수 없는데도 치장을 하고 있습니다. 오늘은 누구의 약점이라도 사로잡히기를 은근히 기대 심리가 작동합니다.

내 눈에 내가 보이기를 바라지 않고 분수를 흩어지게 합니다. 굽어지게 보기 때문에 결국 음침한 구석에 앉아 멜로드라마 속의 자기를 찾을 뿐입니다.

마테 블랑코Matte Blanco가 지적한 비대칭성과 대칭성의 적절한 조화를 갖지 못한 층화層化가 나타납니다. 질투 시기심의 실수는 수치심을 모릅니다. 항상 불 꺼진 항구입니다. 바로 '숨겨진 혼란' 때문입니다.

사람들은 대부분 이러한 생각을 하고 일을 저지르는, 아주 정상적이면서 연극성 인격 장애인들의 속셈이 발작하기 때문입니다. 남의 인격을 흠집내고, 무시하고, 안하무인격으로 무조건 밀어붙입니다. 그것은 카리스마가 아닙니다. 마약성을 띤 어떤 모호한 권력을 쥐게 되면 확실히 나타납니다.

그러나 일반인들은 하늘과 땅을 살피면서 어둠이 내리는 시간대에 불을 켭니다. 야음을 틈탄 도둑놈들은 자기 그림자를 알기 때문에 수치심을 한탕 사냥합니다. 바로 가스라이팅Gaslighting을 이용하는 겁니다.

그렇다면 먼저 시커먼 오징어 복장에서 빠져나올 수 있는 자신감을 길러야 합니다. 우직해서 바보라는 소리 듣더라도 들먹성이 있어야 성찰이 빠릅니다. 약삭빠르면 송골매의 눈에 더 잘 보입니다. 제발 안광이 빛나도록 스스로 잘못을 바로잡을 줄 알아야 검은 피가 맑은 물에 씻겨 내려갑니다.

물의 참뜻은 바로 지워 버리는 겁니다. 바로 우주순환의 본질은 마음먹기입니다. 오늘의 화두는 '눈독풀이'기에 각자의 텅 빈 마음 다칠세라 질문은 받지 않습니다.

가면무도회에서의 배증된 무력감이 자업자득이 되는 길입니다. 그러므로 처세는 분명해야 합니다. 타자가 먼저 알고 있으니까.

말하는 그슨대

얼추 와가면 얼치기가 밧줄을 던진다. 아리새에 조금치를 아느냐고 물었을 때 피식 웃는다. 탐탁하지 않지만 노櫓 잡히고 물때를 짚어주기도 몇 년이 걸렸을 거다.

참으로 이것도 아니고 저것도 아닌 뱃놈의 배질, 그래도 눈치하나 넘겨치기는 끝내준다. 그것이 문제 아닌가? 새앙쥐 눈알이 뱅뱅 도는데다가 깜박이 불까지 넣는 불안, 어쩌다가 높새에 흔들리면 배꼽 만지면서 긁어대는 것이 일쑤이기 때문이다.

된갈바람에 궂니 이야기를 꺼내 보면 둘러대는 새빨간 거짓말을 술술 뽑아내는 데는 가관이다. 말하자면 자기가 마치 큰 삼각돛이나 된 것처럼 부풀려 놓고는 입을 다물고 있다. 항상 불만을 두꺼비처럼 숨가쁘게 쉰다.

그러니까 기회가 오면 배 이물을 돌려 대듯이 저만치 대상을 내세운다. 자기보다 타자를 입 벌리게 한다. 터무니없는 말은 다른 선원들로 하여금 전염시켜 그럴듯하게 쑥덕거린다. 한 배를 타고 저승길에서 조업하는 결심을 허리에서 풀어 버리게 하는, 설령 어획물이 넘쳐 만선기를 올려도 그 선원은 딴전을 피우고 음모를 꿈꾸고 있다.

원래 사람 본성은 이중성이기에 다 그렇다 하더라도 이성과 양심으로 남을 헐뜯으면 안 된다. 준엄한 인간성을 지켜야 함에도 바다를 가면 기만하고 포식하는 바다짐승들처럼 날뛴다. 바다는 역동적이면서 공격적이고 솔직 담백하다. 파도에 격랑들이 갑자기 소용돌이치면서 바다는 스테이크stake 없이 자아의 물음표를 내던지고 있을 뿐이다.

이러한 황천항해荒天航海의 바다 날씨를 과연 누가 잘 다스릴 수 있을까? 이것저것 아무 쓸모없는 얼치기가 어찌 감정을 절제하겠는가. 배 난간에서 까불대면 언젠가 바다에 던져진다는 것을 잘 알면서 숨기고 떠들어대면 맞바람에 파도가 잠잠해질 수 있을까?

배만 타면 약간 흥분이 되는지 전에 안 하던 짓을 배 위에서 애매모호하게 한다. 유니폼을 만지며 항상 억울한 것처럼 베문다. 얼마 안 가서 참지 못하고 본능을 질겅질겅 마구 씹는다. 야성을 발광發狂시키는데, 앞뒤를 모르니까 너울보다 더 날뛴다.

말을 설설 헛웃음에다 기름 발라가듯이 떡메 없이 떡을 친다. 특히 이득관계에는 슬쩍 자기 밥그릇이나 더 잘 챙겨 스테이크 먹듯 살살이가 된다. 애가 터지게 다른 사람이 공을 들여 차려놓은 잔칫상에는 젓가락 없이 그만 손으로 집어 널름널름 먼저 가로채어 먹어 치운다. 바로 사이코다.

심지어 선장의 키까지 잡아 보겠다고 로열박스에 앉아 수상소감을 쓰듯 또 생떼를 쓴다. 어쩌다가 선장키를 맡겨 보면 자동계기의 해도와 컴퍼스를 알지 못하면서 어름대고 함부로 배를 몰아간다.

귀가 여려서 남의 말만 듣고 자기 나름대로의 판단과 오해와 원망을 먼저 한다. 선원들을 생고생시키면서 눈 하나 꿈쩍 않는다. 그 동안 조금 물때의 체험을 얻었는지는 몰라도 물때 계산을 해야 조수와 풍향편

차를 구할 수 있음에도 오늘은 몇 물이냐? 물어보면 눈만 껌벅인다. 다그쳐 유턴하더라도 어군 포인트를 찾아야 한다고 하면, 눈을 흘긴다. 몇 물 등 그런 것이 중요하느냐고 노발대발한다.

신경질적인 반말까지 때로는 ○○놈아 등 위협적인 말투까지 호로 새끼들이 있다. 악바리만 여물어져 일그러지는 해골바가지는 무인도의 바위처럼 험상궂다. 사실 그런 놈이 쓰레기다. 그런데 도리어 쓰레기라고 퍼붓는다.

계속해서 그슨대는 나에게 타이른다. 바다에 가면 긴장하고 겸손하면서 정직하고 우직한 무게로 닻처럼 다스려야 한다고 오히려 타이른다. 감정을 지나치게 하면 안 된다. 생각을 반듯하게 해야 한다. 어로 작업도 지나치게 하면 안 된다.

부지런한 자만의 손놀림에서도 탐욕을 버렸을 때 바다는 반드시 용서한다. 하늘의 기운을 받으면 천심을 다스리는 도인道人을 할 수 있다. 사는 맛을 뿌듯하게 느낄 수 있다. 이와 같이 어디를 가나 '안다니'와 '얼치기'란 년놈들 한 두 명은 있다. 동네를 시끄럽게 하고 항상 근심걱정을 쏟아내어 불안하게 한다.

카레를 만들 때 엉금엉금 기어 나오는 무당벌레 노랑 냄새는 어찌 할꼬! 작벼리 같은 놈들이 그물질을 하니까 고기들은 도망칠 뿐이다. 식솔들은 기다리지만 때가 넘어 배고프고 자꾸만 빈곤해지는 것 같다. 밖으로 나가면 남들이 먼저 알고 혀를 찬다.

복어 중에도 졸복들끼리 바다 속에서 골프를 친다고 탈로 안 나던가? 언제나 지탄받을 짓을 할 때마다 바다는 다 알고 있다. 우리의 실

핏줄이 엉켜 있는 바다를 무서워하지 않으면 고기밥이 된다. 고기밥이 된다는 것을 알면서 건방지면 언젠가는 누군가에 의해 무자비하게 버림당할 수 있다.

어느 모임이든 잘 모르면서 휴브리스와 프레주디스를 앞세워 너무 무식하게 덤벼든다. 하는 일마다 남들이 하는 것은 쉽게 보이기 때문이다. 그런 일을 하여 보면 하기 싫은 자들, 공적 없이 대접부터 받고 싶은 자들, 그리고 게으르면서 약탈, 공갈, 갈취하려는 블랙메일들이 앞장서니까 일은 뒤틀리고 꼬이게 마련이다. 혼자서 공연히 외로워지고 포악해지는 불만만 출렁 출렁거린다.

그런데 제일 중요한 것은 자아를 잘 다스리는 건강한 정신이다. 정신 박약자나 강박관념이 있는 자들은 그 자리에서 물러나야 한다.

왜냐하면 자기도 모르게 약간의 정신분열을 일으켜 상당한 위험을 초래하니까! 무고한 뭇 사람을 상하게 하니까. 그러한 실례는 자기한테 버겁다. 부담이 갈수록 상대자를, 특히 반대하는 자를 증오감으로 따돌리고 싶은 마음이 있기 때문이다. 신경쇠약으로 인한 포용력이 약해진 일종의 증후군이 있기 때문이다.

중책을 맡겨도 스스로 물러나야 한다. 제자리로 돌아오면 자신의 초라함을 뼈저리게 느낄 수 있다. 오히려 자신의 참모습을 읽을 수 있고 하늘이 먼저 보인다. 이미 옛 성현들이 언급한 것에 탄복한다. 타자의 자아까지 알게 된다.

인간은 나를 어떻게 다스려야하는 자신의 마음을 가지면 맨발로 먼 길을 혼자 걸어도 아프지 않다. 우리의 피가 용솟음치고 거대하게 움직이는 바다 쪽으로, 자네! 나와 함께 반데룽Wanderung을 하면 어떻겠는가. 인생의 그림자가 동행하는 두 발을 보여줄 것이다. 어떻게 살아온 가치들과 허위들이 하나하나 가려질 것이다. 다 사라지고 나면 다가오는 발자국소리 그것은 자네가 자네를 사랑하다 남은 생명의 소리라 할 수 있다.

그러나 당분간 나를 향해 퍼부어대는 원성들이 자네의 귀를 괴롭힐 것이다. 수많은 욕망덩어리들이 비참하게 부서지면서 나를 불안하게 할 것이다. 절망감을 맛보게 하던 니힐리즘의 비애 속으로 걷게 될 것이다. 갑자기 달구질 하는 비를 만났을 때 자네 더러운 옷이 얼룩지고 저지른 만큼 슬픔은 문드러질 것이다. 분명히 누가 마주서서 뚫어지게 쳐다볼 것이다. 그것은 내가 나를 보고 있는 실체를 뼈저리게 실감할 것이다.

이제 너무 무식하거나 겁쟁이들은 배를 타지 말라고 스스로 타이른다. 남의 지식이나 아이디어를 심지어 낱말까지 훔쳐 자기 것처럼 행동하거나 공적으로 내세우는 것은 너무 뻔뻔스럽다. 그것이 절도망각증 아닌가. 속물 인간처럼 자기가 똑똑하다면서 선원들을 욕하는 자들이다. 배를 먼저 타고 먼 항해를 한 번 해 보겠다 하지만 전혀 전문성이 없음에도 탐욕은 자기를 용서하지 않는다. 생사의 갈림길에 어떠한 고통과 처절함이 뒤섞이는지 겪어 보지 않았기에 멍청해질 수밖에 없다.

바다는 살아있는 역사의 현장이다. 맡겨 보면 이것저것도 아닌, 배에서도 삿대나 잡고 눈치나 살피며, 무능을 숨기기 위해 피식 피식 웃고 있으면 머저리가 된다. 가오리연을 띄우는 저어 웃음으로 튀김이나 주는 비웃음 거기다가 무고한 자까지 따돌리니 그것이 어찌 사람 노릇인가. 주당 맞기 전에 펄펄 살아있는 바다는 벌써 따감 안타는 자네 살아온 모습을 생생하게 디지털 샷으로 선명하게 찍고 있잖아. 자네 우울증마저….

당장 지금부터라도 자네는 타자의 힘에 기생하면 안 된다. 하선해서 궁핍한 자들을 찾아 남은 날들을 헌신해야 몇 년 더 살 수 있다.

남의 군번을 줄줄 외워 군에 갔다온 것처럼 행동하는 자가 있다. 그러면서 군의 복무를 마친 자를 비난하고 있다.

또한 리포트 쓸 줄 모르는 자가 석사 졸업한 이력으로 학벌 내세우고 활보하는 자가 없지 않다. 그놈의 절도망각증과 기만협잡질은 끝이 없다. 도태되어야 하는데 더한 그슨대*가 아닌가.

* 그슨대: 캄캄한 밤에 홀연히 출현하여 쳐다보면 볼수록 한없이 커지는 귀신.

상징적 동일성의 징후

정신분석학 이론에서 볼 때 탄생과 죽음은 하나로 보는 관계의 반복에서 구멍 난 실재계의 귀환이다. 말하자면 역설의 구멍들이 펑펑 뚫려 있는 것과 같다. 바로 이중적인 감각이 망상적으로 황량해지기 때문이다. 정신분석 이론가 슬라보예 지젝이 지적한 것처럼 "주체의 실재가 달라붙는 상징적 동일시의 지점"에서 "주체가 이 특징에 부착되는 한, 우리는 카리스마적이고 매혹적인 인물에 직면한다"라고 말한 것과 같을 수 있는 어떤 정의할 수 없는 경계선이다. 스스로 '거절'하는 말이 남겨 놓는 배설물이 상징적 그물망에 걸리는, 주체가 주체를 바라보는 상징적 동일시의 장소이다. 이때는 상징 공간, 즉 환각의 형태로 회귀한다는 것이다.

만약 어떤 죽음이 있다면, 죽은 자가 불쌍해지도록 산자들을 부추기는, 즉 상상적 인지(認知, 또는 誤認)의 메커니즘이 상징계로 진입하는 징후라고 할 수 있다.

정신분석자 필 멀런Phil Mollon 역시 "무의식화 된 심리적 내용이 상징적 형태의 가면을 쓰고 다시 나타나는 경우, 지극히 정상적인 현상이다"라고 말했다. 마치 움직이는 죽음의 그림자를 통해 눈물이 감성의 심지에 불을 붙인다.

또 하나의 주체를 발생시키는 딜레마에 봉착하게 된다. 응시를 왜곡시켜 응결되는 초점, 즉 거대한 광장廣場적 눈이 생기면서 시계의 반대 방향으로 끌어들여 동일성의 소통을 꾀하려는 무서운 심리적 목적성을 띠는 현상이다.

프로이드의 지적처럼 우울증 증상은 파괴적 충동, 분신자살, 타살, 방화는 물론 빗나간 영웅심리, 혁명을 시도하는 등 피비린내 나는 난폭성이야말로 걷잡을 수 없게 된다는 것이다.

상징적 동일성은 '시야—바깥효과'에서 볼 때 가까이하거나, 좁힐수록 시각의 불안정성, 즉 초점이 흐려지기 쉽고 폭발할 수 있다. 이런 경우, 슬라보예 지젝의 말처럼 "천막의 꼭대기에 올라 꼭대기만 막연하게 잡고 있을 것이 아니라 방어의 슬기는 적당한 거리를 두어야" 할 것이다. 상징적 질서의 중립성은 흔들리지 않기 때문이다.

매우 난처하지만 징후들이 미칠 듯이 돌진하며 토하려는 이데올로기적 교란에 대하여 무조건 '거절(광장 사용 등)'치 말고, 기존 주체의 책임자는 카리스마적인 소신을 당당히 밝혀, 스스로 판단하고 동의하는 민중이 더 희망을 갖도록 위로하는 기지機智도 발휘되어야 할 것이다.

예를 들어 촛불시위 양상을 봐도 개개인의 우울증에서 오는 이데올로기적 전염성을 엿볼 수 있다. 어떤 결핍에서 오는, 즉 '되고 싶고', '갖고 싶은' 대상들이 서로 모순되고 충돌되기 때문이다. 이 말은 "자아와 성性, 즉 유아기의 자신을 길러준 사람 등의 정체성에서 찾는 우울증이 애도哀悼로 전환된다"는 프로이드의 주장과 같은 수 있다. 우울증적인 힘의 논리가 인간적인 이해관계로 접근되는 과정이다.

그렇다면 이완되기 쉬운 군중심리를 안심시키려면 물리적 힘보다는 동남풍처럼 새로운 바람으로 치유할 필요가 있다. 사실상 촛불의 핵심은 제자리에서 타는, 자기에 대한 애도哀悼로 치환되기 때문에 이러한 애도는 움직이면 위험성을 촉발시킬 수도 있다.

이러한 아이러니는 아무런 이유 없이 뛰쳐나와 촛불시위에 가담하며 울부짖는 자들에서 건강과도 다소 관계되는 증상일 수 있다. 증상이 심화되기 전에 상대자 입장을 고려하여 치유할 수 있는 해법도 찾을 필요가 있다. 이런 때는 상징적 동일시를 잃을 때만이 소기의 성과가 나타나는 것이다.

그러나 정신분석학자 자크 라캉이 말한 것처럼 '두 개의 죽음 사이', 즉 실재적 죽음과 상징적 죽음이라는 죽음간의 혼동에서 헤어나지 못하는 것 같다. 예를 들면 어느 초상집이든지 이후의 슬픔은 가장 강한 힘을 동반하기 때문에 일어나는 검은 폭풍은 실재 죽음보다 상징적 죽음이라 할 수 있다. 미시간대학교 진화정신학 연구 발표에 따르면 원시집단부터 내려온 "누군가 없어지면 그를 찾는 슬픔은 집단을 응집시킨다"는 것처럼 상징적 죽음은 실재 죽음으로 끔찍하게 되살아나기 때문이다.

증오의 리비도도 먹고 자란 인간의 원초적 본능에서 볼 때, 태어난 아들은 어머니를 빼앗기지 않기 위해 아버지(법)를 죽이고 싶은 충동이 항상 있다. 그러나 아버지가 죽었을 때는 공포와 경건함이 동시에 일어난다는 프로이드 지적처럼 후회하는 위장된 모습은 생존 때의 좋은 점만 들춰낸다. 추앙하고 효자처럼 비석을 세우는 등 오이디푸스적일 수도 있다.

그러나 애도적인 물결을 너무 이용하거나, 이를 방치하는 등 '읽혀짐(시위와 대치)'에 대한 서로의 대응이 너무 빈번하고 지나칠 경우, 오히려 역풍을 맞거나 부메랑 현상으로 패배할 수도 있다.

어쨌든 악순환의 반복을 잘 다스리고 치유하는 자만이 승리자라 할 수 있다. 서로가 더 이상 상대자를 선동하거나 또는 방치하여 피로하게 해서는 안 된다. 우리는 삶 그 자체라는 것을 절대로 망각해서도 안 될 것이다.

창조의 신비성은 시간과 공간을 초월하는 힘

　예술의 장르 중에서도 자기의 마음을 그대로 진솔하게 표현되는 예술은 바로 사진예술이 아닌가 싶다. 동일한 사물이라도 각자의 표현기법에서 창조의 신비성은 시간과 공간을 초월하는 힘이 있다 할 것이다. 피사체의 마술이 아닌 내가 그 속에 움직이는 것이다. 이러한 미지의 세계와 자기 개성의 접목이야말로 사진예술만의 매력이 아닐 수 없다. 끝없는 작업을 통해 성취감에서 생소한 가치를 느끼는 것은 사실이다.

　무슨 예술이든지 집념과 강인한 의지만이 성공적이고 객관성을 확보하는 만큼 오늘에 사는 개성 있는 작가정신은 개성을 특출 시킨다. 그러나 그러한 가운데에는 엉뚱한 우연일치가 온다. 그러한 직관들이 몰입을 통해 그 위치를 안내한다. 피사체는 작가끼리의 모임을 통해서 선의의 라이벌 의식이 제고된다. 피사체인 양 분발심과 발전이 약속될 수 있다 할 것이다.

　자기도취나 우월감 같은 자만심에 머물면 자기세계를 강렬하게 창출치 못할 뿐만 아니라 통속화될 우려마저 없지 않을 것이다. 아울러 자기의 포에지에서도 탈피하는 신선한 이미지 구축을 위해 상상력은 말할 것도 없이 동행할 것이다.

　사진작가가 노리는 것은 불후 작품에 초점을 두기 때문에 포착액션이 전제되어야 할 것 같다. 특히 역사주의적 기법은 피사체가 창출하는 기법보다 영상세계가 갖는 그간의 많은 작업을 통해 진솔한 영상의 메모리가 주도한다. 그때도 땀방울이 일치하는 결정체를 요구했다 할 수 있다. 그래서 바로 역사의 산 증인이다. 그만큼 전체와 부분이 선명해야 할 것이 전제되어온다. 설령 속물이 근접되었더라도 무게 있는 예술성이 전제되었기에 오늘의 사진예술은 장르를 초월하여 평가되고 있다.

한때 필자도 중학교 때부터 영화를 자주 본 탓에서 사진의 신비성에 매료되어 있었다.

고등학교 2년 어느 가을 날 통영 충렬사 섬돌 옆 귀목나무 밑으로 걸프렌드와 걷고 있었다. "장래에 무슨 직업을 희망하느냐?"고 질문하기에 바로 '영화감독'이 되고 싶다고 대답했다. 순간 걸프렌드는 고개를 숙이면서 집으로 가고 싶다 하여 헤어졌다. 그때 그 고개 숙임이 영원히 헤어짐인 줄은 몰랐다. 솔직하게 전달했지만 현실성이 없는 그때의 아름다운 상처는 이 나이에도 못 잊고 있다.

그때가 1953년 7월 27일 휴전협정이 된 몇 년 사이기에 탄알 냄새가 나는 그때의 허무맹랑한 꿈이었을까? 우리의 사랑도 가난을 극복하지 못했다. 그때부터 사진에 대한 호기심은 상처로부터 시작되었다.

세월은 나를 다그쳤기에 남루하기 짝이 없었다. 그러나 나에게는 첫사랑이었다. 그렇지만 평생을 두고 짝사랑한 것은 그녀 앞에 떳떳이 서지 못한 못난이였기에 먼발치에서 지금도 행복을 빌고 있다.

이처럼 젊은 날은 우수를 먹고 블루타임에 도착했다. 그러던 어느 날

맨 처음 그 비싼 사진기를 갖게 되었을 때는 천하를 얻은 것보다 더 마니아가 되었다. 젊은 날의 직장 동호인 전시회에서 최우수상을 받기도 했다. 그러나 그 작품은 내가 봐서는 시원찮았다. 그만큼 욕망의 불씨로 이글거리고 있었다.

훌륭한 사진작가들을 보면 한 번 더 쳐다보고 싶었고 나를 자주 추슬러 왔다. 간혹 그들의 전시에 가면 내가 찾는 동영상 세계를 미친 듯이 찾는다.

사진예술은 작품이 궁금증으로 모든 가슴들을 두드렸다. 낯선 호기심에 끌리다 보면 자기와 일치하는 공감대에서 섬광 같은 불꽃의 경이로움을 본다. 따라서 찍힌 사진의 생명력은 순간 정지되지만, 그 영상이 갖고 있는 영원한 비밀스러움은 지금은 동영상으로 현현되고 있지 않는가.

특히 초현실주의 기법에서는 모든 것이 겹쳐지거나 역설적인 환상들이 동반된 것을 보았다.

유명한 만 레이 초현실주의 기법이 떠오른다. 마치 팡토마스처럼 살아있는 파편들이 데파 마시옹 되어 전혀 다른 낯선 세계를 펼쳐준다. 영원히 생동하고 있다는 놀라운 예술 장르로써 어떤 변화에도 증언대에 서듯 영원한 동영상으로 당당하게 나를 흔든다.

사실 아무 것도 아닌 것처럼 봐도 사람과 함께 앵글이 갖는 상상력은 놀랍다. 사진작가인 브레 송은 "사진은 이상에서 나오고 기억의 저장고와 같다"고 말한 것은 물론 "인간의 소외된 그림자의 대목을 갖고 있다"는 글귀에도 나는 동의한다. 인간의 발자국을 기록하는 아이템으로 문화의 증언자가 아닐 수 없다.

지금은 사진 그 자체 내용으로 볼 때 편집기록 이외는 노트가 필요 없는 디지털이 생명으로 다시 탄생했다. 거미줄 같은 정보와 판타지의 빛이다.

이중적인 이미지의 픽션을 조작하는 고화질의 그 영상들은 언제나 생동감으로 충동질한다. 사진의 생명은 단순한 역사적인 기록에만 그치는 것이 아닌 아카이브시대의 선두 주자이기도하다.

휴대폰에 장착된 무서운 장르 VR, MR, AR, 심지어 확장현실을 말하는 XR 시대를 펼치며 거대한 괴물로 우리들의 은유시대를 장악한 정복자이기도 하다.

다가온 매혹, 판타스마의 자유

늘 편견된 질문도 무의식의 본능에 의해 지워지면서 다음에 오는 질문에서 느낌의 유혹은 더 무서운 욕망의 팔을 뻗게 됩니다.

슬라보예 지젝의 말처럼 "실재는 사막으로의 환대" 말입니다. 말하자면 무의식적 환상이 창조하는 생산성의 뒤에서 의식적 환상은 음침한 도시처럼 어떤 분위기를 모면하는 깨달음으로 스스로 보려고 거울 앞에 섰을 때 늪이 되는 거울도 볼 수 있을 것입니다.

그러나 '한 마리의 독수리가 삼나무 잎을 깃털 속에 넣는' 어떤 집중력으로, 다시 날아갈 수 있는 것은 바로 의식의 변환입니다. 의식이란 '선택적 주의집중' 또는 '지각적 자각 상태'라고 노벨상을 수상한 에릭 캔델이 정의했듯이 외부 또는 내부에서 반복된 경험의 힘에서 작동되는 것으로 생각됩니다. 바로 인식의 동기가 되는 무의식적 환상의 날 갯짓입니다.

불안에서 긴장순간이 제공하는 의식은 무의식적 쾌감으로 전이되어 오인의 구조에서 벗어나지 못할 때도, 변화를 과감히 시도해야 살 수 있듯이 말입니다. 마치 '10분 간격으로 태양이 폭발하는 것처럼 끝없이 움직이며 아름다운 비밀을 극지 점에서 탐구할 때 번쩍하는 섬광은 나의 열정으로 불타기 때문입니다.

지난날 직접 이집트의 예술탐방에서 '룩소르' 신전 앞을 걷다가 그날의 퍼즐을 풀지 못해, 또 다른 내가 무모하게 도전하려던 땀방울이 사막 속으로 흡인되고 있었습니다. 그때의 비명소리가 끝나는 지점에서 나의 꿈이 비상하려던 몸부림을 잊지 못합니다. 다시 날아오르는 어떤 싱싱한 분노가 그때의 억압을 토해내는 마그마의 열광을 보았습니다. 그러니까 최초로 탄생하는 눈알을 보던 순간이었습니다.

내가 찾아 헤매던 나의 눈알을 제일 먼저 들고 뛰어오던 아프리카의 한 여인처럼 흰 창이 많은 눈매가 이상야릇하게 이 세상을 다시 보게 하는 최초의 매혹이었습니다. 그 속에는 밤과 낮의 뚜렷한 구분이 강렬하게 빛났고, 그 빛을 따라 움직이는 나의 걸음은 사하라 사막의 일몰을 볼 때도 꿈의 배꼽처럼 새카만 점으로 꿈틀거렸습니다. 새로운 눈동자가 새로운 질문으로 나를 엄습해오는 경이로움은 현란했습니다. 사실 이러한 꿈을 안고 살아남아야 하는 삶의 섭생만이 나를 지금까지 모험의 세계로 내던져왔던 것 같습니다.

오랜 종교적 전통과 같은 낡은 관념은 새로운 내 영혼의 불빛과 대결하여 나를 더 멀리 볼 수 있는 빛을 탄생시키고 있었습니다.

앤터니 이스트호프의 글처럼 "꿈은 하나의 생각이 하나의 경험으로 변환된다"는 것과 같을 수 있습니다.

앞으로 나의 무의식적 환상은 철학자들의 상징성까지 정복하게 될 저 너머의 세계로 갈 것이지만, 아무도 나를 안내할 자는 없습니다. 오직 나 자신뿐입니다. 그것은 내가 몸이라는 형태로 존재하는 한, 별들은 내 뇌파 속의 이데아와 속삭일 것입니다. 나의 아이돌라를 넘나드는 정령처럼 상상력들이 절묘하게 비행하여 이제 가상의 세계가 아닌

현실로 가시화될 날만 기다립니다. 날아다니는 나의 컴퓨터들은 페로몬의 향기로 타신할 것이며, 빛의 충전으로 우주의 핏줄을 타고 비행할 것입니다. 때로는 옛 둥지를 찾듯 잉카나 마야문명의 미스터리를 찾아 무전여행은 앞당겨질 것입니다.

작가이자 화가인 폴 호건Paul Hogan의 말처럼 "존재하지 않은 것을 상상할 수 없다면 새로운 것을 만들어낼 수 없으며 자신만의 세계를 창조해내지 못한다면 다른 사람이 묘사하고 있는 세계에만 머무를 수밖에 없다"라고 말한 것과 같습니다. 어쩌면 이러한 욕동은 사실상 새로운 신神을 갈구하고 있기 때문입니다. 오만의 탐욕과 절망의 폐허를 지나 제국의 무덤 같은 곳을 통과하는 등 0과 1의 디지털이 만들어 내는 매트릭스, 그리고 빛과 빛 사이의 왕래가 단축될 것입니다.

화염의 늪에서 서식하는 파충류의 공격을 벗어나 우주를 지배하는 가장 안전한 둥지를 찾을 것입니다. 끈적거리는 우리의 고정관념을 순식간에 지울 것입니다. 성장기간은 짧아지고 생명은 상대적으로 연장되는 시대는 자연주의적인 사다리개념이 아니라 필연적인 환원주의로, 내가 나를 밖으로 날게 할 것입니다. 비로소 뒤처리하는 의식적 환상이 나를 인도할 것입니다. 잊혀지지 않는 신전, 거울단계의 동일성에서 벗어나 의식적 환상이 '하늘그림 초원'으로 초대할 것입니다. '죽음의 회랑' 같은 공상세계를 말하는 것이 아닙니다. 미래의 도시 'U—시티'가 도래할 겁니다. 역시 이스트호프가 말한 것처럼 "환상은 관념을 구체적인 이미지나 서사로 바꿔 꿈을 통해 표현"하는 등 소망충족을 느끼게 될 날은 머지않은 것 같습니다. 판타스마의 날개를 달고 높이 나는 날은 우주택시가 왕래하는 날이 확신되었음과 같을 수 있습니다.

상상력 속의 소중한 정신착란을 찾아

자아의 빈곤상태란 자애심이 감소되는 상태를 말하네. 자책에서 오는 현상일 수 있네. 어떤 애착을 가진 대상을 잃었을 때 자기를 우위에 먼저 놓으면서 변명하네. 즉 자기 탓을 남에게 돌리네. 예를 들면 일주일, 즉 168시간을 최대 활용 못한 아쉬움도 남의 탓이네. 가장 고통스러운 좌절감을 일단 맛보면서 자기를 잃어버리도록 하네. 겉으로 말할 필요 없다면서 편견으로 모든 빛을 차단시키네. 문을 스스로 닫아버리네. 결국 방황하게 되네. 자기 세계에서 해방과 자유의 날개를 달 수 없네. 그러면서 오히려 패배의 쓴 기쁨을 고소苦笑하네.

여기서 두 개의 그림자가 나타나네. 분열되면서 어떤 몰입을 분산시키고 좌절할 수 있도록 자기의 뇌는 자기를 유도하네. 남의 창문 안을 기웃거리면서 흉내 내기만 하네. 마치 유리천장을 보는 것과 같이 뇌는 하얗게 서리가 끼네. 속성들 쪽으로 도망치게 하네. 그러니까 남의 약점을 찾아내기 바쁘네. 오히려 공격(비판)하려는 버릇이 생활화 될 수 있네. 자기의 무서운 오만이 따르고 어떤 공황에 빠지네. 되돌아간 회의에 부닥쳐 합리성으로 자의식을 내세우는 것이네.

마치 아이가 아버지와 동일시하여 착각을 유발하네. 아이는 아버지 신을 신고 아버지 노릇을 하네. 자기가 살아온 정당성을 위해 외양만 페인트칠하면서 죽은 자들을 오히려 애모하네. 일종의 애도哀悼적인 멜랑콜리에 빠지네. 말하자면 대상을 순간적으로 흩어지게 하면서 자기부터 무섭게 감춰 버리네. 여기서 끙끙 앓으면서 동일시가 나타나네. 얼버무리는 진실을 내세우네. 움직이되 정지상태라 할 수 있네. 정지해 버리면 죽음뿐이네. 바로 무의식의 무서운 위장이네. 모든 범죄의 출발점이기도 하네.

삶의 기법도 어떤 대상(이미지 등)을 만났을 때 자기와 동일시하게 되네. 무의식이 의식화하여 움직이는 대상과의 소통은 불가능하네. 자만심에 통쾌감을 획득하여 집중력을 얻을 수 없게 되네. 한 발짝도 나서지 못하고 자기 생활에만 만족하네. 스스로 나르시시즘에 빠져 자기 모습만 애착하네.

이러한 단계를 프랑스 정신분석학자 자크 라캉은 '거울단계'라고 하네. 대칭과 비대칭의 층계가 보이는 상상계가 출현하는 것이네. 바로 일상생활은 거울만 보고 자기애에 대하여 우쭐하네. 가스라이팅하여 남의 것을 훔치는 짓, 모의찬절模擬竄竊을 하게 되네. 쾌감을 제공하기까지 하네. 에피고넨을 정당화하네.

그러면서 외부로부터 자기를 분리시키네. 그렇다면 밝은 날을 향하여 탈주해야 살 수 있네. 잠자리는 찬란하게 날기 위해 15번이나 허물벗기를 반복하지 않는가. 날갯짓 하듯이 자신의 허물을 벗지 못하면 목적지에는 도달할 수 없네. 자아의 빈곤상태를 자초해서는 절대로 안 되네. 스노비즘(Snobism—속물근성)에 빠져서는 더욱더 그러하네.

자기 생각이 객관성 있고 올바르더라도 깊이 다스린 후에 실천을 구체화해야 하네. 그것은 심층적인 무의식이 자아로 위장하여 정상인처럼 행동하기 때문이네. 이러한 시간을 투자하는 것은 바로 중심을 잡는 '집중(集中=몰입)'이 있어야 길들여지네.

예술과 무의식의 공통요소가 환상이기에 누군가가 인도하는 세계에서 비로소 탈피할 수 있네. 한 예를 더 들면 매미는 6개월 내지 6~7년간 흙 속의 고통과 인고의 세월이 있었기에 금빛날개로 날 수 있네[金蟬脫殼].

시간을 만들어 좋은 생각을 깊이 다스릴 필요가 있네. 참된 감성을 사랑하면서 반드시 결실을 위해 단단한 결심은 실행해야 하네. 가장 작은 일이라도 그것이 성취의 지름길이네. 학문의 경우, 한 예를 들면 후한의 동우董遇선생이 말했듯이 독서백편의자현[讀書百遍義子見—책을 백번 반복하여 독서하면 뜻을 자연스럽게 알게 된다는 뜻]만이 성사된다는 것이네. 그러나 그 뜻을 남보다 약삭빠르게 절취하여 실천 없이 내세우고 아는 체하면 절도망상증에서 빠져나올 수 없네. 뇌는 날마다 정당화하려고 갈등하여 분열을 일으키네.

그러므로 태양보다 먼저 일어나 건강한 생활리듬부터 찾아야 하네. 제일 먼저 걷기운동이나 조깅을 매일 실천해야 건강한 삶이 오네. 걷기를 반복하면 거대한 정원, 즉 산야에 살고 있다는 나(시의 요정)를 만날 수 있네. 동서고금을 막론하고 산을 좋아하던 사람들은 위대한 사람들이 많은 것은 자네만 빼고 거의 다 알고 있네. 그들은 그때 온몸으로 생활을 실천했기 때문이네. 지혜와 인내심으로 고난의 길을 극복한 사람들이네.

피눈물로 빚어져도 상처는 아름다운 꽃으로 필 수 있네. 노래꾼 장사

익의 노래에 나오는 상처가 가시로 돋쳐도 아름다운 "찔레꽃처럼 목놓아 울"수록 더 시원해지네. 방법은 시간보다 앞서야 성취할 수 있네. 복이 없을수록 부지런해야 기대하던 곳을 탈환할 수 있네. 파도타기하며, 일하는 리듬을 놓치면 안 되네.

잡다한 죄책감을 스스로 만들면 일어서기는 패배감으로 쓰러지네. 옹졸한 고집과 집착을 벗어나야 방황을 벗어날 수 있네. 매일 가슴의 불잉걸 같은 불꽃을 자기 가슴에서부터 불붙여야 하네. 횃불은 내가 잡고 뛰어야 살 수 있네. 생존은 투쟁이 아니네.

내가 설 자리는 얼마든지 있네. 싸우거나 시기·모략·중상 등 남을 헐뜯으면 자기가 먼저 소멸하네. 나를 위해 옳다면 아무도 생각하지 못한 놀라운 일을 해야 하네[破天荒]. 하고자 하는 일은 가장 밑바닥에 있네. 그 아래의 아래 계단에서 밟고 올라서야 성공하네. 나의 건강과 꿈은 이뤄지네. 바로 그때의 애착은 타자들의 박수소리를 제일 먼저 들을 수 있네.

삶이 나에게로 오는 소리네. 삶의 아름다운 착란을 손끝이 감지하네. 바로 그것이 살아가는 삶의 에너지네. 그곳에는 사람들이 서로 부르고 바삐 사는 신바람이 나네. 닭이 노래하고 개들도 달을 보고 노래하네. 내 물음표에 걸려 있는 해와 달의 답이 명료해지네. 아리새를 아는가? 바다가 춤추는 동남풍이 자네 옷깃을 펄럭이게 해주네.

빛은 신의 눈빛이다

일찍이 시인 괴테는 "쉬지 말라 (…) 숨을 거두기 전에 일어나 (…) 시간보다 빨리 움직여 인생을 정복하라"고 경고했다. 그렇다면 그냥 머뭇거리기만 할 순 없다. 흔히들 말하는 늦었다고 생각할 때가 가장 빠를 수 있기 때문이다. 바로 괴테의 빛일 수 있다.

이러한 빛은 너무도 과학적일 수 있다. 새삼스럽지만 지구의 자전속도가 1초에 8만4천km에 태양 주위를 공전하는 속도는 시간당 1만7천km이다. 특히 1억5천만km 거리인 태양으로부터 지구로 오는 빛은 대략 3십만km 속도이고 지구에 도착하는 소요시간은 8분 33초라는 것을 우리는 이미 잘 알고 있다. 그래서 걷고 뛰고 날 수 있는 것은 눈빛 때문이 아닌가.

빛은 신의 눈빛이다. 이러한 천문학이 우리에게 베풀고 있는 것은 우리가 바라는 긍정에서 온다. 쉼 없는 우리의 삶도 낮과 밤에서 원초적 본능이 잠깐 휴식할 뿐 끊임없는 삶의 동력을 순환시키고 있다.

그렇다면 수면을 아껴 창작에 몰두하는 시간을 더 할애 받아야 한다. 사는 것도 찰나임을 매시간 처절하게 느껴야 살 수 있다. 사는 것도 잠깐 뿐이다. 이러한 소용돌이 속의 뇌세포 능력이야말로 빛에서 비롯된다. 반복적인 지구의 우주순환처럼 마스터리mastery를 통한 나의 존재를 재확인할 수 있다. 뇌세포가 끊임없이 죽지만 하루에 생성되는 세포가 상당수이기에 뇌세포를 최대 활용해야 할 것이다. 특히 늙은이들도 하루에 700개 정도 생성되므로 잘 활용하면 인지능력이 아주 느리게 저하된다는 학설을 나는 믿고 있다. 그렇다면 나이를 탓하지 않아야 한다. 끊임없이 뇌를 잘 활용하려는 의지를 불태워야 긍정적인 뇌가 나를 지켜줄 것이다. 무엇보다도 자신감을 갖고 도전정신을 갈고 닦아야 한다. 빅톨 위고가 "젊은이들의 빛은 아름답지만 노년의 빛은 찬란하다"는 명언을 가슴에 품어야 한다. 실천하면 위축되지 않고 당당해질 수 있다.

만약 내가 시를 쓰려고 하면 강렬한 빛이 인도하는 것을 느낄 수 있다. 시는 파동적인 빛에서 탄생된다고 할 수 있다. 심장박동에서 낯선 빛이 거대한 푸른 산으로 이끄는 것과 같다. 빛으로 뇌가 재생되는 것처럼 서늘함으로 깨우는 움직임이 훤해진다. 특히 삶과 연결될 경우 산뜻한 신바람이 난다. 빛의 안살들이 신의 숨소리를 경이롭게 들려준다. 깊은 숲속의 어둠이 짙푸른 빛을 토해내는 것이다. 그것은 집중력을 갖는 에너지일 것이다.

스스로 피를 토하는 거기에 내가 보인다. 긴장(텐션)할수록 죽음 앞에 이승이 더욱더 건강하게 버티고 있다. 이미 나의 질문서는 욕망으로는 불가능해짐을 알 수 있다. 눈감으면 빛은 수천수만 미터의 탄광터널을 밝혀주는 듯하다.

타율과의 싸움에서 모든 시작들이 허리 중심을 단단히 서둘러야 죽음을 연장할 수 있다. 오직 상상력을 관통하는 건강한 목소리를 내면의 세계에서 발견할 수 있다. 바로 그때 내가 찾는 실낱같은 빛이 다가

오면서 무엇을 잡아보도록 웃고 있지 않는가. 내가 그토록 찾고 있던 패턴에서 오는 빛의 아이러니 말이다. 싱싱한 운석덩어리가 하얀 눈밭에서 뒹굴어댄다. 빛이 시를 쓰고 있지 않는가! 괴테처럼 "내가 시를 만드는 것이 아니라 시가 나를 만드는 것이다."

한 어둠 속으로 사라지지 않기 위해 눈물을 흘리더라도 버티고 있는 나의 시 창작산실은 즐거워서 웅성거림도 살벌하다. 엉뚱하면서 최초의 알맹이를 그대로 닦아 보며 진열대에 배열하기도 한다. 날마다 피의 숨결을 찾아 떠나는 혼신으로 체험한다. 직관의 숨결 들으면서 여기까지 와서도 호기심은 충일하고 있다.

영하의 날씨지만 간빙기間氷期를 탈출하기 위해 이제는 메타버스Meta verse 시대와 동행할 수밖에 없다.

때론 말하는 죽음과 직접 유머도 나누면서 역설적인 인생살이를 지구가 보이는 거리에서 살 수 있다.

디지털의 0과 1의 비트bit보다 0과 1을 동시에 처리할 수 있다. 양자 컴퓨터 큐비트qubit 시대에의 우주거울에서 나를 처리할 수 있다니…. 벌써 65큐비트로 설레고 있지 않는가! 나의 에너지로 빛을 동시에 저장하는 시대다. 영감이 아니라 우연일치들이 만나는 시대가 왔다.

이러한 틈새에서 몽유병자처럼 자정쯤에 일어나는 오늘 밤도 편치는 않을 것이다. 겉늙음이 나를 괴롭힐 수 있을 것이다. 말하자면 늙을수록 할 일이 더 많아지는 동안 나이는 우리가 바라는 일백세를 넘기고 만다. 늙을수록 일거리가 더 많아졌기 때문이다.

특히 내가 맞이하는 빛의 신이 찰나로 오기 때문이다. 바로 두려운 순간들이 경이로운 숲에서 피는 꽃을 위해 노래할 것이다.

　그곳의 백색소음은 나의 동시성을 성립시킨다. 집중력을 갖는 나의 메커니즘은 트로피칼 나이트tropical night에서도, 결코 소금사막 길을 걷더라도 아르헨티나의 비큐나(라마 같은 짐승)가 아니다. 나의 경우는 '제자리에는 나무가 있다'에서 생명수가 있다. 우주 음악이 흐르고 나무 꼭대기는 나의 붓이 되어 하늘에다 부끄러움을 쓰지 않을 것이다. 그 뿌리가 땅속의 빛을 찍어 또박또박 시를 다시 쓸 수 있다. 나무는 생명의 등불이기 때문이다. 나의 눈빛을 밝혀주는 신의 눈빛이 제자리에 있기 때문이다.

어쩌면 시의 상상력은 탄소 알이다

우리가 잘 아는 시인 폴 발레리(Paul Valery, 1871. 10. 30.~1945. 07. 20)의 시작품 중에서도 그의 시집 《바닷가의 묘지》에 나오는 "바람이 분다. 살아야겠다"는 시 구절을 읽는 순간 정신이 번쩍 든다.

정동(情動, affect)에서 위기의식을 갖게 되기 때문이다. 이러한 경우, 시에서는 긴장성(텐션)을 말 할 수 있다.

이미 발표된 이런 현상을 받아들이는 우리의 몸 자체가 갖고 있는 탄소에서 비롯된다. 우리가 돌아갈 때 한 줌의 탄소로 남는다면 결코 긍정하지 않을 수 없다. 모든 자연의 세포가 갖는 실체 중에서도 대부분 탄소 알을 떠올릴 수밖에 없을 것이다.

한 예를 들면 불은 주기율 6번 탄소(C) 원소다. 불의 소재라면 고대 그리스의 신화에 나오는 불의 신 '프로메테우스'를 떠올릴 수 있다. 이러한 은유는 이미 생명체가 탄소와 결합되어 있음을 암시해주는 것이다.

탄소가 갖는 생명력은 우주적이 아닐 수 없다. 전등 속에서 빛과 열을 내는 3,000℃의 필라멘트 역시 탄소 섬유다. 이를 '극한 소재'라고 일컫는다. 우리가 익히 잘 아는 자전거도, 비행기도 50% 탄소 섬유제로 제작되고 있다. 차세대 소재라기보다 현재는 방탄복, 휘어지는 디스플레이, 연료전지 제작 등을 비롯한 꿈의 나노 물질이라 부르는 그래핀graphene에서 비롯된 것이다. 모두가 잘 알고 있는 그래핀이란 탄소 원자가 벌집 모양으로 연결된 평평한 판板 형태 물질로서 철보다 100배 더 강하고 잘 휘는 성질에 투명하기도 하다. 따라서 탄소 섬유는 신의 얼굴을 갖고 있다 할 것이다.

지금도 누군가의 음유시인이 탄소 소재로 제작한 기타를 연주하고 있을 때 기타도 대부분 탄소 섬유다. 탄소 알들끼리 만나는 환상(Fantasy)은 혼합현실(AR)이 아니라 바로 현재를 구성하는 요소이다. 이 말은 앞에서 제시했지만 우리의 몸도 탄소 알이다.

내가 말하고자 하는 핵심은 앞으로의 모든 예술은 생명력을 이끄는 탄소 알에서도 상상력을 채굴해야 한다는 것을 전제하는 것이다.

특히 시詩는 그래핀처럼 꿈의 나노 물질이라고 할 수 있기 때문이다. 시의 발아發芽보다 탄소 알 속에 녹아 있는 시의 직관력을 채굴해야 별처럼 빛나는 시가 탄생될 것으로 기대한다.

바로 앞에서 언급한 폴 발레리처럼 긴장성을 갖게 되면서 니체가 말한 "나는 신체이자 영혼이다"라는 탄력성 있는 시들이 시인을 위해 정동(情動, affect)한다면 무기력한, 모방적인 세계를 탈출할 것은 틀림없다.

제일 문제는 예술을 향하는 자가 이해 못한다는 포기성적인 발언 즉, 어렵다고 스스로 독백하면 예술에서 떠나야 할 것이다. 예술인이라고 자부하지만 이미 속인과 다름없을 것이다.

특히 빛의 속도보다 앞서는 창작예술이 존재하는 상상력으로 진행형이 되지 않으면, 다시 말해서 빛의 순환에서 자아의 본질이 아니라 탄소 알의 생명체를 발굴해야 시인도 예술인이라는 차별성이 빛난다.

언제나 어중간한 사람이 되면 두 개의 판타지(Phantasy, Fantasy)를 구분할 수도 없다. 어떤 황당한 블랙홀에 빠져 타자의 먹잇감에 불과할 것이다. 앞으로 탄소 알들끼리 충돌하면 우주의 어떤 별로 빛날 것인가? 퍽 궁금하다.

예술의 생명은 상상력의 독창성이 빛나야

예나 지금이나 발표되었거나 발표되는 작품들은 독창성이 결여되는 등 너무도 엇비슷하여 "예술은 있고 예술인은 없다"라고 내뱉는다. 그것은 단순한 복사(카피) 개념에서 비롯된 것은 아니지만, 어떤 통속적인 모방(모사), 즉 흉내 내기(에피고넨, 아류)에 그친 작품들은 자기 나름대로 창조했다 하더라도 이미 변색된 것으로 보이기 때문이다.

그런데 고대 그리스의 플라톤이나 아리스토텔레스가 말한 모방은 그 차원이 전혀 다르다. 간혹 그들의 모방을 내세우는 정의를 보면 인식적 오류를 범하는 것 같다. 플라톤의 모방일 경우, 절대관념(이데아)은 불변이므로 목수나 화가가 만들거나 그려도 그 본질은 모방하지 못한다는 뜻이다. 거의 핍진逼眞하도록 접근해야만 가시화可視化하는 이미테이션, 즉 오늘날의 탁마를 거듭하는 장인이론으로 이해해야 될 것 같다.

그러나 아리스토텔레스의 주장은 이데아도 우리의 몸(마음, 내면)으로부터 존재하기 때문에 창조성을 통해 이데아에 접근되는 미메시스로 보기 때문에 모방의 차이점을 알 수 있다.

미메시스나 이미테이션은 반영 또는 재현을 뜻하는 공통요소지만 미메시스는 아리스토텔레스가 내세운 개연성의 법칙(원칙)으로 상상력을 형상화하는 것이라 할 수 있다.

인간은 어떤 상상력에서 그와 닮으려는 본성이 작동하기 때문에 그가 내세운 픽션이나 플롯을 갖는 창조적 의미에서 이해할 수 있다는 것이다.

　흔히들 자기 작품의 독창성에 대해 고뇌치 않고 예술도 단순한 모방이라고 인식하여 자기도취에 빠져서는 안 될 것이다. 말만 교묘히 바꿨으나 의미의 흐름이 엇비슷할 때 그 또한 표절로 보기 때문에 자유로울 수 없다.

　어떤 경우는 그대로의 훔친 것은 아니더라도 흉내 내기 작품에 자기 이름을 새겨 넣었다고 자기 작품이 될 수도 없을 것이다. 그러나 일부 당선작들을 분석해 보면 이미 모두가 써 먹어버려 신선한 맛이 없다는 것은 한계점의 악순환이 계속된다는 징표라 할 수 있다.

　모든 연구 자료도 단순한 모사일 경우에는 마찬가지일 것이다. 비근한 예로 청마 관계에 대한 자료를 그대로 표절하여 고료까지 받았다면 문제는 언제나 남아 있다. 여기서 필자는 밝히지 않지만 필자의 작품을 자기 작품으로 도용한 이상 자유롭지 못할 것이다. 뿐만 아니라 향토지를 비롯하여 각종 자료를 짜깁기 한 글들을 보면 인용, 근거 없이 마치 자기의 작품처럼 발표한 것은 누구보다 자기가 잘 알고 있을 것이다. 어쨌든 연구 자료들도 독창성이 있어야 생명력을 갖는다.

　다른 문헌을 인용할 때는 반드시 각주로 밝히고 동의와 자기의 주장설이 명백해야 비로소 자기 작품으로 보아도 될 것이다. 마지막 '참고문헌'에다 인용한 문헌 자료명만 밝혔다고 표절을 면하는 것은 아닐 것이다.

창작기법도 마찬가지다. "자연은 내면에 있다"는 화가 세잔의 말처럼 자연을 자연으로 보지 않는, 자신의 현존으로 탄생시켜야 할 것이다. 쉽게 말하더라도 타자가 전혀 흉내 내지 못하는 독창성, 자기만의 작품세계를 구축해야 바로 그것이 예술가의 생명력이다.

일반적인 것이라도 자기 마음에 들어서 다시 인용했을 경우, 앞에서 논급한 것처럼 생경하지 않기 때문에 독자들의 웃음거리가 될 수 있기 때문이다.

특히 문학작품일 경우, 전복적(subversive)으로 되었을 때 반전(reverse)하는 욕망과 혐오감은 물론 기괴함과 미적인 것, 두려움과 해학적인 것, 특히 그로테스크한, 말하자면 극단적인 것들의 병치야 말로 바흐찐이 지적한 '사육제'와 같은 것이어야 할 것이다. 한 예를 보면 그 작가의 조어造語가 예상외로 매혹적으로 빛나는 것을 볼 수 있을 때 이러한 신선한 단어가 작품의 성패를 좌우하기도 한다.

단어 자체가 오브제가 되고 변형의 기능을 함축하고 있기 때문이다. 따라서 필자를 포함해서 앞으로 살아남을 작품들을 원한다면 실망보다 두려움으로 피와 살을 깎는 작업만이 영원히 살아남는 길이라고 본다.

흔히들 말하는 '금기 허물기'의 독창적인 상상력은 곧 예술의 생명이기 때문에 자기의 독특한 상상력을 형상화해야 비로소 작품은 탄생에서 영원한 예술성이 빛날 수 있다.

푸른 숲길에서 만나는 그림자

그를 처음 만났을 때 꿈같았다. 현실보다 더 현실인 것을 보았다. 내 면세계가 현실 밖으로 걸어 나오는 것을 보았기 때문이다. 집 없는 달팽이처럼 나체 그대로 움직이고 있었다.

여기서 나의 걸음은 달팽이처럼 무디다. 장면 한 컷은 초라한 수채화 그림에도 못 미쳤다. 바로 예술을 느끼는 촉수를 달팽이가 갖고 있지 못하기 때문일까? 왜소한 죽음을 보기 위해 날카로운 신의 촉수처럼 빛났다.

이럴 때는 예술의 촉수는 눈웃음으로 볼 수 있을까? 웃을 때 감각은 살아나고 인색한 눈치는 거리를 잴 때 그 그림자가 지나가는 것 같다. 또한 꿈이라 하자. 꿈에 매달리는 궁색은 안쓰러워도 경쾌함도 없지 않다. 그 호기심을 끌어당기는 것은 강렬한 현실일 수 있다.

그러한 직관력에서 꿈은 현실세계를 갖는다. 정말 뇌파는 시니컬하고 날카롭다. 지우고 되살리고 그러한 본능의 미완성들이 나의 존재다.

항상 어디에 있는가를 알면서 다그쳐 묻는다. 그래서 예술 작업을 하고자 할 때는 새카만 고독이다. 모티프는 검푸른 움직임이 지나가기도 한다.

그러나 다음이 중요하다. 자기가 자기를 비웃을 때 기차게 된다. 암

울해지고 성가시기만 하다. 그래서 예술은 어떤 그림자를 포착하는 것과 같다. 꼬리는 긴데 잘 포착되지 않는다.

더군다나 예술성은 메타(차원, 超)가 되어야 하기 때문에 이미 자기 기준에서 공감한다고 해도 살아남기 어렵다. 그 작품 속에 녹아 있는 독창적인 빛이 살아있지 않으면 잿더미에 불과할 뿐이다. 웃음거리가 되기 때문에 더 이상에 도전하려 하지 않는다.

특히 검푸른 숲길에서의 얼른거리는 설렘과 두려움에서 자기를 방어하려는 긴장감에서 돌변한다.

그러나 꿈은 절대 허망이 아니다. 사실상 대상들은 스스로 찾고자 하는 거기에 존재한다. 그 주위를 함의한 거기는 현실성을 갖는다. 현실은 성취와 패배감의 헷갈림의 경계에 열어 두었다.

우리의 삶처럼 무서운 공포는 피할 수 없다. 그 발자국의 시작은 꿈의 소리로 들린다. 또 하나의 갈림길에서는 절망감에 사로잡힌다. 바로 그때 돌아서는 그림자도 볼 수 없다.

한참 눈을 감고 방황하는 그림자를 보고 자조하는 것이다. 내면세계의 깊은 숲속 길을 포기한다. 죽은 자들의 그날 만남이 아니라 당시 그 시간의 이전 풍정으로 회유케 한다.

아직 내가 살아있다는 주소가 집이기에 안도하면 고생했다는 누군가의 음성에 위로받는다. 상호 동시작용을 위해 나를 재확인한다.

그러나 그림자는 포기하더라도 새로운 그림자가 나서는 것을 보면 도전하려는 투지력을 갖고 있다.

그 꿈이 있는 곳은 나의 심장이 뛰는 푸른 숲길에서 다가온다. 빛과 그림자의 공존이 있어야 맨 처음 사랑의 손짓을 다시 볼 수 있다.

연모하는 만큼 사랑의 숨소리가 물바람소리로 들려와야 자기를 그 깊은 숲길에서 만날 수 있다. 새소리와 뒤섞이며 합일하는 순간을 제공받는다. 나는 그러한 순간을 나의 가슴에 저장한다.

꿈꾸다 일어나도 생생한 꿈은 48시간이 지나쳐도 뼛속을 클릭하면 사로잡히는 때가 있다. 나의 견해는 모든 꿈이 자연의 소리에 긍정할 때 현현되는 것 같다. 나의 발자취는 나의 그러한 그림자를 찾아 걸어왔다.

결핍은 다시 비상할 수 있다

허전해서 우리는 웃는 것일까. 말할 수 없어도 깊숙한 언저리에 햇빛을 쏟아놓고 손질하는 열매의 뜻을 노래하는 것일까. 매달린 세상일에 목쉰 소리로 흔들려도 속삭이는 고마운 빛 무늬를 눈짓에 묻어 두면 어떤 색깔로 꽃 피울까.

아내의 한복韓服에 싸서 넣어둔 조그마한 사랑의 꿈 알은 살과 뼈로 갚아서 바람 부는 날 연鳶을 띄운다.

희열로 풀리고 감길 때의 탄력 있는 삶의 멋은 언제나 날개를 단다. 그러한 날들이 허전한 우리의 약속을 깨뜨리고 카랑카랑한 거리로 언제쯤은 쏟아질 거다.

그러나 충동에 밀린 염치 앞세우고 내친걸음 눈초리들이 있다. 까닭도 않는 속셈은 언제나 들어설 수 있다.

할퀸 자리 이 꼴로 질척이는 입맛 쩍쩍 다시다가 웅성거리는 모퉁이에서 멀쩡한 혀를 껄껄 차는 것을 흔히 볼 수 있다.

잊어버린 곳에 투숙하는 나그네가 객사客死의 부고를 받아 쥐고 거울을 보며 시치미 떼는 일들이 예사다.

찾고 있는 마취제 주사로 자기가 자기를 찔러놓고 혼미 속에 자기보다 남을 용서하는 바보도 다수다. 때론 그 몰골로 결백도 훔쳐 되팔아 먹는 철면피도 손가락으로는 세지 못한다.

저것 봐 별거 아닌 것이 아니라 흘리는 검은 피가 빨리 엉기고 있지 않느냐.

뿌리들이 드러나서 세상 아이들이 도끼로 찍어 뿌리를 끊어도 눈도 껌벅하지 않는다. 덧정도 없이 파헤치며 뿌리들을 들여다보고 태워 버리자고 오히려 불을 피운다.

입 다물고 지나가는 구름도 덤벙거릴 뿐이다. 기억들이 오는 계절을 밟아도 무의미하다. 촛불에 눈빛 양심을 마주해도 소용없다. 안개 잦은 산허리에 인기척은 있어도 무서울 뿐이다. 아무런 말없이 노려보는 눈빛들이 서성거리고, 다가오는 소리가 들리면 오싹해진다.

그럼에도 하얀 종이컵에 맥심커피를 따스하게 채우면 바람에 흔들리는 황포돛배가 섬과 섬 사이로 사라지는 아쉬운 스토리를 남긴다.

밀물로 전하던 이야기는 포구浦口 위로 날고 있는 바닷새 떼들로 보아도 다행이다.

그러나 하루는 무언가 패스포트를 잃어버린 것처럼 황당하고 허전하다. 저것 봐 고집불통들이 생트집 잡을 때는 식은 땀방울을 간간이 볼 수 있다.

입술 마를 때는 파장머리에 아이 하나 길을 잃고 울고 있다. 저 꽃울음 곁으로 엉금엉금 기어가는 꽃게가 꽃눈물방울을 달랠 수 있을까? 그러니까 빗방울은 꽃게 등을 시원하게 쓰다듬어주며 우리들을 질척이게 하고 있을 뿐이다.

또 건너뛰는 그림자 하나 저녁 불빛에 들키자 변신한다. 비정非情의 골목에서 서로 부르고 있다. 그리움을 나누지 못 한 채 끄트머리마저 잃어버렸다. 아무것도 아닌 너는 도대체 하늘과 땅의 어디쯤에서 살고 있는가.

요행을 바라보고 사는 그림자들이 신문지를 밟다 바람에 흩날린다. 감기든 자들만 신문을 읽는 체 눈 붙이는 순간을 잊고자 한다. 눈두덩이 부은 흰 창만 굴리며 순서를 무시하려는 것이 아니라 사는 싸움으로 인식하기에 예사롭다.

어쩌면 깡통들끼리는 활기차게 기웃거리기를 즐기고 있다. 귀는 웃음 끝의 긴장을 뚫어준다. 파도로 사는 이 시대의 본능은 너무도 육감적일 수밖에 없다.

원시적인 석탄시대 노스탤지어도 창밖에서 우리의 체온을 덥혀내려 하지만 춥다. 아내의 손등을 틀게 하여 손수레에 무거운 짐을 실려 놓은 채 팔리지 않는 장날은 코끝만 앞세운들 소용이 없다. 구정물에도 생활을 헹구어내는 순결을 고집해 본들 별다른 방법이 없다.

그러나 손톱은 그믐달에 깎이고 초순에는 초승달로 자주 눈썹 그리기라도 해야 겨우 만날 수 있다. 알거지들이 수두룩하지는 않지만 불꽃을 향하는 불나비들이 지금에도 없는 것은 아니다.

청명한 날 앞세워 산줄기 짚는 기러기의 날갯짓도 한때뿐이다. 그러나 그 결핍 다음에 오는 가벼움의 비상은 희망적이다. 바로 우울증이 승화하는 것이다.

우리가 누군데? 정직으로 악착같이 내뛰면 항상 기적적으로 태동할 수 있다. 실망하지 않아야 살 수 있다. 사는 동안 내 몫의 기회는 공평하니까. 결핍은 다시 비상할 수 있다.

욕망의 결핍으로 쓴 야생적 기행시
−나는 이렇게 시를 썼다

열한 번째 시집 《거울뉴런》을 내어 놓는다. 그동안 월간 《현대시》에 발표한 시작품들의 일부와 미발표된 시작품들을 묶었다. 장시長詩가 많아 40편으로 묶어도 160쪽 분량이다.

역마살이 들었는지 50대 초반 유럽 두 번에 이집트, 미국, 캐나다 한 번과 일본 두 번 등 나를 찾아 멀리 나는 새가 되었다. 시편들은 욕망의 결핍으로 쓴 야생적 기행시가 되고 보니 긴 호흡으로 이어졌다.

더군다나 실제적인 대상의 현실이 저돌적인 무의식과 마주치고 말았다. 황당해 하는 실재계는 욕망의 결핍으로 나타났다. 그러나 끝없는 순환의 근원을, 모든 것이 숭고한 대상에서, 어쩌면 기표의 구멍들이 낯선 행간의 반복으로 이중이미지로 겹쳐지기도 했다.

어떤 분노와 불만의 산물인 노스탈쟈가 이성적 강박관념에 짓눌렸던, 잊을 수 없는 쾌감이었다. 물신적 동전의 증상에서 미국 동부의 워싱턴을 비롯한 뉴욕, 캐나다와 미국의 나이아가라폭포, 프랑스, 독일, 영국, 스위스, 이스라엘, 그리스, 스페인, 터키의 이스탄불, 동독, 이스라엘, 이집트의 카이로와 피라미드와 스핑크스를 대면했다. 특히 나일 강변의 룩소르 신전 등등을 휘돌아보는 동안 어떤 블랙홀 같은 곳으로 동전이 떨어지듯 순간마다 나는 혼미했다. 돌연 옷을 입히기 시작한 것은 전생의 고향 같은 무서운 독사Doxa들이 패러독스로 생경하게 엄습해 왔다. 장시長詩지만 겉 풍경만이 아닌 야생적 사고를 형상화한 것은 천만다행이다.

나의 순환 고리를 육신의 거울 같은 눈으로 찾아보았지만 아우라로 다가왔다. 실재계가 갖는 판타지로 하여 계속 허둥댔다. '텅 빈 기표요', '텅 빈 충만'이었다. 아프리카의 낙타 등에 떠오르는 만월 보고 으스러지도록 으악! 했다. 물신주의의 비곗덩어리 속에 숨어 있는 해골 구멍들만 움직이었다. 호두알 껍질로 다가와서 벗겨 보니 속살이 사막의 전갈 독물로 흥건해 있었다.

어떤 것이 비밀스런 것인지 비밀 아니면서 플롯을 낳는 것을 목독했다. 프로드fraud하는 욕망들이 시뮬레이션 하기 위해 서사구조들이 어떤 경계에다 악어 알을, 방울뱀 알과 뒤섞어 놓은 것 같다. 그곳을 일탈하는 데는 긴장한 시간들이 웃어대다 놓친 것들도 없지 않았다. 비행기를 타면 구름 속의 강물처럼 아래로 흘러가는 것 같았다. 오버랩하는 이미지의 중심에 버티지 못하고 외판원처럼 겉돌기만 하는 시간도 없지 않았다. 그러나 어느 곳이든지 만물이 탄생하는 세계에 대한 경탄은 아름다운 상처이기도 했다. 그러한 한 세기世紀의 괴물과 마술을 보고 써 본 것은 나르시시즘 시인들로부터는 실컷 욕탕 먹을 수밖에 없었다. '그것이 시냐'고, 거기에 없는 나를 두고 무자비하게 구박과 퇴박당할 것들만 헝클어져 있었다.

그러는 동안 시가 아닌 시, 애매모호한 기행시를 쓰고 말았다. 하강기류가 되지 않는, 상승효과를 노리는 직관적인 작품을 낳기 위해 도전했다. 아직도 에피고네Epigone, 이미테이션 하느냐고? 나처럼 풀밭에 감성을 쏟아 놓는 자기도취에 빠진 것을 알면서 나를 열렬히 비난함으로써 자기변명을 합리화 시킨 것들처럼 기형아를 생산한 것일지 모른다. 전혀 생소하니까 한물에 매도될 위험성도 없지 않을 것 같았다. 그러나 이미 낡은 시대의 기법이 아니라고 완강하게 핏대 올릴 만한 것들이기도 하다. 항상 '미지의 세계로 가는 다리' 역할을 하는 메타포 Metaphor가 어떤 것인지에 방점을 찍었다. 시인의 대열에서 나를 향해 나를 찾아낸 결과물이기도 하다. 누구나 고난도의 고백일 수 있다. 말하자면 나는 고정관념에서 끝없이 벗어나야 함에도 두려워하는 대목들도 없지 않다. 단연 웃음거리가 되지 않기 위해 구태의연한 나를 도태시킬 수밖에 없었다. 어디서 본 듯 너덜대는 통속문학으로 나락하고 마는, 쓸데없는 그러한 창작물에 불과할까 오히려 걱정했다.

쉬운 상상력을 구걸할 수는 없었다. 타자의 작품을 두고 풀 뜯어 먹는 자들을 볼 때 무서워할 뿐이다. 난해하다는 한마디의 핑계로 무식하게 비평하는 몰골들을 도외시할 수는 없다. 그럴수록 창작활동의 입지는 더욱 좁아지는 경우를 불안에 포함시켜 보았다. 그래도 나는 문학인인가? 이런 의심에서 문학 창작기법도 전혀 다른 아이러니컬한 낯선 작업을 시도하지 않을 수밖에 없었다. 낯설게 시 쓰기에 못 배기는 나는 지금도 고통하는 불면의 밤이 있다. 그래서 또 애매모호한 무고를 끌어 모아 본 괴기한 트라우마trauma들을 아름다운 발작이라고 보면서 세상에 내어 놓았다. 그 중에서도 이집트의 룩소르에서 얻어 온 시 한 편을 눈먼 환쟁이가 나의 무게를 달도록 바라면서….

항상 4월 중순 대낮에 그곳을 거닐던
이집트의 거대한 엘바하리신전
남향 바닥을 내려서는 순간
내 입을 틀어막는 날개 돋친 사내들이
천장에서 날고 있어 팬티 토착민들끼리
숨죽이면서 다가오는 우연한 유혹의 지점을
점령당하고 있어 시퍼런 눈빛들 되러 떨림마저
서로 감시하고 있어

긴장감이 산산조각난 항아리들 밟았을 때
서쪽사막 속을 뻗는 눈동자가 또 나를
노려보고 있어 창날 휘두르던 카이로의 기득권
번쩍이는 순금왕관을 쓰지 않고 당당히
걸어오는 람세스 4세 안광이 빛나고 있어

남쪽에서 북쪽으로 흐르는 나일 강을
건너가는 로스타우Rostau*에서 부케 같은
영혼의 보트에 있는 뱀을 가리키고 있어
카이로에서 남쪽으로 660km떨어진 곳
옛날 테베의 땅 일부였던, 룩소르에 기원전
2천 년쯤 세워졌던 고대 이집트 왕국의 수도
높이 23m 또는 15m 두 종류의 134개의 돌기둥
하늘에 닿아있는 듯 치솟은 카르나크신전기둥들
제1탑문과 제2탑문을 안으로 걸음하면서

겨우 손잡았을 때 일출을 향한

장중한 멤논이 감시하는 가운데 입구에서 보는

머리는 양이고 몸은 사자로 조각한

아문의 신성한 동물중의 뱀들은 내 혀 놀림을

싹둑 잘라 삼켜버린 듯 긴 불꽃 혀를

싸늘하도록 날름대고 있어

나일 강을 낀 룩소르의 서부에서

1922년에 발굴한 64기가 있는 왕들의 계곡

그중에도 투탕카멘 무덤으로 들어가면서 만난

상형문자에 마치 파피루스 종이에다 그려놓은

최초의 지명 수배자를 파라오가 내

사후세계라고 어깨 짓누르듯이 가리키고 있어

황금 오벨리스크를 쳐다보는 눈 먼 환쟁이

한 놈이 희죽거리는 웃음으로 나의 무게를 달고

있어 서안西岸 가는 '펠루카' 하얀 돛배 대기 시켜놓고…

(1992년 4월 중순 이집트 룩소르에 머물면서)

─〈말의 무게 달기, Thoth의 書 ─이집트의 이미지** 〉전재

* 로스타우(Rostau): '다른 세상으로 가는 출입구'의 뜻.
** 여기서의 이집트의 이미지란 '죽음을 삶으로 전환하는 과정에서 생기는 이집트의 환상'을 일컬음.

1995년 08월 08일. 워싱턴 국회의사당앞에서

1994년 10월, 영국 런던 박물관 앞에서

1994년. 이스라엘 예수살렘의 통곡의 벽 앞에서

1994년, 이스라엘 예수살렘의 통곡의 벽 앞에서

이중 나선구조의 우주순환을 형상화한 시편들
—제15시집, 《제자리에는 나무가 있다》의 심리적 메커니즘 배면

　나의 제15시집은 이중 나선구조의 우주순환을 형상화한 시편들이다. 자연과 생명을 하나로 보면서 탄생하기 위한 생명력은 상극相極하는 리액션reaction적이기에 동시성의 짜임새를 모티프해 보았다.

　카오스를 통한 새로운 질서가 탄생되고 전체로는 우주의 순환이 나에게로의 반복적임을 알 수 있는 어떤 경지도 놓치지 않았다. 말하자면 무수한 우주의 별자리처럼 질서는 죽음을 통해 비워내듯 생명체간의 교감을 형상화해 본 것이다. '인류 문명의 핵심적인 인자로 보는 어머니가 있는 내 마음의 고향을 안에서 경험하는 포토필리아Topophilia', 바로 여기서 뇌의 반복리듬을 통해 변환시키고 있다. 언제나 내 몸에서 시작하는 접점은 혈관에서 출발하기에 사물 사이를 끊임없이 잇대는 정기신(精氣神=心·肺·腎)을 받아들였을 때의 생·노·병·사가 투영되는 내력까지도 접근하려고 했다.

　이에 따라 삶의 현장을 바다로 형상화한 나의 제14시집《바다 리듬과 패턴》에서부터 거슬러 올라가면 연유는 벌써 여기에서부터다. 바다는 치열한 삶의 현장으로 보았으며, 공空을 둔 패턴도 동시성의 실재계를 제시한다는 것을 알 수 있다. 들뢰즈와 가타리가 제시한 리좀과 같을 수 있다.

그렇다면 제15시집 《제자리에는 나무가 있다》는 대강을 훑어보면 구체화 된다. 먼저 내가 사는 생명력의 현주소를 질문하고 있다.

우리가 신뢰해온 것은 지구라는 시원의 질서에 대한 모든 조건을 종속시켜 왔기 때문에 삶과 죽음의 순리에 따르는 것에서 현재로 기준할 때 우주순환에 잇대진다.

긍정과 순응으로 희망과 꿈은 너무도 자연적이기에 이 시점에서 내가 보이지 않아도 어딘가에 존재하게 된다. 우리에게 제일 먼저 다가온 자유와 평화가 해와 달이 가르쳤다고 볼 때 우리들의 의문점은 호기심을 발동시킨다.

하늘을 보았을 때 내 별이 거기에 있다는 아름다운 착각으로 꿈꾸어 온 것들이다. 말하자면 그대로 자연의 모습처럼 사랑의 본질적인 인식은 거기로부터 태동되었다.

그러므로 제15시집 제1부에 있는 13편의 시적 자아의 내밀성은 현존에서 부재와의 역설, 환대에의 먼 거리를 근접시키고 있다. 위대한 자연의 순환을 극히 부분적인 데서 모티프 하였더라도 우주가 그 안에 있기 때문이다. 여기서 겸허함과 용서할 줄 아는 슬기가 자신에게서 발산된 것이다. 우리라는 공동체를 통해 이성理性을 배제하려는 반작용도 없지 않다.

가스통 바슐라르가 지적한 것처럼 "겉으로는 명백하게 말해서는 안 되는 것을 생략"하는 말줄임표를 끝자락에 진행형의 기법으로 시도했다. 디테일detail하게 보면 소멸의 역동성을 앞줄에다 혼합 병치했다. 그리고 은하수에 있는 먼 그리움이 창백해지도록 하는 내 별을 볼 수 있었다. 밤이슬에 젖으며 쏘대다녀온 반짝임의 내력을 조금 인식했다. 그러한 작업은 제2, 3, 4, 5부의 시작품들이 현현시키고고 있다.

주로 세 종류의 블라종blasonner 기법에서도 '반反블라종' 기법으로 이미지화 해 보았다. 반블라종이란 '비난하다', '비판하다'의 상반된 두 의미 등 모순되는 것이다.

특히 우주공간의 변증법으로 1인칭의 옴파로스Omphalos에 관심을 집중시켜 보았다. 이처럼 모든 생명체가 잠잘 때의 숨소리는 동일로 보기 때문에 그러한 에스프리 몸짓을 나무에서 만나 보았다.

다다이스트였고, 초현실주의자들의 기법도 받아들인 화가이며 시인인 장 아르프(프랑스인, 1887. 04. 16~1966. 06. 07)는 "예술은 식물에 맺힌 열매나, 어머니 뱃속에의 아이처럼 인간 속에서 자라는 나무다"라고 말했듯이 나무로 하여 시적 자아의 이미지는 옴파로스의 이미지다, 즉 나무의 눈엽嫩葉을 예사롭게 보지 않고 그들을 모티프 해 보았다.

막스 에른스트처럼 누아르의 기법에서 검은 이파리가 날아오르는 새로 다가오는 것을 보았다. 하늘에다 쓰는 아름다운 친필은 나무들이기 때문이다. 지금도 강박과 상실감에 시달리지 않기 위하여 제자리 찾은 나무 하나가 하늘과 산과 물을 함유한 호기심으로 산다. 나만의 질문에 집중하는 사고와 정체성을 마주보는 시작이 있다. 나무가 있는 곳에 물이 있기 때문이다.

끝으로 나의 시작 기법은 형이상학과 형이하학의 경계에서도 그 기슭 아래에 사는 민중들의 소외된 관심을 서정적인 언어의 이미지로 변용하여 함께 기거하기도 한다.

한편 의식과 무의식의 중심과 탈 중심의 공간 미학으로 해체를 통해 재구성하여 호흡한다. 내 몸의, 아니 내 우주의 배꼽 신神이라 할 수 있는 정기신(精氣神=心·肺·腎)으로 안과 바깥이 자주 바뀌게 하여 얻어낸 우발적인 이미지의 은유를 통해 표출한다.

따라서 그 갈래에서 《제자리에는 나무들이 있다》는, 나무를 보면 하나가 되어 내가 없다[無我]는 치열한 궁극까지의 접점을 얻어낸, 단행본 시집을 열다섯 번째 펴냈다.

5 부

1994년 11월, 이스라엘 민방위 여군과 함께

어둠에 남아 있는 망각들

이미 다 아는 사실이지만 어쩐지 티베트의 불안은 우리를 불안하게 한다. 물론 물가 불안심리가 더 자극적이지만 어쩐지 티베트가 미묘하게 신경질처럼 도져오곤 한다.

왜 그럴까? 지금 북한의 불안정 중에서도 경제적인 지원을 증폭하는 중국의 야심이 꿈틀거리기 때문이다. 동북공정에서 오는 압박감은 나라 걱정하는 사람들이면 심각하다. 더군다나 강대국의 퍼즐게임은 힘의 논리에서 볼 때 앞으로도 도저히 알 수 없다.

지금 당장 북한에 변화가 일어날 때 만약 그곳을 신속하게 선점할 수 있는 나라는 중국일 수도 있다면 어떠한 명목으로도 물러서지 않으려는 분쟁은 발생할 수 있을 것이다.

중국은 이러한 분쟁을 최소화하기 위해 벌써부터 역사상 우리 한민족들이 살던 옛 땅들의 역사를 완전히 자기들 것으로 왜곡시키는 등 동북아 정벌 인프라 작업을 이미 끝냈다. 세계에 자기 땅임을 합리화하여 선전에 열을 올리고 있는 것은 이를 뒷받침하고 있다.

내가 민방위 선진지 견학으로 스위스에 갔을 때 중립국에 대한 내력을 충분히 질문할 수 있었다. 그것은 험준한 산악지대에도 미사일은 물론 비행기가 발진할 수 있는 전술터널이 완비되어 있는 것 같았다.

6개월간의 전쟁 수행에도 마을마다 비상식량은 물론 통신망과 전기,

수도시설이 폭파될 수 없는 깊은 지하에 현대시설로 매설되어 있는 것 같았다. 왜냐하면 전쟁이 발발했을 때 필수품이요 승패의 요인임을 그들의 가슴에는 각인되어 생활화하고 있었다.

민방위대도 순수한 마을 주민들로 구성되어 조금이라도 주민들 생활에 불안심리를 배제시키고 있었다. 우리나라 박정희 대통령 때 내건 유비무환의 나라였다.

지금도 스위스는 대통령이 출퇴근 할 때는 개인적으로 지하철을 이용하는지 모르지만, 당시 대통령이 가방을 들고 지하철을 타려고 가는 것을 목격하였다. 이 나라의 공무원들은 공무가 끝나면 대중교통을 이용하는 것이 상식이다. 심지어 대통령도 서로 하지 않으려고 한다는 이야기를 들은 만큼 매월 급여도 빈약하고 국민을 두려워하고 있었다.

그렇다면 스위스는 나약한 나라이기 때문에 중립국이 된 것일까? 아니었다. 가장 강한 나라이기 때문에 중립국이 되었다는 것이다. 역사상 사방으로 호시탐탐 노려보는 프랑스, 독일 등을 비롯한 위성국가들과 전쟁을 했지만 한 번도 패전한 적이 없었으며 나폴레옹도 후퇴하고 말았던 나라이다.

지금도 늦지 않기 때문에 우리나라도 그 어느 때보다 철통같은 국방력 강화부터 당장 서둘지 않으면 걷잡을 수 없는 혼란에 직면하게 될 것이다. 하루 빨리 빈틈없는 핵 위협으로부터 인공위성에서 감시 작동시키는 자동요격미사일 배치 등 가장 첨단적인 무기를 현대화하여야만 우리의 생존은 다소나마 안전할 것이다.

이제부터 눈을 밖으로 돌려 구국정신을 사명감으로 하는 일체감을 고양시켜 한 마음으로 대동단결만이 살아남을 수 있는 길이다. 이율곡 (李珥) 선생이 주창한 십만양병설이 문득문득 떠오른다.

그러나 어둠에 묻히는 망각들을 떠올려 보면 허술하기 짝이 없다.

지혜를 모아 국방력을 우선하는 것만이 우리나라 대한민국이 사는 길이다. 우방 국가들과 연대를 더욱 공고히 하고 유비무환으로 부강한 나라로 거듭난다면 앞으로 세계를 주도하는 중심국가로 부상할 수 있다. 스위스 나라처럼 중립국으로 꿈 꿀 수 있다.

그러나 지금은 경제 위기뿐만 아니라 심상치 않은 동북공정을 통한 침략근성이 꿈틀거리는 등 소용돌이치는 국제정세에 냉철하게 대처하는 것이 선결문제다. 조금이라도 빈틈만 생기면 거대한 블랙홀로 빨려 들어가고 말 것이다. 그렇게 될 경우, 우리에겐 걷잡을 수 없는 비극적인 디아스포라의 눈물만 흥건히 넘칠 것이다.

퍼즐, 통영해저터널

어느 날 미륵산을 오르다가 돌연히 꼬리를 무는 수수께끼에 사로잡혔다. 암울하고 엉뚱한 생각을 지우려 해도 지워지지 않는다. 지금도 풀리지 않는 퍼즐, 바로 통영해저터널이다.

해저터널 축조는 부산 영도다리와 함께 1934년도에 461m가 완공된 후, 1935년도에 준공된 것으로 본다. 다시 말하면 축조된 터널 총연장(483m)은 해수가 미친 곳까지 뚫어낸 연장이 아니라 양쪽 문에서 문까지의 길이를 합산했을 경우, 461m로 나타나는 것으로 알고 있다. 나머지 22m는 덧붙인 양쪽 입구 길이라 할 수 있다. 그렇다면 해발 461m의 미륵산 높이와 일치하는 것은 놀라움이 아닐 수 없다.

이때부터 나의 갈등은 퍼즐게임으로 시작되었다. 참으로 교묘하고 괴기한 내력을 품고 있는 해저터널의 길이와 미륵산의 높이를 딱 맞춰놓은 설계도는 경탄보다 공포감을 불러일으키기도 한다.

월등한 문명기술로 우리 민족정신을 사로잡는 제국주의 힘을 보여주고 있다.

움츠리는 강박관념을 에둘러서 지금까지 끔찍하게 시달리도록 하는 심리전일 수도 있다.

축조하던 전후에 악랄한 일본 제국주의가 본격적으로 군국주의로 전환하던 때이기도 하다. 식민주의로 더욱 가속화시키기 위해 1934년에는 카프동맹도 일망타진하던 해와 맞물려 있는 시기와 딱 일치된다.

이러한 선전적인 해저터널은 미륵산의 산양(山陽)과 솔바람(精氣)을 새롭게 바다 밑 파이프(터널)를 통해 통영사람들에게 공급한다는 효과를 노렸을 수도 있다. 해저터널 길이가 짧은 거리지만 유년시절부터 현재까지도 쥘 베른(1905년 사망)의 작, 《바다 밑 2만 리》를 탐방하는 듯 두려움과 호기심으로 오가기도 했다.

지금도 그곳을 보행하면 닭살이 돋는다. 뿐만 아니라 이 해저터널과 가까이에 건축된 일제의 통영군청(현재는 통영시박물관)마저 일본 동경(도쿄)의 천황이 사는 곳을 향해 세워졌다는 일설이 없지 않다.

또한 몇 년 전만 해도 "일본인이 조선인보다 정직하다"라고 이 동네의 날라리 유지들이 간혹 들먹거릴 때마다 불편한 심경은 사라지지 않는다. 자칭 인텔리라고 하는 그들은 간혹 일본인보다 더 유창한 일본말로 나를 마치 비웃듯 '바카야로'라 하면서 무엇의 불만을 향해 분노하기도 했다.

그것도 술 한 잔 걸치면 '코라 칙쇼' 하면서 미친 듯이 흥분하는 것을 보았다. 지금도 혼자일 경우 어이가 없어서 한 번씩 피식피식 웃기도 한다. 식민사관이 뼛속까지 각인된 일부 연배들의 슬픈 자화상이 떠올려 보지 않을 수 없기 때문이다.

지난 10월 초에 필리핀 이리스트 대학교 전광일 교수도 강한 어조로 지적했지만 **마지막 조선 총독(제10대)이었던 아베 노부유키[阿部信行]는 1945년 9월 12일 우리 땅을 떠나려는 마지막 연설에서 "(…) 우리 일본은 조선 국민에게 식민사관을 심어 놨다. (…) 서로 이간질하며 노예적**

삶을 살 것이다. (…) 일본 식민교육의 노예로 전락했다. 그리고 나 아베 노부유키는 다시 돌아올 것이다"라는 대목에서 분개막심 하여 온몸은 지금도 부르르 떨지 않을 수 없다. 치욕적인 대목을 읽자 나의 혀는 굳어지고 입술은 경련을 일으켰다.

우리 선열들이 억울하게 죽어가서 눈감지 못하고, 살아서 떠도는 통곡소리를 또 한 번 들었다.

그동안 식민사관에서인지 은근히 일본을 찬양하고 일본말까지 유창하게 구사하던 그런 사람들도 태극기 흔들며 만세를 불렀을까? 진심으로 이 나라를 사랑하였을까?

나이 들면서부터 내 유년의 트라우마trauma는 지워지지 않고 오히려 도지고 있다. 나는 하층민의 한 사람으로 태어나 이들(식민사관에 길들여진 자) 틈에 살면서 곤욕과 비굴함을 통해 어려운 성숙이었다.

이러한 배경은 극히 일부 통영사람들이 어쩔 수 없이 일본인들과의 수산물 교류로 돈독해 질 수밖에 없었던 것 같다.

일본인들이 우리 바다의 고급수산물을 착취하기 위해 약삭빠르게 신뢰를 구축했고, 형제처럼 빠르게 결집한 흔적들이 한일국교 이후에도 노골적으로 일본 앞잡이 같은 그들의 행동에서 나타나는 것을 보아왔다.

광복의 물결에도 우리를 아유구용阿諛苟容하도록 부려먹고 수탈해 갔던 그때의 왜놈들을 조용히 보내준 통영사람들의 특별한 배려가 있었다는 미담(?)을 들었을 때 분노는 말할 수 없었다.

그 이야기를 들려주던 연배年輩들은 거의 하세下世했지만 그때부터 나는 광적인 분노를 배운 것 같다. 개인적이지만 일곱 살 어린 눈에 일본 순사한테 발길질 당하던 아버지의 신음소리가 내 가슴에 살아있다. 핫바지에 흥건한 배설물은 지금도 떠올리면 내 눈과 코에 생생히 젖어 냄새가 난다.

내가 자꾸 질문하던 어느 날 어머니께서 "속에 있는 우리의 글을 못 풀어먹다 맞으셨단다(?). 몰라! 일본 앞잡이 구장을 마다하여 '바카야로'라고 두들겨 맞으셨단다"면서 눈물을 흘리셨다.

또 한 번은 일본 앞잡이 구장을 하던 그놈은 우리 집에 와서 초가삼간 한가운데 기둥을 톱질하려던 싸움은 피비린내 그대로였다. 뿌리치는 팔에 아버지 어머니는 톱을 안고 쓰러지기도 했다. 그것은 내가 그 아들과 싸웠다는 이유였다.

지금도 나의 상처가 일제의 만행에 가슴이 뻥뻥 뚫려 있다. 구름다리가 축조되기 전까지 해저터널을 오가야 통영중학교를 다닐 수 있었기에 입구를 들어서면 늘 오싹한 두려움과 공포증을 느끼지 않을 수 없었다.

이러한 증상에서 어두운 긴 터널을 빠져나오는 데는 너무도 많은 시간이 걸렸던 것이다.

요새는 신종 루머가 떠돌고 있다. **'이 충무공이 명량해전에서 도망갔다느니…. 명성황후도 도망가고 가짜 황후가 불탔다는 등'** 전혀 근거 **없는 말들이 전염병처럼 돌고 있다.** 물론 한국 작가들의 상상력으로 창작했어도 일본만화 한 구석에서 떠돌던 악성바이러스에 간접적인 전염일 수도 있다. 이러한 바이러스에 감염되면 터무니없는 루머도 사실화 될 수 있다.

우리 일부 연배들에게 심어진 식민사관의 유전인자가 우리에게 갑자기 식민사관을 주입시킬 경우, 전염속도는 더욱더 빠를 수 있다.

지금 일본 열도는 우리를 압도하기 위해 극우 세력들이 주도하는 군국주의를 부활시키려는 행동에 돌입했다. 최악의 경우를 가상한 시나리오가 아니라 사실상 경제나, 여건상 어려워지는 미국은 안보협력이라는 미명美名 아래 일본의 자위권에 동의한 것으로 보인다. 급변하는 국제 정세는 일본을 제외한 아시아권의 불만과 우리를 더욱 당혹하게 만들고 있다. 근황에 정권교체에 따른 정당 싸움으로 우리의 외교가 미동했다고만 볼 수 있겠는가? 분명히 아닐 것이다.

세계적 힘의 균형이 한계에 부닥쳐 균열이 가는 것 같다. 어디까지나 나의 추측이지만 일본의 자위권 안에 독도가 포함될 경우, 우리의 땅 독도는 미일군사 기지로 활용될 위험성은 대단히 높아 보인다. 활용된 후에는 일본군이 상주할 위험성이 전혀 없지 않다고 볼 때 더욱 불안해진다.

정병준 이화여대 교수가 분석한 자료에 의하면 **"1954년 미국의 CIA 2급 비밀문서에 한국의 독도를 무력武力으로 점령이라고 기록되어 있으며, 당시 미국의 속내는 일본 편에 우호적이었다는 분석에서도 읽을 수 있다."**

지금도 일본은 우리 땅 독도를 일본 땅이라고 생떼를 부리면서 불안을 증폭시키고 있다. 이러한 현상은 바로 우리 땅 독도에서 전쟁의 불씨를 지피겠다는 침략적 야욕을 노골적으로 드러내고 있다. 전 세계에

홍보해 차후 점령하더라도 이해를 촉구하는 침략전략으로 보인다.

지난해 2012년 10월 4일 니혼게이자이 신문에 따르면 동년 10월 중 국제사법재판소(ICJ)에 단독으로 제소한다고 윽박지르기도 했다. 확실한 우리의 땅을 제소한다는 것은 명백히 한국을 침략하겠다는 선전포고와 다름이 없을 것이다.

또한 적의 기지를 선제공격할 수 있는 중거리 미사일 보유를 미국과 합의함으로써 그들이 목적하는 바가 거의 달성되고 있는 것 같다. 그러므로 힘을 얻은 일본은 근황에 들어와서는 대한민국에 대하여 노골적인 공격성 폭언을 일삼고 있다.

2013년에는 아베 일본 총리가 '731'부대 비행기를 타고 있는 사진을 전 지구에 전송한 사실이 있다. 덩달아 아소 일본 부총리마저 독일 나치스식 개헌 망언까지 들먹거리면서 극우세력들로 하여금 신사 참배에 적극 유도한 것으로 보인다.

그뿐이겠는가. 은밀히 물밑작전으로 우리 민족의 혈관에다 뿌리를 걸려고 온갖 수단과 방법을 동원하는 것 같다. 언제나 우리의 틈새를 노리는 그들의 침략적 야욕은 당초 식민주의의 실패를 거울삼아 절대로 우리 땅을 포기하지 않을 것이다.

어떤 특정인들로 하여금 경제적으로 침투하는 전략도 있겠지만 무엇보다 우리 국민끼리의 분열을 가속화시켜서 먼저 그들의 교두보를 확보할 것이다. 첩보활동은 이미 치밀하게 진행되고 있을지도 모른다. 악랄한 지배욕에 단맛을 느낀 이상 이제는 우리를 국제적인 전략으로 공격해 올 것은 틀림없다.

그러나 지금 우리나라 대부분의 사람들은 힘의 논리상 불가능하다고 웃으면서 나의 주장을 일축하기도 한다. 입을 삐죽대기도 한다. 거기에다 글쓴이의 정신착란적인 오판이라고 몰아붙인다.

바로 이때 우리는 이미 한발 늦을 수 있다. 우리나라 군사력이 세계 10위권에 들어 있다는 등 막강함을 과신하며 베개는 높이고 안락을 누리려는 경향이 팽배해 있기 때문이다. 그러나 참으로 미묘한 국제 정세 속에서 치명적인 역학구도가 형성되고 있는 것만은 사실이다.

만약에 우리의 땅이 미일 군사기지 발판 역할로 전락해서는 안 되겠지만 고립될 위험성에 처할 수도 있기 때문이다. 이러한 교묘한 술책에 강력하게 대처하는 시나리오는 반드시 있어야 한다. 만약에, 만에 하나라도 1905년 7월 27일 일본이 침략하도록 미국이 묵인(?)하였던 '가쓰라―태프트' 밀약처럼 아주 극한적인 곤경에 처한 미국의 입장이 발생할 경우, 갑자기 우방을 제3국에 위탁할 수도 있을 것 같다.

그때 우리는 어디로 가야 하는가. 물론 이러한 긴박감은 앞으로도 많은 시간이 경과한 후, 말하자면 먼 후일에 가서 걱정할 문제이겠지만 전쟁은 시차가 없고 돌발적이기 때문에 긴장해야 할 것이다. 그러므로 대한민국은 튼튼한 국방정신으로 무장해 있어야 한다.

이러한 긴장 속에서 우리나라가 막강해지는 단 유일한 방법은 첫째, 국민들은 이념을 초월하여 대한민국 기치 아래 일치단결과 유비무환뿐이다. 둘째, 월등한 우주적 첨단무기로 무장하여 이스라엘처럼 선제공격을 위한 항상 발진상태로 대처하는 길 밖에 없다. 셋째, 유엔을 통해 다수 우방 국가들과 각별한 유대를 더욱 공고히 하여 언제든지 협력

할 수 있는 전시체제가 확립돼야 한다. 넷째, 세계경제를 주도하는 경제대국만이 최선책이다.

그전에도 이와 유사한 나의 글에서 일부 밝혔지만, 국방 면에서는 철통같이 나라를 지키는 이스라엘과 스위스를 떠올릴 수밖에 없다. 전 국민이 첨단무기로 무장하는 한편 내 조국은 내가 지킨다는 사생결단 정신만이 유일하게 살 수 있는 길임을 각오해야 할 것이다.

이스라엘의 경우 직접 가 본 사람들은 알고 있지만, 남녀노소 할 것 없이 생활자체가 유비무환으로 무장되어 있다. 총을 들어야 하는 연령층은 출퇴근 시간에도 항상 총알이 휴대되어 유사시는 바로 출전하는 속도전을 일사불란하게 구축하고 있다. 스위스도 전후방이 따로 없다. 첨단무기로 응수했기에 막강한 나폴레옹 군대를 물리칠 수 있었다. 지금도 철통같은 국방력은 물론 이념갈등은 존재하지 않는다. 일부 첨단무기는 세계에로 수출하고 있는 것으로 알고 있다.

그럼에도 우리는 인의仁義로 형성된 국가 정체성을 우리의 자존심으로 공고히 해야 함에도 일부 집단은 전혀 다른 이념으로 대립하고 있다.

국가이념에 반하는 크게 방자大肆한 짓으로 국기마저 흔들고 있다. 우리 국민 다수는 실망하며 분노하고 있다. 이러한 이념의 갈등 고리는 하루 속히 끊어내고 하나로 뭉쳐야 산다. 오직 대동단결만이 세계에서 살아남는 유일한 방법이다.

오늘이 있기까지 어떻게 해서 일으켜 세운 우리의 나라인가! 오직 선조들의 피로써 이룩한 나라임을 너무도 잘 알고 있지 아니한가! 이러한 고귀한 선열들의 피땀으로 이룩한 국가를 파괴하려는 세력들은 대오각성 하나로 뭉쳐야 살 수 있다.

　나는 통영해저터널을 지나칠 때마다 터널 벽을 두드리면서 "아! 독도는 분명히 우리 땅"이라고 분기탱천憤氣撑天한다. 이 난국을 타개하는 길은 오직 '대동단결'이라고 발원하고 싶다. 이스라엘에 직접 갔을 때 '통곡의 벽'을 두드리면서 우리 조국의 앞날을 기도하던 간절함 말이다.

청마 유치환 시, 〈旗빨〉이 갖는 의미

청마는 왜 생명을 존중한 시인인가에 대한 질문이 필요합니다. 먼저 그 시대 배경을 살펴보겠습니다.

일제강점기의 극도에 달한 제국주의가 군국주의로의 전환기였던 1934년은 일본 열도는 물론 당시 조선 땅의 카프동맹을 완전 검거하던 해였습니다. 그러한 성공이 1935년부터 군국주의로의 전환, 아나키스트마저 본격적으로 검거하게 됩니다.

이 시기에 통영 지방에서는 일본에 유학한 통영 학생들을 추정하면 80여 명 이상으로 전국에서 제일 많았다고 합니다. 아나키스트를 연구한 결과 아나키스트도 상당수였음을 알 수 있습니다.

그렇다면 통영 지방은 나라와 겨레를 사랑하는 저항정신의 구심점이 되었다 할 수 있습니다. 아나키즘은 '저항정신'인데도 '무정부주의'로 번역한 것은 일제가 반역자를 소탕하기 위한 정치적인 용어입니다. 그 때 학생들이나 일반 지식인들이 교과서대로 현재까지 그대로 사용하고 있지만 그때의 스승이나 지도자들은 그 치욕적인 식민지 용어인 줄 알았을 것입니다.

여기에 청마는 그의 시 해설총서, 《구름에 그린다》(1959)에 스스로 밝힌 아나키스트였다는 용어를 쓴 것은 무정부주의자로 번역치 않고 '저항자'라는 뜻이 함의되어 있다고 봅니다. 따라서 그의 일생을 통한 시와 산문들이 고백서 같은 《구름에 그린다》라는 시 해설집을 통해 청마의 중심축이 된 사상의 증인 역할을 하고 있습니다. 이 시 해설총서에 있는 이육사 시인에 대한 한마디 고뇌를 남겨 놓았습니다. 자기는 아나키스트였던 이육사 시인처럼 체포되어 만주감옥에서 옥사한 고인의 명복을 애도하는 역설적인 술회를 읽을 수 있습니다.

개죽음을 당할 수 없어 만주로 떠돌던 아나키스트들의 형극적인 고뇌를 밝힌 것입니다. 이러한 절박감으로 치닫던 1935년부터 아나키스트 검거가 본격화됨에 따라 청마는 맏형 동랑 유치진과는 전혀 다르게 '혈육의 정을 끊고' 쫓기는 절박한 심정이었습니다. 그러한 절박함은 《구름에 그린다》(1959) 시 해설집이 말하고 있습니다. 내용을 심층 분석해 보면 땅이 꺼지는 한숨소리가 책장 넘기듯 곳곳마다 너무 무겁습니다.

항상 체포될 수 있다는 불안한 예감에서 그의 시 〈깃발〉은 1935년 어느 날 썼던 작품으로 볼 수 있습니다. 고향에 머물면서 드디어 1936년 《조선문단》 1월에 시 〈旗빨〉을 발표합니다. 이미 죽음을 각오하고 쓴 시작품이라 할 수 있습니다.

청마는 일본군국주의에 아첨하여 구차스럽게 굴지 말고[阿諂苟容] 버티면 광복의 날을 맞이하는, 즉 "이것은 소리 없는 아우성", "오로지 맑고 곧은 이념의 標ㅅ대 끝에", "맨 처음 공중에 달 줄 안 그는", "아아 누구던가"라고 절규하며 백의민족의 혼을 내세워 저항해야 한다는 이 대목을 주목해야 선명한 해석이 될 수 있습니다.

청마가 시 〈깃발〉을 발표한 이후, 그에 대한 감시와 증거물을 확보하기 위해 일본 고등형사들은 그림자처럼 따라다닌 것을 알 수 있습니다. 잠깐 외출한 사이를 틈타 그가 거처하던 방을 일경들이 들이닥쳐 초기 원고 등을 강탈해감으로써 영영 잃어버렸다는 글이 있습니다(《구름에 그린다》, 22쪽). 검거 직전에 청마는 개죽음을 당할 수 없다고 판단, 혼자 떠나지 않고 번거로운 가족과 함께 북만주로 탈출할 결심을 굳히게 됩니다. 지금도 전혀 근거가 없는 루머를 만들어 청마를 '밀정하기 위해 북만주로 갔다'면서 '밀정 청마'라고 부산의 모 신문에 발표한 전 경남대학교 교수였던 박태일 시인은 주장하지만 명확한 증거가 없습니다. 오히려 청마는 '밀정 청마'가 아니라 애국애족하면서 우리는 일제 치하에서 생명을 열애해야 살 수 있다는 것을 그의 모든 작품이 소리치고 있습니다.

이곳 통영에서는 광복 직후에도 아나키스트가 아닌 일본 유학생들이 뭉쳐 오히려 아나키스트를 표적, 심각한 사상분류를 심화시킨 것에서 보도연맹에 휩쓸린 지성인들의 억울함도 전혀 없지 않다고 하나 확실한 물증은 없는 것 같습니다.

사실상 카프동맹도 공산주의적 사상을 내세워 당시 조선의 독립운동을 꾀하려다 실패한 운동이었습니다.

뒤이은 중국인들이 내세운 아나키즘운동이 열화처럼 일본 열도는 물론 조선 땅에도 불붙었던 것으로 생각됩니다.

여기서 한국의 아나키스트였던 하기락(河岐洛, 함양출신, 1912~1997, 전 경북대학교 총장) 교수가 청마를 경북대학교 교수까지 채용한 것에서도 짐작이 갑니다.

일제 당시 아나키스트의 움직임을 보면 통영 출신 정찬진(丁贊鎭, 흑전사 아니키스트, 후일 남한의 재일거류민단장, 고향 통영 땅에 잠들다 후일 독립투사로 대전국립묘지에 안장되다, 동생은 전충무상호신용금고 사장 정원진丁遠鎭)선생님도 아나키즘 기관지《흑색신문》제37집 편집장을 맡자 일경에 체포되는 한편 1931년 5월 6일에 그 신문은 폐간됩니다. 1935년 이후에는 아나키스트 검거가 본격화됨에 따라 그 기세는 꺾이었으나, 면면이 이어온 일본군국주의에 대한 저항정신을 읽을 수 있습니다.

어쨌든 청마의 시 〈깃발〉은 북만주까지 갔지만 굴하지 않았음에도 임종국의《친일문학론》의 부록에 애매한 작품 제시를 부기한 것이 커다란 오류를 범한 것입니다.

통영 땅을 모리배로 몰아붙일 수 없는 연유는 무엇보다 충무공 이순신 장군의 나라사랑하는 마음이 바탕이 된 것은 사실입니다. 위의 글에서 말한 대부분의 지식층이 일제 탄압에도 저항정신이 강렬했기 때문에 오늘의 통영정신이 이어지기도 한 것으로도 보입니다.

통영 땅이 뼈지고 배타성이 지금까지 강하게 이어져온 것은 일본 앞잡이들이 그만큼 많은 것도 있지만, 이에 맞대어 싸운 저항정신이 더욱 강렬했다는 것을 잊지 말고 영원히 명심해야 할 것입니다.

김상옥 시, 〈꽃으로 그린 악보〉에서 만난 이중섭 화가

1. 서로 나눈 아름다움의 착란

먼저 초정 김상옥(金相沃, 통영인, 1920~2004) 시인과 이중섭(李仲燮, 평안남도 평원군 조운면 인, 1916~1956) 화가의 만남은 1953년에 초정 선생님의 시집《의상》출판 기념모임에 참석한 이중섭 화백이 기념 방명록에 그린 〈복숭아를 문 닭과 게〉(1953. 종이에 수채, 31×41.8cm) 그림에서 알 수 있다.

통영으로 온 연도에는 이설이 많지만 1952년 부산으로 건너와 범일동 산기슭 판자촌에 머물면서 종군화가로 활동하면서 처와 아들 2명을 일본인 수용소의 제3차 귀환선으로 갔지만 감금되었다는 소식을 통영에서 듣는다. 그렇다면 1952년 초가을 쯤 유강렬(함경북도 북청인, 염색전문가) 권유로 이미 왔다고 회자되고 있다.

이중섭 화백은 아내와 아들이 잠시 감금되었다가 풀려나왔다는 소식을 듣고 사방팔방 주선 끝에 정원진 씨의 도움으로 1953년 7월 말에 일본에 갔다 곧 한국으로 곧 나올 수밖에 없었던 것은 밀항이었기 때문이었다. 여기서는 더 이상을 생략하겠다.

그러면 초정 선생님 시집 출간 기념 시기는 1953년 초가을로 보인다. 따라서 초정 선생님의 시와 이 화백의 그림을 함께 감상해 보기로 하겠다.

꽃으로 그린 악보

김상옥

막이 오른다. 어디선지 게 한 마리 기어 나와 거품을 품는다. 게가 뿜은 거품은 공중에서 꽃이 된다. 꽃은 복숭아꽃, 두웅둥 풍선처럼 떠오른다.

꽃이 된 거품은 공중에서 악보를 그리다 꽃잎 하나하나 높고 낮은 음계, 길고 짧은 가락으로 울려 퍼진다. 소리의 채색! 장면들이 옮겨가며 조명을 받는다.

이 때다. 또 맞은편에선 수탉 한 마리가 나타난다. 그는 냄새를 보고 빛깔을 듣는다. 꽃으로 울리는 꽃의 음악, 향기로 퍼붓는 향기의 연주―

닭은 놀란 눈이다. 꼬리를 치켜세우고 한쪽 발을 들어 올린다. 발까락 관절이 오그라진다. 어찌된 영문이냐? 뜻밖에도 천도복숭아 가지가 닭의 입에 물린다.

게는 연신 털 난 발을 들고 기는 옆걸음질. 거품은 꽃이 되고, 꽃은 음악이 되고, 음악은 복숭아가 되고, 그 복숭아를 다시 닭이 받아 무는― 저 끝없는 여행 서서히 막이 내리다.

☞ 김상옥 시집 《의상》의 출판 기념 방명록에다 이중섭 화가가 직접 그린
〈복숭아를 문 닭과 게〉(1953, 종이에 수채, 31×41.8㎝).

위의 시는 1953년 이중섭 화백이 초정 김상옥 시인님의 시집 출판 기념회 방명록에 직접 그린 그림 〈복숭아를 문 닭과 게〉(1953년, 종이에 수채, 31×41.8㎝)을 보고 초정 선생님이 읊은 시이다. 이 시의 기법을 분석해 보면 절대적인 현실과 꿈을 표출한 불후작품이다. 다시 말해서 비의식이 갖는 초자연적인 생명들이 매트릭스의 아바타처럼 꽃으로 날고 있는 것이다. 바로 이러한 근본적인 트라우마는 아름다운 착란으로 현현된 것이다.

근대 통영 출신 청마 유치환 시인과 더불어 모더니즘 너머 쉬르레알리슴적인 기법에 가까운 작품은 초정 선생님의 〈꽃으로 그린 악보〉가 더 선명하다 할 수 있겠다.

이러한 시작 기법은 이중섭 화백의 그림에서 착상되었을 수도 있다. 여기서 주목해야하는 것은 이중섭 화백의 그림이 장 아르프, 호안미로, 막스 에른스트 들은 다다이즘에서 쉬르레알리슴적인 기법 시대의 영향을 받은 것 같다. 환타지(Fantasy, 몽환적)가 아니고, 무의식이 갖는 판타지Phantasy적인 경향을 형상화한 작품들과 비교할 때 크게 다르지 않다. 위의 세 분 화가는 물론 앙드레 마송, 살바도르 달리, 르네 마그리트, 데 키리코, 한스 벨머 등 초현실주의자들은 무의식의 세계를 표출시켜왔기 때문에 그러한 기법을 넘어서지는 못하나, 이미 급속적인 일본의 현대미술경향이다.

새로운 양상을 띠면서 상상화를 표출해내는 일본식 기법이 일상화되었다고 볼 수 있다. 그렇다면 〈복숭아를 문 닭과 게〉 그림도 초정 선생님의 시집 출간 기념에서 볼 수 있어 당시만 해도 경이로운 출판 기념이 아닐 수 없었을 것이다.

게가 내 뿜는 그 거품이 "공중에서 꽃이 된다. 꽃은 복숭아꽃, 두웅둥 풍선처럼 떠오른다.// 꽃이 된 거품은 공중에서 악보를 그리다 꽃잎 하나하나 높고 낮은 음계, 길고 짧은 가락으로 울려 퍼진다. 소리의 채색!(⋯)// (⋯) 냄새를 보고 빛깔을 듣는다"의 상상력을 형상화한 기법은 오히려 이중섭 화백의 그림을 능가한다 할 수 있다.

다시 말해서 거품을 공중에 피는 꽃으로 내세우면서 복숭아꽃과 연상적이면서 꽃잎으로 하여 음계와 가락으로, 다시 소리가 채색한다는 표출은 경이롭기까지 하다. 특히 '냄새를 본다'하였고, '빛깔을 듣는다' 한 표현력이야말로 초정 선생님의 작품 중에서도 백미가 아닌가 싶다.

참으로 통쾌하고 아름다움을 역설적(Paradox)으로 극화시켰다. 콜라주, 프로타주, 심지어 그라타주 기법 같은 언어구사력은 오히려 절묘하다.

만약 그가 초현실주의 기법을 계속 궁구窮究하였다면 그의 시조세계가 우리 현대시조를 더욱 변혁시켰을는지 모른다. 어쨌든 1953년의 이중섭 화백의 걸작 반열에는 상위로 보이지는 않지만 지금은 이중섭 화백의 〈복숭아를 문 닭과 게〉 그림을 내세우면 그의 시는 더욱더 불후작품不朽作品으로 떠오를 수 있다.

2. 통영은 이중섭의 황소들과 풍경 등 그 많은 그림들
   어찌 잊으랴

이중섭 화백이 통영에서 그린 그림들은 충무공 이순신 장군의 영향이 전혀 없지 않았던 것은 아닌 것 같다. 소를 내세운 것은 우리 민족의 패기와 기상을 강렬하게 표출한 것으로 보인다. 그러나 단순한 의미를 상징한 것이 아닌, 감추는 미학을 통해 자신을 포함시켰다는 것도 배제할 수 없다.

있는 것을 보는 것이 아니라 보아야하는 부분을 잊어서는 안 된다는 소의 우직함을, 즉 끈질긴 우리 민족성을 표출시켜 6·25 전쟁으로 인한 우리 민족의 분발을 형상화했다 할 수 있다.

노도와 같은 통영 앞바다 파도를 흰소로 형상한 것은 궁핍했던 실상을 극복하는 뚝심을 확보했다. 다시 말해서 절대적인 현실과 꿈을 강렬하게 드로잉 한 것이다. 그렇다면 그가 소에 대한 관심을 어디서부터 구상했든 그의 소에 대한 완성된 그림은 1953년에 통영에서 대부분 창작되었다 할 수 있다.

우선 나타난 그림들만 열거해 보기로 하겠다.

제주특별자치도 서귀포시 이중섭미술관이 소장하고 있는 〈복숭아를 문 닭과 게〉(1953, 종이에 수채, 31×41.8㎝), 그리고 〈물고기와 노는 세 어린이〉(1953, 종이에 유채, 25×37㎝), 그리고 국립현대미술관이 소장하고 있는 〈부부〉(1953, 종이에 유채, 51.5×35.5㎝), 그리고 서울미술관에 소장하고 있는〈흰소〉(1953, 종이에 유채), 그리고 호암미술관이 소장하고 있는, 떠받으려는 〈흰소〉(1953, 34.4×53.5㎝), 그리고 삼성 이건희 전 회장 개인이 소장하고 있는 노을 앞에서 울부짖는 〈황소〉(1953, 종이에 유채, 32.3×49.5㎝), 그리고 〈싸우는 소〉(1953, 종이에 유채, 17×39㎝)를 비롯하여 〈흰소〉(1953, 종이에 유채, 30.5×41.3㎝), 그리고 홍익대박물관에 소장하고 있는 〈흰소〉(1954, 합판에 유채, 30×41.7㎝), 〈소〉(1954, 종이에 유채, 27.5×41.5㎝) 등은 통영에 머물던 1953년 7월경 이후부터 1954년 초여름 서울로 떠나기 전에 통영에서 그린 그림들로 보아야 할 것이다.

통영에서 머물면서 그의 사랑하는 아내 남덕에게 보낸 편지 내용에 따르면 소품이 78점, 8호와 6호가 35점이 완성되었다는 것만 보아도 그의 걸작 탄생은 통영이었다. 그의 사랑하는 아내에게 보낸 편지 연월일이 1954년 01월 07일로 되어 있기 때문에 1953년 통영에서 창작에 몰두한 작품들이 다작이었던 것은 틀림없다.

2—1. 잊혀져가는 이중섭 화가 그림들

이중섭 화백은 그의 그림 〈푸른 언덕〉(1954, 종이에 유채, 29×41.5㎝)에서 알 수 있듯이 파릇파릇한 새싹이 보이기 때문에 미술 전시는 5월 중순쯤이었던 것이다. 이를 뒷받침해주는 최석태 선생이 쓴 《이중섭 평전》(돌베개, 2000, 07, 221쪽에도 근거가 있음)에도 일치한다. 전시 장소는 항남동 성림다방이었다고 보는 견해도 있지만 위치는 이설이 있다.

그 전시회의 그림 중에 〈통영충렬사 풍경〉(1954, 종이에 유채, 41×29㎝), 〈통영저수지〉(1954, 종이에 유채, 41.5×29㎝), 〈남망산 오르는 길이 보이는 풍경〉(1954, 종이에 유채, 41.5×28.8㎝), 〈선착장을 내려다 본 풍경〉(1954, 종이에 유채, 40.8×28.4㎝), 〈복사꽃 핀 마을〉(1954, 종이에 유채, 29×41.2㎝), 〈통영풍경〉(1954, 종이에 유채, 29×41.5㎝)와 〈통영풍경〉(41.5×29.5㎝), 〈푸른 언덕〉(1954, 종이에 유채, 29×41.5㎝)이 있고, 한때 《현대문학》지의 표지화로 발표된 것을 청마 유치환 시인은 1967년 같은 문예지 2월호에 〈괴변—이중섭 화 달과 까마귀에〉라는 시를 발표하여 더 유명해진 〈달과 까마귀〉(1954, 종이에 유채, 29×41.5㎝) 외 다수 미술품이 전시되었다는 것이다.

여기서 이중섭 화백의 〈통영풍경〉(1954, 종이에 유채, 29×41.5㎝)은 저수지에서 바라보는 오른쪽에서 남망산 둘레로 돌아가는 바닷길, 일명 '베니스의 길'이라고 부르던 길이다. 삭망일朔望日에는 낭만이 넘치는 길이다. 밀물 때는 길 일부가 바닷물이 출렁거려 건너는 멋의 여운이 지금도 설레는 곳이다. 그때의 주변에는 조선소나 집들 등 장애물이 없었다.

그림 그릴 때 근영에 나오는 기와집들의 모습을 넣는 등 원근법 처리를 볼 수 있다. 멀리는 거제도의 노자산이, 가까이는 꽃섬(화도, 花島)이 보이고 발개 마을 끝치(현재 마리나 리조트 일대)가 조금 보이는 구도이다.

이중섭 화백이 통새미 근처 복천여관(후일 동양여관으로 개명됨)에 있던 유강열과 기거하다 일본으로 갔던 일주일 만에 통영으로 왔을 때 전 충무상호금고이사장이던 정원진(丁遠鎮, 맏형은 정찬진丁贊鎮, 흑전사 아나키스트, 후일 남한의 재일거류민단장, 고향 통영 땅에 잠들다, 후일 독립투사로 대전국립묘지에 안장) 선생님의 처가인 윤 씨 집 2층에 며칠간 머문 때도 있었던 것은 신분보호로도 짐작된다. 그때 선창골 뒷길로 올라서 스케치한 그림일 수 있었을 것이다. 따라서 위에 적시한 그림이 만약 엉뚱하게 다른 곳이라고 지정하는 오류를 범하지 않도록 미리 바로 잡아둔다.

또한 그의 〈복사꽃 핀 마을〉(1954. 종이에 유채, 29×41.2㎝)은 세병관 옆에 있던 오래 방치된 흙구덩이 모습을 그렸고 조금 서쪽에 위치한 박종석 화백의 생가도 있었다. 필자뿐만 아니라 생존한 고령자들은 그곳임을 잘 알고 있다.

이 또한 오류를 범해서는 안 될 것이다. 또한 〈통영풍경〉(41.5×29.5㎝)은 선창골(오행당 길)에서 왼쪽으로 꺾어 오르는 두 번째 골목인데, 저수지 방향으로도 갈 수 있는 선창골 한마을 중심 길이다.

특히 〈푸른 언덕〉 그림은 당시 '발개마을'에서 통영읍내로 걸어올 때 보이던 데메마을(두메 마을의 방언—글쓴이) 아래뜸 끝자락의 바닷가다.

그곳에 초가 몇 채가 있었다. 그 위의 황토 언덕배기에는 '갯먹이굿' 하던 곳이었는데, 넓은 밭으로 변했다. 밭가에는 오래된 버드나무 몇 그루가 있었고 바닷가 쪽에는 잡목림으로 파도를 막고 있었다. 그곳을 그린 그림이다. 지금 그 위치는 한때 신아조선과 해양경찰서 선박 계류장 경계가 허물어져 흔적을 찾을 수 없으나 그곳의 조금 위에 동양유전이 그곳의 흔적을 말하고 있다. 동양유전이 있던 마을 아래 바닷가 마을은 1959년 사라호 태풍으로 인해 더 이상 바닷가에 있을 수 없어 동양유전 근처 일대로 옮기기도 했다.

이러한 사실은 필자가 그곳에서 성장한 곳이기도 하다. 또한 바닷가 그 일대 바로 위에는 유명한 백석 시인(조선일보 문화부 기자)의 친구인 신현중(愼弦重, 조선일보 사회부 기자)과 백석의 시에 나오는 '란'이라는 연당 蓮堂 박경련(朴璟蓮, 신현중 선생님의 부인) 사모님이 직접 지어 사시던 두멧집이 있다(그 자리에 2층 건물이 건축되어 있음).

현재도 이중섭 화백이 그린 〈푸른 언덕〉 그림을 두고 위치에 대한 구구한 오류가 많아서 바로 잡아 둔다.

그 위치를 말해주는 흔적은 통영 시내에서 찍은 언덕배기가 있었다는 가늠이 되는 사진 하나가 한빛문학관에 소장되어 있다. 이 사진에는 동양유전의 하얀 건물을 볼 수 있다.

더욱더 오류를 범하고 있는 문제작인 이중섭 화백 그림은 〈통영충렬사 풍경〉(1954, 종이에 유채, 41×29㎝)이다. 현재 이 그림을 두고 해석이 헷갈린다.

필자가 분명히 밝혀둔다. 당시 명정 샘 아래 왼쪽 논들이 있는 오솔길에서 보면 충렬사의 돌계단이 있는 첫입구 출입문의 팔작지붕이 보인다. 그 아래에 명정 샘(일정日井 월정月井 샘 또는 정당 샘) 둘레에는 기왓장으로 둘러져 있는 모습과 명정 샘을 드나들려면 기와 얹은 출입문을 통과해야 했다. 어느 고을에도 없는 품위를 갖춘 정당 샘 출입문은 유명했다.

한때 그 문을 열고 닫는 책임자는 궂은일을 당한 사람은 제외되었다. 명정 샘은 돌로 구축된 유명한 전설의 샘물로 알려졌기 때문에 아마도 지나칠 수 없는 그림이었을 것이다. 1950년대 말까지도 기와지붕이 있는 출입문을 아무나 드나들 수 없도록 했다. 이 샘물을 당시 문화동(옛 간창골) 중뜸사람들까지 마셨다고 한다.

이 그림 명칭은 지금 당장 "충렬사가 보이는 정당샘 출입문" 그림이라 고쳐 부르면 좋겠다. 훗날에도 전설로 남겼지만 이 그림을 현재도 해독하는 미술평론가들이 얼버무리는 등 견강부회하고 있는 것 같다. 이 명정동 충렬사 근처에 필자의 처가 곳이 있었다. 이곳 태생인 장모님이 '일정 월정' 샘에 대해서는 명쾌한 해설자이기도 했다.

아마도 1954년도 이중섭 화백이 서울로 떠나기 전에 분주히 스케치하던 모습을 느낄 수 있다. 따라서 이 화백은 통영인의 안내를 받아 1954년 통영을 분주하게 그린 그림들은 후일 알게 되었지만 서울 전시회를 위해 서둘렀던 것 같다.

발개마을(도남2동, 봉평동으로 편입)로 자주 가서 휴식한 이유를 추측해 보면 조선말 대원군이 집정할 때부터 이곳은 일본인들이 살았다는 강산촌이었다. 그러한 일본 냄새와 일본 왕래 밀수선들이 드나들던 곳이기도 하였다.

많이 그린 그림은 당시 정원진 선생님이 일본 간 부산연락선을 통해 잦은 일본 나들이에서 아마도 이중섭 화백의 처에게 전달된 것도 없지 않은 것 같다. 이중섭 화백이 직접 가지고 갔다는 기록이 있지만 검문에서 어려움이 있어 불가능했을 것이다. 정원진 선생님의 부인은 아이를 받는 산파 직업을 가진 윤옥련 사모님이다. 그의 친정은 윤 씨 집안이요, 그의 친정어머니는 별명이 '야쟁이'(다른 뜻은 없으며, 여기서는 '활수'라는 해학임을 밝힌다─글쓴 이) 할머니로서 우리 집과 인연이 있었기에 조그마한 기미도 어느 정도는 알 수 있었다.

이처럼 이중섭 화백은 통영에 머무는 동안 밀항은 가능했지만 합법적인 일본국 출입절차를 밟으려 노력했다.

위에서 말한 이중섭의 단독 미술 전시 년도는 양력 1954년 5월 초순으로 보아야 할 것 같다.

아내와 아들을 보내놓고 통영에 머무는 동안 사무친 그리운 애정은 그들의 서신에서도 알 수 있다.

그러면서 1954년 6월 25일부터 대한미술협회와 국방부가 주최하는 미전을 '경복궁미술관'에서 개최한다는 소식을 듣고 통영에서 창작한 〈달과 까마귀〉(1954, 종이에 유채, 29×41.5㎝)와 〈닭〉, 〈소〉 등등을 가지고 일주일 전, 즉 1954년 6월 18일경에 상경, 출품했다는 기록이 있다.(《이중섭 편지와 그림들》, 이중섭 지음 · 박재삼 옮김, 2000, 다빈치, 초판, 68쪽. /《이중섭 평전》, 최석태 지음, 2000, 돌베개, 224쪽)

그가 훌훌 통영을 떠나야한 것은 나전칠기 강습소와의 불화 때문으로만 볼 수 없다. 그간 필자가 살펴본 결과 서울에 거주하는 고향 사람들과의 도움과 종자돈을 마련하기 위한 순회 전시회를 개최할 뜻도 배제 못한다고 보기 때문이다. 따라서 전시할 작품을 갖고 서울로 가기 위해 일단 통영을 떠난 것으로 보아야 할 것이다. 그러나 서울에 거주하면서 통영인 정원진과의 연결이 이어진 것이라고 볼 때 일본 소식을 알 수 있었음을 짐작할 수 있다.

2—2. 이중섭 화가가 남긴 쉬르레알리슴 경향 작품들

나의 통중 동기생 김관욱金冠旭의 부친(김기섭金玘燮, 충무시장, 1937년도 《生理》지 동인으로 시 〈독소獨嘯〉 발표함, 국회의원 2회)이 이중섭 화백의 〈흰소〉 액자를 들고 기분 좋게 집으로 가는 것을 한때 오거리 '항남파출소' 앞거리쯤에서 마주쳤다. 인사를 드릴 때 흡족해 하시면서 손에 든 액자 그림을 보여준 기억이 엊그제 같다. 1954년도에는 필자가 통영중학교 2학년생이요, 자연연령은 17세였다. 더군다나 미술부에서 활동했기 때문에 미술에 대한 관심은 다소 컸다.

앞에서도 말했지만 방명록에 그린 그림이야말로 초정 시집 출판 기념을 심축 드리는 화가 이중섭의 면목을 그대로 보여준 따뜻한 쉬르(Sur)적 작품이라 할 수 있다.

흔히들 추상화라고 분류하는 것은 오래된 흐름의 명칭이고 다다이즘 다음에 쉬르레알리슴이 1930년대 일본으로부터 건너온 이후, 다다이즘과 혼종된 화풍으로 1950년대에도 유행했다. 우리나라에 이러한 그림을 그린 배경을 보면 시조계에 이름난 초정 선생님의 시세계를 이중섭 화백은 이미 듣고 있었을 것이다.

앞에서도 지적했지만 이 그림에 만족한 초정 선생님은 앞에서 말한 〈꽃으로 그린 악보〉의 시를 탄생시켰다. 이러한 작품이 초현실주의적 경향 작품이다.

필자가 처음으로 지적해두지만 1950연대에 통영 땅에 초현실주의가 상륙되었다고 짐작된다.

이중섭 화백의 그림 경향이 초현실주의자들이었던 호안 미로, 장 아르프, 막스 에른스트의 화풍과 너무도 유사하기 때문이다. 절대적 현실과 꿈이 그려져 있다. 쉬르(Sur) 기원은 1917년 시인 아폴리네르가 자신의 희곡인 〈티레시아스의 유방〉 또는 장 콕토의 발레극인 〈퍼레이드〉 작품을 "초현실적"이라고 말한 대목에서 찾을 수 있다. 사실은 1916년부터 스위스에서 다다운동이 들불처럼 번질 때 대응된 점도 전혀 없지는 않다. 파괴적인 데서 주로 찾는 새로운 세계를 추구한 다다이즘은 결국 퇴폐되고 말았다. 주된 원인은 자신을 죽음으로 몰아넣는 도발성에서 전 세계가 팬데믹 현상에 빠지기도 했기 때문이다.

이를 극복한 운동이 앙드레 브르통이 주축이 되어 다다운동자였던 루이 아라공, 장 아르프, 막스 에른스트, 르네 크르벨, 필립 수포, 로베르 데스노스, 엘뤼아르, 벵자멩, 페레 등등이 다다와 변별성이 있게 절대적인 현실과 꿈을 내세운 운동이라 할 수 있다.

따라서 다다와 구분되어야 함에도 혼동하여 다다를 계승한 것으로 오인하는 등 오류를 범하는 자들이 상당수다. 한때의 인상파, 추상파, 미래파라고 주장하는 자들은 모더니즘의 변천과정을 잘못 이해한 후진성에 머문 자들의 인식적 오류로 보인다.

또한 초현실주의는 포스트모더니즘과도 차별성이 있음을 분명히 지적해둔다. 어쨌든 통영 땅은 일찍이 초현실주의적인 바람이 스며든 것으로 본다. 그러한 초현실주의 경향을 띤 이중섭 화백 그림이나, 초정 선생님의 시는 결국 사라지지 않고 다시 우리에게로 다가왔다.

보여주는 초현실적인 정서는 통영의 자존심과 연결될 수 있다. 그들의 만남에서 통영은 이중섭 화백의 창작산실이었고, 둥지였음은 틀림없다. 그는 1953년 7월 말경에 통영항구를 보면서 "동양의 나폴리"라고 탄성했던 말 한마디가 살아있는데, 그가 불후작품을 쓸 수 있는 둥지였음을 반증해주고 있다.

그의 황소와 흰소들을 들먹거리면 단연 통영인들의 본 모습을 떠 올릴 수 있다. 동시에 이중섭 화백을 떠올릴 수 있는 것도 사실이다.

이중섭 화백은 일본에 있는 아내와 아이들을 만나고 일주일 만에 한국으로 오게 되는데, 어려운 때인 만큼 여수인지 부산인지는 알 수 없으나 당시 여수에서 왔다고 회자되는 일설도 있었다.

이제 말머리를 바꿔 보겠다. 초정 선생님의 거처는 간창골(창과 방패가 있다 하여 붙여진 이름임. 관창골이라고 부르지만 기록을 찾지 못했다―글쓴이)이었다고 들었지만 더 이상 묻지 못했다. 생전에 초정 선생님의 구술에 따르면 그의 부친이 엿장수 하시던 분이라고 했다. 저축한 돈으로 선창 골길(현재 오행당 골목길) 옆 일본 적산 집으로 보이는 2층집을 매입했다는 것이다. 거기서 성장한 초정은 옛날 '동일시계점'이 있었던 그 길가 위치에 도장방을 차려놓고 시·서·화도 독학했다고 했다. 필자에게 흔히들 말하는 "잠깐 그 집에 살았다"고 했지만 구술 내용 시간은 짧게 끝나지 않았다. 제법 상당 기간에 우거한 것으로 나타났다.

그러나 1950년대 초반 통영수산고등학교 교사로 재직할 당시는 오행당 골목 그 집은 처분되었다고 했었다. 철두철미하고 현실주의자인 초정 선생님은 한편으로는 베푼 인정도 너무 많은 시조시인이었다. 그러나 그에 대한 일화는 재미보다 결백성을 지적하기도 한다. 그것은 1950년대 초반 통영수산학교에 잠깐 교직할 때 재미있는 일화를 적어 놓는다. 어느 날 점심 도시락을 친구 교사가 먹어버리고 그 빈 도시락에 개구리를 넣어 놨는데, 열었을 때 개구리가 튀어나오는 바람에 노발대발하여 수습하기가 퍽 어려웠다는 일화가 있었다는 것이다.

그 이야기는 당시 함께 교직자였던 허탁(故) 선생님이 산책길에서 필자에게 말씀하셨는데, 그러한 면모는 올곧음과 청직함이 명백했다는 것이다. 그러나 필자는 친구가 없는 것은 참 다행이었다고 생각했다. 예술인들은 친구를 사귀게 될 시간도 절약해야 하기 때문에 너무도 고독한 것은 사실이다. 예술인들의 고독은 창작 집념을 통해서 해소하기 때문이다. 극복하는 집념으로 시조세계에서도 우리나라 빛나는 별이 되어서 자랑스럽다.

3. 통영은 예향의 옴파로스인가

통영은 예부터 풍요로운 곳이요, 충절의 고장이기도 하다. 특히 조선시대부터 유명한 삼도수군통제영이 300년간 있었던 고을이었다. 특히 시문·화객들이 드나들며 통영을 찬양하였다.

우연일치로 보이는 유명 예술인들이 기라성같이 배출되어 지금도 '예향'이라고 스스로 자부와 긍지를 갖고 산다. 그중에서도 가장 어려웠던 1950년대에 이곳은 예술의 꽃이 활짝 피었다. 걸출한 예술인들이 많이 배출되어 모든 분들을 일일이 거명하지 못한 아쉬움이 있다.

그러한 어려움에도 타지에 계시다 고향으로 오셔서 끝까지 고향을 사랑한 전혁림 화백의 높은 뜻을 잊어서는 안 될 것이다.

또 한 분은 1950년대 통영의 수필가 1호였던 위랑韋朗 신현중愼弦重 수필가님도 잊어서는 안 된다. 그분은 백석 시인을 초대하여 허구적인 '란'을 사랑한 것처럼 리얼한 러브스토리를 통해 통영을 전국에 지금도 알리고 있다. 백석의 애인으로 불리던 '란'과 혼인한 신현중 수필가님은 두메마을 아래뜸에 두멧집을 짓고, 수필을 쓰고, 논어와 노자를 우리말로 번역했다. 교육자로서 정년을 마치자 말년에는 쓸쓸하게 투병하시면서 자식 없는 외로움은 있었다. 그러나 탓하지도 않았던 백직白直한 선비요 독립투사였다. 특히 작고 전에도 통영을 사랑하여 통영 미륵산 아래 묻어 달라는 말씀은 많은 제자들의 심금을 울렸다.

작고 후에도 오랫동안 미륵산 중턱에 계셨다. 그러나 독립투사였기에 결국 대전국립묘지로 본인의 허락 없이 이장되었다. 사모님도 그곳에서 함께 잠들고 계신다.

또한 김용주, 이태규 화백님, 나전기술 보유자 김봉룡 선생님, 칠예가 김성수 선생님도 잊어서는 안 된다. 그 이외 많은 유명 예술인들도 계신다. 지금도 늦지 않다. 누군가는 열심히 발굴해야 통영이 살 수 있다. 왜 이런 말을 꺼내는지 아는 분들은 알 수 있을 것이다. 유명한 예술인들은 모두 외지에 계셨기 때문에 이분들만 기억하는 무게에서 일부 시민들의 지적을 간과할 수 없다.

그동안 몇몇 사람들만 내세워온 것은 일별 시책에 불과하다. 앞으로 이름 없는 예술인들이 더 밑거름 역할을 했기 때문에 포함시켜 새로운 예술인들의 조명이 절실하다.

그러나 통영에는 예술은 있고 예술인들이 없다는 말을 함부로 하는 자들이 과연 누구겠는가? 스스로 패배감을 부추기지는 않지만 예술인들은 더욱더 정진해야 대접 받을 수 있다는 뜻이 담겨 있는 것도 사실이다.

그리고 예부터 예술인들을 밖으로 나가게 한 자들이 지금도 없지 않겠지만 아무튼 자기보다 월등하면 지금도 모략중상하는 자가 전혀 없지 않은 것 같다.

무엇보다 통영은 예향이기에 고향을 지키는 예술인들에 대한 관심도를 높여야 통영이 사는 길이다. 호남지방처럼 지방자치단체가 솔선 나서서 예술의 향기를 퍼뜨리는 운동이야말로 그들이 사는 길이라고 외치고 있다. 통영도 이러한 예술운동을 활성화시킬 경우 통영 관광의 지름길을 앞당길 수 있을 것이다. 통영이 살 수 있는 길이요 세계적으로 뻗을 수 있는 활기찬 에너지는 틀림없다.

특히 이중섭 화가를 비롯한 청초靑艸 이석우李錫雨 화가(처가는 통영)를 재조명해야 통영의 풍경이 살아날 수 있다.

작금 누구든지 전국의 고향 현주소를 묻는다면 예술이 있는 곳이라고 대답해야 살 수 있는 땅이다. 그렇다면 작고한 예술인들의 영혼이 고향에 머리를 둔 것을 항상 숭모하는 이벤트 행사가 계속 이어져야 한다.

미술계의 거목들이 통영을 그리고 노래해야 한다. 고향을 지키는 예술인들을 중심으로 행정을 펼치면 통영의 관광도시 발전에 절대적인 동력자원이 될 수 있다.

예술인들을 사시적으로 보거나 그들을 이용하려하는 것보다 그들의 참신한 소리에 귀 기울이고 창작의욕을 북돋아주는 길만이 통영을 풍요롭게 하는 길이다. 이미 예향이라면 이 길로 나가야 통영이 살아남을 수 있다.

이런 날은 필자가 스페인의 호안 미로, 프랑스의 장 아르프와 독일의 막스 에른스트의 영향을 받은 이중섭 화백이 그립다. 한편 이중섭 화백의 그림을 보고 쓴 한편의 초현실주의적 경향 시를 남긴 초정 선생님이 더욱더 그리워진다.

* 참고 문헌자료
–《이중섭》, 지은이 최석태, 대한교과서 주식회사, 아이세움, 초판1쇄, 2001. 01. 20. / 초판8쇄, 2003. 08. 20, 143쪽, 〈꽃으로 그린 악보〉외 기타자료 등

촉발 직전

세월은 촉발 직전(Fresh point)에서 출발하는가. 모든 생명체가 변해야 새로운 것을 보여주기 위한 것일까? 생사가 시시각각으로 변할 때 시원함을 알며 아름다움으로 감동할 수 있기 때문일 수도 있다.

특히 공유할 수 있는 느낌표는 모든 생명체가 갖는 태생일 수 있다.

시간과 초를 다퉈 신의 모습으로 나타나다 사라지는지, 아니면 어디로 가는지 그 자리의 흔적을 탐하지 않고 다시 바라보면 우주 모습으로 보여준다. 마치 신의 그림자들이 잠시나마 현현顯現하는 것과 같다.

아슬아슬하게 이동하는 블랙야크 떼와 주상절리 같은 자유와 평화의 고뇌들이 녹아내리는 길을 걸어온 내력을 생략하고 언더그라운드를 통과하고 있는 것일까!

그 한계점을 모든 생명체는 알기 때문에 삶과 죽음 본능을 말하지 않는다. 각자 자기의 색깔로 당연함을 보여준다. 만나고 헤어짐을 받아들인다. 어둠과 빛의 구별과 그 틈새의 눈빛으로 사는 이치를 터득해 온 것일까? 그러나 과잉하지 않고 오래 사는 나무들의 섭렵을 보아라. 어찌 비바람이 없을 수 있겠는가.

하루살이 날파리 떼를 비롯한 징그러운 뱀들이 그 흘레질을 위해 짝짓기의 본능이 한 길에서도 부끄러움 없이 몸부림치지 않는가. 이렇게 숨넘어가는 쾌락을 볼 때 웃는 인간이 더 하는 거 바로 그거다. 특히 인간은 모든 표현이 언어를 통해 나눈다. 맥 폴린의 지적처럼 인간은 뇌의 3층 구조를 갖기 때문에 더 많은 꿈을 위해 현실을 소중하게 활용하는, 어느 정도의 공존과 질서 속에서 본래의 햇살을 찾으려 하는 데까지 왔을 것이다.

그래서인지 이 지구상의 삶과 죽음본능은 너무도 화려하다.

빛과 그림자의 슬픔을 잘 처리하는 것 같다. 영악한 보호색을 띠고 답을 풀지 못하는 어떤 궁금증을 늘 씹어대고 있다. 한마디로 말해서 인간은 아름다운 오류를 남기려 하는 것일까?

저 무지와 분노가 왜 짐승처럼 마구 날뛰는가? 지금도 아이러니컬한 위선은 진화되지 않은 채 누구를 완력으로 무시하고 괴롭히고 있다. 그렇다면 이제부터 우리가 버리는 쓰레기와 파편으로부터 역습당할 날도 멀지 않은 것 같다.

촉발 직전이지만 뿔 없는 동물 중에서 제일 무서운 동물이 사람이라면 인간 역시 사라질 날도 멀지 않을 것이다.

좌충우돌할 때는 너무도 섬뜩하다 뿐이겠는가! 촉발 직전이다.

피해망상증

　어느 시조시인이 "선배도 몰라보고 함부로 대한다"는 말투에 필자는 맞대응했다. 왜 당신이 나의 선배가 되느냐고 했다.

　나는 알기로 자유시인을 '시인'이라 부르고 '시조시인'들은 예부터 우리 민족의 심성을 노래하여 이어져온 전통시인이기에, 시인 앞에 '시조'를 반드시 삽입을 주장한 분들(이태극 시조인 등)뿐만 아니라 현문단도 시조시인으로 부르지 않느냐고 했다. 일반적으로 시인이란 자유시인을 가리키는 용어로 알고 있다. 그러나 필자도 평소 '시인'이나 '시조시인'을 구별치 않고 대등한 입장에서 '시인'으로 호칭하는 것이 더 친밀감을 느끼는 때도 있다. 그러나 신문기사나, 어느 발표지면일 경우 고려할 필요가 있는 것 같다.

　또한 이런 일을 당했다. 가까운 지역에 한때 교육자이면서 시인으로 자처하는 자를 알게 되었는데 필자와 같은 모 월간 시학지의 출신이라는 것이다. 듣는 순간 반가워서 그와 함께 온 몇몇 일행을 모시고 동충에 위치한 유명한 모 초밥 집으로 모셨다. 그러나 궁금증이 풀리지 않아 귀가 즉시 모 시학지가 배출한 문인 명단 발표를 뒤적거려 보았다. 그날 잘 대접한 이는 없었다. 기만당한 분함으로 꽉 차 있던 몇 년 후, 그의 화갑 기념 시집 출판 기념회 초청장이 날아왔다. 등단 연도, 추천한 김종문(사망) 시인, 모 월간 시학지 이름까지 뻔뻔스럽게 씌어 있지 않는가. 그때부터 나는 한 번 더 몸을 떨며 모멸감을 느꼈다. 월간《현대문학》의 한때 자매지였던 그 시전문지 이름이 사이비에 의해 도용당했다는 것도 있지만, 못난이들이 선후배 잘 찾듯이 선배라고 압도하며 점잖을 뽑던 파렴치가 나에게는 더 충격적이었다.

그래서 내가 등단한 모 월간 시학지에 전말을 전화했더니 전국적으로 더러 시전문지를 팔아먹는 엉터리 시인들이 있다는 것이다.

특히 지울 수 없는 트라우마trauma로 남는 것은 바로 청마 출생지와 얽힌 민감한 시기를 이용하려는 예감을 느껴 더욱더 분노했다.

지금은 그곳을 떠났지만 그런 엉터리 시인이 그곳의 문인협회 회장, 예총지부장은 물론, 청마 유치환 시인 기념 사업회 회장 등을 역임하기까지 했다. 과연 그 사람뿐이겠는가. 전국적으로 사라진 계간 및 월간지를 이용, 등단한 것처럼 행세하는 문인들이 극히 있다는 것이다. 예를 들면 1992년 12월호《시와비평》지에서 〈사모곡〉 외 5편으로 신인상 받으며 등단했다고《통영시지》(1999. 2) 232페이지에 기록되어 있다. 필자가 〈통영문학사〉를 썼는데 내가 보낸 원고에는 이름조차 없다. 누군가 기록한 자가 있다. 뒤에 시집 간행으로 보완했다지만 그 가짜기록은 영원히 남아 있지 않는가? 또 전문문예지에 작품 2편을 발표하여 '신인상' 등단이라고 그의 시집에 기록되어 있다. 그외도 몇 명 또한 없지 않다.

그 이외도 장르를 이탈하여 사석 또는 공석에서 예술인이나 시인인 체하면서 열등감을 위장하는 작가도 없지 않은 것으로 보인다. 여기서는 여러 장르를 통해 공식 등단한 작가들을 말한 것은 아니다.

또 경력을 부풀리는 작가도 없지 않다. 교육자이면서 동요 · 동시 등의 글을 쓴 지도 사십 년 이상이나 되었고, 모 계간지를 통해 시인이 된 것은 십년 전후라는 등 모 주간지나 경상남도문인협회 인터넷홈페이지에 올려 문단 경력이 오래된 것처럼 인식을 객관화시키려 하고 있다. 만약에 동요, 동시를 통해 사십년 전에 공식 등단했다면 공식 등단 연도와 작품명, 발표 문예지 등의 근거를 경상남도 문인협회나 공인지에 확실하게 제시해야만 비난의 화살을 피할 수 있다.

이미 개인적인 신상정보를 자신이 공개했기 때문에 단순히 쓴(습작) 햇수인지, 등단한 햇수인지를 이 땅에 거주하기 때문에 구분 해명해야 할 것이다. 이처럼 문단의 공식 데뷔에 집착하는 현상은 우리나라 뿐이다. 외국의 관례를 보더라도 공식 등단이나 문단 경력 등은 거의 백안시한다는 것이다. 따라서 신춘문예, 유명한 문학지, 시 전문지를 통해 등단해야 인정을 받는다는 풍조는 앞으로 없애야 한다. 또한 선후배를 내세우는 자들이 있지만 그것도 중요하지 않다. 왜냐하면 늦게 등단해도 예술성이 뛰어난 작품을 계속 발표할 경우, 그 작품이 압도하게 된다.

또 뜻 맞는 예술인들끼리 남의 약점을 네거티브시켜 죽이기만 하면 자기 작품이 산다(?)는 이상한 기류도 팽배해 있다. 이런 부류들은 대부분 남의 작품을 에피고넨하려는 자들로써 한국문단의 병폐라고 지적하고 싶다.

거기에 아무리 인맥으로 감싸보려 하지만 후일 평가는 작품 자체뿐이다.

만약, 타자를 비방하고 끼리끼리 소통하는 이러한 부류가 있다면 사실상 유불여무有不如無한 자들이다.

예술행위는 냉엄하리만큼 인맥, 도덕성, 학벌, 지위와는 전혀 상관이 없다.

오로지 독창성이 뛰어난 작품만이 살아남는다. 우리가 잘 아는 황진이는 조선시대의 관기이다. 엄한 계급사회에 비천한 기생이었지만 지금도 그의 시조는 우리의 심금을 울리고 있지 않는가. 작품이 빛나면 작가의 이름도 빛난다.

이래서는 안 된다
—한국예총지부의 기능과 역할의 일부 문제점 지적

한국예총 지부(이하는 예총 지부라 함)의 일부 역할에 대한 문제점을 우선 예를 들어, 제기하면 모든 문학행사의 경우, '사단법인 한국문인협회 지부'(이하 문인협회라 함)가 중심이 되어야 할 것으로 본다.

그럼에도 불구하고 예총 지부가 후원이라는 명목을 내걸면서, 사실상 직접 추진위원회를 구성하고 예산 등을 직접 집행한다면 오류를 범하는 것이다. 왜냐하면 예총 지부는 다만 5개 이상 단위지부장들이 당연직 간사자격으로 구성된 단체에 불과하기에 지도는 이해할 수 있으나 간섭하면 월권이다.

예총 지부의 역할과 기능은 각 단위협회가 활성화 되도록 산파 역할에 그쳐야 한다.

만약에 단위사업을 직접 맡아 하는 것은 앞으로 심각한 문제가 아닐 수 없다. 그렇다면 현재 모 예총 지부의 경우는 회장 아래 사무국장 1명, 차장 1명 등 모두 2명을 두고 있을 뿐 절대 부족한 인적자원으로, 직접 사업을 추진한다는 것은 해당되는 단위협회의 지원을 받지 않을 수 없게 되는 것이다.

예를 들면 주관해야 할 해당 단위협회 회원을 임의적으로 차출하고 회원들의 참여를 요청하는 등 이중적인 번거로움이 뒤따르게 될 것이다.

그렇다면 그 협회의 나머지 회원들은 응집되지 않고 이합집산 현상을 초래하게 되고 말 것이다. 예를 들면, 금년에도 문학행사 성격을 띤 어떤 행사를 예총 지부가 사실상 직접 예산을 집행하게 될 경우, 사업 추진을 위해 해당 문인협회장이 주관하겠다고 수락했더라도 주관하려는 단위협회에 하등의 예산 지원 없이 협조만 요청하는 격이다.

그것은 후원 명목이지 주관이라고 볼 수 없다. 다행히 모 예총 지부장이 해당되는 단위협회의 회원인 동시에 문인협회 회장직의 경험이 있었기에 계획서를 지방자치단체장에게 제출하고 예산 지원을 직접 받게 되는 등 그 노고는 가치 평가되지만, 해당 단위협회 육성 측면에서는 위축을 초래하게 한다.

어느 예총 회장이든지 지침과 함께 예산을 해당 협회에 하달하고 적극 후원해야 바로 예총의 기능이 되는 것이다. 만약 필자의 주장에 동의할 수 없다면 예를 들어 보겠다. 음악협회나 무용협회 등 단위협회 출신들이 예총 지부장으로 선임되었을 경우, 이러한 문학행사를 예총 지부가 직접 맡지도 않을 것이며, 해당 단위협회로 시달하여 추진토록 할 것이다.

따라서 단위협회 사업을 예총이 무게 있는 사업이라는 명목으로 맡아서도 안 된다. 설령 각 단위협회로서 너무도 벅찬 사업이 있다면 예총 지부가 설득력을 갖고 물심양면으로 적극적으로 지원할 경우, 오히려 예총 지부는 신뢰를 얻어낼 것이다. 그렇지 않을 경우, 앞으로 단위협회의 활성화 기대는 어려울 것이며, 시민의 웃음거리가 될 수밖에 없다.

해당되는 지방자치단체장들도 예총의 기능과 역할을 충분히 이해하고, 사업의 성질에 따라 행사사업비 지원은 단위협회도 예총 지부와 동등한 사단법인체이기 때문에 지원은 마땅하다.

앞으로 특별히 종합성을 띤 예술행사가 아닌 경우, 직접 지원하는 것이 바람직함에도 몇몇이 엉뚱한 짓을 하여 직접 행사하는 것은 커다란 오류를 범하는 것이다. 다시 한 번 강조하지만 예산이 예총 지부로 영달되었다고 직접 집행할 경우, 단위협회들로 구성된 예총 지부의 기능과 역할이라 할 수 없다. 따라서 예산을 예총 지부가 직접 집행하는 가운데, 단위협회장이 주관하겠다는 것을 수락하였더라도 단위협회장의 업무 미숙으로 소속단체 활성화를 위축시킨 꼴이 된다.

이런 오류를 이용하여 과거에도 있었다는 관행으로 앞으로도 오류를 범할 수 있을 수 있기 때문에 앞으로도 단위협회에서는 용납해서는 안 될 것이다.

그러니까 예총은 주최가 아니라 주관하는 주체가 되어야 할 것이다. 아직도 커다란 오류를 범하고도 뻔뻔스럽게 왔다가 갔다가하는 극히 몇몇 패거리가 있는 것 같다.

참으로 부끄럽다. 그네들은 나를 목에 가시처럼 인식적 오류에 급급하지만 순리를 위해 뼈아픈 소리들이 이 땅에서는 문어발이 되지 않았으면 좋겠다.

이러한 현재의 문제점에 대한 역할과 기능은 물론 활성화 방안을 제시한 것일 뿐, 더 이상 더 이하도 아님을 분명히 밝혀둔다.

배추포기 돌리기

이 땅에는 배추가 잘된다. 묵은 배추씨라도 박토에 뿌리기만 하면 너울 너울거리면서 파도를 잘 잠재운다.

공항이나 어느 백화점이나 배추 장수들 앞에서는 굽실거리며 잘 따른다.

밤거리에 나온 사람들이 배추 이파리 팔러 나와 이빨과 이빨을 보이면서 도로 사기도 하고 때론 빼앗기도 하고 자기 호주머니에서 기어 다니는 배추벌레 때문에 마케팅을 벌리기도 한다. 주문되는 배추 이파리들 사이에 날고 있는 나비의 날개들은 부채질을 한다.

직접 납품되는 싱싱한 배추 포기들은 갈 곳으로 가지 않은 채 세탁소를 거쳐 배달된다. 사과 박스나 밀감 박스는 이미 구멍 난 수법임을 잘 알고 버젓이 우체국 같은 유통 물산을 통해 택배된다. 속달되는 내력을 그 은행의 창구 아가씨들은 이미 감지하는 듯하지만 어디서 무섭게 감전되는 것은 모른다. 이왕이면 사과문과 수표도 배추 빛깔로 빛나면 좋겠다.

인기만 내세우면서 이불 둘러쓰고 자장면을 시켜 먹는 부도난 중개사들 기분을 떠올린다. 리콜제를 도입하는 것이 좋다는 자랑은 가관이다. 어느 병원의 수십 억대 노임 체불을 내걸고 싸우겠다는 노사 간의 쟁의 플래카드 밑에 비둘기 두 마리의 자신만만한 아침 먹이 사냥을 본다. 아마 그들도 주택관리사보 자격증은 갖고 있는 듯 그 병원의 연쇄점과 책방 앞에서 문명의 공존을 이끌고 있다.

우리 집 앞에서 본 철쭉꽃을 여기에서도 본다.

사월 중순의 갈등은 60억 원어치 배추 포기들을 누군가 가로챈 브로커 때문만이 아닌 것 같다. 들썩거리는 모임 의사당 같은 곳에서 줄서기한 데서 일어난 불만이 폭발한 것일까?

어쨌든 포장되어 빼돌린 특정 창업주들이 고소득 명목이 발각되었다. 배추 밭뙈기까지 빼앗긴 서민층의 한숨은 거짓말이 되었다.

다시 보면 찾고 있는 한 시대의 미궁은 바다 한복판에 떠 있는 상선에 적재되어 있는 것 같다.

태풍을 기다리는 사람들의 저녁시장통의 입구들은 배추 돈 때문에 입이 비뚤어져 삐죽거리고 있다. 은행 아닌 은행들은 바깥을 보지 않고 안에서만 배추 포기를 돌리고 있다.

위대한 자유인이 사는 통영으로 오라

　머지않아 구정이오. 지난해부터는 민속의 날이라 이름하였던가요. 그날이 되면 소원했던 얼굴들을 볼 수 있게 되리라 믿소. 그리 넓지도 않은 땅덩이건만 사는 일이 무에 그리 분주한지 1년에 한두 번 얼굴 대하기가 쉽지 않군요.

　C형. 명절이 되면 통영 땅을 떠난 고향 사람들이 유난히 눈에 밟혀요. 눈에 밟히는 정으로 얘기한다면야 타향살이하는 몸이 더욱 간절할지 모르겠으나, 가까운 이웃들이 하나둘 통영 땅을 떠나게 되면서는 오히려 고향에 있는 내 심사가 더욱 혼란스럽다는 말인 게요.

　고향 땅을 떠나 객지로 간 이분들을 생각할 때마다 내가 떠올리는 구절이 있지요. C형도 잘 아시리다. "강구 안 파래야, 대구, 복장어 쌈아, 날씨 맑고 물 좋은 너를 두고 정승길이 웬 말이냐"는 말은 조선시대 후기에 삼도수군통제영의 통제사로 와 있던 어느 벼슬아치가 정승으로 승진되어 서울로 부임하면서 남긴 탄식이라고 지금까지 전해지고 있지요. 통영 땅을 떠나기가 얼마나 섭섭했으면 '정승길이 웬 말이냐'고 푸념했을 정도니까요. 이런 시를 짓궂은 우리 통영사람들이 자랑스럽게 꺼내는 이바구(이야기)올시다. 맞아요.

　통영 말씨를 살피면 발음대로 '토영'을 심지어 '퇴영'으로 고집하는 우리 고장 사람들에게는 그런 끈끈한 자부심이 숨어 있지요. 지방의 이름도 고유명사라고 지정하여 '통영' 그대로 불러야 한다고 하지만, 구개음화로 '토영'이라 불러야 제맛이 난다지요. 어쨌든 사투리도 특유하여 흉내를 내면 폭소하고 말지요.

그거는 그렇고, 한산도에서 여수까지 이어지는 한려수도에 촘촘히 떠 있는 섬들의 풍광이 얼마나 빼어난지는 C형도 잘 기억하고 있겠지요. 게다가 통영 일대는 이 나라에서 가장 날씨가 좋은 곳이라고 하던가요. 그래서 빼어난 산수가 더욱 돋보이는지도 모를 일이오.

그런데 세상은 변하는 것인가 보오. 정승길이 섭섭해 탄식케 했다는 통영을 미련 없이 저버리고 가는 사람들이 갈수록 늘어나고 있으니 말이오. 하긴 고향 땅을 등지는 행렬이 어디 이곳에만 있는 것이겠소만, 아쉽게 떠나는 정경들을 보고 있노라면 서글픔이 스며들게 마련이라오.

세상이 그리 만들었다고 합디다. 예부터 '망아지는 제주도로 보내고 자식은 서울로 보내라'고 했다지만 요즘 세상에서는 그 옛말도 소박한 것이라지요. 객지로 나가야 뭔가 큰 것을 만져볼 수 있다는 현실이 떠나는 발길을 자꾸 부추기는 게지요. 물론 타처로 나가 크게 성공한 사람들도 많아요. 또한 통영사람들 중에서 큰 인물들이 많이 나오게 된다면 더할 수 없이 반가운 일이기도 하지요. 하지만 떠나서 고향을 빛내는 사람이 있으면 남아서 고향을 지키는 사람도 있어야 하지요.

세상만사 어떤 일도 과하거나 모자라서 좋은 일이 없지요. 그런데 오늘처럼 너도나도 고향을 등진다면 조화는 깨어지고 말 뿐이지요. 가만 생각해 봅시다. 요즘에도 외지 사람들이 이 통영을 찾아오면 그 풍광에 감탄하며 '한번 살아봤으면' 하는 얘기들을 자주 흘리기도 해요.

물론 길손은 흔히 그런 말을 하지요. 우리가 그 길손의 고향 땅을 찾았을 때 같은 말을 던질 수도 있을 거구요. 그리고 보면 우리들은 먼 데서만 이상을 구하려 애쓰는 병에 걸려 있는지도 모를 일이지오.

C형도 외지에 나가 살면서 느꼈을 테지만 사람 사는 곳은 어디나 크게 다를 바가 없다오. 그렇다면 고향 땅에서 오순도순 사이좋게 가꾸며 사는 일도 보람되지 않겠소. 사람 사는 곳은 어디나 비슷하지만 고향 땅이 주는 포근함은 그로써 의미가 더하는 것이지요.

우리 통영인들의 기질을 떠올려 볼까요. 통영 땅에서는 이른바 '위대한 자유인'들이 많이 난다고 하지요. 간섭받기를 대단히 싫어하고, 그래서 관계官界에는 인물이 많지 않다고도 합니다. 판·검사보다는 변호사가 많고 자유분방한 문화예술계 쪽 인사가 많은 것도 통영인의 기질 때문이라고 보는 견해가 많아요.

또한 개성이 너무 강해 마찰이 잘 일어난다고도 해요. 그러나 처음 보는 사람에겐 정나미가 떨어질 정도로 무뚝뚝하고 소리가 크지만 한번 정을 주면 일생을 가는 정분을 지니고 있다는 것을 잘 알 겁니다.

C형 객지생활이 번거로워질 때면 말보다는 속정으로 이해되는 고향 땅이 그립지 않소? 잘못을 저지를 때 '야이 번시야'로 슬쩍 넘기치기 하는 풍정이 생각나지 않소?

지금 이곳에는 봄이 바다 밑에서 오고 있소. 톳나물, 미역무침에서 벌써 봄 냄새가 물씬 씹히고 있지요.

알을 품은 고기들의 맛깔과 빛깔이 유난하기도 한 때이지요. 지금 통영을 찾는 나그네야말로 '토영'을 아주 잘 아는 사람일 겁니다.

세병관洗兵館도 여전하오. 한산도에서 이곳으로 통제영을 옮겨 온 이 듬해인 1603년 제6대 이경준 삼도수군통제사가 이순신 장군의 위업을 기림과 함께 통제영의 본영 건물로 삼으려고 지으려 했다는 세병관 말 이오. 세병관이란 두보杜甫의 시 "어찌하면 장사를 얻어서/ 하늘에 있 는 은하수를 끌어다/ 갑옷과 병기를 깨끗이 씻어서/ 다시는 전쟁에 쓰 지 않도록 할까"에서 따온 이름이라고 하지요.

전쟁보다 평화를 갈구하는 뜻이 새겨져 있어 더욱 애착이 가는 통영 의 상징물이요 우리나라 보물이지요.

한 번 더 말하고 싶소. 고향은 언제나 너그러운 곳이라오. 지친 육신 을 언제나 받아들여 주는 곳은 고향뿐인지도 모르오. 그러나 고향이 그러한 포용력을 지니고 있으려면 고향을 지키는 젊은 사람이 있어야 한다오. 병들고 늙은 부모만이 남아 있는 고향 땅이라면 이미 언제나 푸근하게 기댈 수 있는 곳은 아니겠지요. 물론 알아요. 고향 땅을 떠나 야 했던 여러 가지 사연들을―.

그러나 고향 땅의 초라함을 불평하며 떠나가기만 하는 한, 우리 고향 이 살찔 날은 없는 것이라오.

구정이 다가오니 눈에 밟히는 정들이 있어 내가 객쩍은 소리를 늘어 놓은 것 같기도 하오.

머지않아 마주하게 되는 날 통영 산産 통대구를 앞에 놓고 술잔을 기 울이며 미진했던 고향 얘기를 찐하게 해보도록 하지요.

큰 나무들이 푸른 숲을 이루나니

푸른 숲이 있으면 물소리가 들린다. 물소리 가까이 가면 인기척이 난다. 목마른 나그네가 찾으면 지체 없이 문이 열리고 맞아준다.

물부터 떠다 드린 후에 사정을 서로 나눈다. 어디서 만난 듯 낮익은 목소리와 얼굴로 웃는다. 나그네는 고맙게 생각하고 집주인은 좋은 일을 하여 흐뭇하기 짝이 없다.

그러나 사는 이야기도 할 수 있고 서로 헤어져도 어색하지 않는 본마음들은 전부 장날에 내다 팔아버렸는지 서로 경계하고 만나기를 거리끼는 세상이다.

벌써 그런 사람들은 죽어야 한대도 간혹 잘 살고 오래 살고 있으니 이것은 오늘에 사는 지혜가 아니다.

협잡성에 가까운 잔꾀다. 잠시라도 눈 팔면 코 베어 먹는다. 애가 터지도록 살아도 실의와 좌절뿐 거기에 남는 것은 허탈뿐이다. 하루를 사는 것도 지겨운 때가 있다. 부모 형제간에도 통하지 않는다. 이해관계에 얽혀서 생각할 여유가 없다. 사람의 목소리가 들려와도 겁난다. 날강도가 아닌가 하고 가슴이 뛴다. 이것이 우리 민초들의 현주소다. 국민이 죽는 줄 알면서 어느 누구도 아랑곳하지 않는다.

책임을 회피하며 변명하고 때로는 낡은 법으로 위협한다. 날로 피폐해지는 사회를 그대로 방치하듯 위정자들은 무엇이 그렇게 바쁜지, 무엇하는지 궁금하다.

자기 것만 챙길 줄 아는, 백성들을 관심 밖의 일로 보니 그것이 경멸 아니고 무엇인가. 서로 돌보는 것이 그렇게 어려울까? 모두들 환장해서 흥청망청하는 풍조만 전염시키는 것 같다.

진짜 불 꺼진 항구의 엘레지다. 따라서 민초들은 허튼 곳에 기를 쏟는 것 같다. 극히 일부랄까 까먹고 쓰고 낭비하는 것이 속이 시원한 것처럼 산다. 이러한 짓짓도 애달픈 절규라 할 수 있을 것 같다.

문제는 동네마다 사람다운 사람이 매우 적은 것에서일까. 참다운 동네 어른이 그리워진다. 존경받는 동네 어른이 없는 것은 서로 잘났기 때문이다. 전부 똑똑하니 그것이 평등이 되어 개도 소도 똑같이 보기 때문일까. 그것은 도덕성이 무너진 것이 아니라 오만해졌기 때문이다. 언어는 가시가 돋쳐 날로 거칠어져 가고 사람들 얼굴이 자기 얼굴이 아니다. 어른들만 잘해도 안 되고 연소자들만 잘해도 안 된다.

이러한 딱한 사정을 나라에서 하루빨리 사람 사는 동네 만들기에 관심을 가질 때 옳은 지도자가 나올 수 있고 동네는 풍요로워질 것이다.

그러나 지도자가 없다. 어느 동네든지 마찬가지이다. 서구 물질문명이 휘몰고 온 자유경제 산업시장 체제가 낳은 전리품, 다시 말해서 서양인들이 쓰다 버린 깡통을 주워들고 흉내 내면서 사는지도 모른다.

후손들을 키운다는 것이 거의 돈과 권력에 결부시킨 인재들을 바라다보니 작금의 흐름은 쾌락주의의 늪으로 빠질 수밖에 없는 위험수위로 치닫고 있는 것 같다. 대부분 생활철학을 무조건 물질의 풍요에다 맞추고 있는 것 같다. 따라서 마치 밀림 지대에 서식하는 야수들의 짓들이 노골적으로 드러나고 있는 것 같다. 법만 있을 뿐 질서는 날로 무너지고 있는 것 같다.

뿐만 아니라 자유와 평등의 인식도가 잘못 해석되기도 한다. 양심은 있지만 세상의 작태에 발맞춰 살아야 살아남을 수 있다는 착각에 더 밀착시키고 있는 것 같다.

누구나 본능적으로 되어 버린 식민지 근성에서 아직도 보상적인 관념과 기회주의에서 배신감과 보복성을 자행하려는 이율배반적인 의식구조가 적폐되어 있는 것 같다. 따라서 권력을 악용하고 권력을 가질 때의 쾌감은 부작용을 일으키고 남용하게 된다.

사람들이 범하기 쉬운 과일반화(overgeneralization)현상 즉 권위에 의존하여 세상을 판단하는 것 같다. 세상의 일을 '나' 중심으로 생각하고, 언어의 의미를 앞세워 사물을 판단하고 있는 것 같다. 도처에 배고픈 무리처럼 안하무인격으로 속도를 위반하고 법망을 뚫고 야수적인 행동으로 가속화하려는 것 같다. 이것이 신허무주의新虛無主義현상이다.

따라서 부모와 성숙한 자들의 사회적 이율배반적인 삶을 자라는 어린아이들은 물론 청소년들이 모를 리가 없을 것이다. 그대로 배운 행동을 사회에 쏟아낼 수 있다. 한마디로 우리는 이미 가치성을 잃고 있기 때문이다.

동네에서 존경받는 위대한 어른이 없기 때문이다. 일종의 역기능 현상으로 치닫고 있는 것 같다. 판단과 선택이 짓밟히고 동일성적인 관념에서 합리성으로 이끌어 가고 있는 듯하다. 겸허한 자세보다는 심리적으로 군림하려는 거만성이 오늘의 권력구조의 실태인 것이다. 즉 지역 주민 간의 알력으로 결집성은 날로 엷은 막을 치고 있는 것 같다.

선진국들을 보면 주민들로부터 존경받는 위대한 민주사회 어른들이 많다. 그들로 하여금 양심을 바로 쓰는 것을 배운다.

우리나라 근세의 도산 안창호 선생님과 같은 훌륭한 분들이 많이 나와야 한다. 다른 선진국처럼 위대한 민주사회 어른들이 많아야 그릇된 생각을 깨우칠 수 있다.

하루를 살아도 마음 든든하게 살고 싶은 희망이 보인다. 그 마을을 들어서면 큰 나무들이 푸른 숲을 이룬 그늘에 쉬어 가고 싶을 때 그 아래에서 정답게 마주 앉아 주고받는 사람다운 사람 소리를 듣게 되면 얼마나 흐뭇하겠는가.

오늘은 사람다운 사람이 몹시도 그립기만 하다.

통영 상징, '문화예술탑' 건립 제안

　여기서 말하는 것은 풍광이 수려하고 충절의 고장 통영이라는 인식은 아직도 미흡하지만 어느 정도 잘 부각되어 있으므로, 새로운 콘텐츠로 급부상되고 있는 문화예술 쪽에서 본, 보완적인 입장을 제안코자한다. 그것은 미래지향적인 통영문화예술 상징물 건립이 절실하다는것이다. 현재까지 현대 감각적인 통영시민의 뚜렷한 예술문화의 상징물로써 강렬한 콘텐츠가 없기 때문이다.

　그중에서도 최대 공간 활용과 시각성을 살리는 '문화예술탑' 건립이바람직하다 할 것이다. 그것은 한눈에 볼 수 있는 집약된 우리의 자존심을 읽을 만한 거대한 거울이 필요하기 때문이다.

　필자의 이 문화예술탑을 건립하자는 콘텐츠 제안 내용은 세계적이지만 우리나라에서도 최초로 제안하는 것으로, 채택될 때는 새로운 신화를 창조할 것이다.

　일부 시민들도 지적하고 있지만 산발적인 개인 족적들만 우후죽순처럼 비춰준다는 여론은 없지 않으나, 필자는 크게 실망하지 않는다.

　그러나 이 땅을 말없이 가꾸고 발전시켜온 문화예술의 주춧돌들, 즉우리 통영을 지켜온 문화예술인들은 우리의 냉혹한 망각 속으로 그냥묻어 버리고 말 것인가? 현재까지 이 고장을 빛낸 유명 문화예술인들을 부각시켜 콘텐츠화한 것은 여기서 그치지 말고, 오늘이 있기까지 동참한 문화예술인들을 총망라하는 작업도 병행하여 그들의 업적을 부각시킬 필요가 있다. 당당한 시민의 이름으로 일일이 호명하지 않더라도 우리 후손들이 일목요연하게 읽을 수 있도록 '문화예술탑'으로 그들을 인도해야 할 것이다.

이를 위해 추진 주체는 관주도보다 전문성이 있는 시민들로 구성된 추진위원회가 발족되어야 한다. 추진에 있어서는 천천히 그리고 빠짐없이 문화계 그리고 예술계를 총망라하는 선행 작업이 필요하기 때문이다. 사업비는 몇 년이 걸려도 순수한 시민의 이름으로 확보해야 할 것이며, 장소는 남망산 시민문화회관 근방으로 문화예술행사와 연계하는 것이 바람직하다고 본다. 왜냐하면 계속되는 문화예술행사를 추진하는 현재의 '시민문화회관' 행사에 인력을 동원하지 않아도 능동적으로 객석은 넘칠 수 있을 것이다.

탑의 규모는 프랑스의 에펠탑보다 더 특색이 있어야 할 것이며, 현대식 타워가 되어 관광콘텐츠 효과도 동시에 노려야 하는 다목적이면 더욱 좋다. 이 거대한 탑을 겉으로 둘러쌓는 화강석으로 초석하여, 어느 정도의 높이의 '비탑碑塔'으로 활용하는 등 이중적인 이미지를 살려 움직이는 장중한 빛을 내뿜는 탑이 되었으면 한다. 비탑에는 총망라된 통영을 빛낸 참여자들의 이름이 벽돌 크기보다는 다소 큰 천연 오석烏石에 새겨진다면 그 의미는 크다 할 것이다. 특히 앞으로 후손들이 서로 앞다퉈 통영을 빛냈을 때 통영시민들은 그들의 이름을 비탑에 각인시켜줄 수 있다는 꿈을 전제로 해야 한다. 대강적인 아젠다를 말했지만 전략 구상을 발전시킬 경우, 더 매혹적인 콘텐츠가 될 것이다. 그때 그때마다 오석에 새겨드릴 수 있는 훌륭한 업적을 남긴 후손들 이름들도 이 탑에 각인될 수 있다는 자긍심, 즉 희망적인 분발심을 유발시켜 명실상부한 통영 얼이 숨 쉬는 탑이 되어야 할 것이다.

만약 그런 날이 열리면 앞에서도 말했지만 행사에 참여하는 시민들이 억지로 오가는 발걸음이 아니라 언제나 스스로 시민의 공원으로 가서 잃어버린 우리 고장과 우리 자신을 찾아 대화하면서 더욱더 분발하는 삶의 의욕을 충전시킬 요람이 될 것은 확실하다. 내 고향을 위해 훌륭한 인재들이 속출할 것이다.

또한 타지방 사람으로 오랫동안 살면서 통영을 빛낸 사람들도 포함시켜야 한다. 추진과정에서는 이데올로기적인 이슈는 지양해야 할 것이다. 왜냐하면 그들이 통영을 빛냈다는 객관적인 업적이 확실할 경우, 그러한 분들의 이름이 등재되었어도 개인별 세부 약력은 존치되어 연구자들의 몫이므로, 그 어두운 족적은 들춰지기 마련이다.

또한 문화예술단체들의 이름으로 통영을 빛냈을 때도 누락시킬 수 없다. 예를 들면 '번시합창단'이나, '통영오광대'를 비롯한 '인간문화재' 등등 광범위하게 포함시켜 등재시켜야 할 것으로 본다. 그렇다면 방대한 이 작업을 누가 한다는 말인가? 그 자료는 이미 간행된 통영군지, 통영시지, 문화원의 서적, 개인 자료 등 각종 자료가 충분히 뒷받침하고 있다. 물론 공정하고 엄격한 심사과정은 몇몇에 의해 될 수는 없다. 어쨌든 통영사람들의 문화철학적인 마음만 결집된다면 어느 사업보다도 개개인들의 열망 사항을 이끄는 빛의 탑으로 생동감이 더욱 넘칠 것이다. 생명력을 갖는 콘텐츠가 될 것은 틀림없다. 지금부터 시작이니 많은 동참자들은 있을 것이다.

현재 '통영예술의 밤' 행사 탄생이 있기까지

우주 순환은 별자리를 보면 안다. 그래서 옛날부터 별들은 우리의 꿈을 키워왔고 인류의 발전에 원동력으로 기여해왔다.

캄캄할수록 더 빛나는 별을 보면 더 살고 싶어지는 까닭은 무엇 때문인가? 그것은 소망이다. 소망에 대한 변화가 일어나면 기존의 틀이 무너지면서 서로 고개 돌리던 어두운 그림자들은 캄캄한 밤하늘의 별들을 찾기 마련이다.

1979년 추운 2월 충무시 문화공보실장과 문화계장이 직접 만나자 하여 만나 보았다. 부탁은 충무시 예총 활성화였지만 예상되는 일들은 막막했다. 그때 사진작가 류완영 선생께서 통영예총 회장을 맡고 계셨다.

집을 직접 방문하여 그간 경위를 설명하자 통영예총 직인이 든 검정 가죽 손가방을 내어주었다. 가방을 열었을 때 직인은 곰팡냄새가 확 풍겼고 곰팡이가 무성했다. 중앙예총본부 사무국 전화번호를 알아내어 장거리 시외전화를 한 결과 통영예총과 관계되는 책자를 보내주었는데, 통영사진협회와 통영연예협회 2개 지부만 등록되어 있었다.

그래서 활성화 제1단계 시급한 대책은 통영예술인들이 누구인지?

그리고 공감대를 형성키 위해 최초로 '통영예술인의 밤' 행사 개최를 서두를 수밖에 없었다. 드디어 1979년 12월 31일 저녁 5시 30분, 그때 충무시청 2층에서 개최키로 했다. 박정희 대통령의 10 · 26 시해 사건이 일어나고 불과 2개월 정도 지났기에 집회 허가받기는 하늘 별 따기였다. 추진위원들 누구도 나서지 않고 뒤로 물러서며 백안시했다.

시기상조라는 불만만 터뜨리며, 은근히 개최를 훼방하는 자도 없지 않았다. 하는 수 없이 실무자인 자신이 혼자서 직인을 지참하여 당시 충무경찰서 대공과에 가서 허가신청을 받는 과정에서 지부장 이름을 필자의 이름으로 쓰면서 가슴 아파했다.

진술서에 서명하고 열 손가락 지문을 찍었다. 그것은 모든 직권을 류완영 지부장께서 나에게 맡겨주셨기 때문에 일은 순조롭게 진행되었다.

구비서류를 갖춘 추진계획서를 충무시청에 제출한 결과 행사사업비에 한해서만 지원되었다. 행사 진행 과정에서부터 밖에서는 소란하였다. "도대체 누가 예술인이냐"고 고함 소리가 들렸다.

그러나 예향의 맥을 잇기 위해 참 잘한다는 등 여론이 순식간에 확산되었을 때 필자는 성공한 사업이라고 굳게 다짐했다. 왜냐하면 새로운 예술문화 활성화에 대한 공감대를 발견했기 때문이다.

유급이 아닌 무급 사무국장을 맡은 이상 그해인 1980년 5월 '통영어린이예술제'를 부활시키기 위해 시내 전 학교 교장 선생님을 시내 항남동 소재(오행당한의원 골목길) 대구탕 집에 사비로 초대하여 오찬을 나누면서 초·중·고등학교 학생들의 참여를 권유하였다.

그 행사가 성공리에 끝나자 같은 해 6월에 최초로 '충무예술제(지금 통영예술제)'라는 사업명으로 그간의 실적과 총 사업계획서를 (사)한국예총본부에 제출하고 지원을 요청한 결과 그때의 1백5십만 원을 지원하겠다는 교부금 통지서가 왔다. 동시에 4개 지부인 문인협회, 미술협회, 음악협회, 연극협회 창립발족을 서둘러 기존 2개 지부를 포함하여 6개 지부를 구성 완료하기도 했다.

그때부터 필자는 내가 할 일은 다 한 것을 알고 그다음 해인 1981년 3월에 무임 사무국장직을 그만두게 되면서 초대 통영문인협회 회장에 선출되었다.

필자가 통영문인협회장직을 맡아 준비 기간까지 합하면 10년 동안 《충무문학(현재 《통영문학》)》지를 제5집까지 출간하였고 제6집부터는 비로소 발간 보조금을 지원받도록 했다. 그간 독지가들의 후원금도 미흡하여 필자의 급여 등 사재를 가감하게 털어가면서 통영문인협회 터전을 마련하는데 혼신을 다했다고 자부한다.

그간의 눈물겨운 투쟁은 이 글에서는 생략한다. 43년 전에 내가 본 캄캄한 밤하늘에 반짝이던 별 하나 여태껏 찾아보았으나, 어언 팔순든 눈으로는 보이지 않는다. 그리움들은 눈물방울을 통해 흐르기만 한다.(2021년 흰 소의 해 기록임)

문학상 권위는 문학예술인 본인에게 있다

　도대체 권위를 내세우는 문학상은 어떤 모습인가? 권위 있는 문학상이라면 청마·김춘수를 비롯한 유명 문학예술인들 자신에게 있지만, 시행 주체자에게는 없는 것이다. 말하자면 관 주도자가 직접 시행할 경우는 권위가 없다는 것이다.

　만약 관공서에서 주도할 경우, 현재는 전문성도 미흡하고 빈번한 선거 측면에서도 볼 때 지속성과 공평성의 기대감도 떨어진다. 특히 추천제도는 현재 전국적으로 볼 때 거의 도태되는 현상이다.

　문인 등단도 벌써 공모 당선제로 바뀌었다. 옛날 과거제도를 보면 정승집의 아들들 위주로 추천, 과거시험을 형식적으로 치르게 하여 등용하던 음서제도는 우리 역사에 지울 수 없는, 치욕적인 오점으로 남아 있다.

　지금도 이러한 음서제도와 엇비슷한 것들이 고개를 들자 매스 미디어에서도 대대적으로 경종을 울린 바도 없지 않았다. 지방자치단체장의 선거법에 위배되는지 의심증은 전혀 없지 않을 것이다.

　작금 관이 주도하는 몇몇 문학상 운영방법은 심각한 문제점이 도출되고 있다. 그것은 전국적으로 시행하는 공모제를 폐지하고 추천제를 시행함으로써 유명한 출판사에만 몰리는 역기능 현상이 발생하고 있다. 지방자치단체장은 모든 도서출판사에 대한 기회균등을 부여해야 할 책임이 있는데도 결과적으로 이러한 부작용이 일어나고 있는 것이다. 특히 초판 1쇄에 한하여 심사대상이 돼야 함에도 그런 통상규례를 반측하고 수상시킨 사례가 없지 않다.

다시 말해서 2쇄, 3쇄를 찍은 당해 연도에 심사대상이 된 것은 운영위원들 중에 누군가의 입김이 사전에 작용한 것으로 보인다.

한편 공모제의 단점은 작품의 수준 면에서 볼 때 질적인 격차는 뚜렷하다. 그러나 공모제의 장점은 누구든지 도전하는 기회를 균등하게 부여하는 장점이 더 클 뿐만 아니라 창작 의욕을 더욱 분발시킬 수 있는 계기를 제공한다.

또한 전국적인 도서출판의 발행 참여율을 높여줄 수 있다. 따라서 문학상에 대한 관심도 전국적으로 더욱 고조되고 확산되는 것은 틀림없다. 권위 있는 상을 갈망하는 개인은 물론 단체들이 그곳을 순례하는 기회를 자주 갖게 될 뿐만 아니라 자연적으로 그곳을 소개하는 스스로의 홍보대사들이 많아진다.

이에 따라 관광을 활성화시키는 촉매작용은 더욱더 말할 필요도 없을 것이다. 어느 지방자치제가 가장 바라는, 살기 좋은 도시의 이미지 구축에서 볼 때 매혹적일 수 있다. 인구 증가는 물론 도시 혈관인 토산물 생산 라인마저 건강하여 잘 소통될 것이다. 그 지방자치제는 날로 수준 높은 경제 · 문화의 질적 향상도 꾀할 수 있다. 이러한 미래지향적인 방안을 검토해 보지 않고 추천제만 고집할 경우, 스스로 차단시켜서 얻는 것보다 잃는 것이 더 많을 것이다.

다 추천하고 나면 그때는 공모제로 전향해야만 하는 웃음거리가 될 것이다. 제도의 모순적인 운영을 드러냄은 권위 있는 유명 예술인의 권위는 실추되고 만다. 그런 시시한 상을 받을 필요가 없어질 것이다.

원래 예술행사는 예술인들에게 맡기면서 지방자치단체장은 어디까지나 후원(지원)자로써 성취시켜야 한다. 지도와 격려를 해야 튼실한 뿌리를 내릴 수 있다. 결과적으로 모든 영광은 지방자치단체장에게 돌아가게 된다.

거시적인 안목에서 볼 때 단체장은 해당 지역의 예술인과 예술 민간단체도 적극 육성할 임무가 반드시 있다고 보기 때문이다.

순수한 예술단체를 통해 행정시책을 고민하면 좋은 창안創案들도 얻어낼 수 있다. 오래된 실화지만 세계적인 유네스코 시찰단 중에 일본의 유명한 예술인이면서 동양에서는 유명한 역학 대가가 통영지역 일대를 헬기로 둘러보고 한산도 제승당의 헬기장에 착륙하였다.

헬기장에서 통영 이미지 브리핑을 한마디로 요약했다. '앞으로도 통영은 예술 대가들이 배출될 수 있는 곳'이라고 피력한 바 있다. 이러한 조건을 충족시키기 위해 위락시책과 병행하여 예술 발전 방향을 시민으로부터 광범위한 공감대를 얻어내야 영원한 예술의 고장이 될 수 있다.

앞으로도 시민에게 주어진 엑스파일은 미래예술도시의 새로움에 있다고 생각된다. 생계가 궁핍한 예술인들이 직접 참여하는 방안도 검토되어야 후계 예술가들은 계속 탄생할 수 있다.

간교한 예술인들 몇몇의 건의는 언제든지 한계점에 부닥칠 수 있기 때문에 장기간이 소요되더라도 생동감 넘치는 예술도시 건설을 위해 다수인의 협의체인 예술단체로부터 창의적인 예술 가꾸기 시책의 전략을 도입해야 할 것이다. 그것은 지역민과 유기적인 특성화 프로그램사업으로 예술행사를 활성화하는 데서 찾아야 희망적일 수 있다.

그러나 좋은 시책이라도 자기 이름을 빛내기 위해 절대로 관주도로 추진할 때는 진일보도 기대할 수 없을 것이다. 관주도는 옛날 군주주의자의 유물이기에 하루 빨리 탈피하여 예술문화를 창달해야 할 것이다.

KTX 통영 간이역에서 고속열차를 타고 싶어

지난 6월 23일 자 경남신문 사설을 읽다가 변방에 사는 소외감을 느꼈다. 사설 내용은 KTX 역세권 언급이지만 필자는 통영·거제·고성의 3개 지역을 묶은 KTX 마산역 또는 진주역에서 바로 연결되는 기차운행 개통을 열망해도 될까 하는 생각을 했다.

성수기가 오면 현재의 도로망 유지로는 해결할 수 없는 후진성에 머물러 있기 때문이기도 하다. 현재까지 지방자치단체장들은 더 다급한 마음이겠지만 당장 급한 교통망을 개선치 않을 때는 고립될 수밖에 없을 것이다. 단순한 인적 물적 수송수단보다 관광적인 콘텐츠 개발 차원에서도 고려된다면 더욱 금상첨화다.

앞으로 남해안 시대 개막과 함께 구현될 통영 해안순환관광기차 운행 계획과의 연결은 더욱 시너지효과를 가져올 수 있을 것이다. 그러나 당장 시급한 현안은 KTX 역과 바로 연결되는 일반기차 운행이라도 선행되어야 남해안 시대 개막도 현실화될 수 있을 것이다. 그러나 이곳에 사는 대부분의 주민 인식은 소극적인 고정관념 때문에 아예 KTX 역과의 기차 운행은 공상에 불과하다고 포기해 버리는 체념적 경향이 너무 짙은 것 같다.

필자가 주장한 KTX 역과 연결되는 기차 운행이 앞당겨져야 '전국이 2시간대'의 생활권이라고 말할 수 있을 것이다. 매스 미디어의 힘은 크다면 엄청나게 크다.

경남신문이 이러한 프로젝트를 보도하면서 왜 3개 지역을 KTX 역과 바로 연결하는 기차 운행 교통망을 질문하지 않았는지 궁금하다. 앞으로 '녹색성장 양대 축(Two Track)'으로 발전시킬 방침에 추가로 포함되도록 했으면 하는 바람이다.

2010년 말에 거가대교가 개통되면 종전의 불편한 1시간 50분에서 한시간대의 교통 단축은 예상되지만, 부산 버스터미널 주차장까지의 소요시간을 포함할 경우, 크게 만족할 수는 없을 것 같다.

또 거기서 KTX 부산역까지의 단축시간은 얼마나 될지 현재로는 알수도 없다. 그렇다면 KTX 마산역이나 또는 진주역과 연결되는 왕복 기차 운행이야말로 일방적인 부산 방면보다 전국 1일 생활권 안에 포함될 수 있다. 이곳의 물류도 물류지만 전국적인 관광객들의 소통은 새로운 전기를 마련해 줄 수 있을 것이다.

개인적인 차량 유류 소비 절약은 물론 자동차에서 내뿜는 매연으로 인한 '블랙 카본(그을음 등 검은 탄소)'의 주범도 감소시킬 수 있다. 또한 심화되는 교통체증을 시급히 해소하는 방안은 단거리이기에 적은 예산으로도 큰 효과를 가져올 수 있다.

이러한 계획이 남해안 시대 프로젝트에 포함되어 있더라도 인프라 구축 측면에서 볼 때 설득력은 충분하기 때문에 기차 운행을 우선적으로 연결하는 것만이 이 3개 지역이 발전할 수 있는 연결고리가 된다고 본다.

그러나 "경남도가 내년에 KTX 삼랑진~마산 구간 개통에 이어 오는 2012년 삼랑진~진주 복선전철 완공에 대비…김해 한림정, 진영, 진례, 북창원, 창원, 마산, 함안, 군북, 반성, 진주역 등…대중교통연계 체계구축 등 특성화 개발에 나선다"고 보도된 것 같다. 이러한 계획에서 대중교통과 연계되어야 하는 이곳의 3개 지역은 2012년을 기준할 때 하등의 계획도 없는 것 같다. 따라서 현행 시외버스 노선에 의지하여 장시간의 낭비로 말미암아 지역발전도 후진성을 면치 못할 것이다. KTX 역과 연계하는 열차 운행 교통대책은 국토해양부와 경상남도가 갖고 있어 국가정책 사업에 수정 반영된다는 것은 퍽 어려울 것으로 예상되나, 해당 지역민들의 목마른 호소력만이 이러한 현안을 해결할 수 있다고 본다.

지방자치단체장을 비롯하여 의회 의원은 물론 지역구 출신 국회의원들이 활동할 수 있도록 민간 중심 추진위원회가 운영되면 꿈은 현실화할 수 있다. 추진위원회 구성은 각종 사회단체들의 대표들로 구성하면 막강한 힘을 응집시킬 수 있다. 예를 들면 (사)한국예총 통영지부, 새마을협의회 통영지회, 통영 라이언스클럽, 통영청년회, 청실회, 팔각회, 통영여성단체 등등 친목단체장까지 총망라 자율 참여한다면 반영될 수 있을 것이다.

남해안 프로젝트만 제시하지 말고 사업계획을 수정하여 정부에 강력하게 건의할 필요가 있다. 그 지역의 발전 요체는 무엇보다도 교통망이다. 중앙노선과의 연결이다. 이러한 문제점을 해결한 것은 통영~대전과의 고속도로 개통이었다. 그 사업을 잘못되었다는 것보다 KTX 시대가 열린 이상 KTX 역과 직접 연결되는 교통수단도 우선되어야 미래도시를 꿈꿀 수 있을 것이다.

통영이 사는 길, 오직 크루즈 2척 순행해야

내가 묻고자 하는 것은 통영에 살고 있는 우리가 우리 자신에게 묻는 것이다. 통영바다의 정체성은 과연 무엇일까 눈먼 도시들이 내뿜는 피곤한 불빛들인가. 그 불빛 따라 우리의 탄성이 환상의 지느러미로만 흔들리게 할 것인가. 물론 아닐 것이다.

그렇다면 끝없이 신비스러운 질문을 내던지고 있는 통영바다의 정체성을 놓고 담론을 펼쳐볼 만하다. 문제는 아름다운 통영의 향기와 빛깔을 어떻게 보전하고 창조해야 하는 물음들이다. 형태 가꾸기의 물음이 아닌 바로 우리 통영의 생활 정서가 그 핵심이기도 하다. 그것은 생명력과 같은 통영바다의 특성이라 할 수 있다. 그 많은 특성 중에서도 쉬어가는 유·무인도서 개발을 보다 더 본격화할 때가 왔다고 본다. 왜냐하면 무진장의 자원은 도서 개발에 있고, 우리의 풍요롭게 살 수 있는 길은 해양자원에 있기 때문이다. 이러한 개발을 통해 매혹적인 쉼표로 가꾼다면 섬이 갖는 원초적 파토스pathos가 강렬한 빛을 내뿜게 될 것이다.

개발 방안과 대책은 저탄소 녹색성장으로 활성화하되, 세계적인 관광 붐과 연계하는 미래지향적인 투자 효과를 노려서 생산적인 프로젝트가 되어야 할 것이다. 도서개발의 제1단계 사업은 관광브리지 개설 우선과 함께 문화적 요소의 특성 개발을 업그레이드해야 한다. 첫째,

고급 관광 크루즈선 두 척 운영으로 움직이는 도서의 다리 역할을 제공해야 한다. 영구성이 있는 이 사업은 폭발적인 관광 효과를 얻게 될 것이다. 이에 따른 단절 없는 교통망 확충에서 인구 증가는 물론 취업 희망자의 취업 기회도 확충할 수 있다. 이에 따른 해양계통 교육기관(해양대학 등) 성장에도 촉진제가 될 수 있다.

둘째, 관광 인상을 강하게 각인시켜줄 수 있는 단거리의 소규모 관광 다리 개설이다.

셋째, 저탄소 녹색에 반하지 않을 수 있는 사슴, 토종 한우 사육이 가장 적합한 지역은 희망자에 한하여 시범단지 조성을 권장해 볼 만하다. 여행자들이 섬에 머물 때는 해산물보다 사슴, 토종 한우 등 육식 맛이 한 맛 더 할 뿐만 아니라, 얼굴이 붓는 토질병을 예방하는 데도 좋은 방책이다.

넷째, 고급 관광객들의 유치이다. 그들이 갈망하던 요람 같은 그린 휴식처, 즉 고급 화이트 펜션 등 깨끗한 숙박시설을 비롯한 위락시설을 자연 빛깔 그대로 초현대화 기준으로 제공할 경우, 기폭제가 될 수 있다.

다섯째, 토속적인 해산물의 먹거리 및 볼거리를 개발하여 특색 있고 가격을 저렴하게 유도할 때 성공할 수 있다.

여섯째, 장기적으로 머무는 자들의 비용 절감 등 서비스 기법을 발굴하여 심리적 마케팅도 시도해 볼 만하다.

일곱 번째, 인구 증가 일환책으로 그들의 정착을 유도하기 위해 세제 혜택 방안도 검토해 볼 만하다.

여덟 번째, 특히 그 섬의 독특한 전설, 민속, 즉 선박, 어구 등 생활 도구에 이르기까지 다양하게 발굴 보전하는 마을별 '바다생활기념관'을 건립해 볼 만하다.

아홉 번째, 해당 도서의 일선 행정도 관광서비스 행정체제 전환이 필연적이며, 자생력을 갖기까지 지방자치단체는 집중 관리 및 지속적인 홍보 지원만이 그 효율성을 극대화할 수 있다. 사전 홍보에 중점을 두고 최대의 친절 서비스만이 성공의 열쇠가 될 수 있으므로 창의적인 행정 서비스 개발이 우선되어야 한다.

이와 연계된 특산물 신용 판매와 이벤트 행사, 즉 품격 높은 문화예술행사들을 지속적으로 유치하는 등 문화요소를 더욱 업그레이드하면 도서마다 생산적인 쉼표가 될 것은 틀림없다. 유명 예술단체들이 스스로 찾아서 자축하며 푹 쉬는 섬, 예를 들면 그리스의 크레타섬처럼 눈이 맑아지는 식초와 고둥들의 만남은 물론, 특별히 개발한 맛과 만나게 하는 향기를 멀리 퍼뜨려야 더 쉬어가는 쉼표가 별처럼 빛날 것이며, 세계적인 유명한 관광지로서도 각광받을 것이다.

필자는 제14차 미국 멤피스 세계시인대회에 참석한 후, 일행들과 함께 그들의 스케줄에 따라 대형 유람선을 타고 미시시피 강줄기를 거슬러 밤을 즐기던 이국적인 노래와 시낭송 대회의 감동들을 잊지 못해 지금도 가슴이 쿵쿵 뛰며 다시 그곳을 관광하고 싶다.

이러한 심리적 작용을 고급 관광 크루즈 선과 연계해야 한다. 따라서 쾌적한 날씨 따라 섬과 섬 사이를 탐방하면서 선상 음악회, 선상 시낭송회, 선상 세미나, 선상 강연회 등 다양한 프로그램 진행으로 관광객들의 만족도를 고양시킬 수 있다. 특히 행정기관에서 민간 전문단체에게 전문 스쿠버다이버들을 양성하여 아마추어 희망하는 다이버들을 통해 바다 밑의 신비를 탐방·주선해준다면 관광의 백미요 인기는 폭발적일 수 있으며, 오히려 수자원 보호 감시원 역할을 할 수 있다.

이러한 현안에 대한 보완책은 첫째, 무엇보다도 식수원 해결과 숙박시설의 혁신적 개선이 우선적으로 해결되어야 한다.

둘째, 관광객들이 도서에 머물 때의 불안감을 완전 해소해드려야 한다. 특히 바가지요금을 완전히 근절시키기 위해서는 '마을공동슈퍼마켓' 운영과 '가격표시제'는 반드시 정착시키는 한편 공무원의 주재근무제 운영이 필요하며, 아울러 현대식 이동 의료 진료 운영은 필수적이다. 순회하는 관광 섬이 많으므로 정박하는 일정과 각종 이벤트 행사를 연계할 수 있도록 반드시 사전예고시스템 운영을 실천해야 고양될 수 있다. 특히 다수 의료기관과 자매결연도 필요하다. 그것은 시혜뿐만 아니라 의료진들에게도 충분한 쉼표를 제공해 볼 만하다.

셋째, 성수기와 비수기의 활성화를 위한 첨단 'U타운' 시스템은 필수적이다. 이러한 행정 추진 상의 문제점은 많은 사업비의 확보가 어려워 과제로 남는다. 이를 해결할 수 있는 방법은 민자 유치를 적극적으로 검토해야 할 것이다. 언제나 성취하고자하는 꿈은 꿈꾸는 자들의 몫이라고 볼 때 불가능은 없다.

바다는 스스로 죽지 않는다
—MBC 보도특집 '잃어버린 만선의 꿈'을 보고

바다는 스스로 죽지 않는다. 지금도 피를 흘리는 바다를 보고 사람들은 입만 살아서 뭐라 뭐라 씨부렁거리기만 한다. 사실 미미한 대책뿐 수박 겉핥기 아닌가.

유럽이나 또한 가까운 일본을 자세히 살펴본 사람들은 알고 있다. 그들의 바다는 그들의 생명보다 더욱더 소중히 가꾸고 있다. 법의 모순이 없기 때문이다.

흔히들 개발도상국이니까 현행 수산진흥법, 수산어법을 고수하려는 일부 낡은 법 조항의 독소가 바다를 죽이고 있을 수 있다. 영세어민 보호니, 먹고 사는 생존권을 우선해야 하는 등 합리성을 내세워 이 나라의 바다는 적조현상이 아니라 바로 피를 흘리고 있다.

그렇다면 한반도는 3면의 바다를 갖고 있다. 바다를 살려야 한반도는 축복받는 땅이 된다. 바다 면적을 포함한 이 광활한 땅을 경멸한데서도 그 원인을 찾을 수 있다. 앞에서도 말한 바와 같이 유럽나라 같은데서는 원양어선을 육성하고 연안어업은 관광화하고 있다. 단백질 공급은 원양어선에서 골고루 공급해진다. 어느 식탁에도 작은 물고기들은 볼 수 없다.

따라서 급격한 어획량 감소를 방지하기 위해서는 시·군단위로 어선을 줄이고 각종 양식 면허를 대폭 줄여야 바다는 살아난다. 아울러 기르는 어업을 권장하되 굴 양식장을 비롯한 과밀한 양식장 등은 과감히 개선되어야 한다. 한편, 공업 등 각종 산업육성도 중요하지만 갯마을을 비롯한 바다를 낀 도시들을 대상으로 폐수정화시설을 현대화해야 한다. 과감한 정책 배려가 없고는 성과를 기대할 수 없다. 적은 예산 투자와 구호만 내세워봐야 소리만 치는 바보들의 행진이 아니고 무엇이겠는가.

이 나라 사람들은 입만 살아있어 말 잘하는 사람들이 너무 많다. 꾀만 잘 내고 변명 잘하는 사람들이 많이 살고 있다. 국민의식 개혁을 부르짖지 말고 국민들의 공감대를 찾아 행하는 위정자들의 대오각성이 뒤따라야 할 것이다.

프랑스의 센강을 살리기 위해 그 나라의 국회의원들은 어떻게 했는가. 지하의 하수도 정화시설을 보면 어마어마한 과학적 오염방지 시설을 현대화하여 센강을 살렸다.

어업지도선이 필요 없는 나라는 법이 물처럼 올바르게 흐른다고 보아야 한다. 법치국가는 법질서를 지킬 수 있도록 현실성이 있는 국민의 공감대를 획득해야 한다. 법의 합리성을 위해 위정자가 그 어느 때보다도 고뇌해야 한다. 건강한 국민생활을 위한 법을 개선하겠다는 작은 정부 구상에 우리는 항상 관심이 높기 때문에 그 기대가 너무나 크다.

바다는 무한한 것이 아니고 한계가 있다는 MBC의 아나운서가 호소한 말은 틀림없다. 지금 바다는 신음하고 있음을 역력히 읽었다.

물고기의 씨마저 멸종 위기에 있다는 사실을 어부들은 이제야 절감하고 있다. 우리가 생각할 때는 일본 바다가, 태평양 바다가 우리의 바닷물과 뒤바뀌고 있는 줄을 알고 있지만 우리의 바닷물은 우리와 함께 살고 있다. 밀물과 썰물의 이동 진폭은 한계가 있다. 다만 한류와 난류가 만나는 지점에 온도 차이의 변화가 있을 뿐이다. 따라서 우리 바다는 우리가 가꿔야 하기 때문이다.

우리나라의 어느 곳이든지 그물이 너무 많다. 사회도 그렇고 바다도 그렇다. 촘촘한 그물은 우리 민족의 성격을 잘 나타내고 있다.

큼직큼직한 데가 없고 좀생이들이 많은 것 같기 때문이다. 겨자씨 하나 놓고도 다툼이 많은 나라로 보인다. 또한 식민지적 근성이 아직도 잔존되어 보상을 받고 싶어 하는 것 같다.

그간 수십 년 동안 이리저리 살아왔으면 지금이라도 정신을 차리고 김 대통령의 말씀대로 이제는 대도무문大道無門을 택해야 한다. 바다가 죽든 말든 이기심으로 법을 어기고 간 큰 짓을 하는 것도 식민지 근성이다. 이런 비참한 상황에서 바다 속의 고기 아파트를 만드는 인공어초 투하, 이것은 광활한 바다를 모두 커버할 수 없을 뿐만 아니라 인공치어를 방류해도 효과가 거의 없다. 다시 말하거니와 바다를 살리기 위해서는 근원적인 오염방지대책을 정책적으로 과감히 선결해야 한다. 아울러 현행 수산법을 신중히 검토하여 하루 빨리 개정되어야 자손만대에 물려줄 떳떳한 유산이 될 것이다. 요즘 각 방송국의 특집보도가 화면을 통해 얼마만큼 효과가 있는가. 으레 하는 프로그램으로 믿어 버린다. 또한 날마다 신문에 바다를 살려야 한다는 시리즈를 연재하지만 백안시하고 있다.

이제 법이 나서야 한다. 어떻게 하든지 소형어선을 대폭 줄이고 연안을 관광자원화 해야 한다. 원양어선을 통한 우리의 건강한 식탁을 마련해야 한다.

수산물도 우리 수산물이 좋듯이 정든 물고기를 다시 만나려면 산란기에는 어로작업을 무조건 중지시켜야 한다. 바다도 산처럼 휴식할 수 있는 대책이 시급하다. 바다 밑은 죽음의 뻘이 차오르고 있다. 불가사리와 이름 모를 병해가 바다를 암처럼 삼키고 있다. 있어야 할 수초 사이에는 고기가 없다는 화면에 나온 돌핀 스쿠버의 말을 들을 때 나의 목은 편도선이 도져온다.

온통 그물이 깔린 바다 밑에는 물고기 떼죽음의 신음소리가 들려온다. 이 나라의 새벽 바다는 힘없이 쓰러진 채 원망의 눈초리뿐이다. 그렇게도 해산물을 좋아하던 나는 바다를 보기가 민망해서 나의 식탁에 오르는 생선을 꺼려한다. 눈을 감으면 바다의 무법자들 만행이 뇌리에 파편처럼 박혀오기 때문이다.

바다가 살아서 파닥파닥 뛰는 한반도를 이제 우리가 지키고 가꾸어야 한다. 하루 빨리 춤추는 바다의 소리를 듣고 싶다.

등 푸른 물고기 떼의 유연한 지느러미가 우리 모두의 빛나는 눈동자 안으로 헤엄치는 것을 보고 싶다. 바닷가에 밀치고 뛰는 봄멸치, 전어, 숭어 떼, 전복, 참게, 꽃게들과 맞물려 노는 넉넉한 내 유년의 바다를 보고 싶다.

어찌 그것뿐이랴. 바다를 밀면 삼치, 농어, 고등어 떼들이 치솟는 파도소리를 자주 듣던 그때가 너무도 그리워진다. 그러나 나는 결코 절망하지 않는다. 우리 모두가 바다를 살릴 수 있는 강인한 실천의지를 가지고 있기 때문에 믿어 의심치 않는다.

초록빛 연안 바다 살리기

지난 해 9월 3일 아침 토스트와 적포도주를 마시면서 조선일보 국제면을 펼치자 그리스 선적 스피리트 호 유조선이 파키스탄 카라치 연안에서 가라앉는 것을 보았습니다. 그 배에서 2만9천여 톤의 기름이 흘러나와 그 연안 일대가 오염되었다는 충격적인 뉴스였습니다.

지금 나의 내장으로 들어가는 빵과 포도주와는 물론 관계가 없습니다. 그러나 이상하게도 토악질하려는 밀침이 넘어왔고 떠오르는 고향 앞 바다에 떠다니는 기름과 밀리는 쓰레기에서 무엇이 물컹거리며 썩는 냄새가 코를 찔렀습니다. 그러면서 좌절하는 닻줄이 영감의 돌그물(몇 미터 정도의 소형그물) 이야기에 걸려 올라온 불가사리들이 죽은 듯이 의뭉 피우는 뻔뻔스러움도 다가왔습니다.

팔이 없어도 다시 자라나는 아무르 불가사리, 현란한 별불가사리류, 징그러운 뱀거미불가사리류, 짧은가시거미불가사리들까지 바다를 죽음으로 몰고 갑니다.

지금도 선박들은 물론 해안을 끼고 있는 항구와 포구에 사는 사람들이 오수와 유해물질을 함부로 투기함으로써 자정능력이 떨어진 연안 바다는 죽어 가는 신음소리를 냅니다.

바다 밑 백화현상인 갯녹음은 계속되고 있어 소용돌이치는 분노와 허탈뿐입니다. 어쩌다가 살아있는 수산물들이 우리 식탁에 오르면 서로들 빼앗아 먹을 정도로 좋아하면서 바다를 아끼는 정신은 전혀 보이지 않습니다.

이 나라가 잘 살려면 삼면의 바다를 제일 먼저 되살려야 우리의 미래가 확실히 밝습니다. 그러나 누구든지 잘 알면서 아무도 나서지 않고 있습니다. 해양계통에 똑똑한 사람들은 얼마든지 있지만 힘센 사람이 없어서 그렇습니까? 왜 촛불시위는 이 나라의 바다를 위해서 시위하지 않는지, 누구를 위한 촛불시위입니까? 값싼 외국 수산물이 항상 우리의 식탁을 안심시키지는 못할 것입니다.

앞을 내다보는 지혜로움으로 연안 바다를 조속히 살리는 방법은 국책사업으로 추진되지 않으면 엄청난 후회를 하게 될 것입니다. 막대한 국가적 손실과 위험을 무릅쓰고 남태평양 등을 비롯한 원양어업도 필요하지만 병행해서 우리의 바다를 살리는 방법을 아주 구체적인 강구책이 시급하다고 보아집니다.

지금 잘피밭도 참모자반밭도 그리고 톳밭, 미역밭, 다시마밭 등 해조류가 갑자기 사라지고 있습니다. 특히 잘피밭에서 싱싱하게 뛰놀던 전어 떼, 숭어 떼, 꽁치 떼들을 비롯한 모든 해산물들의 은빛 지느러미 향연을 볼 수 없습니다. 바다에 대한 상상력의 날개는 망가지고 생명력의 에너지들도 썩은 뻘에 죽어 밀물시간대에 너울댑니다. 날마다 술 마시고 고개 숙인 닻줄이 영감의 창백한 얼굴만 클로즈업 됩니다. 지금 어선들의 감척사업도 중요하지만 눈물 흘리는 연안 바다를 함께 치료하는 것이 급선무입니다. 기르는 어업에 너무 치중하여 도출된 여러 문제점을 보완하기 위해서도 연안 바다를 먼저 되살려야 합니다. 초록빛 연안 바다 살리기 운동은 지금도 늦지 않습니다.

안태본에 보낸 후박나무숲 파도소리

　그것은 옛날 같으면 만호[萬戶: 무관 종품] 벼슬쯤이나 되는 걸까. 고생 고생한 그 당시 내무부에서 시행하던 5급 승진 사무관 시험에 합격한 후 사무관으로 승진한 몇 해 후의 일이다.

　처음으로 면 · 동 단위로 배치되는 그러한 면장 관직으로 섬 안에 위리안치 되다시피 한 것은 아니지만 나에게는 적소讁所였다. 예총 통영 지부의 내부 회계 질서가 혼란되어 회장직을 끝까지 사양했음에도 간곡한 부탁이 있어 맡은 6개월째도 부족한 기간에 도서 면에 발령 조치는 불가피했던 모양이다.

　부당하다고 아무도 나서지 않았다. 거리만 멀다는 악조건으로 이해했기에 열심히 면장 임무에 최선을 다했다.

　면단위 특수 시책을 내걸고 지휘 보고를 한 후에 후박나무 1백만 그루 심기 운동을 전개했다.

　후박나무 씨앗을 채취해서 목적 달성하는 지름길을 찾았다. 그러한 발상은 재직 중에 문화공보실에 근무할 적에 우도(소섬)의 후박나무 천연기념물 지정 건의를 내가 최초로 문화재위원회에 오래된 보고의 발상이 떠올랐기 때문이다.

　부임하자마자 이곳 섬에는 더러 자생하는 후박나무가 있을 거라는 나의 이야기는 적중하였다. 갑자기 후계수로도 육성할 겸 경제수목을 만들고 싶어졌다.

나무를 심는다는 것은 인간의 마음 위에 중심을 심는 것이기 때문에 중심이 바로 서면 나라 사랑이 되기 때문이다. 이러한 신념으로 순수하게 후박나무 푸른 고향 가꾸기 특수 시책을 내걸게 된다.

앞에서 말한 백만주百萬株 심기 운동을 전개하게 된 계기다. 이곳의 자생 후박나무 씨를 채취하다 보니 모자라 제주도에까지 가서 씨앗을 구매해야 충당되는 구매비가 없어 막막하던 중에 욕지면 농협에 이 사업을 제의한 결과 공감대가 형성되어 더욱더 탄력성을 받게 되었다.

나의 우울한 그림자는 가장 짧아졌다. 오히려 주민의 공감대를 넓힐 수 있는 기대감에 제주도로부터 구매된 씨앗은 공수되었다.

비로소 백만주에 해당되는 후박나무 씨를 희망농가별로 무상으로 공급하게 되었다. 공짠데 감지덕지뿐이겠는가.

그러나 "언제 키우노?" 일부 노인들은 허탈했다. 그러나 지금은 예사로 생각하던 사람들을 만날 때마다 속속 내 귀에 대고 후회하는 혀를 찬다. 너무도 빨리 자라는 나무임을 알았기 때문이다. 몇 년 동안 자란 묘목들은 팔려나가고 아마 지금 그곳에 후박나무 군락이 있다면 몇 군데나 남아 있을까?

청사마을 바닷가 후박나무숲은 지금쯤 푸른 바다를 오히려 희롱하는 파도소리를 내고 있을까? 몇 년 전만 해도 임자와 함께 우거지는 후박나무 숲으로 가서 쓰다듬어보며 눈시울을 적시면서 발걸음을 떼지 못했다.

후박나무에 대한 소중함을 모르기 때문에 생각밖에 있는 그 섬에, 만약 조선시대 이덕무가 가 보았으면 그의 사소절士小節을 내밀며 어찌 황금나무를 함부로 내다 팔았느냐고 호통만 치겠는가. 이미 팔린 어린 묘목들은 도시의 가로수로 외롭게 서 있을지 몰라도 제구실을 못한다. 앞으로 이삼십 미터나 자라는 거목이기 때문이다. 참으로 안타깝다.

기존의 가치 결핍증에 한계를 본다. 무엇보다 나무는 알고 심어야 뿌리와 같은 깊은 뜻을 가슴에 새겨지는 것이다. 가치 창조는 승화되는 것이다. 단순히 보약나무로 경제적인 것만 챙기는 것도 좋지만, 하나도 버릴 수 없는 후박나무는 바로 황금나무다. 전국 도서관으로부터 논문을 수집한 결과 대단한 꿈나무가 아닐 수 없다. 부가가치가 매우 높기 때문에 지금부터 대대적으로 심어도 늦지 않다. 소금바람이 많은 섬 지방만이 제일 적지다.

옛날부터 섬 지방에서 후박나무는 사대부士大夫 나무다. 살펴보면 교통이 불편한 섬사람들에게는 옛날 필수 상비약 나무이기 때문이다. 마을마다 한두 그루 후박나무가 사대부 나무로 추앙되었다는 신통한 전설의 나무다. 부가가치별로 대략 짚어 보면, 첫 번째는 한방韓方에서 보는 음식을 조금 먹어도 체하고, 잘 토하는 데도 그리고 나무 성질은 따뜻하여 강장제로 쓰이며 토사곽란에도 신효하다는 것이다. 현재 시중의 건재약방에서 껍질은 1근 단위로 환산해도 값비싸게 팔려나간다고 듣고 있다.

내가 연구한 자료지만 두 번째는 사철 푸르며 속성수기 때문에 농가에서는 가지치기를 적당히 할 경우 그 이파리로 흑염소를 겨울에도 사료 공급 확보는 물론 집단적으로 사육할 경우 치명적인 마비 증세를 일으키는 염소전염병을 예방할 수 있고 농가부업소득도 기대된다. 또한 나무 성질이 유연하기 때문에 태풍 등에도 잘 꺾이지 않아 방풍림에도 매우 밝다.

세 번째는 후박나무가 한 삼십 년쯤 되면 지금도 외국에서 수입되는 값비싼 피아노, 기타, 바이올린, 첼로를 비롯한 악기의 재료를 해결할 수 있을 것이다.

그늘에 잘 말리면 가볍고, 벌어지지 않고, 비틀어지지 않다는 것을 내가 직접 실험해 보았다.

일본은 오래 전부터 왕후박나무를 생산하여 세계적으로 수출하지만 우리나라도 할 수 있다. 그러나 후박나무는 각 시군에 가로수로 많이 심어졌는데, 잘못 심어진 것 같다. 속성수인 후박나무 높이가 평균 이삼십 미터나 자랄 경우 집 근처는 물론 아무 곳이나 심었다면 그냥 베어 버려야 하는 안타까운 손실이 예상된다.

후박나무 분포도를 보면 최북방에 울릉도의 자생 후박나무를 비롯하여 흑산도 등에 주로 분포되어 있다. 그러나 최적지로 보는 이곳 남쪽 섬 중에는 후박나무가 성글고 전혀 없는 섬들이 많다.

만약 후박나무를 심게 되면 그들의 흥분은 황금나무임을 절실하게 느낄 것이다. 그래서 나의 아픈 기억을 흔들던 실험용 후박나무 십 년생을 후박나무가 없는 사량면에 기증하기로 마음먹었다. 고맙게도 받아주어, 올 삼월 중순에 보내졌다. 면을 통해 마을 별로 한 그루씩 기증하도록 부탁했다. 어떻게 되었는지 알 수 없으나 남아서 면사무소 정원에도 몇 그루 심어져 있다는 이야기도 들었다. 물론 고맙다는 감사장을 받아 잘 보관하고 있다.

지금도 그리운 유애遺愛

조지 스타이너가 그의 《푸른 수염의 성에서(In Bluebeard's Castle, 1971)》에서 "우리를 지배하는 것은 과거의 이미지다"라고 말한 것처럼 좋은 감성으로 새겨져 있는 것들 중에서도 지워지지 않는 기억은 항상 나를 새로움으로 움직이게 한다.

먼저 손을 내밀면서 다가오는 것 중에서도 나를 매혹시키는 것은 고향의 따스한 냄새와 목소리다. 만나는 웃음소리들은 싱싱한 채소보다 더 들큼하고 싱그럽다. 그것은 사는 멀미가 너무도 익숙해서 출렁거리며 씻는 소리기도 하다. 만나는 눈빛은 매일 아침 떠오르는 햇살처럼 눈부시게 한다. 그때의 본 얼굴들은 주름을 펴면서 본성과의 만남을 교감하는 시간여행을 떠나듯 신바람은 펌프질을 한다. 그간의 운명적인 이야기는 서로 위로에서 그치고, 마을 숙원들을 해결했던 고뇌와 희열이 만감으로 교차하는지 내 손을 잡고 흔들며 그리운 사람들을 호명하기도 한다.

이처럼 과거는 A. N. 화이트헤드(Whitehead, 1861—1947)가 말한 "연장된 현재의 계기"는 물론 "현재 속에서의 과거의 보존"적 의미가 담겨 있음을 알 수 있다. 이러한 관계 질서에서 공유한 가치관은 언제든지 하나가 될 수 있는 집단적 무의식의 힘이라고도 말할 수 있다. 낯선 숲을 처음 거닐 때의 무서운 정적도 자주 거닐게 되면 산울림 끝에 새소리와 풀벌레소리가 생동하는 힘으로 환치되는 느낌이다. 사람들의 뼈마디 음절마다 그들만의 고향 노래가 살아있음을 발견했다.

울컥하는 눈물도 그때 내가 사랑하던 그 사람들이 그리워지기 때문이다. 말하려는 나의 발자취는 평범하고 사람들이 뜨겁게 손잡아주는 것과 같은 것이다.

우선 필자의 나이테를 대강 봐도 오뉴월 볕은 이웃을 그냥 건너뛰지는 않았다. 과거의 이미지가 살아있다.

1960년이다. 초·중학교에 진학 못한 꿈나무들을 가르쳤던 일들인데, 내가 그들보다 더 가난했지만 호롱불 먼저 밝혀들고 기다리던 날들, 언젠가 불우한 이웃 분들에게 밀가루 배급할 때마다 저울대 앞에 선 배고픈 긴 자루를 내밀면 푹 더 떠주고 싶었다. 빈 자루 안으로 내 머리가 먼저 들어가 온 얼굴에 밀가루가 묻은 일화들이 있다. 1970년대 초, 가난한 마을 주민들과 새마을운동을 할 때는 그들로부터 신뢰를 반드시 얻어내어 가난한 가슴만큼 보람을 안겨드리기도 했던 기억들이 무성하다.

때로는 돌팔매에 피를 흘렸지만 그들은 나보다 더 목말라 했기에 나의 소임은 끝까지 성실 공정 하나로 극복할 수 있었지 않았던가.

바로 생각을 움직여야 변할 수 있다는 삶의 지혜를 이해토록 설득시키는 한편, 그들 앞에 먼저 무릎을 꿇고 공감하는 마음을 받아낼 때의 감격은 학 울음보다 더 시원했다.

어려움이 닥칠 때마다 최선을 다한 나는 부당한 지시에는 저항하여 미운 오리 새끼처럼 쫓겨 다녔지만, 주민들을 내 부모형제 모시듯이 공손한 머슴으로 봉직할 때의 걸음은 지금도 가볍지 않다. 때론 침식도 같이 했고, 마을 등불이 꺼진 후에야 돌아서던 캄캄한 출장의 피로가 겹친 눈물은 지금도 내 입술에 뜨겁게 남아 있다.

심지어 전두마을 장학회를 구성하는데 내 박봉 전액으로 불씨를 당기기도 했다. 그때 나누던 소주잔 안에서 더 큰 둥근 달을 처음 보았다. 나는 비로소 참사람[眞人]이 어떤 경우인지를 장자莊子가 말한 또 하나의 나를 없애버렸다[無己].

또한 1978년 3월 운명하신 아버지의 부조금 전액을 고향 마을에 몽땅 드려 효행제도 운영을 유도하기도 했다. 아무래도 나는 숙명적으로 봉사하는 일복을 갖고 태어난 것은 틀림없다.

1980년대의 격동기에는 섬과 섬 사이의 먼 거리도 단축시키기 위한 사량도 일주도로 개설 등 각종 지역개발사업에도 일조했으나, 내 이름보다 다른 사람의 이름이 빛나고 있었다.

지방자치제에 따른 의원들이 양심 없이 자기가 한 사업인양 가로챘다. 따라서 양보의 미덕은 확실할 때 더 양보하는 것을 잊지 않기 때문에 인내했다.

또한 1990년대 중반쯤인가 시민과장에서 욕지도서면장 발령으로, 그 유폐된 적소에서 예산 한 푼 없이 욕지농협의 도움을 받아 백만주가량 되는 후박나무 씨를 욕지欲知하는 화엄 땅에 심었다.

한편 정년이 되어 2002년에 퇴임한 후에도 후박나무 없는 안태본 사량면에 내가 키우던 후박나무 10년생을 16그루를 보냈는데, 면장의 도움을 받아 최초로 마을마다 한 주씩 심은 것으로 알고 있다. 그러나 이러한 작은 일들은 큰 데 비하면 너무도 미미하여 웃어넘겨버릴 수밖에 없지만 내게는 잊을 수 없는 뿌듯함이 벅차오른다.

그러나 거기에만 멈추지 않은 내 인생은 진주시 가좌동에 위치한 당시 경상국립대학교 인문대학 국어국문학과에 시간강사 출강을 포함하면 47년간 공직생활로서 거의 인생을 소진했다.

그동안 옳게 쏟은 열정은 결코 나를 잊지 못하게 하는 아주 값진 유산과도 같다. 바로 내가 가장 작아지게 하는 보람들이 지금도 나를 더 기쁘게 해주니 말이다. 마치 나는 누군가를 사랑하기 때문에 더 살고 싶어지는 것과 같은 것이다.

그러한 사랑을 못 잊어 서로 손잡아주고 감사할 줄 아는 고마움을 받을 때, 문득 정약용의 《목민심서》에 나오는 "훌륭한 수령이 떠난 뒤에도 백성의 사랑이 남는다"는 '유애遺愛'가 지금도 그립고 아쉬워진다.

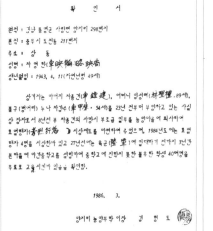

양지리 효행상 확인서

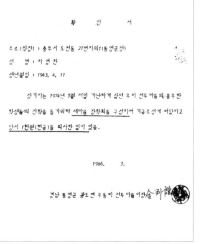

1974년 전두마을 새마을장학회 기금 확인서

백석 시인과 통영 신현중 선생님의 관계

백석 시인이 통영과의 인연은 그의 절친한 친구 신현중愼弦重 선생님과의 관계에서 비롯되었다. 이러한 인연에 관심을 갖게 된 것은 필자가 통영중학교 재학생 때부터 신현중 교장 선생님(이하 선생님으로 호칭함)께서 사시던 두멧집 가까운 곳에서 성장했기 때문이다.

신현중 선생님은 교내신문 《푸른 하늘》을 발행하시면서 교사 중에 강성중 국어 선생님에게 편집을 맡기신 것으로 알고 있다.

강성중 선생님의 거처도 신현중 선생님 바로 옆집에 거처하셨다. "아마도 중학교 수준인 교내신문 발행이야말로 6·25 전쟁 휴전 직후 최초인 것"이라고 회자되었다. 비록 프린트 판이지만 내용은 다양했다.

신현중 선생님께서는 필자의 졸시, 〈향수〉가 《푸른 하늘》(1953)에 발표되었을 때 감성적이라고 지적하시면서 시작법에 대한 말씀을 자주 일러주셨다.

필자가 문학에 대한 관심을 갖기 시작할 무렵 어느 날 청초靑草 이석우李錫雨 미술 선생님께서 통영에 오셨다.

그리운 재회에서 그림 그리기를 포기하여 제일 출세 못한 제자를 위로해 주셨다(3학년 때는 미술부장으로 황오복(후일 황유찬), 심문섭(조각가) 등등 미술부원을 데리고 미친 듯이 시내 어느 곳이든 스케치하러 다녔다).

청초 선생님은 여러 회상적인 대화 중에 신현중 선생님의 근황을 물

어왔다. 옛날 통영중학교에 청초 선생
님을 미술 교사로 채용해주던 인연이라
서 잊지 않고 있다는 것이다. 이에 따라
나는 병환 중에 계신다는 말씀드리자 그길로 찾아 뵈옵게 되어 신현중
선생님한테는 위로가 되었을 것이다. 그때 사랑채에 계시는 방에 바람
막이 낡은 병풍이 눈에 띄어 필자가 직접 가져와서 표구사에 맡겨 새
병풍으로 그냥 꾸며드렸다. 또한 타계하시기 전에 사모님께서 필자로
하여금 유품 정리를 부탁하기에 직접 가서 애지중지 아끼시던 유품을
잘 정리하여드린 일도 있다.

　그러나 4년을 못 넘기신 1979년 말경 신현중 선생님께서는 타계하셨
다. 필자의 주소를 알 수 없어 타계 소식을 전하지 못했다는 것을 사후
에 알게 되었고, 사모님을 뵈옵는 기회를 몇 번 갖게 되었다. 그간 자
주 못 가게 된 것은 병풍을 표구한 대금을 자꾸 주려고 해서 일부러 발
걸음 하지 않았기 때문이다. 혼자 계실 때 찾아 뵈옵게 된 것에 대해서
는 오히려 머리 둘 바를 몰랐다.

　어느 날 모 신문에 백석 시인과 박경련 사모님으로 보이는 이야기가
나온 것을 보고 걸음하여 여쭤봤더니 기꺼이 응하셨다.

　너무 오래된 이야기를 꺼낸다면서 "그것은 위랑葦郞 님께서 기자 생
활하실 때에 친하니까 통영에 대한 시작품은 러브스토리를 넣어 보았
으면 하는 말을 지나치듯이 해 본 것이 후일 유명한 시인 대열에 올랐
다는 이야기를 들었다"고 말씀하셨다. 백석 시인이 통영에 와서 통영
음식을 잘 잡수시고 그와 함께 하던 서병직 씨는 위랑 선생님과 친한

벗이기에 자리를 같이 한 것도 알고 있다"고 말했다.

특히 서병직은 사모님과는 친 외사촌 오빠(외삼촌의 둘째 아들)라는 것도 말했다.

박경련 사모님은 "백석과 전혀 만나 보지 못했으나, 위랑 님의 친 누이 신순영 결혼 때 여자 우인 대표로 가서 먼발치에서 백석 시인이라 하여 얼굴을 본 적은 있으나, 그 이후 스캔들은 전부 거짓"이라고 일축했다. 아무리 모던보이라고 해도 당시 사회는 용납할 수 없는 윤리적 무거운 그늘에 짓눌려 있었던 때라는 것도 말씀하셨다.

그러나 신현중 선생님과 그의 부인 박경련朴璟蓮 사모님과의 러브스토리 이야기는 여쭤보지 못했다.

"위랑 님과 사는 동안 위랑 님은 자주 백석 시인을 좋은 친구라고 들먹이었을 뿐"이라고 답변하셨다. "아무리 사랑이 중하지만, 언어도 틀리고 풍습도 틀리고, 이곳 남쪽에서 그 먼 북쪽 어딘지를 모르면서 교제한다는 것은 얼토당토않다"는 것이다.

또한 "외삼촌(서상호 전 국회의원)께서 이화고보까지 공부시켰기에 감히 옆눈을 팔 겨를 없이 공부에만 매진(졸업 때 1등)했고, 일본 유학을 꿈꾸었기에 혹시나 외삼촌에 대한 기대감으로 이성에 대한 생각도 해 본 적이 없었다"는 것이다.

사모님의 아호는 '연당蓮堂'이기에, '천희天(千)姬'와 '란蘭'이라는 말에 깜짝 놀라며, "그 분(백석)의 시어에 불과할 뿐"이라고 잘라 말했다. "그 사람은 위랑(韋郎, 신현중의 아호) 님으로부터 소상히 들었고, 위랑 님에 대한 신상 등 모든 것을 우리 집안이 확인하였기에 혼인에는 문제될 것

추호도 없었다"며, "외삼촌이 서둘러 결혼시켰다"고 말했다.

그의 글에서 란이 아픈 것을 알고 있는 글이 있다고 말씀드리자 "백석 시인님이 저를 좋아했다면, 저가 휴학계를 내고 서울 외삼촌 집에서 늑막염 통원 치료 할 때에 얼마든지 만날 수 있었고, 자신이 그를 좋아했으면 자기가 나서서 연애할 수도 있었다"고 말했다. 그러나 "모두 시에 나오는 그의 내러티브에 불과하다"는 것이다. 그렇다면 누군가 박경련 사모님과 백석 시인과의 러브스토리를 채록하는 과정에서 '란'이라는 처녀를 두고 쓴 빗나간 스토리라 할 수 있다.

근황에는 어떤 이가 박경련 사모님의 처녀 시절 이름이 '란蘭' 또는 '천희千姬'라고 쓴 글을 처음 읽었을 때도 정말 놀랐다. 헛소문이나 참소문이나 먼저 떠오른 장소가 여러 군데일 수도 있지만, 유명한 통영 충렬사 아래 명정샘터는 예부터 통영 소문의 중심축(진원지) 역할을 한 전설의 샘터다. 설령 꾸며낸 것이 아니라도 사실인 것 같이 구체화하여 둘러대는 잔재주 많은 몇몇 통영사람들의 성미에서 뺄 수 없는 기질적 오류에는 소설을 능가할 정도다. 절도 망상증이다.

필자는 '란'이란 처녀 이야기에 고故 제옥례 선생님의 호 '란정蘭丁'을 떠올렸다. 그러나 터무니없는 비견일 뿐이다.

'란'이란 이야기는 신현중 기자와 백석 기자가 진주로 가서 당시 진양 요정 집의 예쁜 여자에게 신현중 기자가 내린 그날 밤의 이름인 '란'에서 찾을 수 있다(영남지에 신현중 글 참고). 그 당시 시정市井 술집뿐만 아니라 그때는 항간의 예쁜 여자를 보고 호칭할 때의 유행어라 했다.

근황에 어떤 분의 글에는 '백석 시인의 애인 박경련을 신현중이 빼앗았다'는 극단적인 글들을 확실한 것처럼 발표했다. 송준이 지은《시인 백석 1. 2》(흰당나귀, 2012. 9. 5)를 보면 앞에서 지적한 일부 내용이 억지로 기록된 것에서 비롯되었다 할 수 있다. 이건 너무도 터무니없는 이야기를 내깔고 사실인 것처럼 쓴 글로 보일 때, 심한 무문농법舞文弄法이 아닐 수 없다(이에 대한 구체적인 비평은 2017년 월간《시문학》11월에 발표 되었다).(참고사항: 월간《시문학》에 3회 연재. 2017. 11월호. PP.102/ 동년 12월호. PP.97/ 2018년 01월호. PP.80). 따라서 이 글에 충격을 받은 필자가 들은 이야기를 같은 신문에 반박하는 글을 발표한 적도 있다.

두멧집 초간본과 재판본

박경련 사모님은 상당히 조선 말기의 전형적인 조선 여인상이었음을 알 수 있다. 예의를 중시하고 인자하시며 신의를 내세우는 말씀에는 명확했다. 밭일을 하셔도 한복을 입으시고 일하는 모습에서 필자는 어려서부터 큰 충격이 아닐 수 없었다.

당시 일꾼들은 추레한 일옷을 입는데, 언제나 봐도 훤칠한 키에 색동옷을 입으시고 학생이 인사를 올리면 허리 굽혀 인사를 받는 등 그야말로 몸가짐이 정중하셨다.

그러나 얼굴은 약간 검은 편이며, 코가 오뚝하여 분명한데다가 점잖고 지조 높은 귀부인이었다. 그러나 남성들이 호감을 갖는 얼굴은 아

두멧집옆 남새밭

니었다. 항상 외롭게 보였는데, 슬하에
는 자식이 없었다. 양자를 입양시켜 그
분들이 친자식 이상으로 돌본 것으로
알고 있다. 벌써 18년 전인데도 생존해
계시던 통영중학교 때 역사 담임하셨던
탁오석 선생님(백석과 같은 동문 오산고보 졸업)은 강康 사모님과 함께 직접
통영을 오셔서 부족한 제자를 잊지 않고 찾아주셨다. 식사 후, 티타임
을 갖고 많은 이야기를 나눴다. 탁 선생님은 신현중 선생님 집 바로 옆
집(동쪽 방향)에 살았기에 백석 선생님 이야기를 가끔 들었다는 것이다.

백석의 〈통영〉시는 "신 교장 선생님의 작품이다"라고까지 말씀하셨
다. 이미 신 교장 선생님께서 단행본 수필집《두멧집》(1954초판, 1993. 10
재판)을 출간하면서 선생들 사이에서 백석 시인 이야기를 잘 알고 있었
다 한다. 즉 "시에도 조금 러브스토리가 들어가야 맛이 있다"고 말씀하
셨다는 것이다. 그렇다면 초기 시에서도 중반 무렵부터 그의 시세계는
러브스토리가 진하게 터치되고 있음을 발견할 수 있다.

참고로 생존해 계신 박경련 사모님이 필자에게 직접 쓴 육필을 2회
에 걸쳐 보내왔었다. 하나는 청초 선생님과 함께 제자가 찾아주신 것
에 대한 고마움이고, 두 번째는 필자가 은사님의 유품을 정리해 준 것
을 잊지 못한다면서 서예 대가인 청남菁南 오제봉吳濟峯 선생님의 친필
서예 〈山高水長〉를 사연과 함께 동봉해 보내왔다.

또 재판된《두멧집》(1993) 내의 표지에 사모님의 친필로 사인하셔서
보내왔다. 지금도 박경련 선생님 친필은 물론, 수필집《두멧집》초판

(1954)과 재판(1993), 또한 그가 번역한 국문판, 《논어》(1955) 서적들이 나의 '통영한빛문학관' 수장고에 귀중한 자료로 소장되어 있다.

　문득 두 분 사시던 모습을 떠올릴 때마다 마치 부모님을 뵈옵는 정분을 울컥 느끼기도 한다. 그들은 너무도 담백하고, 사시면서도 모던적인 일면도 보여주시었다. 어느 날 필자는 희수稀壽 나이로 그들이 사시던 그곳을 못 잊어 둘러보러 갔는데, 두멧집 터의 모습만 허전한 그대로 그전 모습이었으나 그 자리에 낯선 2층 집이 덩그렁 하게 지어져 있었다. 그대로 한참 멍하니 서서 보고 있노라니 사모님께서 뛰쳐나오시면서 필자의 이름을 부르는 것 같았다

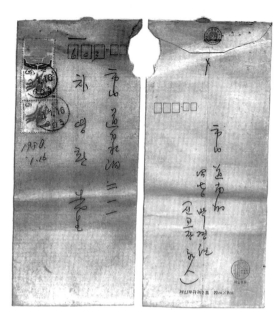

1980.01.16.
박경련 사모님이 보낸 편지 걸 봉피

車 先生님 前 귀하
李 鎬 雨 先生님 과 여러분 께서 事故 에
주신 정 우리집 식모님 에게 다시 없는 生氣를
기쳐더 주었옵니다.
번번 1년중에는 저희에 누의 喪故에 빚 연되 어느
하고 죽음에 넋 같은 생각 하고 께시던 복이
식모님 께서 오셔서 그 림을 정리 하시고 지신의
배를 갈라 죽을 들게 되었더 — 정말
고마 을 없어 였옵니다.
식모님의 그 心懷 라신 마음 故로 陸을 생각
하고 있는 분이나 느끼는데 다드시고 — 感慨
했옵니다 人님의 오 가눈 情懷을 오시는
고랑 선생 님이 서로 그 리께 되었더 가여 하고
감남을 기쁘게 누워 께졌는데. —
식모님의 최후은 아름다운 비쑤씨에 정려 다시
회신 정의를 그려께 되었어더
정말 고맙습니다
와으로 老人에게 事情눈 최의의 사람이
그아누 書 보내로 生氣을 넣어주는김로
實園 지었옵니다. 늦모님의 그 미름씨에
주옵은 報答 해애 잠지
식모님의 건강은 室의 祚福을 진심 祈願 합니다

1980.01.16.
박경련 사모님이 보낸 편지

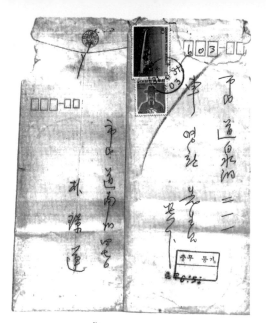

1981.08.31.
박경련 사모님이 보낸 편지 겉 봉피

1981.08.31.
박경련 사모님이 보낸 편지

경이로운 힘을 진행형으로 하여

그와 우연의 만남처럼 나를 흔들어 깨우는 어떤 끊임없는 질문은 나를 질타부터 시작한다. 나의 말을 스스로 꺼내도록 엄습해왔다. 그는 아무도 아닌 바로 또 하나의 나 자신이었다. 그래서 인간은 호모뒤플렉스Homo Duplex 또는 페르소나persona라고 했던가. 그는 생명의 불꽃 같은 나의 열정에 대한 감시자였다. 열정을 불태운 그간의 고진감래를 어떻게 극복했느냐는 것도 챙겨왔다.

그러나 나에 대한 진실한 질문이 아닌 배가 아픈 그의 빈정거림은 나를 모멸감으로 몰아왔고 어떤 실수를 바라는 것도 사실이었다. 나는 그와 부딪칠 때마다 반목했다.

그럴수록 나는 나를 겸허하도록 타이르며, 무엇을 배우다 그만둔 사람을 얕잡아 보는 벗쟁이(a poor archer/ a half—learned person)가 되지 않도록 '독서만권시통신讀書萬卷始通神' 목표로, '정신일도하사불성精神一到何事不成' 즉 정신으로 직관에 집중한, 인식능력을 게을리 하지 않았다.

《백이열전》을 일억 일천삼백 번이나 외웠다 하여 호를 '억만재億萬齋'라 했던 김득신을 떠올리며 '독서백편의자현讀書百遍義自見'하는 한편 언제나 건강을 저축하면서… 그러나 헛것[黽影]에 끌려 다니는 멍청이처럼 후줄근한 한숨일랑 세숫대야 물에 질겅질겅 적시기도 했다. 끄집어 말리듯이 십년이나 넘은 빨랫줄에 걸쳐 놓기도 했다. 안타까운 손짓들을 눈물겹도록 그냥 보내는 마음 고개 숙인 적이 어찌 한두 번뿐이었으랴!

돌아보니 나이는 어디로 갔는지 자연연령이 벌써 칠십 고개에서 하얗게 웃고 있었다.

그러나 퍼즐처럼 매혹적인 책 속으로 풍덩 빠져 헤엄치던 때가 더 많았다. 그것은 대학원에서도 대부분 꺼려하는 쉬르레알리슴(프랑스어, 영어로는 쉬르리얼리즘) 연구에서 더욱 그러했다.

쉬르레알리슴의 세계를 탐구하기 위해 모더니즘, 포스트모더니즘, 다다이즘 등 아방가르드는 물론 정신분석학, 심리학을 비롯한 프로이드, 헤겔, 칸트, 니체철학, 하이데거, 들뢰즈, 자크 라캉, 슬라보예 지젝, 중국의 노장사상뿐만 아니라 천부경을 비롯한 다의적인 철학 연구가 선행되지 않고서는 한 발짝도 나아갈 수 없었다.

어디서부터 시작해야 하는지도 막막했지만 구경究竟하는데 방향감각을 걷잡을 수 없이 나의 방황은 끝이 없었다.

이러한 미로에서 헤매며 나를 찾아 끝없이 몸부림치던 악전고투야말로 피비린내 그대로였다. 그러한 싸움에서는 첫째 건강이 허락되지 않으면 불가능한 작업이었다. 그래서 울적하는 날은 에너지 충전을 위해 산을 뛰어올랐다. 차라투스트라처럼 산을 오르면 잃어버린 길이 여명처럼 열리기 때문이다. 그러므로 나의 산행은 끊임없이 트레킹으로 일관했다.

눈알이 무거워 쑥 빠지려고 할 때는 손수 약단지에 내가 길러오는 석창포 뿌리에 백복신과 원지, 지골피를 다려 마시기도 하면서 때로는 우리 어머님을 장수하게 도와주신 나의 단골 세광한의원 원장 오 박사께 부탁하여 귀비탕도 먹는 등 죽음과의 싸움은 주야로 계속되었다. 하도 답답한 아내는 "지금 그 나이에 그것 해가지고 무엇하느냐"고 수십 번 다그쳐 물으면서 내가 스스로 포기하도록 종용하는 것 같았다. 물론 병이 날까 걱정되어 애박아대는 말이지만 나에게는 매우 야속했다. 웃어넘기면서 깊은 학문을 하고 싶어 하던 나의 평생소원임을 분명히 밝혀봐야 별로 먹혀들지 않았기 때문이다.

그동안 공부하는 것보다 가정의 이상한 심리적 현상에서 더 고통스러웠다. 때로는 내가 나를 보고 "미쳐도 더럽게 미쳤다고?" 소리치기도 했다. 이런 괴성을 듣고 혹시나 정신분열을 일으켰는지 아내는 내 공부방 문을 열고 확인하기도 했다. 왜냐하면 끼니를 제때 먹지 않고 걸렀기 때문에 건강은 악화될 수밖에 없었다. 사실상 또 한 번 죽었던 것이다.

누구든지 회의적인 웃음으로 보는 것 같은 난해한 쉬르레알리슴을 기필코 작파斫破하고야 말겠다는 사생결단으로, 무모하리만큼 계란으로 바위치기 한다는 섬뜩함을 느낀 것도 사실이다. 그야말로 사막 위를 걸어가는 집시처럼 새카맣게 타버린 그림자였다.

가정은 더 어려워지면서 기가 빠지는 것 같았다. 이웃 사람들도 백안시하는지 얼굴을 돌리는 것을 보았다. 어쩌면 "노박魯朴에도 미치지 못하여 빈 낚싯대[漁竿]를 메고 마치 몇 년 만에 돌아 왔을 때 썩어 문드러지는 물고기에 흙담도 무너진[魚爛土崩] 채 인기척마저 전혀 없는[赤貧無依]데다가 가난하여 물로 씻은 듯하여 아무 것도 없는[赤貧如洗] 것과 같았다. 비참한 어렵사리는 바로 물고기가 자기 죽음이 임박한 줄도 모르고 노니는 것[魚遊釜中]"과 다름이 없었다.

그러나 학문을 갈고닦는 것은 탐욕으로만 몰아 부칠 수 없는 것은 사실이다. 학문도 시기가 있다는 것도 잘 알고 있다.

나이가 들면 아예 학문마저 멀리하고 헐렁하게 사는 것이 순리인 줄도 안다. 바로 이러한 안일현상은 나이가 들면 더 이상 나아갈 수 없는 한계점에서 버림당하는 것일 수 있다. 그야말로 쓰레기로 취급당하는 것이다. 이를 극복하기 위해서 종전의 진부한 사고는 과감히 탈피해야 했다.

지금도 누구든지 공부하고 싶으면 늦지는 않다. 팔십 넘은 자들이 유명한 하버드대학교를 졸업하는 것을 우리는 잘 알고 있다. 자기 결심만 확고하면 불가능은 없다. 내가 다니던 모 국립대학교 일반대학원에서 '나이는 하나의 숫자에 불과하다'는 교수들의 이야기가 회자되기도 했다. 근래에는 거의 없었던 대학원의 신화를 낳을 수 있게 된 것은 나의 열렬한 고진감래의 체험에서였다고 생각된다.

늘그막을 두려워했지만 학문에 집중한 결과 모든 기억이 재생된다는 것도 알았다. 특히 통합적인 이해로 명석해지는 두뇌를 발견할 수 있었다. 학문을 할수록 호기심은 증폭되었고 그간 모르던 미지의 세계가 펼쳐지는데, 통찰력을 발휘하는 등 기억의 재생에서 감각과 의식이 동시성을 명징해 주는 것 같아서 뜨거운 눈물로 감사하였다. 이러한 체험은 학문에 몰두하다 보니 이제는 중독되어 버렸다.

자기의 전공과목에 대한 못다 한 연구를 죽을 때까지 계속하지 않을 수 없기 때문이다. 마치 마약 같은 것에 흡인되고 있다는 것을 느끼기도 했다.

그러나 오늘날의 사회는 다양한 지식을 요구하기 때문에 혼자 있을

수록 삼가 두려워[愼獨]하면서 끊임없는 주경야독으로 학문을 섭렵해야 하지 않으면 안 되었다. 흔해 빠진 박사학위 취득이라는 어떤 오만에서 학구學究를 소홀이 한다면 바로 파멸을 자초하는 것과 다름이 없다. 늘 움직이고 변화를 시도하는 것이 공감각共感覺에서 오는 창조라고도 할 수 있다면, 항상 긴장된 준비만이 새로운 문을 열 수 있다고 본다.

여기서 근학勤學을 위한 몇 가지 유념사항은 우유부단하면 항상 위험한 발상을 선동하는 등 잔꾀만 부리기가 십상이기에 분명한 태도로 구경한다. 유명한 성철스님의 말씀처럼 자기를 속여서는 안 된다[不欺自心]는 것도 명념한다. 잘못하면 뱀파이어처럼 기회주의자가 되는 수가 있기 때문에 항상 경계한다. 특히 물질문명을 혜안으로 극복하는 데는 참여하지 못한 채 살아있는 시체로 떠다니는 좀비처럼 껄껄대면서 불안해하는 자로 나락해서도 안 된다. 그러나 이러한 군상들로 전락한 자들이 득세할 경우, 그들에게 압도당하고 버림당할 수도 있기 때문에 학문하는 자를 날로 넓혀 그들과 더불어 지성과 이성들이 통합 공존하는 건강한 사회를 선도하는 것이 시급한 과제이다.

그러나 나는 학문을 할수록 결핍증을 더 느끼고 있다. 하여 학문에 배고픈 나는 이 가을이라도 황포 돛을 올리고 서쪽 바다로 가는 것보다 신비한 동쪽의 새벽 바다를 향해 항진하고 싶은 배다.

나를 그냥 정박시켜 놓는 것이 아니라 파도자락에 부딪치는 빛과 그림자를 이동시키는 예리한 직관을 통해 숭고한 사유에 도달하도록 아직도 맞바람에도 노 젓기를 하고 있다. 아직도 흘러넘치는 경이로운 나의 힘을 진행형으로 하여…

두메 아래뜸은 내 문학의 창작산실

1

헐벗고 터진 살점 꿰매는 한 성장이 문득 떠오른다. 한 편의 드라마 같은 데메 들판 길섶 풀잎에 맺힌 그렁그렁한 이슬방울 스토리들이 애드벌룬처럼 둥둥 뜨고 있다. 그 배고픈 곳을 못 잊어 꿈에서도 이슬 맺힌 두메 아래뜸이 몸부림친다. "남들이 공부시킨다 하니 따라 장 가듯이 어린 자식 버리다시피 그 피골 보이면 우리가 아프다"는 말들이 지금도 쟁쟁하다.

그때의 내 몰골을 살피던 이웃 할머니와 어머니 같은 분들의 눈물방울에 바깥출입은 스스로 나서지 못하게 했다.

6·25 전쟁의 포연냄새가 건너오지는 않았지만 당시 이곳 허허벌판에 내던져진 생명은 등불에 책읽기는 기름을 아껴야 했다. 그때의 밤은 도깨비 불빛이 사방 굴러다니고, 부엉이들의 간헐적인 울음소리는 나를 더욱더 초조하게 했다. 데메에서 띠밭 등(지금의 띠밭 등이 아니고 한참 내려서야 하는 위치임)을 넘으면 영운리에 친 막내 삼촌이 산다는 이야기만 들었지 그곳에도 어쩐지 가기 싫었다.

울적한 날들의 일기를 쓰던 고독들이 참솔 숲이 있는 언덕으로 뛰어오르는 때가 많았다. 그곳에 서면 공주 섬 둘레에 반사되는 파란 불빛이 어머니의 눈물방울로 다가와 내 눈시울을 쓰다듬어주었다.

그때마다 막내둥이의 버릇으로 울부짖어 본들 여렵다만 했겠는가. 그때 나 혼자 좋아하던 숙자라는 여자아이가 훔쳐보아 깜짝 놀랐다. 그녀를 떠올릴 때마다 그 언덕이 아름답다. 그러나 그 소녀의 눈물을 만나지 않으려고 지금도 크게 자란 팽나무가 있는 중뜸마을 오솔길을 일부러 걸었다. 안녕을 비는 당산제당이 있는 길을 아무도 모르게 혼자 걷는 것을 눈감을수록 지금도 그 소녀의 얼굴은 훤하다.

너무도 굶주린 1950년대 초반 끼니마다 빈 밥숟가락에 떨어진 그것을 사람들에게 들키지 않으려고 훔치다 흘렸다.

그 인자하신 신춘자 어머니가 닦아주는 손을 잡고 그만 터뜨린 목울음은 질경이풀로 자랐다. 반딧불 같은 영상들이 나를 손잡고 이끈 곳은 잠시 머물던 해평마을 바닷가도 있었다. 학생이면서 가정교사로 1년 기거한 고뇌의 날도 떠오른다. 그러나 그곳이 불편하여 다시 아늑한 두메 아래뜸으로 왔다. 간혹 초등학생들을 가르칠 때는 따신 쌀밥을 먹을 수 있어 뭣이 그렁, 그렁거렸다.

2

그럴 때마다 내가 불끈불끈 두 손을 쥐던 그곳은 통영중학교 신현중 愼弦重 교장 선생님의 두멧집과는 멀지 않았다. 어떤 빈집에 공부방으로 허락한 분의 주인 성함은 모르지만 문득문득 문 여는 소리가 무시무시하게 들려왔다. 그 집을 잊을 수 없는 것은 도둑이 들어서 내 끼니 쌀을 몽땅 가져가 버렸기 때문이다. 굶은 날이 며칠 지났을까? 학교에도 갈 수 없어 누워 있을 때 그 사연을 들은 탁오석卓五錫 역사 선생님 사모님(康氏)께서 쌀을 조금 가져다 주셨다. 배고픔 끝에 따신 밥을 먹으니 온몸이 눅진하여 깊은 잠에 빠졌다. 오히려 연명하기 위해 굶은 날들이 길어 뼛속마저 구시렁거렸다.

혹독한 버림을 당해 보면 어디로 가겠는가. 자기 발로 친 삼촌집의 양자로 다시 찾을 것을 기다린 부모의 생각과 나는 너무도 멀었다. 그러나 뒤늦은 물음일지라도 지금도 내 생각은 옳았다.

그러나 나의 고개 숙임은 아무도 모른다. 지금도 떠올리면 불쌍하고 가련한 나는 죽음을 모르고 사는 방법은 오직 공부였다. 그때의 모습이 엄습하면 시를 쓰고 있다. 바로 그때 생명력의 불꽃을 만난다. 온몸을 떨며 다가온 것은 시 창작에 몰입하면서 그 아픔을 극복할 수 있다. 들판을 마구 소리치며 뛰어다니던 불덩어리를 본다.

통영중학교 1학년 때 어느 날이었다. 검정 두루마기 입고 출퇴근하시는 신현중愼弦重 교장께서 통영중학교 신문《푸른 하늘》에 발표된 나의 시 〈향수〉를 읽으셨다며 "시는 그렇게 쓰면 안 돼! 주지적이거나 낭만주의적인 시를 써야 해(이하생략)" 그 말씀도 무슨 소린지 몰랐다.

되새기며 성장하고 보니 내 운명은 시를 창작하는 어떤 강렬한 회오리 같은 메시지였다. 그 쟁쟁한 목소리는 잠시나마 시의 길을 인도하는 등불이었다. 어릴 때의 그 무서운 신 교장 선생님의 만남은 그의 빛나는안광은 나의 눈동자에 박혔고, 그의 훈시는 푸른 하늘과 독수리 기상이었다.

그때부터 시 쓰는 끄나풀을 놓치지 않아서 오늘이 있다. 그 뒤에 어쩌다 불러서 그가 사는 두멧집에서 무서운 분을 뵙는 날이 있었다. 너무 친절하시고 사모님은 훈훈했다. 모처럼 내리는 남도의 첫눈보다 더 따뜻했다. 내가 더 빨리 녹아내리던 온기는 잊을 수 없다. 신현중 교장 선생님의 호號는 위랑韋郎이셨다. 선생님의 담장 넘어 옆집에 동양사를 가르치던 오산학교 출신 탁오석卓五錫 선생님이 늘 함께하여 주셔서 든든했다. 거기다 탁오석의 사모님 은혜를 잊지 못하고 있다.

필자가 통영시청 어느 자리 지방행정 사무관직(과장)에 있을 때 두 분이 잊지 못한 통영으로 나를 찾아오셨다. 팔순 중반에 오신 두 분께 노비를 손에 쥐어드렸을 때 "차군은 죽음을 이길 줄 아니까 나를 만나는구나" 하면서 내손을 잡고 한참 우셨던 기억과 겹쳐지는 등불들도 그곳에는 캄캄하다.

말머리를 돌리면 그 뒤로 자주 신현중 선생님과 탁오석 선생님을 번갈아 뵙게 되는 동안 백석 시인이 자기와 절친한 친구라는 이야기만 기억에 남아 있다. 백석 시인이 '통영'을 두고 쓴 시가 무엇인지, 무슨 이야긴지 몰라 그냥 듣는 체만 했다.

시라는 것을 모르고 감정으로 쓰는 글인 줄만 알았기 때문에 살기에 바빠 방황하던 시절 모두 지워질 수밖에 없었다. 항상 나머지 말미만 문득 떠올랐다.

통영중학교 1학년 학교 전체 봄 소풍 때였다. 지금의 용화사 뒤편 산자락 잔디밭에서 소풍백일장대회 방榜이 붙고 규격용지를 나눠주었다. 시제는 '벚꽃'이었다. 장원은 못했지만 차상하여 그 자리에 나와서 낭송했다. 또 시내 '중·고등학생종합학예발표대회' 때 출전한 시화는 '감'이었는데 그것도 입상에 멈췄다. 그러나 축구공을 보면 축구선수가 되고 싶었고, 그림 그리기도 하고 싶었다. 한 특기에만 몰입해야 하는 것도 배웠지만 이석우(李錫雨, 호 청초靑艸) 미술 선생님께서 "자네 그림 보니 소질이 있어. 그림 그려봐." 그래서인지 2학년 때부터 미술부에 있었고, 3학년 때는 미술부장이 되었다. 현재 세계적인 조각가 심문섭 후배를 비롯한 유명한 화가들이 된 후배들과 함께 남망산은 물론 온 시내 골목길을 이젤 들고 쏘대다니면서 그림 그리기도 했다.

오히려 미술대회에 입상한 상장이 몇 장 있는 것 같다. 결국 고등학교는 통영수고를 졸업했지만 나는 부산시 거제리에 위치한 지금의 부산교육대학교의 전신인 부산사범대학 미술과에 합격(합격증 50번)하였지만 매학기 등록금 부담을 느끼고 중퇴해 버리고 말았다.

그러자 불현듯 시가 붙잡아 준 것은 다행이었다. 그러나 가난은 밧줄로 나를 묶어 바다에 던져 버렸다. 통수고의 교지 《갈매기》 복간호(프린트판)와 동인지였던 《珊瑚島》가 갈매기 떼로 날아올랐다.

진짜 '목포의 눈물'보다 더 펑펑 쏟아지던 그날 통영 뱃머리의 뱃고동소리는 나를 소환했다. 어쩌다 2등 항해사로 기선저인망 동해호에 승선하여 먼 캄차카 반도까지 가서도 왜 고통은 얼

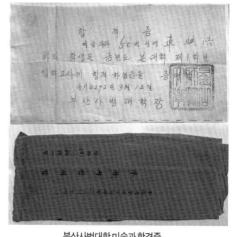

부산사범대학 미술과 합격증

어붙지 않았던가.

그때 나의 신神은 너무도 혹독했다. 내 머리채를 이끌고 바닷물에 질경질경 적셔 토악질하게 했다. 하지만 짧은 3개월 만에 하선하던 이유는 뱃멀미였다. 몰려온 갈매기 떼가 비웃어대는 소리는 지금도 쟁쟁하다. 나와 친하던 친구가 "니 그동안 어디 갔더노? 얼굴이 말이 아니다." 하기에 그냥 웃는 것이 내 대답이었다.

3

호구지책으로 공무원 시험을 치기 위해 열심히 공부한 결과 8과목에 합격하여 공무원이 되었다. 형편은 조금 풀리기 시작했다.

그러나 1960년대 공직자는 군인보다 더했다. 공무원 재직 중 어느 날, 시 부문(자유시) 등단 소식은 1978년 9월이었다. 《현대문학》의 자매지였다고 하는 시전문지인 월간 《시문학》 10월호에 발표된다는 1회 추천 소식이 전해왔다. 그 시기에 통영에 거주하면서 운문계통의 시조 부문이 아닌 자유시에 추천받은 자는 최초로 나 혼자였다.

그럴 때마다 위랑 선생님의 목소리가 나를 채찍질하는 것 같았다. 그 다음해인 1979년 07월에 시 〈어머님〉과 〈한려수도〉 2편을 추천완료 받아 문단에 공식적으로 등단하게 된다.

그러는 동안 두 번째 저에게 보낸 박경련朴璟蓮(호는 蓮堂, 이하는 연당 선생으로 부름) 사모님의 친필을 받고 불현듯 뵈옵고 싶어졌다. 바로 그 사연은 1979년 "위랑 님이 타계하셨다"는 것이다.

왜 발을 끊었는지 설명하던 대목은 연당 선생님이 표구 대금을 기필
코 주시려고 했기 때문에 받지 않으려고 발걸음 끊었던 이야기에 눈물
을 흘리셨다.

요새는 다리가 약해져서 지팡이에 의지하고 산다며 너무도 외로워하
고 계셨다. 얼마나 사람들이 그리웠는지 눈물은 그칠 줄을 몰랐다. 그
곱던 조선의 마지막 규수의 모습은 찾을 길이 없다.

그러나 아름다운 눈매는 너무도 맑은 그대로였다. 어릴 때 듣던 백석
이야기를 연당 선생님으로부터 한 시간 넘게 들었다. '란'이라는 이름
은 백석 기자와 신현중 기자 두 총각이 통영에서 술 마시면 욕을 듣는
다 하며 진양군(진주시가 일제 때 이름) 진주 기생 술집에서 술 마시며 기
생 하나 부르는 이름이 '란'이었다고 했다.

그날 위랑 님이 '란'이라고 이름 하였다는 호방한 이야기는 한참 살다
들었다는 것이다. '란'이라는 기생 이름을 백석 시인의 시, 〈통영〉에 나
오는 '란'을 차용한 것에 불과하다는 것이다. 시창작도 사실은 픽션이
다. 그러한 "통영을 노래한 시에 최초로 러브스토리가 들어가야 하겠
다는 뜻을 부탁(?)한 이가 위랑 님"이라고 믿고 있었다.

이야기는 깊어져서 질문한 결과 백석과의 스캔들은 전혀 없었다는
것이다. 백석 시인이 못 잊어하는 연당 선생님과의 시나 수필을 분석
해 보면 허황한 틈새가 많다.

말하자면 문학의 핵심인 허구[fiction]에 있다. 아이가 없는데도 백석
의 글에는 아이가 있다는 등을 보면 명백하다. 특히 연당 선생님은 백
석을 만난 사실이 전혀 없었는데도 있는 것처럼 리얼하다. 그러한 사

실을 들고 백석과 연당 그리고 위랑 선생님과의 관계는 물론 백석의 시를 분석해 온 오류들을 2017년 11월부터 시전문지 월간《시문학》통권 제 556호, 통권 제557호와 2018년 01월 통권 제558호에 3개월간 상세히 발표한 바 있다.

4

다시 말머리를 되돌리면 학구學究를 포기할 수는 없었다. 이미 1974년 2월에 서울대학교부설 제1회 한국방송통신대학 행정학과를 졸업했기에 다시 같은 대학교 국어국문학과를 졸업과 동시 진주 가좌동에 위치한 국립 경상대학교 일반대학원의 일반학생들과 함께 입학시험을 치른 결과 합격, 국어국문학과 석사과정에서 연구논문,《청마 유치환 고향시 연구》를 제출하여 석사학위를 받았고, 박사과정에서는 연구논문,《초현실주의 수용과 '三四文學'의 시 연구》발표가 논문심사위원회에서 합격되어 문학박사 학위를 취득하게 된다. 그러는 동안에도 시 짓기 공부를 겸하다 보니 겨우 시라는 이론을 조금 알게 되었다.

특히 모더니즘 중, 1934년《三四文學》시 연구에 따른 일종의 분파인 다다이즘, 쉬르레알리슴, 포스트모더니즘을 연찬하지 않으면 한 발도 나아갈 수 없었다. 특히 이상(본명 김해경) 문학세계를 집중분석해야 변별성을 발견할 수 있었다.

그때부터 현재에도 쉬르의 기법을 이해하려고 계속 공부하고 있다. 말하자면 스스로 유황불 같은 화마 속에 온몸을 던져 불태우는 불나비였다. 불사조로도 태어날 수 없는 거대한 고뇌 속에서 감투하는 긴 시간은 나를 언제나 방황하게 하는, 어쩌면 유목민으로 떠돌게 한다.

눈알이 빠지는지 아내 옷자락을 붙잡고 통곡하기도 했다. 너무나도 참담한 긴긴 시간의 말문을 열지 못한 때를 알고 있다. 한편 아내는 유방암 4기초에 해당된다는 진찰 결과에서 시련은 다시 늪 속에서 허우적거렸다.

부산시 동대신동에 위치한 동아대학교 병원(9층)에 입원해 있을 때 갑자기 나는 통영적십자병원 중환자실에서 특수 앰뷸런스 구급차로 같은 병원 응급실을 통해 11층 간암 병동에 입원하게 된다. 나의 경우는 간肝 쪽이 결려온 지 제법 오래된 것으로 고민했지만 가정에 충격적인 불행이 닥치자 악화되었던 것이다. 병명은 간농양으로 동아대학교 병원에 이송되었기에 집안은 엉망진창이 되었다. 간에 가시마저 뽑기 전까지 고통 속의 한 달은 넘어섰고 수술 후 회복되어 다시 일어섰다.

가시밭길은 지금도 내 핏방울들의 분노로 불살라 버렸다. 여기까지 뚜벅뚜벅 걸어온 것은 미륵산이 나를 항상 움직이도록 호통을 치고 있기 때문이다. 지금도 미륵산 아래에 위치한 두메의 아래뜸이 나의 시를 탄생시켜준 힘은 미륵산에 누워계셨던 위랑 선생님이었다(후일 독립유공자로 대전 국립묘지에 안장되었다).

십대에서부터 두메에서 고아처럼 성장한 나를 올바르게 자라도록 붙잡아준 후광이 있었기 때문이다. 그는 통영중학교 교장이신데도 옛날 고구마 공장 창고를 빌려 주민들에게 한글을 가르치는 등 열정을 쏟은 것은 아무도 모르고 있다. 지금도 위랑 선생님께서 사시던 두멧집을 둘러보는 연유는 그곳에서 나의 꺼져가는 열정을 충전시키고자 함이다.

그곳에 머뭇거리면서 나는 질문을 던진다. 연당蓮堂 선생님은 웃으면서 백석 이야기를 들려주던 목소리로 대문을 열어주신다.

나에게 남긴 위랑 선생님의 수필집 《두멧집》 초간본과 재판본은 지금도 나를 채찍질하고 있다. 현재 한빛문학관에 잘 보관되어 있다.

지금 생각하면 위랑 선생님이 1950년대에 수필집 《두멧집》 단행본을 상재했기에 제1호 수필가임을 우리 문학인들은 반드시 기억해야 할 것이다.

지금도 카랑카랑한 목소리지만 나에게는 종소리처럼 원음圓音으로 울림하고 있기 때문이다. 내 시의 불꽃심지다.

말 한마디 더 얹는다면 위랑 선생님의 생존 때 일이다. 나는 문득 그곳으로 가서 위랑 선생님과 연당 선생님을 뵈옵는다.

사랑채의 낡은 병풍을 치고 누워 계실 때 그 병풍을 다시 표구하여 거처하는 사랑채의 바람을 막아드리려고 한 일들과 직접 생존할 때 소장품을 정리해드린 일도 있다.

수많은 제자들이 있는데도 노년기에 돌봐주는 어리석은 학생을 칭찬하는 듯 너무도 구구절절한 친필을 꺼내 읽기도 한다. 두 번째 서신에는 국전에 대상을 받은 청남菁南 오제봉吳濟峯 대 서예가의 친필 〈山高水長〉(액자용) 서예 1점을 등기로 동봉해 보내주셨다.

5

　지금도 미륵산 아래 봉수1길 5—10 거처에 살면서 존경하는 두 분이 그리운 날에는 두멧집을 찾는다. 그 두멧집을 사진에 담아 나의 한빛문학관에 보존하고 있다. 그들이 살고 계신 두멧집(그 자리에 2층 새 건물이 들어섬)을 자주 걸음 하여 둘러보는 동안 깨달음을 얻어 ‘전혁림 미술관’ 바로 옆에 한빛문학관을 세웠다.

　2014년 4월에 착공하여 같은 해 11월에 준공했다. 그 다음 해인 4월 11일에 개관했다. 내 응어리의 간절한 소원들이 기둥을 세웠다. 그러한 사소한 근거도 한빛문학관에 잘 소장되어 있다.

　건축 도로 번지는 통영시 봉수1길 9이며, 지번은 봉평동189—11번지다. ‘한빛’의 뜻은 우리나라 한국의 빛, 충무공 이순신 장군의 눈부신 활약상 등 위대한 인물을 뜻하는 ‘큰 빛’의 뜻이기도 하다. 또한 ‘글빛’ 등의 상징성을 띠고 있다. 개관식 있기 전에 2015년 03월 02일부터 시 짓기와 인문학 강의를 시작했다. 2018년도에 사단법인 한국문학관협회에 입회하였고, 같은 해 비영리를 목적으로 한 고유번호를 받았다. 아무나 사립문학관을 설립하는 것이 아니라 문화예술진흥법 시행령 제17조에 해당되는 자 즉, 국어국문학과 석사 이상 졸업한 자에 한하기 때문에 한빛문학관은 당초 건축설계부터 규정된 면적 확보와 함께 자격 구비조건은 충족되었다.

　드디어 경상남도 도지사로부터 등록되었다는 2021년 4월 21일 제 경남6—사립1—2021—01호 ‘문학관등록증’을 받아 더욱 책임은 무거워졌다.

이 모두의 사연을 담아 한빛으로 세워진 이곳에 세 마리의 학이 날고 있다. 내가 우러러 보는 세 마리의 학이 번갈아 날고 있는 한빛 얼굴들이 보인다. 내 사후에도 그분들이 붙잡아주기를 간절히 기원하고 기원한다.

공무원의 한때 집무실에서

지금 봉평동은 옛날 방대한 '해평곶목장'이었나니

　유난히 빛나는 햇살과 빗소리 바람소리만 들어도 알 수 있듯이 통영 시 봉평마을 유래의 역사는 뜨뜻한 고향집 구들장 온기를 느낀다. 거슬러 올라가면 조선조 세종 14년(1432)에 편찬한 《신찬팔도지리지》(현존 치 않음)에 찬진撰進하기 위한 준비된 〈경상도지리지〉가 다행히 남아 있어 그 기록을 읽을 수 있다.

　봉수烽燧 5곳 중의 하나인 '미륵산 봉화'가 펼쳐진다. 또 조선조 예종 睿宗 원년(1469) 3월에 편찬된 《경상도속찬지리지》에는 현 통영 땅인 춘원春元에 속한 '해평곶목장'의 초원이 다가온다. 말[馬]이 742필이나 되는 방대한 목장임을 알 수 있다. 현재 해평 일대, 봉수골 데메 일대를 비롯한 근접한 산기슭까지 둘레가 140리나 되어 방대한 목장임을 알 수 있다.

　조선조 성종 12년(1481)에 나온 《신증동국여지승람》에도 '해평곶목장' 은 관리되었으나, 영조 33년(1757)에서 34년에 완성된 《여지도서輿地圖 書》를 읽으면 혁파된 기록이 나온다. 정조 때는 미륵산 봉수감고 제도 에도 변화를 주었다. 정조 22년(1798) 12월 29일 비변사등록備邊司謄錄 에 따르면 고성현령 한흥유韓興裕의 상소문에 "미륵산의 봉수감고는 폐단 됨이 매우 큰데 봉군烽軍을 모두 산 아래에 거주하는 백성들로 인원 을 채우고(…)" 등 종전의 제도를 바꾼 것을 읽을 수 있다. 이때부터 당시 해평곶에 살던 사람들은 모두 나라를 지키고 사랑하는 백성이 되었다.

한편 이곳 토양은 무(무시)가 잘 자라 속칭 '무밭골'이라고도 불렀는데, 일제강점기 때는 양파를 비롯한 토마토, 무, 배추 등을 대대적으로 재배하였다.

나는 6·25 전쟁 휴전되기 직전부터 이곳에서 성장하였기 때문에 어느 정도 알 수 있다. 미륵산 모습을 일찍이 통영군지(1986. 2) 집필자로 있으면서 글을 썼는데, 미륵산은 마치 연꽃봉오리처럼 치솟아 지금 막 청순한 물방울을 통영사람들의 심성에 연방 굴리는 것을 느꼈다. 또한 미륵산을 휘감는 바다 안개의 신비감을 비롯한 도솔암의 사연들과 용화세계를 품은 미륵산 둘레 바다에는 용화기둥 6개가 침향되어 있다는 등 원시적인 서정이 넘치는 곳이기도 하다.

이곳에는 또 하나의 아름다운 이름이 있다. 바위가 많고 동굴이 많다 하여 '봉수峰岫'라는 신비를 품고 있는 동네 이름이다. 그러고 보니 통영 땅 중에서도 풍광이 수려하고 휴양림을 갖춘 축복받은 동네는 틀림이 없다. 현재 이곳에는 매년 해평 열녀 제사, 옛날부터 샤머니즘적인 마을 안녕을 위한 데메 당산제를 올리고 있으며, 통영고등학교, 통영중학교, 통영도서관, 전혁림미술관, 김춘수 시인 기념관 등을 비롯한 판데목의 낭만을 끼고 있어 더욱 매혹적이다. 미륵산이 품안 하는 용화사, 관음암자, 도솔암자를 뵈올 수 있다. 근래는 '남해의 봄날 책방'이 문을 열었고, 필자가 사재를 투자하여 건립한 '한빛문학관'은 움직이는 문학창작 공간 역할 목적으로 하여 수강생을 계속 접수하여 인문학을 강의하는 한편 국고보조금 지원에 의한 상주작가를 상주시켜 지역문학예술의 특성화사업을 추진하고 있다.

근황에는 주변의 위락시설들이 갑자기 증가하는 현상을 볼 수 있다. 또한 인접한 미륵산 케이블카도 옆에 있고 루즈 위락시설도 개통되었다. 근처에 청소년 수련관도 운영되고 있다.

무엇보다도 봉평동에서 통영시내를 마주하면 백조 떼가 호숫가에 내려앉아 노니는 모습은 환상적이다. 볼수록 내 고장을 더 사랑하고 싶은 충동심이 솟구치기고 있다.

왜 사투리는 금세 정이 듬뿍 들까

문득문득 겨레의 혼을 이어주는 아름다운 사투리 이름들이 나의 기억을 왜 흔드는 것일까? 선명한 이름들이 떠오르면서 모든 사념들을 이어준다. 특유한 언어들이 반짝이며 나를 집적거린다.

정겹게 부르기도 하고 그냥 웃어줘도 정이 절로 간다. 토속어일수록 텁텁하면서 뒷맛이 막걸리처럼 감치는 맛이 좋다.

사투리 중에서도 일상적인 사투리보다 주로 고유명사든 보통명사들이 갖는 아름다운 이름들이 그리워진다. 몇몇 사투리를 나무로부터 사람 이름과 지명은 물론 산과 돌을 비롯한 석상들 등을 새삼스럽게 들춰보고 싶어진다.

통영사투리의 특성도 짚어 보면 이 무수한 사투리들이 지금도 꽃자리를 펴준다. 사투리로 말하면 다정해서 어느새 구수하기까지 하다. 그래서인지 현재까지 출간된 나의 시집 15권의 어느 페이지에서도 사투리는 살아서 유머와 해학이 넘친다.

한겨울에 피는 비파나무 꽃봉오리에 닿아 있는 응시가 비시시 웃는다. '삐아나무'라는 어투가 매달려 열매로 익을 때까지 비새도 '삐아, 삐아'라고 달작지근하게 불러낸다. 표준말인 비파나무도 못지않게 중후한 맛이 나지만 문득 웃음이 헤퍼지게 '삐아, 삐아'를 연거푸 발음해 보면 미소가 만면하다. 유별 어느 지방보다 많이 볼 수 있는 비파나무를 보고 왜 집 마당이나 집 담가에나 심었을까? 알지 못하면 그냥 달빛이 걸터앉아 비파강江의 무늬처럼 비파 뜯는 소리나 듣는 관상나무로 인식할 수밖에 없을 것이다.

그러나 오랜 관심 끝에 우연히 비파나무의 특성을 알게 될 때 충격적이었다. 암에는 특효라는 약제나무에 놀랐다. 그러니까 집둘레 가까이 있다면 그 집안에는 암 환자가 없다는 희소식이다. 뿌리에서부터 이파리마저 버리지 않고 다려서 먹으면 무슨 암이든지 박멸시킨다는 것이다. 그때로부터 비파나무에 애정을 쏟아온 것이 올해는 작황이 좋지 않지만 10kg정도를 수확했다. 따내면서 "삐아야, 삐아야!" 많이 열어달라며 불러 보았다.

언제 와서 뒤에 서 있었는지 아내가 정들게 답한다.

어찌 비파나무만 정겨운 사투리가 매달려 있겠는가. 그리운 이름들을 불러보면 수두룩하다.

이러한 다정다감한 사투리가 사람들의 이름에서도 유별 웃음꽃으로 핀다. '아이라에', '부끄러버서', '뭘라꼬 예'에서도 웃음이 터지면서 침을 흘린다. 그때의 폭소를 찾아 노櫓 저어 본다.

여자들의 이름은 조선시대 하층민들의 택호만으로 갈음되었고, 호적부 이전에는 없었던 것으로 알고 있다. 그러던 중 1970년대 초반, 최일선 면단위에서 호병계의 호적리戶籍吏가 되어 주민등록 발급기간 중에 주민등록 담당 공무원이 "朴古非 씨, 박고비 씨" 호명했지만 나타나지 않았다. 그러던 중에 호병계장이던 필자가 "혹시 예삐라는 분이 있어요?"라고 불렀을 때 얼굴이 빨개지면서 "아이가 짓궂어라 남의 이름을 부른다"면서 "박고비가 아이라에"하며 얼굴을 앞사람 등 뒤로 숨기지 않는가! 그래서 민원실은 한바탕 웃음꽃이 피었다. 아무래도 일제日帝강점기 당시에 호적리(戶籍吏, 현 호적계장) 앞에 와서 한 아이 출생신고를 할 때 "예삐"라고 신고했기에 그대로 '예'는 '옛 고古' 자와 '삐'는 '아니 비非', 즉 호적에는 '고비古非'로 기재된 것 같다.

또한 우리 고장의 유명한 시인 김춘수의 친할머니 이름은 차신사車新巳인데 왜 그런 징그러운 이름을 가졌을까? 일제가 우리의 유서 깊은 지명과 근본을 말살하기 위해 '일본식호적부'에 남녀 가족들의 이름을 모두 등재하게 함에 따라 신고 과정에서 "새삐미에서 온 새아기 이름을 잊어버려 새삐미 댁"이라고 말하자 그만 '차신사車新巳'로 기재되어 버린 것으로 본다. 현재 제적부를 봐도 그대로다. 김춘수 시세계 연구에 한창이던 나는 제1회 청마문학상을 수상한 김춘수 시인의 숙박으로 지정된 통영관광호텔에서 휴식할 때 그의 친할머니 이름이 차신사車新巳인지 필자가 여쭤보았지만 고갯짓만 하기에 필자가 설명 드리자 모두 깔깔 웃어댄 일이 있었다.

새삐미는 어디든지 있지만 일제강점기에는 의도적으로 중요한 지점을 분간 못하도록 하고, 유명한 유적지를 없애기 위해 배고픈 지역민을 설득하여 새로운 논을 만들기에 혈안이 되어 흔적을 제거하는데 성공을 거둘 수 있었다. 그 중에서도 현재 산양읍 남평리 일대 남촌마을 일대를 비롯하여 영운리 2운 마을 내에서 대대적인 새 논[新畓] 만들기 작업했을 때 당시 유물들은 다시 논 밑으로 묻혀 버렸다. 지금도 논일 할 적마다 기와편이나 흔적들이 나타나고 있다. 그러나 새 논을 만들

때 '새빼미'라는 어휘 자체도 지금 우리 곁에서 거의 사라지고 있다.

옛날 삼천진이 삼천포(현 사천시) 동금동 일대에 있다가 현 통영시 영운리에 옮겨져 이름은 그대로 '삼천진三千鎭'으로 내려왔다. 그러나 삼천진마저 "삼칭이"라고 부르고 있어 유명한 군사요새지가 흔적 없이 지워지니 안타깝기만 하다. 지금의 지방자치제 책임이 막중하다 할 수 있다. 삼천진 근거를 살펴보면 "삼천진三千鎭은 부府의 남쪽 20리에 있다. 만력(萬曆; 明나라 神宗의 年號임―필자)47년(1619)에 이곳에 진을 설치하되 통영주사統營舟師가 전속專屬되었다. 권관權官 1원員 전선戰船 1척隻 병선兵船 1척隻 사후선伺候船 2척隻이다. 방결전防結錢*은 3,429양兩이다." 원전原典 그대로 옮겨보면 "在府南二十里 萬曆四十七年設置鎭于此 專屬統營舟師 權管一員 戰船一隻 兵船一隻 伺候船2隻 防結錢三千四百二十九兩"이다.

뿐만 아니라 판데목을 '폰데목'이라고 해야 오히려 듣기가 편하다. 마을 유래에도 사량면 돈지리 수우도의 '가까운 산먼당'을 사투리로 '가잡은 산 먼댕, 또는 개잡은 산 먼댕'이라고 부르고 있는데, 마을 유래 채록과정에서 제보자의 착오로 "개집먼댕이"로 채록하였는데, 풀이를 보면, "옛날 도둑게앵이(도둑고양이, 속칭개)가 많이 서식했던 먼댕이(산봉우리)"라고 하여 부른다 하는 등 커다란 오류를 범하고 있다[1999년 《통영시지(하권)》(1999. 02) 하권 제15편 지명유래 4. 돈지리 3)산: 1317쪽과 2020년 통영문화원 간행, 《통영 지명총람》 제5절 '사량면' 299쪽 참조] 한편 '개잡은 산'은 '가까운 산'이 아니고, 개를 잡으려면 그 산에 가서 개를 잡아야 한다고 엉뚱하게 풀이되어 있다.

그리고 광도면 우동리 '무지개마을'을 '무직이마을'이라고 부르기도 하는데, 무슨 뜻인지 언뜻 답하지 못하고 황당해 한다. 이 또한 1914년 일제가 조선시대 말기의 전 국토 지명을 일제히 신고하는 기간에 아름다운 고유 이름들은 이때부터 말살해 버렸다. 위에서 말한 무지개마을은 '수직水直마을'로 호칭하고 있다. 그러나 '무직이마을'이라고 불러야 그곳의 고향사람임을 알게 되어 반가워한다. 그런가 하면 한산면 매죽리 '글쓴이 섬'을 '글썽이 섬' 또는 '설칭이 섬'이라고 해야 통한다. 이처럼 다수 섬들도 아름다운 사투리를 지니고 있다. 하나 더 예를 들면 광도면 죽림에 지번이 된 마을 앞의 섬 이름은 우리나라의 《조선지리지》 등 옛 지도에 시락도時落島로 기록되어 있다.

시락도는 현재 경상남도 통영시 광도면 죽림리 앞바다에 있는 박문석朴文石 씨의 소유로 되어 있는 무인도이기도 하다. 1914년 일제강점기 때 전국지명 일제 조사과정에서 발생한 오류로 현재까지 지도나 각종 문헌에도 안타깝게 '이도狸島'로 기록되어 버렸다. 이러한 오류를 범할 수 있게 인근 주민들은 '시락도'를 사투리로 씨륵섬, 씨락섬, 씩섬 등으로 발음하고 있기에 고양이과 '삵'이 사는 섬이거나 형상을 억지로 끌고 온 연유에서 그만 옛 문헌의 기록이 일제日帝의 의도대로 비참한 이름이 되어 버렸다.

시락도라는 섬 이름의 역사적 유래는 옛부터 고성 춘원역(春原驛, 현재 광도면 황리 춘원마을 일대)이 있었다가 구허역(丘墟驛, 현재 노산본촌의 속칭 노산삼거리 일대)으로 이역移驛됨에 따라 홀리골과 노산 산능선 일대로 보는 '말을상곶목장末乙上串牧場'이 있었고(광도면 노산본촌 허명호 씨 선대들이 말을 관리하다 하계下界한 무덤도 그 주변에 있음), 구허역 일대는 파발용 목장이 있어 기마騎馬 네 필[四匹]이 있었던 기록이 《조선실록》 지리지편에 실려 있다. 그때는 아름다운 풍경처럼 풀을 뜯고 있었던 말을 이용한 벼슬아치나, 나그네들이 이곳에 머물 때, 시락도는 고성읍의 송도역松都驛, 구허역丘墟驛과 오양역烏壤驛 나들이의 정확한 시계時計섬이라고 불렀다. 하지만 오고간 아름다운 흔적들은 찾을 수 없지 않은가!

또 해학이 넘치는 이름이 우리의 우둔함을 아량으로 깨우쳐주는 유명한 석상벅수 일화가 언제나 물씬하다. 일상어 사투리 중에 웃음보를 달고 다니는 '번시'라는 유머는 은유가 통영사람들의 따스한 이해심을 풍덩하게 해 준다. 벅수보다 번시라고 할 때 수치심보다 웃음으로 씻어주기 때문에 금세 섭섭함은 말끔해진다.

미운 짓이나 숫된 짓을 하면 왜 번시라고 불렀을까? 세병관 오르는 오른 쪽에 커다란 바위에 각인되어 있는 통영벅수(토지대장군)는 지금도 우리와 함께 살며 날마다 일깨워주고 있다. 중국 두자미(杜子美, 두보杜甫의 자字)의 시에 나오는 세병관洗兵館의 뜻이 멀찌감치 담겨 있기도 하다. 유별난 이 벅수를 두고 전해오는 구성진 사연들은 기막히게 절묘하다. '벅수'라는 이 글자에서 '벅'을 '번'으로 바꿔 '번시'라고 에둘러 부를 때는 다독여 주는 관용이 넘치기 때문이다.

이 얼마나 정다운 애칭인가! 심지어 1956년부터 통영중학교 고흥재(故, 옛날 통영동중학교 탁관일 교장선생 친 자형임) 음악 선생님이 이끌던 '번시합창단'이 번성하였을 정도로 '번시'는 지금도 통영인의 마음과 함께 살고 있다.

전국의 어디에서도 찾을 수 없는 특유한 은유, '번시'를 1인칭에서도 스스럼없이 자책으로도 사용한다.

그래서 내 고장 통영에 살다 보면 '왜골(표준말은 기왓골인데 덤바우골 일대 정량동을 일컬음)가는 소리'로 빗대는 데도 살맛이 나는 퇴영사투리로 하여 여황산, 벽발산 마주하는 미륵산 미소처럼 더 오래 살고 싶은 것은 나쁘이겠는가.

그 당시에도 안타깝게 우리의 지명 찾기를 들춰 보면 경상남도에서 광복 50주년 기념으로 《일제 때 빼앗긴 우리 지명 모음집》(1995.8.15)을 엮었다. 이때 통영시는 '답하畓下'를 '논아랫개'로, '가는 개[細浦]'를 '가는이 고개'로, '영운리[一運 二運. 水陸]'를 '삼칭이'로, '대고포, 소고포'를 '열개'로, '의암衣岩'을 '옷바위'로, '의항衣項'을 '개미목'으로 6개 지명을 바로 잡아주기를 신고(위의 모음 집 5쪽 참조)했을 뿐 상당수가 누락되어 버렸다. 이러한 소극적인 실적을 감안하여 지금이라도 경상남도에서는 조속히 지명 찾기 캠페인을 적극적으로 전개하여 본래의 아름다운 이름들을 모두 찾는 것도 적폐청산 작업의 하나가 되지 않을까? 저절로 정이 듬뿍 드는 우리 옛 지명을 제발 찾아 주이소! 주이소!!

* 방결전防結錢: 고을 아전衙前이 백성들의 논밭 세금을 감액하여주고 기한 전에 수금해서 아전끼리 돌려가면서 사용하기도 하는 등 사적私的으로 융통하여 쓰는 돈을 일컬음.

◇ 차영한 연보

◇ 차영한 작시가 노래 되다

◇ 발굴민요

◇ 자료 (각종 기록 · 사진 등)

저자가 직접 시 창작하는 모습

차영한 연보

■ 일반연보

- 현 본적 : 경상남도 통영시 도천동 211번지(현 소방도로에 전부 편입됨).
- 출생 장소 : 원적 경남 통영시 사량면 양지리(능양마을) 409번지의 1호에서 출생.
- 출생연월일: 음력(무인년戊寅年) 1938년 8월 17일 오전 10시 30분경(사시巳時) 출생
- 관향(貫鄉, 본관本貫 또는 本) : 연안延安.
- 호號: 송안松岸. 솔뫼. 경상남도 통영시 봉수1길(지번 봉평동 189─11)에 자비自費로 한빛문학관 건립한 다음에 2021. 04. 21 경상남도로부터 제 경남6─사립1─2021─01호 '문학관 등록 증' 받은 후, 호를 '한빛'으로 부르는 자도 있음.
- 가족사항 : 차영한은 연안군 38세요, 대代는 37대손이다./ 중시조中始祖는 강열공剛烈公 휘諱 운혁云革 조부(배위配位: 광산김씨光山金氏, 1396─1465)이시다. 중시조 강열공 조부의 호號는 쌍청당雙靑堂 또는 송암松庵이시다. 강열공 후손 차영한은 중시조中始祖로부터 18세요 17대손이다. 직계는 중의(仲儀, 통정대부通政大夫: 행行 용천군수龍川郡守) 조부(배위配位: 광산김씨光山金氏)의 호號는 운산雲山이시며, 조부 중의 셋째 아들은 '용湧'자 조부이시다. '용湧'자 조부로부터 아버지 차종건車鍾建은 12세요 11대손이며, 차영한은 13세요 12대손이다.
- 차영한은 아버지 차종건車鍾建과 어머니 임성례(林聖禮, 나주임씨羅州林氏, 정좌공파丁坐公派) 사이에서 위로는 형님 한 분, 누나 네 분이며 막내아들로 태어났다.
- 군복무 및 일반경력 : 1961년 12월 27일(군번 받은 날, 군번: 10949493/ 최종 계급, 병장/ 육군공병학교 사병교관에서 전역됨)∼1964년 9월 12일(만 32월 18일, 39×143호 만기전역)/ 1958년 12월 어선을종 2등 항해사 자격시험 합격(1965년 1월부터 3개월간 기선저인망 원양어선 동해호 승선경험─뱃멀미로 하선).
- 최종학력 : 2003년 03월 02일 경상국립대학교 일반대학원 국어국문학과 박사과정 입학/ 2004∼2007년 각종시험 및 제출된 문학박사 논문학위 취득, 2008년 02월 22일 경상국립대학교 일반대학원 국어국문학과 졸업식(학위기 박 제370호), 학위번호: 경상대 2007(박)02, 문학박사학위 취득 ▷박사학위 취득논문: 〈초현실주의 수용과 《三四文學》의 시 연구〉/ 2003년 3월 02일부터∼2009년 02월 28일까지 경상국립대학교 인문대학 국어국문학과 출강함.

▣ 작품연보

- 1953년 04월. 시 〈벚꽃〉, 통영중학교 봄 소풍 백일장에서 차상.
- 1953년 05월. 시 〈鄉愁〉, 통영중학교 프린트 판 교내신문 《푸른 하늘》에 발표.
- 1953년 10월. 중·고등학교 종합예술제전 시화전(당시 소방서 2층)에 시 〈감〉 입상.
- 1964년 10월. 詩題 〈劍〉, 全國한글詩 白日場大會(대학 및 일반부─주관: 한산대첩기념제전위원회) 장원, 차상 없는 차하 입상.
- 1965년 11월 06일. 밤 7시, 낭송 시 〈나이테〉, 심포지움─통영예총 주관, 항남동 소재 황록 다방.
- 1975년 12월 30일. 수필 〈그리운 벗 때문에〉, 〈길손의 유감〉, 《水鄉》 제2집, 수향수필문학 동인회, 97~100쪽. (수향수필문학회 입회년도는 1974년)
- 1976년 10월 15일. 수필 〈담안골 가는 길〉, 〈밤[栗]〉, 《水鄉29人集》 제3집, 수향수필문학동 인회, 121~126쪽.
- 1977년 10월 15일. 수필 〈가난한 죽음〉, 〈맑은 물바람소리 따라〉, 《水鄉》 제4집, 수향수필 문학동인회, 113~118쪽.
- 1978년 04월 22일. 수필 〈써놓고 보내지 못한 마음〉, 《水鄉散稿》 봄호, 제5집, 수향수필문 학동인회, 18~24쪽.
- 1978년 10월 01일. 시 전문지 월간 《詩文學》 10월호, 통권 제87호(61쪽 참조)에 시 〈시골햇 살Ⅰ.Ⅱ.Ⅲ〉 등 3편 발표하여 1회 추천.
- 1978년 10월 21일. 수필 〈한 줄금 소낙비가〉, 《水鄉閑筆》 가을호, 제6집, 수향수필문학동인 회, 94~97쪽.

*

- 1979년 06월 02일. 수필 〈빛의 散調〉, 《水鄉散筆》 봄호, 제7집, 수향수필문학동인회, 81~83쪽.
- 1979년 07월 01일. 시 〈어머님〉, 〈한려수도〉 2편 2회 추천제도에 의해 완료(심사위원: 徐廷 柱. 咸東鮮. 李轍均. 文德守)에 따른 공식적으로 데뷔함/《詩文學》 7월호, 통권 제96호, 102쪽▷ 추천사, 59쪽. 추천완료 소감, 72쪽 참조.
- 1979년 08월 02일(목). 〈週間散筆─李光碩〉, 《慶南每日》 제10377호 3면에 월간 《詩文學》 에서 추천완료된 시작품 중, 〈한려수도〉 소개됨.
- 1979년 09월 10일(월). 시 〈각설이의 노래〉, 《경남매일》 제10410호 5면에 발표.
- 1979년 10월 18일(목). 시 〈醉味〉, 《한국일보》 제9528호(3판) 1면에 발표.
- 1979년 11월 21일(수). 수필 〈아픔의 저편에는〉, 《경남매일》 5면에 발표.
- 1979년 11월 23일(금). 시 〈滿月〉, 《한국일보》 제9560호(3판) 1면 발표.

- 1979년 11월 24일. 수필 〈가을비가 오니〉, 〈山中記〉, 《水鄕隨筆》 제8집, 수필문학동인회, 84〜90쪽.

*

- 1980년 02월. 시 〈바닷가에서〉, 〈물방울〉, 〈풍정〉, 〈강가에 서면 1, 2, 3〉, 〈故鄕사람들 만나면〉, 《詩文學》 2월호, 통권 제103호에 발표.
- 1980년 02월 05일(화). 시 〈思鄕〉, 《慶南每日》 제10534호, 5면에 발표.
- 1980년 02월. 시 〈속기俗氣〉 《月刊文學》 2월호에 발표.
- 1980년 05월. 시 〈수돗물소리〉 외 3편, 《海藻》 사화집 3권, 66쪽.
- 1980년 05월 13일(화). 시 〈또 바람이 불고 있다〉, 《慶南每日》 제10617호, 5면에 발표.
- 1980년 06월 02일(월). 시 〈坐禪〉, 《國際新聞》 제10842호, 3면에 발표.
- 1980년 08월 16일(토). 시 〈산정山情〉, 《한국일보》 제9785호(3판), 1면에 발표.
- 1980년 12월 03일(수). 수필 〈아침 산에서〉, 《경남매일》 5면에 발표.
- 1980년 12월. 시 〈들국화〉, 〈당신〉, 〈밤송이〉, 《詩文學》 12월호, 통권 제113호, 시문학사, 54쪽.
- 1980년 12월 05일. 수필 〈아침 山에서〉, 《水鄕隨筆》 제9집, 수향수필문학동인회, 105〜107쪽.

*

- 1981년 02월 10일(화). 신 향토 풍물지 연재 〈고향〉, 김양우 기자, 《釜山日報》 11391호, 5면에 차영한의 시 〈한려수도〉 소개.
- 1981년 04월 20일. 오후 3시 통영수산전문대학대강당에서 차영한 문학강연 연제: '한국시는 어디까지 왔나?' 시거리문학회 초청(회장: 金珪讚), 1981년 05월 01일자 《통영수대학보》 1면에 보도됨.
- 1981년 07월 08일(수). 시 〈고향 이야기〉, 《경남신문》 제10972호, 7면에 발표.
- 1981년 07월 23일(목). 시 〈祈禱〉 《한국일보》 제10072호(3판), 5면에 발표.
- 1981년 10월 15. 수필 〈한그루 벽오동을 심어놓고〉, 〈산울림〉, 《水鄕隨筆》 제10집, 수향수필문학동인회, 103〜106쪽.

*

- 1982년 02월 01일. 시 〈葉月〉, 〈고향 뻐꾸기〉, 〈봄의 告白〉, 〈二代〉, 〈어떤回答〉, 〈가을 길섶에서〉, 〈淸貧賦〉, 〈氣運〉, 《詩文學》, 2월호, 통권 제127호, 시문학사, 110쪽.
- 1982년 08월 01일. 시문학출신특집 시 〈歸家〉, 《詩文學》, 8월호, 통권 133호, 시문학사, 76쪽.
- 1982년. 시 〈歸家〉, 《慶南文學》에 발표.
- 1982년 12월 25일. 수필 〈퉁소를 붑니다〉, 《수향수필》, 제11집, 수향수필문학동인회, 118〜120쪽.

*

- 1983년 03월 08일(화). 시 〈서울의 番地〉, 《한국일보》 7판, 6면에 발표.

- 1983년 10월. 시 〈和睦〉, 〈딸들을 바라보며〉, 《詩文學》 10월호, 통권 제147호, 시문학사, 50쪽.
- 1983년 12월 22일. 수필 〈푸른 물방울의 일기〉, 《水鄉隨筆》 제12집, 수향수필문학동인회, 117〜119쪽.

*

- 1984년 02월 04일(토). 시 〈그리움 1〉, 《慶南新聞》 제11767호, 7면에 발표.
- 1984년 07월. 시 〈한려수도〉, 《시사랑》 제109호(서울 중구 묵정동).
- 1984년 09월. 시 〈나는 하나의 편지〉, 〈관세음〉, 〈어떤 사람〉, 《詩文學》 9월호, 통권 제158호, 시문학사, 44쪽.
- 1984년 12월 20일. 수필 〈백목련 피는 모습〉, 〈글쓴이 섬에서〉, 《水鄉隨筆》 제13집, 수향수필문학동인회, 138〜142쪽.

*

- 1985년 11월. 시 〈本籍地에서〉, 《月刊朝鮮》 11월호, 조선일보사, 551쪽.
- 1985년 06월호〜1986. 01월호(8개월간). 연작시 〈심심풀이 1〜48〉, 《詩文學》, 시문학사.
- 1985년 06월. 시 〈심심풀이 18, 19〉, 《現代詩學》 6월호, 현대시학사, 87쪽.

*

- 1987년 05월. 시 〈등불의 노래〉, 〈눈 내리는 모음〉, 〈우리 할아버지는〉, 5월호, 《詩文學》 통권 제190호, 시문학사, 71쪽.
- 1988년 06월. 차영한 단행본 첫 시집 《시골햇살》, 시문학사, 초판, 1,000부 출간.
- 1988년 09월. 차영한 단행본 첫 시집 《시골햇살》, 재판, 시문학사, 1,000부 출간.
- 1988년 03월. 曺秉武 차영한의 시세계 평론 〈순수한 언어의 감미로움〉, 단행본 시집 《시골햇살》(시문학사, 1988. 3), 165〜172쪽.
- 1988년 05월 23일. 시 〈다시 방황하며〉, 《예향소식》 창간호, 7면에 발표.
- 1988년 11월. 신상철申尚澈 시평 〈향토성 짙은 風情과 신선한 詩語들〉, 車映翰, 〈시골햇살〉, 《詩文學》 통권 제208호, 11월호, 시문학사, 141〜142쪽.

*

- 1989년. 월간 《詩文學》 2월호부터 11월호까지(10개월간 연재), 연작시 〈섬 1〜50〉, 시문학사.
- 1989년 04월 04일(화). 신상철, 〈고독한 실존에 대한 慰撫 노래—담담한 표현에 호감: 가을, 섬, 촉석루에서 등〉, 《경남신문》, 문화면.
- 1989년 11월 01일. 수필 〈아침 산을 향하여〉, 《法施》 통권 제262호, 法施舍, 82쪽.

*

- 1990년 03월 15일. 차영한, 제2시집 연작시집 《섬》, 단행본 1,000부 간행.
- 1990년 04월. 수필 〈산울림〉, 《現場》 4월호, 통권 제22호, 봉생문화회, 1990. 4), 110쪽.

- 1990년 07월 01일(일). 시 〈통영사람들〉, 《내 고장 통영》 제1호(통영군 군수 文元京: 간행), 7면에 발표.
- 1990년 07월 30일(월). 차영한 시집 《섬》, 전문수 문학평론가 서평, 〈눈물과 웃음의 변주곡〉, 《경남신문》 제13759호, 10면에 게재.
- 1990년 10월. 제1회 경남예술인상 공로상 수상(문학부문).
- 1990년 12월. 연작시집 《섬》, 경상남도문인협회 선정 경남문학 우수 작품집상 수상.

*

- 1991년 10월 26일(토). 수필 〈雨前茶〉, 《한산신문》 제83호, 4면에 발표.
- 1992년 06월 05일. 시 〈恨不雲臺辭— 바다에 쓰는 시 1~10〉, 《詩世界》 여름호, 제2권 제2호, 통권 제4호, 시세계사, 101~106쪽.
- 1992년 09월 01일(화). 〈한려수도 이렇게 ①—시, 〈한려수도〉 소개 및 '후손에 부끄러움 없는 開發되길': 차영한 글〉, 《국제신문》 한국기자상 수상 기념 자연보전 캠페인, 제12093호, 25면(강병국, 김승호 기자 취재)에 발표.
- 1992년 12월. 시 〈아프지 않은 고독〉, 〈도솔 암에서〉, 〈새소리 받아 일기도 쓰고〉, 계간 《詩와詩學》 겨울, 제8호, 222쪽.
- 1992년 12월 07일(월). 시 〈통영사람들〉, 《鄉土文化家族》 제3호(충무문화원, 원장 金安國), 1면에 발표.

*

- 1993년 09월. 시 〈엽신葉信을 띄우며〉, 《詩와詩學》 가을호, 제11호, 시와시학사, 205쪽.
- 1993년 03월 30일(화). 시 〈待春〉, 《鄉土文化家族》 제4호(충무문화원, 원장 金安國), 1면 발표.
- 1993년. 장시長詩 〈뿔래기〉, 《詩世界》 봄호, 통권 제7호, 시세계사, 267쪽.
- 1993년 04월 05일. 차영한 수필 〈우리고장 명소 소개—환상의 섬 소매물도〉, 《마산 MBC 저널》 제10호, 22쪽.
- 1993년 05월. 시 〈달력〉, 《조금씩 다른 소리로》, 한국현대시인협회 편, 311쪽.
- 1993년 05월 03일. 차영한 시 〈한려수도〉, 《故鄉과人物—경남 편》, 김양우 기자, 국제신문 출판사, 23쪽.
- 1993년. 장시長詩 〈뿔래기〉, 《詩世界》 여름, 통권 제8호, 시세계사, 324쪽.
- 1993년 08월 20일. 곽재구, 〈그리운 통영바다—충무를 찾아서〉, 《내가 사랑한 사람 내가 사랑 한 세상》, 한양출판, 163~181쪽(차영한의 시 섬 8, 21, 35를 곽재구 시인이 소개 함).
- 1993년 08월 30일. 시문학시인 65선, 시 〈蝦仔圖〉, 〈어떤 立場〉, 《시여, 마차를 타자》, 시문학사, 170~171쪽.
- 1993년 10월 10일. KBS 1TV 방영 차영한 시 〈섬—홍도鴻島〉 현지에서 시 낭송했으며, 대

한항공 간행 편. 차영한 시 〈鶴〉, 〈한려수도〉, 〈수돗물소리〉, 〈통영알섬—갈매기 섬. 홍도 鴻島〉, 《지구 마을 녹색편지》, 대한항공, 85~93쪽에 사진과 수록.

- 1993년 10월 30일(토). 차영한 평론, 〈視覺 난〉, 〈현대 한국문학의 흐름과 통영문학〉, 계간 지 《향토문예지》 제2호, 통영문화재단, 13면에 발표.
- 1993년 11월. 〈등단문인들을 통한 충무(통영)문학사 재조명〉, 《문화사회》 통권 제9호, 경남 문화진흥회, 148~152쪽.

*

- 1994년 02월. 손춘녀, 〈차영한, 恨不雲臺辭— 바다에 쓰는 시 1〉, 《한 목숨을 위하여》 시세 계, 595쪽.
- 1994년 03월 24일(목). 수필 〈고향사투리〉, 《한산신문》 제172호, 1면에 발표.
- 1994년 5월. 시 〈흙의 노래〉, 《엉겅퀴처럼 쑥부쟁이처럼》, 한국현대시인협회 편, 258쪽.
- 1994년 09월. 시 〈마음 비울 때 날아오르는 하얀 새〉, 〈질그릇의 노래〉, 《바람으로 일어서 는 날》 사화집, 시문학회 편, 156~157쪽.
- 1994년 09월. 문덕수, 〈차영한 약력 소개〉, 《世界文藝大辭典》, 교육출판사, 1694쪽.
- 1994년 11월. 조명제趙明濟 평론, 〈오늘의 시인—차영한論〉, 《詩文學》 11월호. 시문학사, 121~129쪽.
- 1994년 12월 11일. 시 〈꽃은 지기 위해 아름답다〉, 《'95한국문학작품선—시조》, 한국문화예 술진흥원, 195쪽.

*

- 1995년 01월. 시 〈사는 것 모르니라〉, 〈꽃은 지기위해 아름답다〉, 《詩文學》 통권 제282호, 시문학사, 65쪽.
- 1995년 05월 27일(토). 내 고장 관광명소—統營에서 차영한 시작품 〈섬—한산도〉, 《蔚山 每日》 제975호, 5면에 소개.
- 1995년 07월 07일(금). 금요특집 〈나의 인생 나의 예술〉, 《新 慶南日報》 제11061호, 8면에 차영한 소개.
- 1995년 07월 30일. 수필 〈만남을 위해 보내는 세월〉, 《추억을 기르는 삶의 언덕에서》, 한 국현대시인협회 편, 210~214쪽.
- 1995년 10월. 시 〈사는 것이 사는 것인가〉, 《純粹文學》 10월호 발표.
- 1995년 11월. 시 '집중기획, 〈나의 가을〉, 〈어느 날의 기억 1—내가 본 이스라엘〉, 〈어느 날 의 기억 2—내가 본 런던〉, 〈겸허함 앞에 머리 숙이고〉, 〈두고두고 또 두고 보아도〉, 〈죽어 가는 강〉, 〈술이 익는 저녁〉, 〈나의 수레바퀴〉, 〈身土不二〉, 《통영문학》 제14집, 통영문인 협회, 76~88쪽.

- 1995년 12월. 한국예술문화공로상수상(문학부문), 한국예총총연합회장 신영균.

*

- 1996년 04월. 시 〈꽃은 지기위해 아름답다〉, 《봄날 이른 아침 시인이 심은 나무》, 한국현대시인협회 편, 316쪽.

- 1996년 05월 27일. 동인지에 발표한 시 〈바다에 쓰는 시 5〉, 〈바다에 쓰는 시 6〉, 〈바다에 쓰는 시 7〉, 〈바다에 쓰는 시 8〉, 〈바다에 쓰는 시 9〉, 〈바다에 쓰는 시 10〉, 《火田》 여름8, 도서출판경남, 75~81쪽.

- 1996년 11월. 시 〈엘리뇨 현상〉, 〈산다는 것 한 묶음도 물에 풀어놓고—어머니 말씀 7〉, 《통영문학》 제15집, 통영문인협회, 146~147쪽.

*

- 1997년 03월. 시 〈바다에 쓰는 시 5〉, 〈바다에 쓰는 시 7〉, 〈바다에 쓰는 시 10〉, 〈섬 2〉, 〈섬 9〉, 〈섬 35〉, 〈섬 46〉, 《경남문학대표선집②》, 경남문인협회 편, 대표시선, 도서출판 불휘, 399~407쪽.

- 1997년 04월. 시 〈바다에 쓰는 시 8〉, 《산책길에 만나는 청동의 새떼》, 한국현대시인협회 편, 261쪽.

- 1997년 05월. 시 〈바다에 쓰는 시 11〉, 〈바다에 쓰는 시 12〉, 《열린 시》 5월호, 통권 제26호, 26~27쪽.

- 1997년 06월 30일. 차영한 시 〈뽈래기〉, 《시대문학》 창간 10주년기념, 별책부록, 《사람의 몸과 정신》(성춘복, 마을), 606쪽.

- 1997년 07월 25일. 시 〈바다에 쓰는 시 2〉, 〈바다에 쓰는 시 3〉, 《그러나 막은 불씨 되어 다시 타오른다》, 시문학회편, 176~177쪽.

- 1997년 12월 20일. 시 〈꽃은 지기 위해 아름답다—어머니 말씀 1(기 발표)〉, 〈눈뜨는 법—어머니말씀 2〉, 〈뜨거운 물도 식혀서 마시면 아는—어머니말씀 3〉, 〈사는 것도 에미 손끝에서—어머니말씀 4〉, 〈살다가 보면—어머니말씀 5〉, 〈사는 것 모르니라—어머니말씀 6〉, 《통영문학》 제16집, 통영문인협회. 33~38쪽.

- 1997년 12월 30일. 차영한 시 〈환상의 섬 제주도〉, 《文學속의 濟州》, 제주문화원(원장 양중해), 624쪽.

*

- 1998년 05월 30일. 시 〈나의 가을〉, 〈散調〉, 《詩世界》 통권 제20호, 계간 여름 특집, 화전동인회, 天雨社, 138쪽.

- 1998년 06월 05일. 시 〈바람은 바람을 버리고—IMF시대〉, 〈天罰 앞에—IMF시대〉, 〈밤 열차에서—IMF시대〉, 〈현주소—IMF시대〉, 《경남문학》 신작특집, 시작노트, 여름, 제43호, 경

남문인협회, 34~39쪽.

- 1998년 09월 04일(금). 시 〈북채—말하는 나무 1〉, 《新慶南日報》 제12030호, 9면 문학출판 소개 난에 발표.
- 1998년 12월. 시 〈지금 강물은 흐르지만〉, 〈어떤 친구의 이야기〉, 〈현주소〉, 〈라니냐 현상〉, 〈통영사람들〉, 《통영문학》 제17집, 통영문인협회, 18~24쪽.

*

- 1999년 01월 01일(금). 신년축시 〈산다는 것은 얼마나 아름다운가〉, 《새 한려신문》 제18호, 1면에 발표.
- 1999년 03월 31일. 차영한 시 〈淨土賦〉, 《노벨文學賞 38人 評價詩集》(김경金鏡 주간), 서울 한신문학사, 165~169쪽.
- 1999년 04월. 〈화엄경을 읽다가 1~6〉, 〈어느 유배지의 일기 2〉, 〈어느 유배지의 일기 3〉, 〈바다는 텔레비전 속에 신나게 뛰고〉, 〈담배를 태우면〉, 《詩文學》 4월호, 64쪽.
- 1999년 05월. 이 달의 시, 무엇이 문제인가 '21세계의 시적 패러다임의 모색과 실천', 〈화엄 경을 읽다가〉 외 4편에 대한 유한근 평론가 시평詩評: "불교적 인식 혹은 상상력에 의해서 쓰여진 시이다(…)"라고, 《詩文學》 5월호, 통권334호, 시문학사, 115~119쪽—상세한 내용 은 별도 보관함.
- 1999년 03월. 시 〈어느 유배지의 일기 1~3〉, 《화백문학》 제8집 상반기, 110쪽.
- 1999년. 차영한 평론, 〈시적표현의 완숙된 언어정감에 대하여 나의 시론〉, 《文學空間》 4월호, 47쪽.
- 1999년 12월. 연작시집 《섬》으로 제24회 詩文學賞 본상 수상.

*

- 2000년 01월. 〈제24회 시문학상수상자 수상소감〉, 시 〈저녁바다이야기〉, 〈그 언덕의 절개 지 보면〉, 《詩文學》 1월호, 통권342호, 시문학사, 151~155쪽.
- 2000년 02월 17일(목). 차영한 평론, 〈청마문학관 건립에 즈음하여〉, 《통영신문》 제105호, 4~5면에 청마 출생지 발표.
- 2000년 02월 01일. 시 〈석류꽃 바라보며 1. 2〉, 〈통영사람들〉, 《靑馬文學》 제3집(제1회 청 마문학상 시상 기념집), 청마문학회, 54~58쪽.
- 2000년 05월 23일(화). 시 〈섬에 내리는 눈〉, 《新慶南日報》 제13811호, 1면에 발표.
- 2000년 12월. 〈우리들의 이야기는〉, 《펜과 문학》 겨울, 제57호, 169쪽.
- 2000년 12월. 〈돋보기안경을 벗고 거닐 때〉, 〈파도소리 있는 그 섬에 가면〉, 〈미수眉壽를 거니시는 모정의 뜨락: 일 백 세돌 맞는 어머니께 드리는 글〉, 〈저녁바다이야기〉, 〈섬에 내리는 비〉, 〈허물벗기〉, 《통영문학》 제19집, 통영문인협회, 82~87쪽.

*

- 2001년 01월. 시 〈나는 굽어지려고 할 때마다 활을 쏜다〉, 〈무인도에서 오는 편지1〉, 《詩文學》 1월호, 통권 제354호, 시문학사, 34쪽.

- 2001년 02월. 차영한 평론 〈靑馬 柳致環의 출생지에 대하여〉, 《청마문학》 제4집, 청마문학회, 81~107쪽/ 위 같은 제4집, 차영한 평론, 〈청마거리의 지정 및 조성〉, 31쪽.

- 2001년 03월 24일(토). 시 〈무인도에서 오는 편지1〉, 주간 《한산신문》, 2면.

- 2001년 03월 25일. 차영한 제3시집, 심심풀이 연작시집, 《살 속에 박힌 가시들》, 단행본 (13.0cm×20.5cm), 시문학사 시인선182, 1,000권 출간.

- 2001년 04월 20일. 연작시집 《섬》 재판, 시문학사 시인선 183, 하드커버, 1,000권 출간.

- 2001년 06월 09일(토). 《朝鮮日報》, Books—문학신간, 연작시집, 《섬》 소개.

- 2001년 06월 15일. 수필 〈미륵산에서 만나는 바다 안개〉, 《통영의 향기》, 애향작품① 산문, 통영시, 239쪽.

- 2001년 06월 15일. 한국해양문학가협회 발족으로 회원(부회장 피선)으로 가입.

- 2001년 06월 18일(월). 시 〈눈 내린 날들의 풍경〉, 《국제신문》, 29면에 발표.

- 2001년 09월 05일(수). 〈문인이 들려주는 내 삶의 전환점(23)〉, 《경남도민일보》, 11면에 차영한 보도.

- 2001년 12월. 〈'문협사'—초창기 통영문협의 걸어온 이야기〉, 14쪽/ 시〈앵두 밭 이야기〉, 〈스페인 몬쥬익에서 본 지중해〉, 〈소두레〉, 〈칼 빛이 젖는 소낙비 웃음소리〉, 〈무인도에서 오는 편지 2〉, 〈하늘도 웃을 일이다〉, 《통영문학》 제20호, 통영문협, 148~155쪽.

- 2001년 12월 14일. 제13회 《경남문학상》 본상 수상(시부문).

*

- 2002년 02월 15일. 시 〈어떤 중독증〉, 《이 숨길 수 없는 언어들》, 한국현대시인협회 편, 문학마을사, 256쪽.

- 2002년 02월 25일. 시 〈낙목산방落木山房을 둘러보다가〉, 〈이집트 기행에서〉, 《청마문학》 제5집, 청마문학회, 60~63쪽.

- 2002년. 시 〈겨울, 이끼 섬을 지나며〉, 〈섬 동백〉, 《시와생명》 봄호, 시와 생명사, 66쪽.

- 2002년. 〈겨울, 이끼 섬을 지나며〉를 '한국전자문학관' 주관 신춘문예 우수작품 선정, 1912 호(다층홈페이지).

- 2002년 03월. 시 〈부적이야기〉, 《문학춘추》 봄, 제38호, 문학춘추사, 100쪽.

- 2002년 06월 30일. 시 〈섬에 내리는 비 2〉, 〈만다라 섬으로 가고 싶은 것은〉, 《시와비평》, 계간지 제4호, 도서출판 불휘, 205쪽.

- 2002년 07월 06일(토). 〈통영의 시인 차영한 시인 풍모 우뚝—이상옥 시인의 글〉, 《한산신

문〉, 16면에 발표.

- 2002년 09월. 시 〈인연因緣〉, 《경남문학》 가을, 제60호, 경남문인협회, 269쪽.
- 2002년 09월 15일. 시 〈여름이 오면 생각나는 섬〉, 〈저녁바다〉, 〈파도소리가 있는 그 섬에 가면〉, 《시의 나라》 15호, 도서출판 푸른 별, 29~31쪽.
- 2002년 09월 30일. 차영한 이 계절의 특선 시인에 선정. 시 〈날궂이〉, 〈시간이 없다〉, 〈사 면초가四面楚歌〉, 〈어떤 쓴 미소〉, 〈아날로그〉, 〈섬에 내리는 비〉, 〈내가 잘 아는 입원환자〉, 〈흉 안 보기〉, 〈강노인 이야기〉, 〈속옷을 벗을 때〉, 《문예한국》 가을, 통권 제92호, 문예한 국사, 111~119쪽.
- 2002년 10월. 시 〈굿니 소묘素描 Ⅰ.Ⅱ.Ⅲ〉, 《月刊文學》 10월호, 월간문학사, 132쪽.
- 2002년 11월. 〈청마 유치환 출생지 쟁점에 대한 고찰〉, 《詩文學》, 60~85쪽(동지 12월 호 에 계속, 43~65쪽—2회 연재).
- 2002년 12월 20일. 시 〈아침 바닷가 산책에서〉, 〈생태 1~2〉, 〈해안선 소묘 1~5〉, 〈빈 배 이 야기 1~3〉, 《統營文學》 제21집, 통영문인협회, 215~222쪽.

*

- 2003년 01월. 시 〈태양이 빛나는 바다〉, 〈항해하면서〉, 〈그림자〉, 〈흰 장미꽃밭의 소묘〉, 〈아는 모양이야〉, 〈나의 생가生家 새벽은〉, 《詩文學》, 통권 제378호, 시문학사, 99~104쪽.
- 2003년 01월 29일(수). 시 〈판데목 해안을 거닐며〉, 《慶南日報》, 9면에 발표.
- 2003년 03월 01일. 시 〈장자론莊子論〉, 〈무인도에서 오는 편지 6〉, 《풍자문학》, 봄호(서울. 한 솜 미디어), 157~159쪽/ 위와 같은 책 풍자로 쓴 소리 단소리'에 〈배추밭 이야기〉, 26~27쪽.
- 2003년 03월 10일. 시 〈장자론莊子論〉(개작), 《경남문학》 봄, 제62호, 경남문인협회, 286쪽.
- 2003년 03월 25일. 시 〈오수午睡〉, 〈개꿈잡고 시비하기〉, 《청마문학》 제6호, 청마문학회, 61~63쪽.
- 2003년 06월 01일. 불교 봉축 시 〈부처님의 말씀〉, 《불교문예》 여름, 통권 제23호(서울. 현 대불교문인협회, 불기2547년), 41쪽.
- 2003년 08월 01일. 시 〈동치미국물이나 마시면서〉, 《文學空間》 8월호, 통권 제15권. 165 호, 문학공간사, 170쪽.
- 2003년 08월. 논문. 〈박재삼의 삶과 문학—절망의 그림자 밟고 다시 핀 달개비꽃〉, 《경상 어문》 제9집, 경상국립대학교 경상어문학회, 187~206쪽.
- 2003년 09월 20일. 시 〈황천항해〉, 〈저녁 술안주 해물 탕 이야기〉, 《海洋과 文學》 창간호, 한국해양문학가협회, 152~156쪽.
- 2003년 11월 10일. 시 〈저녁 술 마셔 보면〉, 〈아직도 우리는 따뜻하다〉, 〈그 섬에 가면〉, 《시와 현장》 가을·겨울 제5호(통영: 시와 현장사), 3~37쪽.

- 2003년 12월 12일. 시 〈반딧불을 볼 때마다〉, 〈관음죽 보고 살며〉, 〈산은 생각 끝에 새를 날리고〉, 〈마흔 한 살에—어머님 말씀 12〉, 〈눈덩이나 밟으며〉, 《통영문학》 제22집, 사)통영문인협회, 179~183쪽.
- 2003년 12월 10일. 시 〈소두레 2〉, 《경남문학》 겨울호 제65호, 경남문인협회, 191쪽.

*

- 2004년 03월 20일. 시 〈나무쟁이 회 맛〉, 《청마문학》 제7집, 청마문학회, 32쪽.
- 2004년 03월 31일. 시 〈삭발의 바다〉, 〈소나SONAR, 봄날의 바다깊이〉, 《海洋과文學》 제2호, 한국해양문학가협회, 129~130쪽.
- 2004년 05월 01일. 시 〈우울증, 바다소리〉, 〈꿈, 화장장에서〉, 《시를 사랑하는 사람들》 VOL.10, 2004. 5~6(현대사—한국문연), 97~98쪽.
- 2004년 05월 22일. 시 〈해소海嘯〉, 《시와 비평》 제8호 상반기(경남 시사랑문화인 협의회—불휘), 96쪽.
- 2004년 06월 01일. 시 〈퇴행성관절염〉, 〈나뭇가지를 잡고〉, 《시와시학》 여름, 통권 제54호, 시와시학사, 32~33쪽.
- 2004년 07월. 시 〈편두통에는〉, 〈가을 강 散調〉, 《깃발》 제2호, 통영시청문학회, 8쪽.
- 2004년 08월. 차영한 논문, 〈이승훈의 시와 시론에 나타나는 주체의 변모양상〉, 《경상어문》 제10집, 경상국립대학교 어문학회, 73~89쪽.
- 2004년 09월 01일. 시 〈여름바다〉, 〈물숭여 보고 사는 검둥여〉, 《詩文學》 9월호, 통권 제398호, 시문학사, 19~20쪽.
- 2004년 12월 11일(토). 에세이 〈무의식의 그림자〉, 《한산신문》 제686호, 22면에 발표.
- 2004년 10월 09일(토). 시 〈물 벼랑을 떠올릴 때—매저키즘에 대하여〉, 《부산일보》 제18671호, 16면(문화 난)에 발표.
- 2004년 12월 15일. 시 〈내가 찾는 하늘 바다에 있었네〉, 《경남문학》 겨울호, 통권 제69호, 경남문인협회, 174쪽.
- 2004년 12월 13일. 시 〈물숭여 보고 사는 검둥여〉가 《詩向》(제4권, 제16호) '지난계절시 다시보기' 기획특집 '현대시 100인선'에 선정. 34쪽.
- 2004년 12월. 시 〈어디서 한뎃잠 자는가?〉, 〈어떤 모순〉, 〈더부살이〉, 《통영문학》 23집, 통영문인협회, 261~263쪽.

*

- 2005년 02월. 시 〈새벽바닷물보기〉, 《청마문학》 제8집, 청마문학회, 65쪽.
- 2005년 06월 15일. 시 〈비렁뱅이 근성〉, 《경남문학》 여름, 통권 제71호, 경남문인협회, 294쪽.
- 2005년 08월 01일. 시 〈돌 그물과 도다리〉, 〈기항지, 트롤 승선기〉, 《海洋과文學》, 사단법

인 한국해양문학가협회, 107쪽.

- 2005년 10월 01일. 제5회 2005세계서예전북비엔날레 '아름다운한국—부산울산경남' 전 출품작 시와 그림 서예, 〈와룡산철쭉〉, 《아름다운한국》, 56~57쪽.
- 2005년 10월 07일. 시 〈내별 찾기〉, 〈찜질 방 여자들〉, 〈꽃비 내리는 날〉, 《부산시인》—초 대시 남부의 시인들②, 부산 시인협회, 29~31쪽.
- 2005년 12월 30일. 시 〈우리네 새카만 눈동자여—독도는 분명 대한민국 땅이다〉, 《自由 文學》 가을, 통권 제57호, 도서출판 天山, 31~32쪽.
- 2005년. 시 〈후박나무 밑에서—노자 도덕경을 읽다가〉, 〈폭풍전야〉, 《韓國詩學》 계간, 통 권 제5호, 韓國文人協會, 韓國詩學社, 50~51쪽.
- 2005년 11월. 시 〈이중성=重性〉, 〈뻐꾸기벽시계 울 때마다—어머님 말씀 15〉, 〈빗소리—어 머니 말씀 16〉, 《통영문학》 제24집, 통영문인협회, 224쪽.

*

- 2006년 01월 02일(월). 시 〈생명의 소리, 은빛 날갯짓으로〉, 2006 신년 특집, 《慶南新聞》, 18면에 발표.
- 2006년 3월 06일. 시 〈물 벼랑을 떠올릴 때—나는 이 작품을 이곳에서 이렇게 썼다〉, 《경 남문학》 봄, 통권 제74호, 경남문인협회, 70쪽.
- 2006년 04월 01일. 시 〈요새 시풍〉, 《文學空間》 4월호, 통권 제197호, 문학공간사, 112쪽.
- 2006년 05월 01일. 시 〈無爲〉, 〈幻影〉, 《詩文學》 5월호, 통권 제418호, 시문학사, 20~21쪽.
- 2006년 07월 31일. 시 〈분노하는 바다〉, 〈하혈하는 바다〉, 《海洋과文學》 제6호, 사단법인 한국해양문학가협회, 86~89쪽.
- 2006년 09월 01일. 시 〈솔수펑이 자리〉, 〈아리새〉, 《시와시학》 가을호, 통권 제63호, 시와 시학사, 35~37쪽.
- 2006년 09월 15일. 경남문학작가 집중조명(차영한), 작가연보, 시작노트, 〈파도자락으로 쓰는 빛의 유희〉/ 대표 시 〈화엄경을 읽다가 1~6〉, 〈항해하면서〉, 〈밤바다 1〉, 〈굿니 Ⅰ. Ⅱ. Ⅲ〉 5편/ 신작시 〈해파리의 춤〉, 〈어로선에서〉, 〈파랑주의보〉, 〈바다에 쓰는 시 18〉, 〈합포만, 그 파란 물〉 5편/ 차영한 시에 대한 평론, 〈시인 차영한과 바다〉, 한국해양대학교 김미진 연구교수, 《경남문학》 가을호, 제76호, 경남문인협회, 14~43쪽.
- 2006년 09월 01일. 시 〈트라우마trauma 1〉, 〈트라우마 2〉, 《경남펜문학》 국제펜 한국본부 경남지역위원회, 105~106쪽.
- 2006년 11월 20일. 시 〈트라우마 1〉, 〈트라우마 2〉, 이 계절에 만난 시인들—초대시, 《詩現 場》 제2호(충북사忠北社—충북충주시 연수동 605번지. 주간 정연덕), 62쪽.
- 2006년 12월 22일. 시 〈간월산 물소리〉, 〈나의 저녁바다〉, 〈가을 허수아비와 참새소리〉,

《통영문학》 제25호, 통영문인협회, 115~117쪽.

- 2006년 12월. 지난계절의 詩 다시보기, '엘리트 시 100選'에 차영한의 시 〈아리새〉가 《詩向》(제24호)에 선정. 21쪽.

*

- 2007년 01월 01일. 〈바다에 쓰는 시 18〉, 《시문학》 1월호, 통권 제426호, 시문학사, 25쪽.
- 2007년 01월 01일. 차영한 〈아리새〉 엘리트시 100선. 《한산신문》 제15면에 소개.
- 2007년 05월 19일. 시 〈버려진 근심 줍기〉, 《아! 노래하자 우리자연》, 경남문인협회, 103쪽.
- 2007년 06월 10일. 시 〈면 없는 거울〉, 〈금환일식〉, 《한강이 문득》, 한국시문학문인회, 306~307쪽.
- 2007년 06월 15일. 시 〈윈드서핑〉, 《경남의 시》—시각장애인을 위한 점자시집 한글판, 경남문인협회, 60쪽.
- 2007년 06월 30일. 시 〈음력칠월 가지 밭 소문〉, 《한국현대시》 창간호, 227쪽.
- 200년7 09월 20일. 시 〈빨간 시계〉, 《경남문학》 가을, 제80호, 경남문인협회, 204쪽.
- 2007년 10월 25일. 시 〈파도, 파도소리〉, 〈흰 눈썹 새로 날다〉, 〈희악질 하는 웃음소리〉, 《경남펜문학》, 국제펜한국본부 경남지역위원회, 121~123쪽.
- 2007년 12월 25일. 시 〈거부반응〉, 《한국현대시》 제2호, 한국현대시인협회, 130쪽.
- 2007년 12월 30일. 시 〈환상의 지느러미, 통영바다 2〉, 〈트라우마 3〉, 〈트라우마 4〉, 《통영문학》 제26호, 통영문인협회, 104~109쪽.

*

- 2008년 04월 01일. 시 〈몸과 옷의 오후〉, 《시문학》 4월호, 통권441호, 시문학사, 47쪽.
- 2008년 05월 24일. 시 〈노랑어리연꽃〉, 《물과 늪 그리고 사람》, 경남문인협회, 103쪽.
- 2008년 6월 30일. 시 〈낚싯대와 나비〉, 《한국현대시》 제3호, 한국현대시인협회, 211쪽.
- 2008년 7월 01일. 시 〈물결 위의 구름을 그물로 뜨다〉, 〈빛의 반사〉, 《文學空間》 7월호, 통권 제224호, 문학공간사, 28~29쪽.
- 2008년 8월 01일. 시 〈바람과 빛이 만나는 해변〉, 신작시 50인선—8월호, 《月刊文學》 통권 제474호, 사)한국문인협회, 52쪽.
- 2008년 08월 20일. 문학박사학위논문, 〈초현실주의 수용과 연관된 '三四文學'의 시 연구〉, 《경상어문학》 ISSN—9739, 349~413쪽에 발표(문학박사학위 취득 논문 공인지 게재 규칙에 의함).
- 2008년 09월 01일. 시 〈갯바람소리〉, 〈가슴깃털 볼 때마다〉, 《시와시학》 가을, 통권 제71호, 시와시학사, 97~98쪽.
- 2008년 09월 01일. 시 〈여행하는 레일 위의 귀와 눈〉, 《한국작가》 가을, 제5권, 통권 제17

호, 한국작가사, 119쪽.

● 2008년 09월 30일. 시 〈거울주름살〉, 《청마문학》 제11집, 청마문학회, 35쪽.

● 2008년 11월 15일. 시 〈건망증〉, 《경남펜문학》 제3집, 국제펜 한국본부 경남지역위원회, 106~107쪽.

● 2008년 11월 25일. 논문 〈박재삼의 삶과 문학〉, 《작은 문학》 겨울호, 통권 제37호, 작은 문학사, 164~191쪽.

● 2008년 12월 01일. 시 〈항상 나는 나에게로 오는〉, 〈남산, 꿈틀거리는 거대한 달팽이다〉, 《창작21》 겨울, 제5권, 통권 제13호, 들꽃, 111~112쪽.

● 2008년 12월. 시 〈날지 못한 저문 새—어머님 말씀 17〉, 〈꽃을 보고 웃는 동안〉, 〈귀뚜라미 울어대면〉, 〈아무도 몰랐다 동백꽃 필 때는〉, 〈밥숟가락 보면〉, 《통영문학》 제27호, 통영문인협회, 236~240쪽.

● 2008년 12월 23일. 수필 〈우울증 1~3〉, 〈경이로운 힘을 진행형으로 하여〉, 〈어둠에 남아 있는 망각들〉, 《水鄕隨筆》 제36집, 수향수필문학회, 208~224쪽.

● 2008년 12월 30일. 시 〈구구 구〉, 《한국현대시》 하반기 제4호, 한국현대시인협회, 264쪽.

● 2008년 12월 15일. 시 〈갯바람소리〉, 《詩向》 계간, 제32호, 지난계절 다시보기 '현대시 50선'에 선정. 22쪽.

*

● 2009년 01월 12일. 신작시 및 시작노트, 〈사마귀와 전화기〉, 〈동그라미 그릴 때〉, 〈봄은 봄이다〉, 《아침, 자연의 구술을 듣다》, 경남시인협회, 78~81쪽.

● 2009년 01월 16일(금). 《詩向》 계간, '현대시 50선'에 선정된 차영한 시, 〈갯바람소리〉, 《통영신문》 5면에 보도.

● 2009년 03월 01일. 초대 시에 발표, 〈경포대숲 저녁바다〉, 《亞細亞文藝》 봄, 통권 제12호, 아세아문예사, 16쪽.

● 2009년 06월 04일. '경남의 노래' 가사 공모에 차영한의 작시, 〈쉼표가 있는 통영바다〉 당선(경상남도 문인협회와 경남도 음악협회가 공동 주최, 경상남도 음악협회 주관). 작곡은 통영출신 '진규영' 작곡가.

● 2009년 06월 05일(금). 작시 〈쉼표가 있는 통영바다〉, 《통영신문》 제550호, 12면에 보도.

● 2009년 06월 05일. 시 〈0과의 진술〉, 《PEN문학》 여름, 통권 제91호, 국제펜 한국본부, 69쪽.

● 2009년 06월 15일. 시 〈말 타는 술비〉, 《청마문학》 제12집, 청마문학회, 86쪽.

● 2009년 06월 30일. 시 〈다발성경화증〉, 〈봄은 봄이 아니다〉, 117시인의 《빛의 발자국》 21집, 한국시문학문인회, 34~35쪽.

● 2009년 06월 30일. 시 〈우포늪〉, 《한국현대시》, 제5호, 한국현대시인협회, 137쪽.

- 2009년 07월 11일. 차영한 평론, 〈共感覺을 통한 만다라의 미학〉, 《작은문학》 여름, 통권 제39호, 작은 문학사, 165~179쪽.
- 2009년 07월 30일. 시 〈바람과 바다〉, 〈해운대 저녁〉, 〈탁본, 감성돔〉, 〈굴 껍질〉, 《海洋과 文學》 제11, 12호 합본, 사단법인 한국해양문학가협회, 53~56쪽.
- 2009년 08월 30일. 시 〈티핑 포인트〉, 《경남문학》 가을, 통권88호, 경남문인협회, 135쪽.
- 2009년 11월 01일. 시 〈해운대 소견, 말없음표〉, 〈물이 설 때〉, 《시문학》 11월호, 통권 제460호, 시문학사, 24~25쪽.
- 2009년 11월 10일. 시 〈달불이〉, 생명 사화집 《사랑 빛, 생명노래》 제1집, 경남문인협회, 110쪽.
- 2009년 11월 14일. 시 〈처서 절기 앞에〉, 〈쓰레기를 볼 때마다〉, 영역으로 번역된 시 〈산은 생각 끝에 새를 날리고 Mountain Making Bird Fly After Consideration〉, 《경남펜문학》 제5호, 국제펜 한국본부 경남지역위원회, 257~258쪽.
- 2009년 11월 18일. 수필 〈쉼표가 있는 통영바다〉, 〈꿈의 날개〉, 〈상징적 동일성의 징후〉, 《水鄕水筆》 제37집, 수향수필문학회, 230~239쪽.
- 2009년 12월 01일. 시 〈느낌표〉, 《한국현대시》 하반기 가을·겨울호, 제6호, 사)한국현대시인협회, 155쪽.
- 2009년 12월 18일. 시 〈빈 걸음—어머니 말씀 18〉, 〈꽃이 꽃을 좋아하는데〉, 〈남은 정〉, 〈빅뱅, 망막〉, 〈비비새〉, 〈발발 발〉, 《통영문학》 제28집, 통영문인협회, 185~191쪽.
- 2009년 12월 14일. 시 〈가을은〉, 〈볼게이 섬〉, 〈돌아온 통영대구야〉, 《통영문화》 제10호, 통영문화원, 86~88쪽.
- 2009년 12월. 차영한 연구논문 〈소승불교의 事跡址, 蓮花島의 蓮花臺 五蓮舍 小考〉, 《경남논총》 제19집, 경상남도향토사연구협의회, 238~256쪽.
- 2009년 12월 15일. 차영한 시 〈해운대소견, 말없음표〉가 《詩向》(제9권, 통권 제36호)에 지난계절 발표된 시 다시 보기에서 '현대시50선'에 선정, 15쪽.

*

- 2010년 02월 19일. 시 〈인연〉, 《새벽향가—은은한 향기의 시(50)》에 발표.
- 2010년 02월 20일. 시 〈바다 날씨 1〉, 《우리들의 좋은 詩》, 문예운동사, 344쪽.
- 2010년 02월 25일. 경남시인초대석 2, 차영한, 〈초현실적인 시 창작산실은 바다〉, 《경남시학 2》, 경남시인협회 앤솔러지, 28~41쪽.
- 2010년 02월 25일. 시 〈달빛, 셀프〉 《경남시학2》, 경남시인협회, 166쪽.
- 2010년 04월 25일. 《시와 지역》 창간호, 봄호(통권 제1호, 경남 진주시, 시와 지역사) 31~33쪽에 강희근의 '지역시편 조명' 시 〈빈 걸음〉, 〈비비새—통영오광대 보다가〉의 작품세계 단평이 게재됨.

- 2010년 05월 31일. 시 〈윈 윈으로 차단, 층간소음〉, 《경남문학》 여름, 통권91호, 경상남도 문인협회, 241쪽.
- 2010년 06월 07일. 이기반 지음, 《수국단상水國斷想—통영의 물결소리》(서울, 秋水樓), 77쪽, 79쪽, 92쪽에 차영한의 석사논문 《청마 유치환의 고향 시 연구》 중 '청마 유치환의 출생지'에 관한 일부 글을 인용.
- 2010년 05월 31일. 이수화 제2평론집, 《글로벌문학과 한국 당대시》(한강도서출판사), 324 ~325쪽, 차영한 시, 〈빵을 보면〉에 대한 시세계 비평 게재.
- 2010년 06월 05일. 시 〈우포늪〉, 《가슴속 불 밝히고》, 2010 점자 시집 한글판, 경상남도문인협회, 66쪽.
- 2010년 10월 01일. 시 〈난다, 달에서 회중시계 소리〉, 《청마문학》 제13집, 청마문학회, 99쪽.
- 2010년 09월 07일. 차영한 평론 〈청마 유치환의 초기詩의 특성〉, 《경남문학》 가을, 통권 제92호, 경상남도문인협회, 192~217쪽.
- 2010년 10월 23일. 시 〈바다 날씨 2〉, 〈발견, 통영 땅 공룡 알 · 발자국〉, 《경남펜문학》 제6호, 국제펜한국본부 경남지역위원회, 82~85쪽.
- 2010년 10월 23일. 문학평론가 송희복 평론, 〈생존의 바다, 실존의 섬, 공존의 삶 의식—차영한의 연작시집 《섬》 간행 20주년에 부쳐〉, 《경남펜문학》 제6호, 국제펜 한국본부 경남지역위원회, 37~53쪽.
- 2010년 12월 01일. 시 〈선창가를 거닐면〉 〈캐주얼빗방울〉 《시와시학》 겨울, 통   권80호, 시와시학사, 272~273쪽.
- 2010년 12월 01, 시 〈팡토마스〉, 〈몽돌해변묘사〉, 《海洋과文學》 제14호, 사단법인 한국양문학가협회, 58~59쪽.
- 2010년 12월 03일. 시 〈둥지 밖에 남아 있는 빗방울〉, 〈눈 밟힐 때〉, 《통영문학》 제29호, 통영문인협회, 185~186쪽.
- 2010년 12월 13일. 에세이 〈통영상징, 문화예술 탑 건립〉, 〈망막 속에 살아서 떠도는 팡토마스〉, 《수향수필》 제38집, 수향수필문학회, 193~201쪽.
- 2010년 12월 15일. 시 〈배〉, 《소용도는 은하의 별》 220인사화집, 한국현대시인협회, 229쪽.
- 2010년 12월 28일. 시 〈함안, 아라 백련이여〉, 《여항산 그림자 낙동강에 드리우고》, 함안문인협회, 188쪽.
- 2010년 12월 30일. 시 〈진주남강유등축제〉, 《전설이 흐르는 유등》, 사화집, 경남시인협회, 99쪽.
- 2010년 12월 31일. 차영한 연구논문 〈통영특산명품의 맥락 재조명〉, 《경남향토사논총》 제20집, 경남향토사연구협의회, 86~109쪽.

*

- 2011년 02월 20일. 시 〈연꽃〉, 〈화안하게 웃어 봐요〉, 《문학세계》 2월호, 통권 제200호 기념호, 도서출판 天雨, 16～17쪽.
- 2011년 03월 31일. 《한국시대사전》 4판 발행. 차영한 등록 이제이 피북, 3013쪽.
- 2011년 04월 21일. 청마문학상 심사위원회에서 심사위원으로 위촉되어 작품심사에 참가 함.
- 2011년 06월 30일. 시각장애인을 위한 한글 점자 시 〈느그 집 작은 고추 맵지〉, 《빛의 결을 만지다》 제5집, 화중련, 61쪽.
- 2011년 07월 01일. 시 〈기다림도 경작하면〉, 《청마문학》 제14집, 청마문학회, 97쪽.
- 2011년 07월 20일. 차영한 지음, 비평집 《초현실주의 시와 시론》(한국문연, 하드커버 단행본, 300쪽), 1,000부 출간.
- 2011년 09월 08일. 시 〈괘불 아이고 개불 말이야〉, 《경남문학》 가을, 통권96호, 경상남도 문인협회, 122쪽.
- 2011년 09월 24일. 시 〈탁본, 감성돔〉, 《경남문학현실에 길을 묻다》, 경남문인협회, 80쪽.
- 2011년 10월 25일. 시 〈선창가를 거닐면〉, 〈가을 나그네 봤다〉, 《물그림자》, 한국시문학문인회(월간 '시문학' 40주년 기념호), 198쪽.
- 2011년 10월 29일. 영어로 번역된 시 〈태양이 빛나는 바다〉, 《경남펜문학》 제7집, 국제펜 한국본부 경남지역위원회, 56～57쪽/ 위와 같은 책에 시, 〈無의 환유〉, 237쪽.
- 2011년 11월 01일. 차영한 문학평론부문 신인상 당선작, 〈청마시의 심리적 메커니즘 분석—문제시, 수 · 전야 · 북두성 중심으로〉, 《시문학》 11월호, 통권484호, 시문학사, 77～94쪽.
- 2011년 11월. 시 〈눈사람〉, 〈넥타이, 뱀장어〉, 월간 《모던 포엠》 11월호, 통권 제98호, 273～275쪽.
- 2011년 12월 09일. 수필 〈산을 내려올 때도 고개 숙인다〉, 〈예술창작에서의 모방과 아류에 대하여〉, 《水鄕隨筆》 제39집, 수향수필문학회, 226～233쪽.
- 2011년 12월 15일. 시 〈검은 촛불〉, 《오색딱따구리》 사화집 제33집, 한국현대시인협회(2011년—223인 참여), 235쪽.
- 2011년 12월 16일. 시 〈저 너머 길목에는—어머님 말씀 20〉, 〈말도 씨가 되는구나—어머님 말씀 21〉, 〈선글라스〉, 《통영문학》 제30집, 통영문인협회, 76～78쪽.
- 2011년 12월 25일. 시 〈간혹 안태본에 가볼라치면〉, 〈가을빛깔소리〉, 《경남시학》 제3호, 경남시인협회, 191쪽.
- 2011년 12월 30일. 시 〈진주 남강이 띄우는 풍경〉, 《유등, 충혼이 타오르다》 경남시인협회, 95쪽.
- 2011년 12월 31일. 차영한 논문 〈조선왕조실록을 움직인 蛇梁 · 樸島 고찰〉, 《경남향토사논총》 제21집, 경남향토사연구협의회, 91～133쪽.

*

- 2012년 02월. 시 〈뼛속 푸른 불꽃〉, 〈역전, 대립물〉, 《한국작가》 봄. 통권 제31호, 한국작가 사, 177쪽.
- 2012년 04월. 시 〈수리, 안경다리〉, 〈정지, 보이는 겨울 오브제〉, 《시문학》 통권 제489호, 시문학사, 14~16쪽.
- 2012년 04월. 차영한 저서 《초현실주의시와시론》에 대한 문학평론가 전문수 평설 〈초현 실주의 시의 시사적 위상 정립〉, 《시문학》 4월호, 통권 제489호, 시문학사, 145쪽.
- 2012년 07월 01일. 차영한 평론 〈청마의 시 '그리움'과 '행복'에 대한 단상〉, 《청마문학》 제 15집, 시문학사, 112~121쪽.
- 2012년 07월 01일. 시 〈점점 사라지는 것은 살아있는 점점으로〉, 《청마문학》 제15집, 청마 문학회, 103쪽.
- 2012년 09월 01일. 시 〈개가 있는 풍경〉, 《月刊文學》 9월호, 통권523호, 월간문학사, 29쪽.
- 2012년 11월 20일. 월간 《현대시》의 현대시인선 123, 차영한 제4시집 《캐주얼 빗방울》(단 행본, 12.5cm×20.4cm, 124쪽), 한국문연, 800권 출간.
- 2012년 11월 20일. 차영한 지음, 비평집 《니힐리즘너머 생명시의 미학》(시문학사, 하드커 버, 400쪽), 1,000부 간행.
- 2012년 12월. 차영한 영역 시 〈물 벼랑을 떠올릴 때〉, 《경남PEN문학》 제8집, 82쪽/ 한글 시, 〈허허허〉, 〈흙에 살리라〉, 《경남PEN문학》 제8집, 국제펜 한국본부 경남지역위원회, 226쪽.
- 2012년 12월 08일. 수필 〈그냥 쉬면 빠르게 늙는다〉, 《水鄕隨筆》 제40집, 수향수필문학회, 238쪽.
- 2012년 12월 10일. 시 〈여름도시 풍경〉, 〈도토리도 들로 내려다보며 열리나니 —어머니 말 씀 22〉, 〈별빛눈물방울—어머니 말씀 23〉, 《통영문학》 제31집, 통영문인협회, 267~269쪽.
- 2012년 12월 20일. 특별기고, 차영한 평론 〈청마의 시 〈그리움〉과 〈행복〉에 대한 단상, p.68〉, 〈파도가 밀려오는 이유, p.105〉, 〈지금도 퍼즐. 통영해저터널, p.106〉, 《통영문화》 제 13호, 통영문화원.
- 2012년 12월 31일. 차영한 논문 〈역사상 지리지에 나타난 통영지역 고찰〉, 《경남향토사논 총》 제22집, 경남향토사연구회, 45~64쪽.

*

- 2013년 03월 01일. 차영한의 시집 《캐주얼 빗방울》 〈미네르바 셀렉션 시집 스크랩—면 없 는 거울〉, 《미네르바》 봄, 통권 제49호, 홍영사, 409쪽.
- 2013년 03월 30일(토). 에세이 〈나의 작품속의 꽃〉, 《한산신문》, 27면(종합).
- 2013년 04월 01일. 차영한 시집에 대한 송용구 평론 《캐주얼 빗방울》 중심으로 시세계 조 명, 〈탈경계적 생태시학의 네트워크, 차영한 시세계〉, 《시문학》 4월호, 통권 제501호, 146 ~155쪽.

- 2013년 05월 01일. 시 〈나이아가라폭포〉, 《PEN문학》 5 · 6월호, 통권 제114호, 사단법인 국제펜 한국본부, 98~100쪽.
- 2013년 05월 03일(금) 14:00. 한국시 아카데미 주최 포럼/ 서울 배재학당 역사박물관 3층 세미나실 초청, 차영한 발표논문, 《청마의 신神은 무량수불세계》.
- 2013년(癸巳年) 06월 04일. 시 〈갯살이〉, 〈너덜해안가 한사리 물 때〉, 《한국 동서문학》 여름호, 제6호, 동서디지털네트워크 출판부, 350쪽.
- 2013년 06월 30일. 시 〈비무장지대〉, 〈비 내릴 때도 눈물꽃은 피다〉, 《오백 번의 응》 제23집(시문학지령 500호 기념사화집), 한국시문학문인회, 242쪽.
- 2013년 07월 01일. 시 〈감꽃웃음〉, 차영한 평론 〈청마의 神은 무량수불세계〉, 《청마문학》 제16집, 청마문학회, 시작품, 80쪽과 평론, 88쪽.
- 2013년 07월 01일. 시 〈참말 먹는 법〉, 〈샤덴 프로이데〉, 《현대시》 VOL.─7, 통권 제283호, 한국문연, 148~151쪽.
- 2013년 09월 24일. 시 〈꽃비내리는 날〉, 평론 〈내 마음의 꽃〉, 경남문학관, 95쪽.
- 2013년 10월 24일 14:00─16:30. 2013년 제10기 박물관대학 초청 강연, 국립진주박물관 주최, 국립진주박물관 강의실, 〈문인들 통영에 모이다〉/ 《통영, 그 예향의 바다에 빠지다》, 주최 측 책자 발행(2013. 4), 185쪽.
- 2013년 11월 26일. 수필 〈걷기는 신이 내린 생명의 척도다〉, 〈나의 작품속의 꽃〉, 〈퍼즐, 통영해저터널〉, 《水鄕隨筆》 제41집, 수향수필문학회, 206~222쪽.
- 2013년 11월 30일. 현대시회 앤솔러지, 차영한 시 〈금〉, 《K─POEM ①》, 현대시회, 246쪽.
- 2013년 12월 13일(금). 차영한 평론 발표 〈이상의 초현실적인 시 경향 분석─I WED A TOY BRIDE 기 발표작 보완〉, 경남문학비평가협회 주관, A4용지 10포인트, 6쪽 분량 발표.
- 2013년 12월 18일. 시 〈바닷가 봄〉, 〈기다리던 눈물이 꽃으로 필 때〉, 〈돛단배 노래〉, 《통영문학》 제32집, 통영문인협회, 177~180쪽.
- 2013년 12월 18일. 시 〈촉석루에서─진주유등축제에 부침〉, 《등 하나 켜고》 사화집, 경남시인협회, 94~95쪽.
- 2013년 12월 27일. 시 〈똥파리의 고발장, 콧방귀〉, 《경남PEN문학》 제9집, 7쪽./ 사진 속의 인연─〈기억에 남는 사진 한 장; 사하라 사막에서 '흰 낙타'를 타고 있는 자화상〉, 국제펜 한국본부 경남지역위원회, 136~137쪽.
- 2013년 12월 31일. 차영한 연구논문 〈역사상 지리지에 나타난 통영지역 고찰(2)〉, 《경남향토사논총》 제23집, 사단법인 경남향토사연구회, 26~50쪽.

*

- 2014년 01월 15일. 시 〈광란하는 바다 3〉, 《한국현대시》 하반기호, 제10호, 사단법인 한국

현대시인협회, 179쪽.

- 2014년 03월 01일(토). 신작 시편 〈나무일기〉, 〈탄생, 삼삼 하나〉, 《미네르바》 봄호, 제53호, 홍영사, 25~27쪽.
- 2015년 03월 02일부터 인문학 강의(시 짓기 기법 · 일반교양 중심)
- 2014년 04월 11일. 사립 한빛문학관 개관식 거행.
- 2014년 07월 05일 오후 6시. 문화마당 특설무대에서 제15회 청마문학상 본상 수상(상패와 창작지원금 2천만 원정).
- 2014년 07월 01일. 특집에 포토: 제15회 청마문학 본상 수상자 차영한 근영, 《청마문학》, 17집, 시문학사, 42쪽~84쪽.
- 2014년 10월 17일. 〈나의 삶, 나의 문학—나는 굽어지려고 할 때마다 활을 쏜다〉, 《경남문학관 리뷰》 제46호, 08—09쪽.
- 2014년 8월. 신작 시편 〈끊어진 해안선〉, 〈나는 물새, 물새야,〉 《시문학》 8월호, 통권 제517호, 시문학사, 20~22쪽.
- 2014년 11월 01일. 시 〈그래도 걸어야 보이네〉, 《시애詩愛》 제8집, 불휘미디어, 243쪽.
- 2014년 11월 30일. 시 〈끊어진 해안선〉, 《K—POEM》 ②, 현대시회 사화집, 현대시회, 212~213쪽.
- 2014년 12월. 시 〈너덜해안가 한사리 물 때〉, 《통영문화》 제15호, 148쪽.
- 2014년 12월 24일. 시 〈초혼점등〉, 《남강유등축제에》, 2014 사화집, 경남시인협회, 98쪽.

*

- 2015년 03월 01일. 시 〈울릉도 파도〉, 《PEN문학》 3 · 4월호, VOL 125, 99쪽.
- 2015년 05월 01일. 시 〈머리 올리는 꽃봉오리〉 외 1편, 《純粹文學》 5월호, 통권 제258호, 순수문학사, 46~47쪽.
- 2015년 05월. 강외석 문학평론, 〈시인 차영한론〉, 《작은文學》 제51호, 작은 문학사, 168~194쪽.
- 2015년 06월 01일. 시 〈긴 느낌표를 느낌으로 지우고 있어〉 〈나무의 무아無我〉, 월간 《현대시》 VOL. 26—6, 제306호, 한국문연, 154~157쪽.
- 2015년 06월 10일. 시 〈내나 여기 있었네라〉, 《경남문학》, 제111호, 경상남도문인협회, 127쪽.
- 2015년 09월 01일. 시 〈디아스포라들이여〉, 〈귀농歸農〉, 월간 《시문학》, VOL—9, 통권 제530호, 시문학사, 18~20쪽.
- 2015년 10월 23일. 시 〈6 · 25 전쟁이 남긴 저녁〉, 《꽃피고 꽃 진 자리》, 경남문학자선 대표 시선집, 경상남도문인협회, 186쪽.
- 2015년 11월 04일. '2015경남예술제'에 시 〈그 풀이 섬에 다시 가고 싶다 카이〉, 《사랑이 멈춘 발길》, 경남사랑 사화집, 경상남도문인협회, 135쪽.
- 2015년 11월 07일. 〈특별한 만남—2015년 제54회 경남문화상 수상, '한국시문학에 큰 족적

을 남긴 사람. 차영한 시인을 만나', 창간 24주년 기념, 《주간인물》 no. 967, 38~39쪽.

- 2015년 11월 23일. 수필 〈나를 흔들어 깨우는 어떤 질문〉, 〈아직도 아내는 목화밭에서 산 비둘기 떼 날리고〉, 《水鄕隨筆》 제43집, 수향수필문학회, 204~208쪽.

- 2015년 11월 25일. 시 〈문득, 햇살이 쓰는 편지보다〉, 〈손마디마다 피리 구멍 내어 우는 새소리—어머니 말씀 28〉, 〈얼뚱아가— 어머니 말씀 29〉, 《통영문학》 제34집, 통영문인협회, 160~163쪽.

- 2015년 12월 05일. 시 〈바다빗금들 1〉, 《경남PEN문학》 제11집, 국제펜 한국본부 경남지역위원회, 162쪽.

- 2015년 12월 08일. 시 〈느낌표는 느낌으로 지우고 있어〉, 《K—POEM》 ③ 현대시회 앤솔러지, 2015, 한국문연, 202쪽.

- 2015년 12월. 시 〈멍멍 멍〉, 〈드로잉, 우주숨결〉, 《통영문화》, 제16호, 통영문화원, 182~183쪽.

- 2015년 12월 24일. 시 〈옛날 유등 띄운 뜻은〉, 《남강유등 앞에》, 경남시인협회 사화집, 101쪽.

- 2015년 12월 28일. 테마 시 〈문득 햇살이 쓰는 편지보다〉와 신작 〈물이 들다〉, 《경남시학》 제6호, 경남시인협회, 각각 37쪽과 167쪽.

*

- 2016년 03월 12일. 자작시 해설 〈나무의 무아無我〉, 《한산신문》, 28면(종합).

- 2016년 07월 15일. 시 〈지금 나는〉, 〈주말 봄에 허브 빗방울이 나를 낚고 있다〉, 《시사사 Poetry Lovers》 7~8월호, 제83호, 한국문연, 100~102쪽.

- 2016년 08월 01일. 시 〈눈의 탄생을 볼 때〉, 〈가을 숲을 사랑하는 까닭은〉, 《시문학》 8월호, 통권 제541호, 시문학사, 19~21쪽.

- 2016년 08월 01일. 시 〈가을 단풍〉, 〈내장산 단풍〉, 《文學空間》 8월호, 통권 제321호, 문학공간사, 26~27쪽.

- 2016년 09월. 시 〈낙산사 해조음〉, 《自由文學》 여름, 통권 제100호, 자유문학사, 220쪽.

- 2016년 09월 05일. 시 〈무인도에서 오는 편지 38〉, 《경남문학》 가을, 통권 제116호, 경상남도문인협회, 180쪽.

- 2016년 09월 01일. 동시 〈우산 할아버지〉, 〈찔레꽃봉오리 속으로 굴렁쇠 굴려 보렴〉, 《한국시학》 가을, VOL. 39, 사)한국경기시인협회, 119~120쪽.

- 2016년 09월 24일. 초대 시 〈문득 햇살이 쓰는 편지보다〉, 《生命文學》 제5집, 원주문인협회, 168쪽.

- 2016년 10월 25일. 월간 《현대시》의 현대시인선168, 차영한 제5시집 《바람과 빛이 만나는 해변》(단행본, 12.5cm×20.5cm, 133쪽), 한국문연, 500부.

- 2016년 10월 30일. 시 〈시골햇살 Ⅰ. Ⅱ. Ⅲ〉, 《한국시인 대표작 1》에 등재, 한국문인협회 시

분과, 538쪽.

● 2016년 11월 25일. 시 〈무인도에서 오는 편지 24—형제 섬〉, 《경남PEN문학》 12호, 국제펜 한국본부 경남지역위원회, 85쪽.

● 2016년 11월 29일. 수필 〈동백꽃을 볼 때마다〉, 〈지금 봉평동은 옛날 방대한 '해평곶 목장' 이었나니〉, 《水鄕水筆》, 제44호, 235~242쪽.

● Volume 5 Winter 2016, Young—han Cha, 〈The Village with Greenwood Is〉, 《Poetry Korea》, Annual Anthology by 58 poets of Korea Edited by UPLI Korea Committee/United Poets Laureate International Korea Committee. pp.166~167.

● 2016년 12월 01일. 시 〈바람과 빛이 만나는 해변〉, 《현대시》, VOL. 27—12, 통권 제324호, '현대시 어드밴티지'로 소개됨, 17쪽.

● 2016년 12월 28일. 〈그 역에서 탄 마지막완행열차 유감〉, 《경남시학》 앤솔러지 제7호, 경 남시인협회, 86쪽.

● 2016년 12월 31일. 차영한 연구논문 〈역사상지리지에 나타난 통영지역고찰(3)〉, 《경남향토 사논총》, 제26집, 153~173쪽.

*

● 2017년. 《현대시》 1월호, 통권 제325호, '이달의 리뷰'/차영한 시집 《바람과 빛이 만나는 해 변》 중 시 〈바람과 빛이 만나는 해변〉 외 3편/ 〈시원을 향한 원초적 지느러미들의 유영〉, 강외석 평론가가 소개, 100~106쪽.

● 2017년 01월 07일(토). 차영한—'나는 이렇게 제5시집을 발간했다—해변의 바람과 빛의 에 로틱을 형상화', 주간週刊 《한산신문》, 29면(종합)에 발표.

● 2017년 01월 10일. 시 〈해운대 동백숲길〉, 《K—POEM》 ④, 현대시회 앤솔러지, 2016년 한 국문연, 204~205쪽.

● 2017년 01월 15일. 〈시집 속의 시 읽기: 섬에 내리는 비—이경후〉, 《시사사 · POETRY LOVERS》 격월간1—2, 제86호, 한국문연, 252~255쪽.

● 2017년 02월 03일. 시 〈!는 나의 지팡이다〉, 〈리어카 영감〉, 《통영예술》 제17호, 46~47쪽.

● 2017년 04월. 시 〈학발타령〉, 〈해넘이바다〉, 《純粹文學》 4월호, 통권 제281호, 순수문학사, 97~98쪽.

● 2017년 05월. 시 〈바다거식증〉, 〈배꼽시계와 허리물살〉, 〈다시 수평선 바라보며〉, 《海洋과 文學》 제20호, 사단법인 한국해양문학가협회, 116~120쪽.

● 2017년 06월. 시 〈너울발톱〉, 《경남문학》 여름, 통권 제119호, 경상남도문인협회, 189쪽.

● 2017년 06월 20일. '도서출판 경남'의 '경남대표시인선27', 차영한의 제6시집 《무인도에서 오는 편지》(단행본, 12.5cm×18.4cm, 128쪽), 500부 출간함.

- 2017년 07월 08일(토). '통영무인도 시70편으로 노래, 바다의 원시적 관능 형상화', 주간 《한산신문》 20면(문화—김영화 기자 취재)에 발표.
- 2017년 07월 12일(수). 차영한 '무인도에서…현대사회 파편화 꼬집어', 《부산일보》 제 22500호), 24면(문화—윤여진 기자 취재)에 발표.
- 2017년 08월 01일. 시 〈어떤 수면垂面〉, 〈그 여자는 요새 샤넬아이콘 속으로 출퇴근한다〉, 《현대시》, VOL. 28—8, 통권 제332호, 한국문연, 162~163쪽.
- 2017년 08월 31일. 차영한 평론 〈김춘수 시인과 유치환 시인의 관계〉, 《시애詩愛》 통권 제 11호, 254~270쪽.
- 2017년 09월 01일. 번역시 〈The Village with Greenwood is〉 제3회 세계한글작가대회 기념 《한영대역 대표작선집(시편)》, 국제펜 한국본부, 606쪽.
- 2017년 9월 06일(수). 시 〈6 · 25 전쟁이 남긴 저녁〉, 《주간 한국문학신문》 제320호, 4면에 발표.
- 2017년 11월 01일. 차영한 평론, 〈백석의 시 '통영' 3편에 대한 재해석 1〉 《시문학》 11월호, 통권 제556호, 시문학사, 102~115쪽(2017. 12월호 계속연재).
- 2017년 12월 01일. 차영한 평론, 〈백석의 시 '통영' 3편에 대한 재해석 2〉 《시문학》12월호, 통권 제557호, 시문학사, 97~110쪽(2018. 1월호에 연재함).
- Volume 6 Winter 2017, Cha Young—han, 〈Rural Sunshine〉, 《Poetry Korea》, Annual Anthology by 84 poets of Korea Edited by UPLI Korea Committee/United Poets Laureate International Korea Committee. pp.190~193.
- 2017년 12월 07일. 수필 〈백석 시인과 통영 신현중 선생님의 관계〉, 《水鄕隨筆》, 제45집, 수향수필문학회, 220~226쪽.
- 2017년 12월 12일. 제3회 송천 박명용 통영예술인상 수상 결정 통지(2017년 12월 06일자 결정).
- 2017년 12월 15일. 제3회 송천 박명용 통영예술인상 수상자 창작 지원금 조건 내역서 통지 서 받음(시집 3권 분량 출간코자 출판사에 의뢰함).
- 2017년 12월 12일. 시 〈꽃은 떨어지지 않아〉, 〈아침저녁 이슬방울소리〉, 〈정이 가는 볕살〉, 《통영문학》 제36집, 통영문인협회, 146~149쪽/ 차영한 평론, 〈김춘수 시인과 유치환 시인의 관계〉, 243~261쪽.
- 2017년 12월 23일. 시 〈외면하는 저 푼수〉, 〈있는 것과 없는 것 사이〉, 《경남PEN문학》 제13 집, 국제펜 한국본부 경남지역위원회, 93~94쪽.
- 2017년 12월 28일. 시 〈어시장 골목 볼락구이 집에서〉, 《경남시학》 제8집, 경남시인협회, 84쪽.

*

- 2018년 01월. 차영한 평론, 〈백석의 시 '통영' 3편에 대한 재해석 3〉《시문학》 1월호, 통권 제558호, 시문학사, 80~94쪽(연재 끝).
- 2018년 01월 10일. 시 〈카스피해 파도〉《K—POEM》⑤, 현대시회 사화집 2018, 한국문연, 172쪽.
- 2018년 01월 15일. 〈궁금증〉, 〈토르소여자 인형〉, 《POETRY LOVERS》 격월간, 1—2, 제92호, 한국문연, 74~76쪽.
- 2018년 01월 30일. 차영한 제7시집, 《새소리 받아 일기도 쓰고》, 시문학시인선563(단행본, 12.5cm×20.5cm, 144쪽), 500부 출간함.
- 2018년 01월 30일. 차영한 제8시집, 《산은 생각 끝에 새를 날리고》, 시문학시인선564(단행본, 12.5cm×20.5cm, 152쪽), 500부 출간함.
- 2018년 01월 30일. 차영한 제9시집, 《꽃은 지기 위해 아름답다》, 시문학시인선565(단행본, 12.5cm×20.5cm, 160쪽), 500부 출간함.
- 2018년 02월 01일. 시 〈걸음에 몇 마디 부치나니〉, 《純粹文學》 2월호, 통권 제291호, 순수문학사, 127쪽.
- 2018년 2월 06일 화요일 오후6시. 북신동 소재 공작뷔페에서 제3회 송천 박명용 통영예술인 시상식 거행(시상금 1천만 원정 당일 지급, 1천만원정은 실적 확인 후 지급함에 따라 1천만 원정 상당액에 해당되는 시집 단행본 3권을 출간하여 제출함).
- 2018년 07월 01일. 시 〈간다, 봄날은〉, 〈한여름 한 줄금 소나기 냄새〉, 《현대시》 7월호, VOL. 29—7, 통권343호, 25~27쪽.
- 2018년 08월 31일. 시 〈비비 비〉, 《시애詩愛》, 12호, 김달진문학관 운영위원회, 269쪽.
- 2018년 09월 03일. 차영한 제10시집, 《물음표에 걸려 있는 해와 달》(인간과문학사, 단행본, 12.5cm×20.5cm, 160쪽), 500부 출간함.
- 2018년 09월 23일. 2018년도 통영문인협회로부터 제1회 통영지역문학상 당선 결정통지에 따른 정식공문을 받음.
- 2018년 10월 25일. 시 〈빨간 고무장갑으로 채점하는 임자〉, 《한국현대시》 하반기호, 제20호, 한국현대시인협회, 80쪽.
- 2018년 11월 24일. 시 〈실수 아닌 실수〉, 《경남시학》 제9집, 경남시인협회, 119쪽/ 같은 문예지 〈빨간 고무장갑으로 채점하는 임자〉, 291~292쪽.
- 2018년 11월 26일. 수필 〈지조 높은 자미수꽃 눈웃음 읽다〉, 《수향수필》 제46집, 수향수필문학회, 244쪽.
- 2018년 11월 제4회 세계한글작가대회기념 시,〈Hallyeosudo/ChaYoung—han〉《The Collection of Poetry & Prose in English to Celebrate the 4th International Congress of

Writers Writing in Korean》 (THE KOREAN, INTERNATIONAL PEN, Publish in November 30, 2018), p.32.

- 2018년 12월 01일. 이 시인을 주목한다. 차영한 시, 〈황금화살〉 〈정지, 보이는 겨울 오브제〉, 〈버려져가는 바다〉, 〈우리 사는 용서 내나 불러〉, 〈!는 나 의 지팡이다〉, 문학평론가 정신재, 〈차영한론—사이의 시학〉《인간과 문학》 제24호, 인간과문학사, 45~64쪽.
- 2018년 12월 06일 오후 6시. 정각 광도면 죽림리 소재 '해피데이' 결혼식장 7층에서 《통영문학》제37집 출판기념회 및 제1회 통영지역문학상 수상(상패와 부상 삼백만 원정).
- 2018년 12월 06일. 시 〈나를 찾아 멀리 나는 새〉, 〈블랙아웃〉, 《통영문학》 제37집, 한국문인협회 통영지부, 159~162쪽.
- 2018년 12월 06일. 《통영문학》 제37집 특집, 제1회 통영지역문학상 당선 시 '심사평', '당선소감'과 함께 〈꽃은 떨어지지 않아〉외 2편 재수록, 25~35쪽.
- Volume 7 Winter 2018, Cha Young—han, 〈White Multiflora Blooms on the Sea〉《Poetry Korea》, Annual Anthology by7 Edited by UPLI Korea Committee/United Poets Laureate International Korea Committee. pp.174~175.(하얀 찔레꽃 피는 바다, 174~175쪽).
- 2018년 12월 20일. 차영한 평론, '백석의 시 〈統營〉3 편 재해석', 《통영예술》 제19집, 사단법인 한국예총통영지부, 57~78쪽.
- 2018년 12월 28일. 〈통과하는 기차〉, 〈본다는 것은 만남이야〉, 《아태문학》 겨울, 제4호, 책나라, 251~252쪽.
- 2018년 12월 31일. 시 〈한려수도〉, 《국립공원이 만나는 하루를 여는 자연詩》, 한국국립공원공단, 138쪽.

*

- 2019년 01월 10일. 시 〈간다, 봄날은〉, 《K—POEM》 ⑥, 현대시회 사화집, 2019, 한국문연, 211쪽.
- 2019년 03월 30일 오후 2시. 윤이상 기념공원 홀 차영한 시 〈나의 저녁 바다〉, 작곡 진규영 발표(작시와 악보 사본 한빛문학관에 소장).
- 2019년 05월 01일. 〈풍랑주의보〉, 〈폭풍전야〉, 《시문학》 5월호, 통권 제574호, 시문학사, 36~38쪽.
- 2019년 06월 01일. 시 〈어떤 것의 다른 또 하나는〉, 〈들숨 쉬기〉, 월간 《현대시》. VOL. 30—6 통권 제354호, 한국문연, 22~25쪽.
- 2019년 06월 05일. 〈승선일지 비고란 특기〉, 《경남문학》 여름, 제127호, 경상남도문인협회, 232~235쪽.
- 2019년 06월 14일. 차영한 제11시집 《거울뉴런》, 현대시 기획선20(단행본, 12.5cm×20.5cm, 160쪽), 500부 출간함.

- 2019년 06월 15일. 〈땀방울이 옥수수로 익을 때〉, 〈연잎에 구르는 물방울들〉, 계간지, 《문학춘추》, 여름, 통권 제107호, 문학춘추사 · 한림문학재단, 73~74쪽.
- 2019년 07월 01일. 차영한 제11시집 《거울 뉴런》에 대한 '이달의 리뷰'에 시 〈주말 봄에 허브빗방울이 나를 낚고 있다〉, 〈샤덴 프로이데Schaden—freude〉, 〈인간 뇌의 비밀은 어딘가에 있어〉와 평론가 유성호 교수의 해설, 〈스케일과 디테일의 창의적 결속을 통한 삶과 사물의 근원적 탐구〉, 월간 《현대시》, VOL. 30—7, 통권 제355호, 183~203쪽.
- 2019년 08월. 차영한 제12시집 《황천항해》, 월간 《현대시》, 현대시 기획선22 (단행본, 12.5cm×20.5cm, 160쪽), 500부 출간함.
- 2019년 09월 01일. 시 〈태양이 빛나는 바다〉, 《현대시》, VOL. 30—09, 통권 제357호, '현대시 어드밴티지 17쪽'로 소개됨.
- 2019년 09월 01일. 차영한 제12시집 《황천항해》에 대한 '이달의 리뷰'에 시, 〈태양이 빛나는 바다〉, 〈요동하는 바다〉, 〈선창가에 거닐면〉, 〈황천항해〉 〈언젠가 사람도 바다 속에서 살 수 있다〉와 문학평론가 김미진의 해설, 〈의미와 비의미 사이의 항해〉, 월간 《현대시》, VOL. 30—09, 통권 제357호, 192~204쪽.
- 2019년 09월 04일. 차영한 시 〈빨간 고무장갑으로 채점하는 임자〉, 《天山을 나는 詩人들》, 2019, 自由文協 사화집, 124쪽.
- 2019년 09월 21일. 차영한 시 〈늦가을 멜랑콜리아〉, 《生命文學》 제8집, 한국문인협회 원주지부, 174쪽.
- 2019년 10월 07일. 차영한 시 〈요동하는 바다〉, 《PEN문학》 9 · 10월호, VOL. 151, 사단법인 국제펜 한국본부, 292쪽.
- 2019년 10월 30일. 차영한 제13시집 《바다에 쓰는 시》, 경남대표시인선36(단행본, 12.5cm×20.5cm, 128쪽), 도서출판 경남, 500부 출간함.
- 2019년 11월 03일. 시 〈물망초, 한려수도 그 쪽빛바다〉, 《경남의 정신 경남의 문화 경남의 향기》 사화집, 경남문인협회, 81~82쪽.
- 2019년 11월 15일. 차영한 시 〈드로잉, 우주숨결〉, 〈Drawing, Breathing in space〉, 《여명이 트는 시의 바다로 Into the poetry sea at dawn》, 국제펜 한국본부 경남지역위원회, 78~79쪽.
- 2019년 11월 16일. 시 〈눈물 흘리는 까마귀〉, 〈반흘림체가 쓰는 적소〉 〈숭례문이여〉, 《경남PEN문학》 제15호, 110~115쪽.
- 2019년 11월 28일. 시 〈진주저녁 남강 소견〉, 《유등 꽃피는 남강》, 경남시인협회 사화집, 97쪽.
- 2019년 11월 28일. 수필 〈하나 된 기품氣稟을 보고〉, 〈촉발직전〉(57쪽), 〈거울에도 보이지 않는 순환 고리 찾아서〉, 《水鄕隨筆》 제47집, 수향수필문학회, 304~318쪽.
- 2019년 12월 06일. 시 〈바람칼〉, 〈바다관능〉, 〈아는 체 하는 놈치고〉, 《통영문학》 제38호,

통영문인협회, 130~135쪽.

- 2019년 12월 07일. 테마가 있는 시 〈흰 소〉, 119쪽/ 회원 시 〈전동차를 타면〉, 《경남시학》 제10호, 경남시인협회, 283쪽.

- 2019년 12월. 시 〈유혹, 바다입질〉, 〈물 때 소리〉, 《통영문화》 제20호, 통영문화원, 138~139쪽.

- 2019년 12월 25일. 시 〈난다. 보름달에서 회중시계소리〉, 〈빨간 고무장갑으로 채점하는 임자〉, 《통영예술》 제20호, 통영예총, 116~117쪽. 같은 책에 수필 〈생명의 선율, 그리운 날〉, 139~140쪽.

- Volume 8 Winter 2019, Cha Young—han,〈Give a Big Smile〉《Poetry Korea》, Annual Anthology by 55 poets of Korea Center/ United Poets Laureate International Korea Center. pp.114~115(환하게 웃어 봐요, 114~115쪽).

*

- 2020년 01월 15일. 시 〈유혹, 바다입질〉, 시인들이 선정한 《올해의 좋은 시 K—POEM ⑦》, 한국문연, 184쪽.

- 2020년 03월 01일. 시 〈블랙아웃〉, 〈나무가 읽는 묵시록〉, 《한국시학》 봄, 제53호, 한국시학사, 131~132쪽.

- 2020년 04월 30일. 시 〈여름계곡〉, 〈봉수산峰岫山에서〉, 《문학시대》, 봄, 통권 제131호, 문학시대사, 45~46쪽.

- 2020년 04월 30일. 124회 심사위원회 심사위원으로 위촉, 《문학시대》, 봄호, 통권 제131호, 문학시대사, 263쪽.

- 2020년 06월 15일. 시 〈바다섭생〉, 〈바다리듬〉, 〈파란바다〉, 《해양과문학》 제24호, 한국해양문학가협회, 각각 78, 80, 82쪽.

- Volume 9 Summer 2020, Cha Young—han,〈Trembling Lips in the Mirror〉《Poetry Korea》, Annual Anthology by 63 poets of Korea Center/ United Poets Laureate International Korea Center. pp.34~35(거울 보면 떨리는 입술, 34~35쪽).

- 2020년 07월 10일. 제12회 세일 한국가곡 콩쿠르 작곡 부문, 차영한의 시 〈학鶴〉을 유형재(한양대학교 석사과정 재학 중) 작곡, 작곡 부문 본선 진출하였으나 입상은 못했음.

- 2020년 07월 10일. 차영한의 시, 〈간빙기間氷期 수칙은〉, 《코로나? 코리아》(한국문인협회가 추천한 합동시집), 도서출판 청어, 1판 1쇄, 78쪽.

- 2020년 08월 01일. 시 〈물망초, 한려수도 그 쪽빛바다〉, 《시문학》 8월호, 제50권, 통권 제589호, 시문학사, 154쪽.

- 2020년 09월 05일. 차영한 시 〈그 이파리 속의 새소리〉, 계간, 《경남문학》, 제132호, 2020 가을, 경상남도문인협회, 213쪽.

- 2020년 09월 11일. 차영한 대표시 〈시골햇살〉 외 4편, 신작 〈이방인〉 외 4편, 무크지 창간호, 《0과 1의 빛살》(도서출판 경남. 13.0cm×20.5cm, 80편), 0과 1의 빛살모임 8명, 15~26쪽, 500부 출간함.
- 2020년 09월 19일. 차영한 시 〈걸음 재촉하는 그 자리에〉, 《生命文學》 제9집, 한국문인협회 원주지부, 217쪽.
- 2020년 10월 01일. 시 〈어떤 착각들〉, 〈참말 먹는 법〉, 《현대시》, VOL.31—10, 통권 제370호, 한국문연, 24~27쪽.
- 2020년 10월 27일. 차영한 제14시집 《바다리듬과 패턴》(인간과문학사, 단행본, 13.0cm×20.5cm, 124쪽. 75편), 500부 출간함.
- 2020년 11월 27일. 수필 〈보고 싶은 아버지〉(84쪽), 〈기다리는 새는 날아오지 않을까?〉, 〈왜 사투리는 금세 정이 듬뿍 들까〉, 《수향수필》 제48집, 수향수필문학회, 322~332쪽.
- 2020년 11월 27일 오후 5시 30분. 한빛문학관 2층 전시실, '수향수필 출판기념회'가 주최하는 차영한 초청 강연, 〈청마 유치환의 수필세계 소고小考〉.
- 2020년 12월 10일. 시 〈드레싱 하는 바다〉, 〈파도가 뭉게구름 껴안아 주면〉, 〈창문 여는 바다〉, 《통영문학》 제39집, 통영문인협회, 175~177쪽.
- 2020년 12월. 시 〈하얀 쟁반에 오른 우뭇가사리 묵〉, 〈쉼표가 있는 통영바다〉, 〈시락도, 거대한 검은 입술에〉, 《통영문화》, 199~202쪽.
- 2020년 12월. 시 〈반달웃음〉, 《경남시학》, 제11집, 경남시인협회, 263쪽.
- 2020년 12월 18일. 시 〈저 여자 눈빛 반짝이는 날씨엔〉, 〈드레싱 하는 바다〉, 《경남펜문학》 제16집, 국제펜 한국본부 경남지역위원회, 172~173쪽/ 번역시, 〈몸과 옷의 오후, Afternoon of Body and Clothes〉, 62~63쪽.
- 2020년 12월 18일. 시 〈태양이 빛나는 바다 The Sea with the Dazzling Sun〉, 《The Sea with the Dazzling Sun》, 경남펜 번역 사화집, 66~67쪽.
- 2020년 겨울 Volume 10 Winter 2020, Cha Young—han, 〈My evening sea〉 《Poetry Korea》, Annual Anthology by 53 poets of Korea Edited by UPLI Korea Center, pp.114~115(나의 저녁바다).
- 2020년 12월 28일. 시 〈비비 비〉, 《경남문화》 창간호, 경상남도 문화상 수상자회 간행, 125쪽.
- 2020년 12월 14일. 차영한 평론 〈청마 유치환 시 旗빨 세계 재조명〉, 60~64쪽/ 시 〈문고리 때문에〉, 〈서로 질문하기〉, 〈창문 여는 바다〉, 《통영예술》 제21호, 통영예총, 76~78쪽.
- 2020년 12월 31일. 6·25 한국전쟁 70주년 특집, 〈귀신 잡는 해병—6·25 전쟁 통영 원문 능선 상륙 작전성공 별명〉, 《경남향토사논총》 제30호, 사단법인 경상남도 향토사연구회 간행, 221~228쪽.

- 2021년 03월 12일. 《제자리에는 나무가 있다》, 경남대표시인선 42(도서출판 경남. 단행본. 13.0cm ×20.5cm, 110쪽, 65편), 200부 한정판으로 출간.

- 2021년 04월 30일. 시 〈보여주지 않는 바다목록〉, 〈산은 산이요 물은 물이로다〉, 《문학시대》 봄호, 통권 제135호, 문학시대사, 40∼42쪽.

- 2021년 06월. 시 〈한마당 다음에 오는 거〉, 《경남문학》 계간 여름, 통권 제 135호, 경남문인협회, 200쪽.

- 2021년 06월 01일. Volume 11 · Summer · 2021, Cha Young—han, 〈Suddendly, Watching the Sun Write a Letter〉, 《Poetry Korea》, Annual Anthology by 73 poets of Korea/Edited by UPLI Korea Center/pp.142∼143(*문득, 햇살이 쓰는 편지 보다가).

- 2021년 09월. 수상집 《생명의 선율 그 그리운 날들》(인문엠앤비, 하드커버 400부)

▣ 사화집 · 시론집 · 인명사전 · 인터넷 · 각종 잡지 작품 수록

◑ 사화집(앤솔러지) · 인명사전 · 기타

- 1981년 02월 09일. 시 〈立春〉, 《現代詩 151人의 祝祭》, 81'한국현대시인협회 편, 205쪽.

- 1982년 05월 15일. 시 〈山茶賦〉, 《現代詩 200人集》, '82한국현대시선, 韓國現代詩人協會 編, 268쪽.

- 1983년 04월 25일. 시 〈浦口日記 2〉, 《現代詩 185人의 祝祭》, 83'한국현대시인협회 편, 248쪽.

- 1983년 01월 23일. KIM YOUNG SAM, 〈CHA, YOUNG—HAN, Korea 'Laugh Lost'〉《WORLD POETRY》(Cheong Ji Sa), pp.34∼35.

- 1985년 04월 25일. 시 〈蘭 宋梅 頌〉, 《現代詩 205人의 祝祭》, 85'한국현대시인협회 편, 279쪽.

- 1985년 05월 25일. 시 〈차영한—시골햇살〉, 〈俗氣〉, 〈母性愛〉, 《이 時代의 순수영혼을 위하여》, 시문학 추천시인 작품선집 6, 38∼41쪽.

- 1986년 05월 05일. 시 〈農舞〉, 《現代詩 222인의 祝祭》, 86'한국현대시인협회 편, 319쪽.

- 1986년 06월 05일. 시 〈待春〉, 〈狂亂하는 바다 2〉, 《이 땅에 부는 바람은》, 86'시문학회 77인의 사화집 7집, 210∼211쪽.

- 1987년 07월 10일. 시 〈차영한—閑麗水道〉, 《韓國現代名詩集》, 詩文學社, 534쪽.

- 1987년 07월 20일. 시 〈裸木의 노래〉, 〈俗氣 2〉, 《비탈에선 나무도 태양을 향해 자란다》, 시문학회사화집, 269∼270쪽.

- 1987년 06월 17일. 통영수대개교 70주년 축시 〈빛과 소금의 노래〉, 《통영수대학보》, 제93

호, 1면에 발표.

- 1988년 05월 10일. 시 〈섬 1─ 소매물도〉, 《木神 그리고 서울의 낮달》, 88'한국현대시인협회 편, 279쪽.

- 1988년 07월 10일. 시 〈진눈깨비의 노래〉, 〈胎動〉, 《아무도 하지 않던 말을 위하여》, 88'시문학회 사화집 9집, 240~241쪽.

- 1988년 08월 10일. 〈차영한─섬 46, 보내는 편지, 사랑하면 사랑하고 싶은 우리들〉, 《한국청년대표시선1990》, 의식사, 127~130쪽.

- 1989년 01월. 통영수산전문대학 교지 복간기념 축시, 〈더운피는 갈매기처럼〉, 《耕 洋》 제24집, 교지편집위원회, 표지내면 2쪽.

- 1989년 04월 23일. 시 〈다시 방황하며〉, 《251인 훗날 어느 날에》, 89'한국현대시인협회 편, 303쪽.

- 1989년 08월 05일. 시 〈도솔암에서〉, 《겨울은 더 이상 봄이 되려 하지 않는다》, 89'시문학회 사화집 제10집, 198쪽.

- 1990년 04월 25일. 시 〈아프지 않는 고독〉, 《어둠과 빛의 코오러스》, 한국현대시인협회 편 20주년기념, 296쪽.

- 1990년 08월 Young─Han Cha/ 〈A Travel of an Old Couple〉 《METAPHOR BEYOND TIME》─Edited By Dok─su Moon/ The 12th World Congress of Poets in Seoul, 1990 UPLI Korean Center/ CONTENTS, Korea, p.330.

- 1990년 09월 20일. 조병무, 〈순수한 언어의 감미로움─車映翰論〉, 《새로운 命題》, 世界書館, 223쪽.

- 1991년 04월 24일. 시 〈自省〉, 《솟고 가라앉는 언어들의 상징》, 한국현대시인협회 편, 265쪽.

- 1991년 10월 15일. 시 〈아프지 않는 고독〉, 〈다시 찾은 세월 앞에〉, 《망둥이 살리러 가자》, 시문학시인선 시문학83인의 사화집, 169~170쪽.

- 1992년 05월 01일. 시 〈남은 용서도 미소로 길들이며〉, 《톱니바퀴와 바람의 메타》, 한국현대시인 편, 314~315쪽.

- 1992년 09월 05일. 차한수 평론, 〈차영한의 섬 44 외〉, 《비극적 삶과 시적 상상력》, 地平, 307쪽.

- 1993년 04월 05일. 차영한 수필, 〈우리고장 명소 소개─환상의 섬 소매물도〉 《마산 MBC 저널》 제10호, 22쪽.

- 1993년 05월. 시 〈달력〉, 《조금씩 다른 소리로》, 한국현대시인협회 편, 311쪽.

- 차영한 시 〈한려수도〉, 《故鄕과人物: 경남 편─김양우 기자》, 국제신문사, 323쪽.

- 1993년 08월 20일. 곽재구 지음, 〈그리운 통영바다─ 충무를 찾아서〉, 《내가 사랑한 사람

내가 사랑 한 세상》, 한양출판, 163~181쪽(차영한의 시 섬 08, 21, 35를 곽재우 시인이 소개함).

- 1993년 08월 30일. 시 〈蝦仔圖〉, 〈어떤 立場〉, 《시여, 마차를 타자》, 시문학시인65선, 시문학사, 170~171쪽.

- 1993년 10월 10일. KBS 1TV 방영. 차영한 시, 통영알섬—갈매기 섬, 鴻島/ 대한항공 간행편. 차영한 시, 〈鶴〉, 〈한려수도〉, 〈수돗물소리〉, 〈통영알섬—갈매기 섬, 鴻島〉, 《지구 마을 녹색편지》, 대한항공, 85~93쪽에 사진과 함께 수록.

- 1994년 02월. 손춘녀, 〈차영한, 恨不雲臺辭— 바다에 쓰는 시 1〉, 《한 목숨을 위하여》 시세계, 595쪽.

- 1994년 05월. 시 〈흙의 노래〉, 《엉겅퀴처럼 쑥부쟁이처럼》, 한국현대시인협회 편, 시문학사, 258쪽.

- 1994년 09월. 시 〈마음 비울 때 날아오르는 하얀 새〉, 〈질그릇의 노래〉, 《바람으로 일어서는 날》, 시문학회 편, 사화집, 시문학사, 156~157쪽.

- 1994년 09월. 문덕수, 〈차영한 약력소개〉, 《世界文藝大辭典》, 교육출판공사, 1694쪽.

- 1994년 12월 11일. 〈꽃은 지기 위해 아름답다〉, 《'95한국문학작품선—시. 시조》, 한국 문화예술진흥원, 195쪽.

- 1995년 7월 30일. 차영한 수필 〈만남을 위해 보내는 세월〉, 《추억을 기르는 삶의 언덕에서》, 한국현대시인협회 편, 210쪽.

- 1995년 10월 20일. 김병섭, 〈車映翰〉, 《主要(機關長·行政人士)要覽》, 瑞進閣, 674쪽.

- 1995년 12월 10일. 강희근, 〈제1장 시—차영한, '同鄕人'〉, 《慶南文學史—光復50周年紀念》, 경남문학사 편집위원회, 135~136쪽.

- 1997년 03월. 대표시선 〈바다에 쓰는 시 5〉, 〈바다에 쓰는 시 7〉, 〈바다에 쓰는 시 10〉, 〈섬 2〉, 〈섬 9〉, 〈섬 35〉, 〈섬 46〉, 《경남문학대표선집②》, 경남문인협회편, 도서출판 불휘, 399~407쪽.

- 1997년 04월. 시 〈꽃은 지기 위해 아름답다〉, 《봄날 이른 아침 시인이 심은 나무》, 한국현대시인협회 편, 316쪽.

- 1997년 04월. 시 〈바다에 쓰는 시 8〉, 《산책길에 만나는 청동의 새떼》, 한국현대시인협회 편, 261쪽.

- 1997년 06월. 성춘복(시대문학 창간10주년기념) 〈차영한 시; 뽈래기〉, 별책 부록, 《사람의 몸과 정신》, 마을, 606쪽.

- 1997년 07월. 시 〈바다에 쓰는 시 2〉, 〈바다에 쓰는 시 3〉, 《그러나 막은 불씨 되어 다시 타오른다》, 시문학회 편, 시문학사, 176~177쪽.

- 1997년 12월. 양중해. 〈환상의 섬 제주도〉, 《文學속의 濟州》, 제주문화원, 624쪽.
- 1998년 10월. 시 〈말하는 나무 1—북채〉, 〈IMF時代〉, 《통닭집 여자는 통닭을 좋아하지 않는다》, '98시문학회 사화집, 시문학사, 200~201쪽.
- 1999년 12월. 김병섭. 〈車映翰—인물수록〉, 《跳躍하는 韓國人》, 瑞進閣, 588쪽.
- 1999년 04월 30일. 시 〈어느 유배지의 일기 1〉, 《'99선택된 시》, 한국현대시인협회 편, 시문학사, 46쪽.
- 1999년 12월. 박태일. 〈근대통영지역 시문학의 전통—차영한의 섬 1, 378쪽 참조〉, 《통영·거제지역 연구》, 경남대학교출판부, 347~387쪽.
- 2000년 04월 30일. 시 〈그 언덕의 절개지 보면〉, 《2000년 선택된 시》, 한국현대시인협회 편, 시문학사, 280쪽.
- 2000년 07월 07일. 시 〈숨기는 자의 보이는 얼굴〉, 〈그 언덕의 절개지切開地 보면〉, 《샛강의 얼룩 동사리》, 시문학회 100인의 작품선, 243쪽.
- 2001년 05월 12일. 시 〈무인도에서 오는 편지 1〉, 《환상이 아닌, 오직 진실만으로 피운 꽃》, 한국현대시인협회 편, 345쪽.
- 2001년 06월 15일. 수필 〈미륵산에서 만나는 바다 안개〉, 《통영의 향기》, 애향작품① 산문, 통영시, 239쪽.
- 2001년 06월 30일. 시 〈시골햇살 Ⅰ.Ⅱ.Ⅲ〉, 〈눈 내린 날들의 풍경〉, 《2001시문학회시선》, 시문학 30주년기념, 시문학회, 135쪽(차영한은 시문학회시선 편집위원 역임).
- 2001년 07월 01일. 이승복(시인·홍익대교수), 〈이달의 詩—차영한의 '섬 2'〉시평, 〈이승에 한발 저승에 한발 딛고 서서 보면〉 시작품 게재,《시민과 변호사》 7월호. 통권 제90호, 서울지방변호사회, 44~45쪽.
- 2001년 10월 11일. 통영 시화제 운영위원회, 차영한의 시 〈IMF 이후〉, 《노스탤지어—통영시화제, 시화집 2》, 91쪽.
- 2001년 11월. 강희근의 차영한 시평, 〈겉 다르고 속 다른 세상에 대한 풍자—차영한의 시작품 심심풀이 해설〉, 《경남문학의 흐름》, 보고사, 67쪽/322쪽.
- 2002년 02월 15일. 시 〈어떤 중독증〉, 《이 숨길 수 없는 언어들》, 한국현대시인협회 편, 문학마을사, 256쪽.
- 2002년 03월 23일. 시 〈내 둘째딸 함양에 시집보낸 까닭은〉, 《함양예찬》, 함양문인협회 편, 301쪽.
- 2002년 05월. 윤해규. 〈ㅊ—차영한車映翰〉, 《한국시대사전》, 을지출판공사, 2861~2862쪽에 대표시와 시의 특징 수록.
- 2003년 01월 24일. 국립수목원(경기도 포천군 소흘읍 직동. Tel 031—540—1035)에서 시

문헌 사용 허락 신청: 시작품 〈시골햇살〉, 〈눈 내린 날들의 풍경〉—2003년 2월 03일자 허락서 통보함.

- 2003년 04월. 시 〈채독벌레〉, 《꽃의 눈빛과 합창》, 한국현대시인협회 편, 시문학사, 292쪽.

- 2003년. 이몽식, 〈인연〉, 《별에서 길어 올린 사랑 시》, 도서출판 북 피디 닷컴, 52쪽.

- 2003년 11월 15일. 서석준, 시평, 〈향토적 서정의 형상화—차영한의 연작시 〈섬〉: 삶과 역사의 현장으로서의 바다〉, 《김해문학》 제16집, 251～258쪽.

- 2003년 poetry of Young—han Cha,〈While Sailing〉, 《POETRY KOREA》, Volume 2, Summer—2003, (UPLI Korea Committee), page. 44.

- 2004년 04월 25일. 시 〈소두레 3〉, 《바다를 생각하면 바다가 보인다》, 제18집, 시문학회 사화집, 시문학사, 244쪽.

- 2004년 04월. 시 〈쥐 인간〉, 《무지개와 바람의 은유》 제30집, 한국현대시인협회 편, 시문학사, 232쪽.

- 2004년 poetry, 〈The Sea with the Dazzling Sun〉 《POETRY KOREA》, Volume 3, Summer—2004, UPLI Korea Committee, 50～51쪽.

- 2004년 10월 05일. 시 〈산 수박 냄새나는 하동 땅〉, 《하동연가—시편》, 하동문학작가회, 107쪽.

- 2004년 11월 30일. 〈차영한車映翰〉, 《韓國現代詩人事典》, 韓國詩社, 1539쪽.

- 2004년 12월 13일. 시 〈물숨여 보고 사는 검둥여〉, 《詩向》 겨울 16호—엘리트 詩·100選에 선정; '지난 계절의 시詩 다시 보기', 글나무, 34쪽.

- 2005년 01월 30일. 시 〈사발농사〉, 《새는 휘파람소리로 날다》, 한국현대시인협회 편, 시문학사, 248쪽.

- 2005년 02월 19일. 전문수 교수정년퇴임기념논총위원회, 〈차영한 지음, '우울증, 바다소리—반복과 동일성의 자아 해체〉, 《문예창작의 이론과 실제》, 창원대학교 출판부, 202～208쪽.

- 2005년 10월 01일～10월 31일. 2005 세계서예 전북비엔날레 초대출품작 시, 〈와룡산철쭉〉, 단행본 《아름다운 한국—부산·울산·경남 편》, 56쪽.

- 2005년. 시 〈Melancholia, Sound of Sea〉, 《POETRY KOREA》, Volume 4 Autumn—2005, UPLI Korea Committee, pp. 42～43.

- 2005년 12월. 시 〈와룡산철쭉〉, 〈섬초롱〉, 《투명한 눈, 뜨거운 바람》, 한국시문학문인회편, 사화집, 19집, 시문학사, 214～215쪽.

- 2006년 08월 10일. 사량교육 70년 편찬위원회 편, 차영한 시 〈양지리 사람들〉, 《1934～2006 사량교육 칠십년》, 편찬위원회, 420～422쪽.

- 2006년 11월 25일. 시 〈나뭇가지를 잡고〉, 《2006 앤솔러지》 제33집, 한국현대시인협회 편,

시문학사, 282쪽.

- 2006년 12월 15일. 시 〈아리새〉, 《詩向》 제6권, 24호—엘리트 詩 100選에 선정: '지난 계절의 시詩 다시 보기', 서울; 글나무, 21쪽.
- 2007년 01월 25일. 권영민, 《한국현대문학대사전》, 서울대학교출판부, 571쪽.
- 2007년 05월 10일. 앤솔러지 시 〈면 없는 거울 보면〉, 〈금환일식〉, 《한강이 문득》, 한국시문학문인회, 306~307쪽.
- 2008년 07월 10일. 시 〈그림자〉, 《청마탄신 100주년—기념사화집》, 청마문학회, 150쪽.
- 2008년 06월 20일. 작가집중조명, 〈대표시: 화엄경을 읽다가〉 외 5/ 〈신작시: 해파리의 춤〉 외 5편 등 총10편, 《慶南文學研究》 제5호, 경남문학관, 222쪽.
- 2008년 08월 09일. 박종섭, 《작가연구방법론》, 한국문학도서관, 110쪽.
- 2008년. 이상옥, 《현대시와 투명한 언어》, 한국문학도서관, 197쪽.
- 2008년 08월. 강희근 교수, 〈차영한, 초현실성을 갖는 페티시즘적 오브제의 시학—초기 시 일부〉, 《강희근시 비평읽기》, 정년퇴임기념문집 간행위원회(위원장—차영한), 258~264쪽에 수록.
- 2008년 9월 30일. 청마탄신 100주년 기념문집 차영한 논문, 〈청마 유치환 고향시 연구〉, 〈통영 청마문학관 건립 및 생가복원〉—《청마문학》 3집(2000), 〈청마거리의 지정 및 조성〉—〈청마문학〉 4집(2001), 〈청마의 출생지고찰—'청마문학의 재조명', 〈청마 유치환 출생지 쟁점에 대한 고찰〉 제376호, 시문학사, 2002./ 〈청마 유치환 출생지 쟁점에 대한 고찰〉, 《다시 읽는 유치환》, 시문학사, 546쪽.
- 2008년 10월 29일. 일어로 번역된 차영한 시, 〈바람과 빛이 만나는 해변〉, 《동북아시집 東北亞詩集》, 도서출판天山, 611~612쪽.
- 2008년 12월 15일. 차영한 시, 하반기 좋은 시 50선에 선정, 〈갯바람 소리〉, 《시향》 제8권, 제32호(이 작품은 2008년 《시와시학》 가을, p.97에 이미 발표된 시), 22쪽.
- 2009년 05월 20일. 차영한의 평론, 〈공감각을 통한 만다라의 미학〉, 《散木咸東鮮先生 八旬紀念文集—쓸모없는 나무》, 산목 함동선 선생 팔순기념문집 간행위원회, 도서출판문학공원, 190쪽.
- 2010년 02월 20일. 시 〈바다 날씨 1〉, 《우리들의 좋은 詩》, 문예운동사, 344쪽.
- 2010년 02월 25일. 시 〈달빛, 셀프〉, 《경남시학 2》, 경남시협 앤솔러지, 166쪽.
- 2010년 04월 25, 《시와 지역》 창간호, 봄호(통권1호), 경남 진주시, 시와 지역사, 31~33쪽에 강희근의 '지역시편 조명' 차영한 시 〈빈 걸음〉, 〈비비새—통영오광대 보다가〉의 작품 세계 단평이 게재됨.
- 2010년 06월 06일. 이기반 지음, 《수국단상水國斷想—통영의 물결소리》(서울, 秋水樓), p.77,

p.79, p.92에 차영한의 석사논문, 〈청마 유치환의 고향시 연구〉 중, '청마 유치환의 출생지'에 관한 일부 글을 인용하고 있음.

- 2010년 05월 31일. 이수화 제2평론집, 《글로벌문학과 한국 당대시》 한강 도서출판사, 324〜325쪽에 차영한 시, 〈빵을 보면〉에 대한 시세계 비평 게재.
- 2010년 06월 05일. 시 〈우포늪〉, 《가슴속 불 밝히고》, 2010 점자 시집 한글판, 경상남도문인협회, 66쪽.
- 2010년 10월 01일. 시 〈난다, 달에서 회중시계 소리〉, 《청마문학》 제13집, 청마문학회, 99쪽.
- 2010년 12월 15일. 시 〈배〉, 《소용도는 은하의 별》, 220인사화집, 한국현대시인협회, 229쪽.
- 2010년 12월 30일. 시 〈진주남강유등축제〉, 《전설이 흐르는 유등》 사화집, 경남시인협회, 99쪽.
- 2011년 03월 31일. 〈차영한〉 《한국시대사전》, 이제이 피북, 4판 발행, 3013쪽.
- 2011년 10월 25일. 시 〈선창가를 거닐면〉, 〈가을 나그네 봤다〉, 《물그림자》(한국시문학문인회—월간 시문학 40주년 기념호), 198쪽.
- 2011년 12월 15일. 시 〈검은 촛불〉, 《오색딱따구리〉, 한국현대시인협회(2011년—223인 참여)의 사화집 제33집, 235쪽.
- 2011년 12월 30일. 시 〈진주남강이 띄우는 풍경〉, 《유등, 충혼이 타오르다》, 경남시인협회, 95쪽.
- 2012년 07월 01일. 차영한 평론 〈청마의 시: '그리움'과 '행복'에 대한 단상〉 《청마문학》 제15집, 청마문학회, 112〜121쪽.
- 2012년 07월 01일. 시 〈점점 사라지는 것은 살아있는 점점으로〉, 《청마문학》 제15집, 청마문학회 103쪽.
- 2012년 12월 30일. 시 〈여름도시 풍경〉, 《한국현대시》 제8호, 한국현대시인협회 편, 75쪽.
- 2013년 03월 01일. 차영한 시집 《캐주얼 빗방울》, 〈미네르바 셀렉션 시집 스크랩—면 없는 거울〉, 《미네르바》 봄. 통권49호, 409쪽.
- 2013년 06월 30일. 시 〈비무장지대〉, 〈비 내릴 때도 눈물꽃은 피다〉 《오백 번의 응》, 시문학지령 제500호 기념사화집 23집, 한국시문학문인회, 242쪽.
- 2013년 07월 01일. 시 〈감꽃웃음〉/ 차영한 평론 〈청마의 神은 무량수불세계〉, 《청마문학》 제16집, 청마문학회. 각각 80쪽과 88쪽.
- 2013년 09월 24일. 시 〈꽃비내리는 날〉, 《내 마음의 꽃》, 경남문학관, 95쪽.
- 2013년 11월 30일. 현대시회 앤솔러지, 차영한 시 〈금〉, 《K—POEM》 ① 2013, 현대시회, 246쪽.
- 2013년 12월 18일. 시 〈촉석루에서—진주유등축제에 부침〉, 《등 하나 켜고》, 경남시인협회 사화집, 94〜95쪽.

- 2014년 01월 15일. 〈광란하는 바다 3〉, 《한국현대시》 제10호, 사)한국현대시인협회, 179쪽.
- 2014년 11월 30일. 시 〈끊어진 해안선〉, 《K—POEM》 ② 2014, 현대시회, 212~213쪽.
- 2014년 12월 24일. 시 〈초혼점등〉, 《남강유등축제예》 2014 사화집, 경남시인협회, 98쪽.
- 2015년 10월 23일. 시 〈6·25 전쟁이 남긴 저녁〉, 《꽃피고 꽃 진 자리》, 경남문학 자선 대표 시선집, 경남문인협회, 186쪽.
- 2015년. 11월 04일. '2015 경남예술제'에 출품한 시 〈그 풀이 섬에 다시 가고 싶다 카이〉 《사랑이 멈춘 발길》, 경남사랑 사화집, 135쪽.
- 2015년 11월 07일. 〈특별한 만남—2015년 제54회 경남문화상 수상' 한국시문학에 큰 족적을 남긴 사람, 차영한 시인을 만나다〉, 창간 24주년 기념, 《주간 인물》, No, 967, 38~39쪽.
- 2015년 12월 08일. 시 〈느낌표는 느낌으로 지우고 있어〉, 《K—POEM》 ③, 현대시회 사화집, 202쪽.
- 2015년 12월 24일. 시 〈옛날 유등 띄운 뜻은〉, 《남강유등 앞에》, 경남시인협회 사화집, 101쪽.
- 2015년 12월 28일. 테마 시 〈문득 햇살이 쓰는 편지보다〉/신작, 〈물이 들다〉, 《경남시학》 제6호, 경남시인협회, 각각 37쪽과 167쪽.
- 2016년 10월 30일. 시 〈시골햇살 Ⅰ.Ⅱ.Ⅲ〉, 《한국시인 대표작 1》에 등재, 한국문인협회 시분과, 538쪽.
- 2016년 12월 28일. 시 〈그 역에서 탄 마지막 완행열차 유감〉, 《경남시학》 앤솔러지 제7호, 경남시인협회, 86쪽.
- 2016년 Volume 5 Winter 2016, Young—han Cha, 〈The Village with Greenwood Is〉 《Poetry Korea》, Annual Anthology by 58 poets of Korea Edited by UPLI Koea Committee/United Poets Laureate International Korea Committee. pp.166~167.
- 2017년 01월 10일. 시 〈해운대동백숲길〉, 《K—POEM》 ④, 2017, 현대시회 앤솔러지, 204~205쪽.
- Volume 6 Winter 2017, Cha, Young—han,〈Rural Sunshine〉,《Poetry Korea》, Annual Anthology by 84poets of Korea Edited by UPLI Korea Committee/United Poets Laureate International Korea Committee. pp.190~193.
- 2017년 09월 01일. 번역시 〈The Village with Greenwood is〉, 제3회 세계한글작가대회기념 《한영대역대표작선집(시편)》, 국제펜 한국본부, 606쪽.
- 2018년 01월 10일. 시 〈카스피 해 파도〉, 《K—POEM》 ⑤ 2018, 현대시회 사화집, 현대시회, 172쪽.
- 2018년 10월 25일. 시 〈빨간 고무장갑으로 채점하는 임자〉, 《한국현대시》 제20호, 2018 하반기호, 한국현대시인협회, 80쪽.

- 제4회 세계 한글작가 대회 기념. 〈Hallyeosudo—Cha Young—han〉《The Collection of Poetry & Prose in English to Celebrate the 4th International Congress of Writers Writing in Korean》(THE KOREAN, INTERNATIONAL PEN, Publish in November 30, 2018). p.32.
- Volume 7 Winter 2018, Cha Young—han, 〈White Multiflora Blooms on the Sea〉《Poetry Korea》, Annual Anthology by 7 Edited by UPLI Korea Committee/United Poets Laureate International Korea Committee. pp.174~175.
- 2018년 12월 31일. 차영한 시 〈한려수도〉,《국립공원이 만나는 하루를 여는 자연詩》, 한국국립공원공단. 138쪽.
- 2019년 01월 10일. 차영한 시 〈간다, 봄날은〉,《K—POEM》⑥, 현대시회 사화집, 현대시회, 211쪽.
- 2019년 09월 04일. 차영한 시 〈빨간 고무장갑으로 채점하는 임자〉,《天山을 나는 詩人들》, 2019, 自由文協 사화집, 124쪽.
- 2019년 11월 03일. 차영한 시 〈물망초, 한려수도 그 쪽빛바다〉,《경남의 정신 경남의 문화 경남의 향기》 사화집, 경남문인협회, 81~82쪽.
- 2019년 11월 15일. 차영한 시 〈드로잉, 우주숨결〉〈Drawing, Breathing in space〉,《여명이 트는 시의 바다로 Into the poetry sea at dawn》, 국제펜 한국본부 경남지역위원회, 78~79쪽.
- Volume 8 Winter 2019, Cha Young—han, 〈Give a Big Smile〉《Poetr Korea》, Annual Anthology by 55 poets of Korea Center/United Poets Laureate International Korea Center. pp.114~115(환하게 웃어 봐요, 114~115쪽).
- 2020년 01월 15일. 시 〈유혹, 바다입질〉, 시인들이 선정한《올해의 좋은 시 K—POEM ⑦》, 한국문연, 184쪽.
- Volume 9 Summer 2020, Cha Young—han,〈Trembling Lips in the Mirror〉《Poetry Korea》, Annual Anthology by 63 poets of Korea Center/ United Poets Laureate International Korea Center. pp.34~35(거울 보면 떨리는 입술, 34~35쪽).
- 2020년 7월 10일. 시 〈간빙기間氷期 수칙은〉,《코로나? 코리아!》(사)한국문인협회가 추천한 합동시집), 도서출판 청어, 1판1쇄, 78쪽.
- 2020년 09월 11일. 무크지 창간호, 차영한 대표시 〈시골햇살〉 외 4편, 신작 〈이방인〉 외 4편, 창간호,《0과의 빛살》(단행본, 13.0㎝×20.5㎝, 80편), 0과 1의 빛살모임 8명, 15~26쪽. 500부 출간함.
- 2020년 12월 18일. 시, 〈태양이 빛나는 바다 The Sea with the Dazzling Sun〉,《The Sea with the Dazzling Sun》, 경남펜 번역 사화집, 66~67쪽.
- 2020년 12월 22일. Volume 10 Winter 2020, Cha Young—han, 〈My evening sea〉,《Poetry

Korea), Annual Anthology by 53 poets of Korea Edited by UPLI Korea Center. pp.114~
115(시; 나의 저녁바다).

● 2021.

◑ 인터넷 등재

● 2007년 04월 12일. 한울문학(cafe.daum.net/bulchimbun/c9u/22593)—차영한의 시 〈인연〉, '래스'라
는 분이 등록 재반영(이 시는 2003. 04. 북피디 닷컴으로 사랑시 모음으로 간행한 《별에서 길어 올린 사랑
시》에 수록된 작품. 52쪽 참조).

● 2008년 09월 30일. 씨얼문학회(cafe388. daum.net/Ciulmunhak)—이인자 마음의 쉼터에 차영한
시 〈바람과 빛이 만나는 해변〉등록 재 반영.

● 2009년 01월 10일. 시사랑 나눔터(cafe.daum.net/poetrypso)에 차영한의 시 〈갯바람소리〉등록
재 반영.

● 2010년 2월 19일부터 http://kr.blog.yahoo.com/kbs55/22033의〈새벽향기—은은한 향기의
시(50)〉에 차영한 시 〈인연〉 발표.

● 2013년 06월 23일. 이선의 글,《한국NGO신문》 '시가 있는 마을 82' 난에 차영한의 시집
《캐주얼빗방울》에 있는 시, 〈장자론莊子論〉에 대하여 문학비평 게재.

● 2015년 12월. NEWS LETTER—경남예술진흥원에서 알려드리는 소식지〈연말 특집〉 '포커
스인물'/제54회 경남도문화상 수상자 인터뷰—문학 차영한

◑ 차영한 작시 음반 및 가곡집 수록

● 1989년 3월. 차영한 시 〈뱃노래—노래〉, 작곡 김봉천/ 노래 신영조 테너, 《음반←SIDE,
Two: DIGITAL recording》(지구레코드사, 심의번호: 8912—G180) 및 김봉천 가곡집(7~9페이지)에 수록
(악보는 한빛문학관 수장고 소장).

● 2009년 06월 04일. 차영한 시 〈쉼표가 있는 통영바다〉, 작곡 진규영/ 노래 손정희 테너,
경남문인협회와 경남음악협회공동주체, 경남음악협회 주관, 동년 동월 동일 오후 7시 30
분 창원시 성산 아트홀에서 발표(악보 사본 한빛문학관 수장고 소장).

● 2019년 03월 30일 오후 02시. 윤이상 기념공원 홀, 차영한 시 〈나의 저녁바다〉, 작곡 진규
영/ 노래 테너 발표(악보 사본 한빛문학관 수장고 소장).

● 2019년 11월 19일. 차영한 시 〈달하 내님아〉, 작곡 진규영(악보는 한빛문학관 수장고 소장).

● 2020년 07월 10일. 차영한 시 〈학〉, 작곡 유형재(한양대학교 석사과정, 악보는 한빛문학관 수장고 소장).

▣ 향토사연구논문 발표 및 국사편찬위원 사료조사위원 역임

● 1983년~1985년. 《統營郡史》(1986.02) 편찬위원 · 집필위원 · 감수위원 · 간사역 겸임. 1986년 2월 28일 발행되기까지 적극 참여하였는바 누락된 부분 집필까지 포함하여 집필한 내역은 다음과 같다.

1. 화보배열 · 일러두기 · 편집후기(跋文) 직접 작성.

2. 第3章 朝鮮時代. 第4節 3項 '歷代統制使'(p.278)를 발굴, 정리 삽입하였으며, 민간인이 소장한 〈古風錄〉을 발굴. 第3章 朝鮮時代 '第6節 其他資料 第2項'(p.289)에 기록하는데 자료 제공.

3. 第4章 現代. 第8節 '6 · 25 전쟁'(p.318) 기술 누락 부분을 본인(차영한)이 직접 자료 발굴, 보완, 집필.

4. 第3篇 政治 및 行政 第4章 財政을 집필.

5. 第5章 民防衛 편(p.420~457) 집필.

6. 第4篇 産業. 第5章 名勝觀光(p.693~716) 및 特産名物(p.720~730)을 집필.

7. 第8篇 民俗. 第1章 衣食住(p.991~992), 第4章 民俗藝術(p.1049~1138)에 따른 민요 일부 발굴하여 문화재관리국 이소라에 의뢰하여 曲을 받아 집필.

8. 第5章 第3節 俗談(p.1168~1175) 및 第4節 수수께끼 채록(p.1175~1177).

● 국사편찬위원회 사료조사위원 8년간 역임(1987. 05. 26~1995. 12).

● 1990년 11월 25일. 〈統營郡〉《慶尙南道 市 · 郡의 沿革―慶南鄕土史叢》第1輯, 慶南鄕土史研究協議會(1989. 4. 20 발족), 1990. 11, 87~91쪽.

● 1995년 12월. 〈唐浦勝捷 再照明〉《慶南鄕土史論叢Ⅳ》, 제5집, 경남향토사연구협의회, 1995. 11, 43~53쪽.

● 1996년~1999년 02월 통영시지(統營市誌) 편찬위원 · 집필위원, 《통영문학사》 집필 하권 214~219쪽. (당시 집필자의 원고와 다르게 가필 오류 있음)

● 2004년 12월 30일. 〈통영시 사량면 지명유래 고찰〉《慶南鄕土史論叢》 제14집, 경남향토사연구협의회, 86~120쪽(통영군사 및 통영시지 사량면 지명유래 누락 및 오류 발생으로 인해 전면적 재(再) 고찰로 게재).

● 통영문화원창립위원, 연구소연구위원, 자문위원 역임(창립년도에서 2006년까지), 현재 회원.

● 2009년 06월. 경남향토사연구협의위원회 부회장에 선임됨.

● 2009년 12월 30일 차영한의 연구논문 〈소승불교의 事跡址, 蓮花島의 蓮花臺 五蓮舍小考〉《경남향토사논총》 제19집, 경상남도향토사연구협의회, 238~25쪽.

● 2010년 12월 31일. 차영한의 연구논문 〈통영특산명품의 맥락 재조명〉《경남향토사논총》 제20집, 경남향토사연구협의회, 86~109쪽.

- 2011년 12월. 차영한 연구논문 〈朝鮮王朝實錄을 움직인 蛇梁 · 樸島 考察〉《경남향토사논총》 제21집, 경남향토사연구협의회, 91~133쪽.
- 2012년 05월. 경남향토사연구협의위원회 부회장에 재선임.
- 2012년 12월. 차영한 연구논문 〈역사상 지리지에 나타난 통영지역 고찰〉《경남향토사논총》 제22집, 경남향토사연구회, 45~64쪽.
- 2013년 10월 24일 14:00—16:30. 장소: 국립진주박물관 강의실, 국립진주박물관 주최, 2013년 제10기 박물관대학 초청강연 차영한의 발표원고, 〈문인들 통영에 모이다〉《통영, 그 예향의 바다에 빠지다》, 국립진주 박물관 책자 발행(2013. 04), 185쪽.
- 2013년 12월 31일 연구논문 〈역사상 지리지에 나타난 통영지역 고찰(2)〉《경남향토사 논총》 제23집, 사)경남향토사 연구회, 26~50쪽.
- 2016년 12월 31일 차영한 연구논문 〈역사상지리지에 나타난 통영지역고찰(3)〉《경남향토사 논총》, 제26집, 153~173쪽.
- 2020년 12월 31일 6 · 25 한국전쟁 70주년 특집, 〈귀신 잡는 해병—6 · 25 전쟁 통영 원문 능선 상륙 작전성공 별명〉《경남향토사논총》 제30호, 사단법인 경상남도향토사연구회 간행, 221~228쪽.

▣ 지역사회 기여(봉사활동)도
- 1959년 04월~1961년 11월. 군에 입대 전까지 사재로 사량면 아래섬 양지리능양리 소재 양지초등학교 도움 받아 중학수준 야간중학교운영(수료생 15여 명).
- 1973년 04월. 경남 통영시 광도면 우동리 4구인 '전두마을장학회' 구성 및 장학기금. 당시 금액 일십만 원(₩100,000)을 전달함(본인 봉급저축금).
- 1978년 03월. 경남 통영시 사량면 양지리 '능양마을 효열행상제도' 기금용으로 당시 금액 삼십사만 원(₩340,000) 전달(부조금 전액 마을에 환원).
- 1980년 05월. 65세 이상 대상으로 봉래극장에서 충무시내 전 노인 대상 경로잔치 개최하도록 연예협회유도(무임 예총사무국장 재직 때) 개최함.
- 1981년 01월. 한국문인협회 통영지부 기금조성 5십만 원 기부(일반기부금 삼십만 원, 경남문학우수작품상 오십만 원정 중 이십만 원정을 기증).
- 《참새》(1927년 제2권 제2호 새해증대호)지 발견, 《충무문학》 제2집(1982)에 영인본 게재(한빛문학관 수장고 소장).
- 1982년부터 1985년까지 한국문인협회 통영지부 《충무문학》 발간 및 운영자금 지원(2백만 원 이상 상당액).
- 1983년 10월. '풍어놀이' 발굴 재, 본인이 직접 연출 맡아 '경상남도민속예술경연대회'에

출품. '노력상' 수상.

- 청마가 이끈 《생리》지 발견, 《충무문학》 제3집(1983)에 영인본 게재.
- 1983년 10월. 욕지면 연화리 본촌과 우도 '풍어놀이' 발굴 재현.
- 동랑 유치진 작품 《소제부》 발견, 《충무문학》 제4집(1984)에 게재(시조시인 임종찬 당시 부산대학교 교수로 하여금 집필 의뢰).
- 1984년 11월. 어요漁謠 〈살치기의 노래〉를 당시 통영군 욕지면 연화 섬에서 발굴하여 직접 연출 맡아 출품한 결과 '경상남도민속예술경연대회'에서 2등 수상하여 상금 및 상패 연화도 주민에게 드림.
- 국사편찬위원회 사료조사위원 8년간 역임(1987. 06. 26~1995. 12).
- 1987년 01월. 제1호, 충무문인협회를 창립 주도 및 초대에서 3대까지 이끌어온 공헌에 공로패—(사)한국문인협회 통영지부장.
- 1988년 02월 15일. 차영한의 시작품 〈불사조처럼 〉 1편을 통영장애인협회용으로 무료 제공, 현재에도 장애인의 날 식순에 삽입하는 등 애송시로 낭송됨.
- 《난중일기》에 나오는 고둔포古屯浦 지명 발굴 : 이은상 등 조사위원들이 찾지 못했던 지명을 1990년에 본인이 국사편찬사료조사위원 자격으로 최초로 발굴. 1990년에 국사편찬위원회에 보고함 ▷위치: 현재 통영시 산양읍 풍화리 속칭 '고등개'를 말함.
- 1993년 05월 22일(토) 22시. 부산지방 언론, 학술 등 각계인사로 구성된 '늘솔회'에 의한 초청으로 거제시 '해금강호텔'에서 〈향토는 역사의 고향이요, 문화예술의 산실—태어난 고향은 아름다워야 한다〉 주제발표.
- 1996년 사)한국예총통영지부 기금조성을 일천이백만 원(₩12,000,000) 상당액을 조성하여 모두 1,700만 원으로 기금확보, 본인 기부금 일백만 원(₩1,000,000) 이상을 당시 예총 통장에 불입, 기부.(당시 사무국장 월급 팔십만 원에 부족액 이십만 원(₩200,000)을 15개월 동안 본인의 직장 급여에서 3백만 원(₩3,000,000) 상당액 지원)
- 1996년~1997년 통영시 봉평동 주공아파트의 '여자노인회'에 쌀 등 식사 재료 다년간 제공 및 본인의 처는 직접 식사 준비 봉사.
- 불우이웃돕기 참여—감사장 및 불우이웃돕기증서 교부 받음(1997. 12. 23. '불우이웃돕기 결연증'—한국복지재단회장 김석산, 근거는 이력서 파일에 관리함).
- 2006년 6월 8일. 제06—1호, '사량면에 10년생 후박나무 15주 기증(1주에 일십만 원 상당. 15주 일백오십만 원(₩1,500,000) 상당액)에 대하여, 사량면장으로부터 감사장 받음(근거는 별도관리).
- 2008년 대여 김춘수 시비 건립 모금에 일금 일십만 원(₩100,000) 지원.
- 2009년 초정 김상옥 시조시인 시비 건립 모금 일십만 원(₩100,000) 지원.
- 2010년 07월 26일(월). (사)안중근 의사 기념관 건립기금 모금에 일금 삼십만 원(₩300,000)

송금, 지정기부금 코드40(일련번호10—243) 영수증 수령.

- 불교TV ARS 모금 및 KBS 1TV 사랑의 리퀘스트 ARS 모금 참여.
- 2011년 12월~2012년 12월. 통영시의 저소득층 청소년에게 배움의 기회를 드리는 기부금 출연(통영의 힘 통영교육사랑 통장 개설—IBK기업은행).
- 2012년 12월. 수향수필문학회 협찬금 오십만 원(₩500,000) 지원(기부금증서 받음).
- 2013년 통영문인산악회 창립 시 사십오만 원(₩450,000) 지원.
- 기타: 진주의 개천예술제, 진해군항제, 밀양 '아랑제', 경남환경보호 축제, '한산대첩제' 등 등 백일장대회 심사위원 역임.
- 2014년 04월~11월. 한빛문학관 기공식 및 준공식 거행.
- 2015년 03월 02일부터~2017년 상반기까지 시 짓기 및 인문학 무료 강의.
- 2018년 06월 19일. 한빛문학관이 사단법인 한국문학관협회에 가입 회관이 됨(2018년 06월 19일 회관 가입증 제18—04호)▷ 차영한 사재로 건립한 한빛문학관의 건축 구조는 콘크리트구조에 슬래브 지붕 2층으로 문화 및 집회시설로 설계(1층:142.08㎡, 2층:121.38㎡)되어 건축(2014. 11월 준공)상 해당되고, 건물 건축 및 소유자가 문학 진흥법 제17조 시행령의 조건에 충족되는 관리자 차영한은 국립경상대학교 일반대학 국어국문학과 석·박사과정을 졸업한 자로서 현대문학을 전공하였기에 문화 및 집회시설 규정에 충족됨. ▷건축 외부 전반과 내부 일부에 사업비 2억 1천만원정과 셀프주방, 커튼(1층 2층), 감시카메라 3대 설치, 서가(책장) 5개소, 대형 제습기 1, 2층 설치, 컴퓨터 4대, 스토리텔링용 49인치 TV 1대, 2층 전시실 마이크 설치, 프로젝터기기 부착, 책걸상, 진열장 4개, 외 설비 등 2억 5천만원정 합계 4억6천만여 원 사업비를 투입.
- 2018년 06월 23일. 한빛문학관에서 추진할 지역특성화 프로그램개발 운영위원회 구성.
- 2018년 06월 23일. 한빛문학관 지역특성화 프로그램개발 운영위원 위촉 의뢰(사전에 위원 위촉하고 수락받아 위촉장을 발부함).
- 2018년 06월 23일. 프로그램 개발운영위원회 개최 통지서 발송.
- 2018년 06월 26일 화요일 오전 11시 정각. 한빛문학관 1층 수장고, 사무실, 교육실로 활용하는 교육실에서 회의 개최: 의결내용은 지역특성화 프로그램사업 〈시와 음악의 만남〉 〈바다소리와 문학의 만남 포럼〉 2개 사업 추진.
- 2018년 06월 26일. 사단법인 한국문학관협회 공모 일천만 원정 지원금 신청서 제출.
- 2018년 07월 09일(월) 10:30~15:00 문학의집 서울 산림문학관 중앙홀에서 개최하는 전국 문학관 협회 주최의 워크숍에 참석.
- 2018년 07월 25일. 사단법인 한국문학관협회의 보조금지원 지침에 의거 7천6백8십만 원정 재신청(사업 2개 사업, 즉 2018년 09월 07일 '시와 음악의 만남'과 2018년 10월 20일 행사 제목을 일부 변경.

'바다소리와 문학의 만남'으로 변경보고).

- 2018년 08월 10일. 2차 공모 심의결과에 따른 5백만 원정 지원통보 받음.
- 2018년 08월 12일. 지원금 5백만 원에 따른 수정 사업계획서 제출.
- 2018년 08월 17일. 국세기본법 제13조 제2항 및 동법시행령 제8조 제2항의 규정에 의하여 수익사업을 하지 않는 비영리법인 고유번호 220—82—70071발급 받아 문학관협회에 보고.
- 2018년 08월 24일. 5백만 원정으로 2개의 사업 국고보조금 교부금 받음(비예치형).
- 2018년 09월 05일 수요일 오전 11시, 프로그램개발 운영위원회 개최.
- 2018년 한빛문학관 지역특성화 프로그램 1차 사업인 '시와 음악의 만남' 행사를 문학주간 기간인 동년 09월 07일 오후 6시 30분(금요일) 본인이 사설로 건립한 '한빛문학관' 문화 및 집회실(2층)에서 통영 출신 작곡가 진규영 교수와 성악가(소프라노) 이병렬 교수 초빙 추진함—리플렛 등 각종서류 보관과 함께 기록유지보전함.
- 2018년 한빛문학관 지역특성화 프로그램 2차 사업인 '바다소리와 문학의 만남 포럼' 행사를 동년 10월 20일 오후 6시 정각 한빛문학관 2층 창작교실에서 문학평론가 유성호 교수(한양대학교) 초빙 포럼개최 함 ▷리플렛 등 각종 홍보물 인쇄배포 및 현수막 지정 장소에 붙임.
- 2018년 10월 18일 목요일 오전 11시 정각, 10월 20일 오후 6시 정각 '바다소리와 문학의 만남 포럼' 행사 준비에 만전을 기하고자 프로그램 개발운영위원회 개최.
- 2019년 06월 01일. 2019 한빛문학관 지역특성화 상주작가 프로그램사업 제1회 바다사랑 전국 한글시백일장대회 개최사업 확정 사업비 4백만 원정 지원받음과 상주작가 인건비 1천9백8십만 원정 지원 등 총 사업비 2천3백8십만 원정 지원받음(예치형).
- 2019년 09월 03일. 한빛한글학교 개설 일부 운영.
- 2019년 10월 26일 한빛문학관 지역특성화 사업 제1회 바다사랑 전국 한글시백일장대회를 도남동 분수대 일대에서 개최하고 당일 시상함.
- 2019년 11월 18~12. 16. 시민학교 개설 '로컬마스터와 함께 통영을 이야기하다' 장소 무료 제공.
- 2019년 12월 02~12. 07. 통영수채화협회 창립전 5일간 전시회 개최 장소 무료 제공.
- 2020년 04월 01일. 한빛문학관 지역특성화 상주작가 프로그램사업, '청마 고향 시가 갖는 의미'에 따른 사업비 6백만 원정과 상주작가 급여(4대 보험 포함) 1천9백8십만 원정과 영상제작비 1백2십만 원정 합계 2천7백만 원정 받음(예치형)/ 사업내용은 초청 문학강연 2명(문학박사 강외석 · 한양대학교수 유성호)과 시낭송자 7명 등이 참여.
- 2020년 08월 12일. 한빛문학관 소장유물체계화사업 지원 공모자 신청접수 결과 1명 확보 및 인건비 1천8십만 원정과 일반수용비 4백2십만 원정 합계 사업비 1천5백만 원정 받아 2021년 01월 31일까지(6개월간) 작업 착수(도서 1천1백 권 D/B 구축).

- 2020년 09월 11일 오후 05시부터 2020년 한빛문학관 지역특성화 프로그램사업 '청마 고향 시가 갖는 의미'에 대한 제1부: 〈초청문학 강연〉—제1연사: 강외석 문학박사, 제2연사: 유성호 한양대 교수/ 제2부: 7명 출연하는〈시낭송회〉개최.
- 2021년 03월 02일. 한빛문학관 상주작가 지원사업 '향토출신 작고문인 추모시 공모전 개최' 지원 사업비 3백만 원정과 상주작가 인건비 1천9백8십만 원정으로 합계 2천2백8십만원 지원받음(예치형).
- 2021년 04월 21일. 문학진흥법 제21조 제1항 · 제2항 및 같은 법 시행령 제14조 · 제15조에 따라 경상남도지사는 제 경남6—사1—2021—01호 '문학관등록증'을 한빛문학관에 교부함.
- 2021년 06월 03일. 향토작고문인 추모 당선 시 모음집 단행본 시집, 《꽃으로 뿌리내린 당신》 200권 출간.
- 2021년 09월 10~2021년 10월 31일(50일간). 한빛문학관 2층 전시실에 향토작고문인 추모 당선 시작품 전시회 개최.

▣ 예술 · 문화 활동경력

- 역임활동 내력: 한국 현대시인협회 중앙위원 역임/ 1979년 11월부터 한국예총 충무지부를 활성화를 주도하는 등 무보수 예총 사무국장 직을 맡아 '제1회 예술인의 밤'을 개최, 현재까지 이어져 오게 했으며, 당시 사진협회와 연예협회 2개 지부를 현재 7개 지부로 확장하였으며, 가을에 한산대첩축제에 이사직 등 각종행사에 참여, 주로 한글시 백일장을 주관하는 한편, 5월 어린이 예술제를 부활시킴/ 한국예총 통영지부장(제2대)으로 재직 중 기금 육백오십여만 원에서 일천칠백만 원의 기금을 조성함/ 경상남도예총이사 및 부회장을 역임/ 초창기 한국문인협회 통영지부장 역임하였는데, 임기 2년으로 연임(1 · 2 · 3대) 때에 회원 회비 절대 부족으로 찬조금 또는 지부장의 사재로 충당(만6년 간)하여, 통영문학지 발간(제5집) 및 각종 사업을 추진하여 오늘에 이르기까지 기반을 조성함/ 통영문인협회의 와해를 다시 재건하기 위해 일부 회원들의 요청에 재임(7대)을 수락/ 수향수필문학회 회장/ 경남문인협회창립 멤버 및 경남문학지 간행위원, 이사 및 감사(8년간)/ 사)한국해양문학 작가협회 부회장/ 화전시 동인/ 한국시 연구회원/ 시문학회 부회장/ 국제펜 한국본부 경남지역위원회 운영위원/ 국제펜 한국본부 경남지역위원회 고문/ 2009~2012까지 경남시인협회 부회장/ 2009~2013. 03까지 국제펜 한국본부 이사/ 2009~현재 경남향토사연구협의회 부회장/ 현 한국현대시인협회 지도위원/ 2013년 05월 24일 경남문학평론가협회 창립에 따른 감사에 피선/ 사)한국해양문학가협회 부회장/이사 역임/ 청마문학회 부회장/ 사)한국문인협회 자문위원 등.

▣ 예술 문화 상 수상 및 공로패

- 1964년 10월 전국한글시백일장대회 시제는 '검劍' 대학 및 일반부 장원. 차상 없는 차하 입상—한산대첩 제전위원회 위원장 충무시장 박봉휘.
- 1987년 01월. 제1호, 충무문인협회를 창립 주도 및 초대에서 3대까지 이끌어온 공헌에 공로패'—(사)한국문인협회 통영지부장.
- 1988년 09월 16일. 첫 시집 《시골햇살》 단행본 간행. 문우들 이름으로 축하패'—한국문인협회 통영지부장.
- 1990년 10월 20일. 제1회 '慶南藝術人賞(공로 제7호)' 수상: 사)한국예총 경상남도지부.
- 1995년 12월 13일. 제95~115호, 제9회 한국예술문화공로패 수상(문학부문): 사)한국예술문화단체총연합회 회장 신영균.
- 1999년 12월 11일. 제24회 시문학상 패(본상)—월간 시문학사 대표 文德守.
- 2001년 12월 14일. 제13회 경남문학상 '상패'(본상)—경남문학상운영위원장 신상철.
- 2014년 7월 5일 오후6시, 문화마당 야외식장, 제15회 청마문학상 본상 수상(상패와 부상은 창작지원금 2천만 원정 수령).
- 2015년 10월 30일 오전 10:30 경상남도 신관대강당에서 제54회 경상남도문화상(문학부문: 시) 수상(상패).
- 2017년 12월 6일. 제3회 송천 박명용 통영예술인상 본상 수상자 결정.
- 2018년 02월 06일. 북신동 소재 공작뷔페 송천 박명용 통영예술인상 시상식 거행(시상금 1천만 원정 당일 지급. 1천만 원정은 실적 확인 후 지급함에 따라 1천만 원정 상당액에 해당되는 시집 단행본 3권 출간 제출함).
- 2018년 12월 06일(목) 오후 6시 정각 '해피데이' 7층에서 제1회 통영지역문학상(수상작 〈꽃은 떨어지지 않아〉 외 2편 당선) 수상(부상 3백만 원정).

▣ 공무원(군복무 포함)재직 중, 훈장 · 표창장 · 상장 · 공로패 · 감사장(패)
◐ 공무원(군복무) 재직기간 및 훈장 수장

- 1966년 01월 17일~2002년 06월 30일. 공무원 복무기간 : 37년 5월 13일(군복무 32개월 18일 포함할 경우 40년 1개월).
- 2002년 06월 30일 지방행정사무관에서 지방서기관으로 승진발령과 동시 명예퇴임(1991. 12. 21~2002. 6. 30→사무관 11년 6월 10일: 근거는 통영시청. 한빛문학관 수장고에 소장).
- 2002년 09월 25일. '녹조근정훈장'(제23649호—경상남도 통영시 지방서기관 차영한) 받음: "공무원으로써 평생을 봉사의 정신으로 직무에 정려하여 국가와 사회발전에 이바지 한 바 크므

로 대한민국헌법의 규정에 의하여 훈장을 수여함. 대통령 김대중" 내용으로 훈장창과 훈장메달 받음(한빛문학관 수장고에 소장).

◑ 내무부 장관 · 국방부 장관 표창

- 1975년 07월 01일. 제2773호, '내무부행정발전을 위한 주민복리증진공로표창'—내무부장관 박경원(한빛문학관 수장고 소장).
- 1980년 09월 22일. 제1882호, '민방위 직무수행우수표창'—내무부장관 서정화(한빛문학관 수장고에 소장).
- 1989년 11월 제3233호, '새마을사업공로표창'—내무부장관(한빛문학관 수장고 소장).
- 1997년 04월 제533호, '지역안정 기여 공로표창'—국방부장관 김동진(한빛문학관 수장고 소장).

◑ 기타 상장, 도지사 · 시장 · 군수 표창장 · 공로패(감사패)

- 1952년 양지초등학교 6년간 총우등상(성적표 관리대장은 사량초등학교 보관).
- 군복무 기간: 1962년 05월 05일 제14호, 우등(1등). 제94기 급수반. 계급: 일병. 군번: 10949493. "위 사병은 교육기간 중 학업성적이 우수하고 품행이 방정하여 타의 모범이 되므로 이에 상장 및 부상을 수여 함"—1962년 05월 05일 육군공병학교 교장 준장 박기석(이력서 파일로 한빛문학관 수장고 소장).
- 1962년 08월 15일. '5월부터 7월까지 한해대책기여 공로감사장': 육군공병학교 일병 차영호(개명 차영한 이전)—경상남도지사 육군소장 양찬우(이력서 파일로 한빛문학관 수장고 소장).
- 1967년 12월 30일. 제204호, '직무수행 우수 표창'—통영군수 김중도(한빛문학관 수장고 소장).
- 1968년 06월 22일. 제3호, '병무행정반 3등 상장'—경상남도지방공무원교육원장 한기찬(한빛문학관 수장고 소장).
- 1971년 10월 02일. 제149호, '타자반의 학급 장으로서 직무수행표창'—경상남도 지방공무원교육원장 성해기(한빛문학관 수장고 소장).
- 1973년 12월 10일. 제1321호, '지역개발사업과 주민복리증진표창'—경상남도지사 정해식(한빛문학관 수장고 소장).
- 1983년 10월 20일. 제529호, '군민헌장제정 공로감사장'—통영군수 김영철(한빛문학관 수장고 소장).
- 1983년 07월 05일. 제661호, '83직장동호회 경진대회 서예부문 입상(은상)'— 통영군수 김영철(한빛문학관 수장고 소장).
- 1984년 05월 05일. 제1076호, '공무원 특별정신교육과정 분임연구우수'—경상남도 지방공무원교육원장 하연승(한빛문학관 수장고 소장).

- 1984년 05월 08일. 제161호, "지극한 효성으로 어버이를 공경하여 도의 사회건설과 건전한 사회기풍 조성에 기여한 공이 있으므로 이에 표창함"―경상남도 도지사 표창장(한빛문학관 수장고 소장).
- 1984년 12월 31일. 제3995호, '84년도 군정시책추진 중 〈통영군지〉 추진 공로' 표창(문화공보계장―통영군수 김영철(한빛문학관 수장고 소장).
- 1992년 09월 05일. 제1회 민주평화통일 염원 기타기 '등산대회 1등 우승컵'―민주평화통일자문회의 충무시 협의회 회장 김광현(한빛문학관 수장고 소장).
- 1994년 10월 13일. 제167호, '생활개혁운동 이벤트행사 사진부문 우수상장'―통영군수 서영칠(한빛문학관 수장고 소장).
- 1995년 12월 01일. 제35호, '특수 시민장점 찾기 운동 표어공모 당선 상장' 통영시 총무국 시민과 지방행정사무관 차영한―통영시장(한빛문학관 수장고 소장).
- 1998년 12월 18일. 제98―1호, '통영시 장애인 자활에 각별한 관심과 애정으로 물심양면으로 협력(장애인을 위한 시를 무료로 지어드림)에 대한 감사장'―사)경남지체장애인협회 통영시지회장 허영호(한빛문학관 수장고 소장).
- 2000년 10월 20일. '108주년 제4회 욕지개척기념 축제를 위한 공로에 대한 감사패'―욕지개척축제 대회장 욕지면장(파손됨. 욕지면 주민센터 상장 대장 참조).
- 2002년 06월 30일. 제5호, "1966년 01월 17일부터 공직에 몸담은 이래 40여년을 투철한 국가관과 봉사정신으로 지역발전과 주민복리증진을 위하여 헌신 봉직하였기에 그 공을 높이 치하드리며 영예로운 퇴임에 즈음하여 이 패를 드립니다."―통영시장 (한빛문학관 수장고 소장).
- 미술 분야 등 그 외는 생략함.
▷ 위의 23개 기록은 2021년 9월 1일 현재 ♣

◇차영한 작시가 노래 되다

　뱃노래 : 차영한 작시/ 이봉천 작곡

　쉼표가 있는 통영바다 : 차영한 작시/ 진규영 작곡

　나의 저녁바다 : 차영한 작시/ 진규영 작곡

　달아 내 님하 : 차영한 작시/ 진규영 작곡

　학 : 차영한 작시/ 유형재 작곡

◇발굴민요

　살치기 노래

　밭매는 노래

　상사데이여

◇자료 (각종 기록 · 사진 등)

뱃 노 래

차영한 시
김봉천 곡

배 띄 워 라 배 를 띄 워
배 띄 위 도

그 대 를 뿌 러 치 고 —
그 대 는 달 그 림 자 —

새벽 바 다 물 새 처 럼
나 의 창 에 부 서 진 다

날 으 듯 떠 나 가 네 —
찬 란 히 반 짝 이 네 —

아 — — — — — —

푸 른 꿈 을 해 친 다 — —

어 기 여 차 배 띄 워 라

가 는 길 창 창 하 네 —

아 — — — — —

아 — — — — — —

쉼표가 있는 통영바다

詩 차영한
曲 진규영

쉼표가 있는 통영바다

섬 마 다 반 짝 이 는 포구에 물 새 떼 - 난 다

섬 마 다 반 짝 이 는 포구에 물 새 떼 - 산 다

아   그 대   꽃 - 반 지

쉼표가 있는 통영바다

통영바다 통 - 영바다어 - 쩌 잇으리

잇으리

쉼표가 있는 통영바다

섬 들 레 너 울 너 울 춤 - - 추 - 는 돌 고 래 때

펼 - 치 는 파 도 소 리 섬 마 다 동 백 꽃 피 - - 네

태 양 도 찬 란 하 다 축 복 받 은 사 람 들 - 산 다

섬표가 있는 통영바다

태양도 찬란하다 축복받은 사람들 - 산 다

아 그 대 꽃 - 반 지

통영바다 통 - 영바다 어 - 쩌 잊으리

쉼표가 있는 통영바다

S

통영바다 통 - 영바다 어 - 쩌 잇으리

no.

S

잇 으 리 - -

no.

no.

나의 저녁 바다

차영한 작시
진규영 작곡

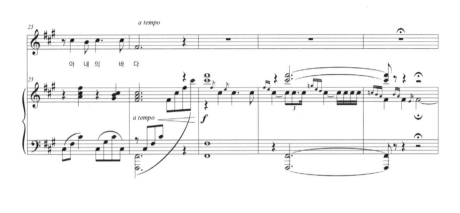

아 내 의 바 다

눈 감 겨 도 떨 리 면 서 끌 리 는 숨___ 결

물___ 살 이___ 는 자 귀 나___ 무 이 파 리 에 숨___ 겨 도

달아! 내 님하

차 영 한 시
진 규 영 곡

학

작시 차영한
작곡 유형재

머 — 안 — 으로만 안 — 으로만 포 — 옹 하 는 애 무

여 푸 — 른 이 랑 물 — 빛 에

타 — 다 남 은 사 랑 의 손 짓 이 여 —

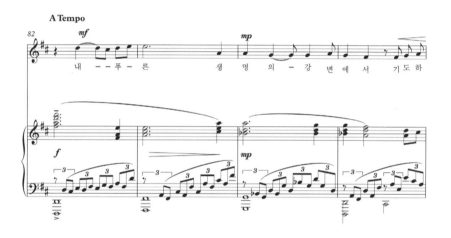

내 ― ― 푸 ― 른 생 명 의 ― 강 변 에 서 기 도 하

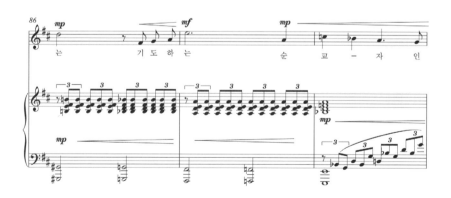

는 기 도 하 는 순 교 ― 자 인

확 인 서

본적 : 충무시 도천동 211번지

주소 : 상 동

성명 : 차영한

상기자는 1979년 5월 어버이날을 맞이하여 충무시, 통영군 관내 65세 이상되는 노인들 250여명을 봉래극장에 모셔와서 경로잔치를 베풀어 줄수 있도록 하였으며 본 협회에서는 위로하는 데 주관하였음을 확인함.

1986.   3.

사단법인 한국연예협회 충무시 지부장

(전화 2-9077)

1979년 05월 어버이날을 맞아 충무시, 통영군 관내 노인 250
여 명을 모시고 봉래극장에서 경로잔치 개최

1997년 11월 06일 한국예총 통영지부 성금기탁증서

1997년 11월 10일 한국예총 통영지부 성금기탁증서

듣우이웃돕기 확인서

성명 : 차 영 한 (車 映 翰)

소속 및 직위 : 통영시청 시민과장

상기인은 1994년도 상·하반기 동안

본 봉평동 여성노인당에 여러차례 성금(誠
金), 의류(衣品)등을 보내은 따뜻한
듣뵈가 있었음을 확인함.

1996년 1월 8일

통영시 봉평동 아파트내여성노인회
대표 백 연 순

귀 하

1995년 봉평동 여성노인 돕기 확인서

제971176호

불우이웃돕기 결연증

이름 차 영 한

귀하는 불우이웃돕기 운동에 뜻을 같이하여
"더불어 사는 사회" 구현에 일익을 담당하게
되셨기에 이 증서를 드립니다.

1997 년 12 월 23 일

한국복지재단회장 김 석 산

1997년 불우이웃돕기 결연증

제 161 호

표 창 장

통영군 문화공보실
지방행정주사 **차 영 한**

위 공무원은 평소 맡은바 직무를
성실히 수행하여 왔을뿐 아니라 특히
지극한 효성으로 어버이를 공경하여
도의사회 건설과 건전한 사회기풍 조성에
기여한 공이 크므로 이에 표창함

1984년 5월 8일

 경상남도지사 **이 규 호**

1984년 05월 어버이날 경상남도지사로부터 효행상 표창장

제 98-1호

감 사 장

소속: **통 영 시 청**
직위: **정보통신과장**
성명: **차 영 한**

귀하께서는 통영시장애인 자활에 각별한
관심과 애정으로 물심양면 협력함이 한결
같으므로 통영시장애인의 귀감이 되셨기에
그 귀한 뜻을 전하고자 이에 감사장을 드립
니다.

1998. 12. 18

사단
법인 경남지체장애인협회 통영시지회
지회장 **허 영**

1998년 경상남도지체장애인협회 감사장

1953년 통영중학교때 축구부 우승기념

학생의거 날 전국 학도호국단 서울에서 개최 1

학생의거 날 전국 학도호국단 서울에서 개최 2

1950년대 11월 03일 학생의거날 서울 전국대회 마치고

1962년 봄 육군공병학교 사병교관으로 근무할때 진해 출장에서

군 복무 사병교관 때 피교육자와 기념 사진

1977년 수향수필 문학동인회에서 수필가 한흑구 선생님(왼쪽에서 부터 다섯 번째)을
모시고 초청문학 강연회 마친 다음 날 용화사 탐진당 앞 마당에서
차영한(왼쪽에서 첫 번째)을 함께한 기념 촬영

경남문학 특집호 표지(1982)

1980년 11월29일 한국문인협회 오학영(극작가)사무국장과 함께
한국문인협회 충무지부 창립총회 후 리셉션 개최 광경

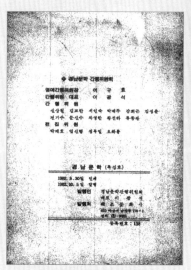

경남문학 특집호 간행위원(1982)

1980년11월29일 오후 5시30분경 항남동 소재 결혼예식장에서 한국문인협회 사무국장
오학영 극작가를 모시고 한국문인협회 충 무지부 창립총회개최 후 초대회장에 피선된
차영한지부장 인사말씀

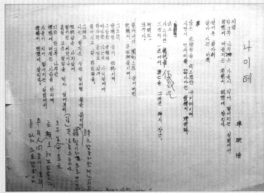

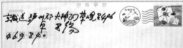

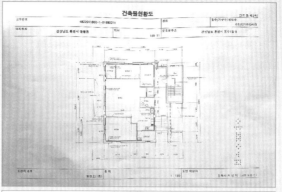

1층건축물현황도

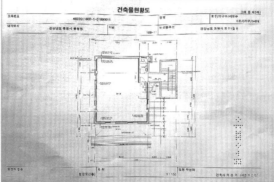

2층건축물현황도

1층평면도

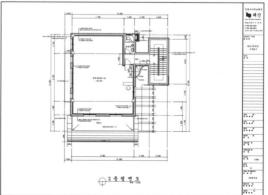

2층평면도

◇ 한빛문학관 현황도 및 평면도